19~20세기 초

청대문인 편찬
조선한시문헌 연구

韓中文化交流研究叢書 1

19~20世紀初
清代文人編撰朝鮮漢詩文獻研究

劉 婧

한중문화교류연구총서
❶

19~20세기 초
청대문인 편찬
조선한시문헌 연구

—

유 정 지음

보고사

한국과 중국 양국은 지정학적 관계로 말미암아 유사(有史) 이래로 정치·경제·문화적으로 상호 왕래가 지속적으로 진행되어 왔다. 고대 한·중 양국 간의 교류 과정에서 한시와 한문은 중요한 소통 수단이었을 뿐만 아니라, 문화 교류를 발전시키는 데 큰 역할을 했다. 그러나 중국 문인들은 대개 사신 간의 왕래를 통해 알게 된 일부의 한반도의 문인들과 시문을 주고받거나 서적을 통해 소량의 한시를 접했을 뿐이다. 더욱이 이러한 작품은 대부분이 산실되어, 현재는 그 작품을 찾아보기조차 어려운 상황이다.

명말 청초에 이르러서야, 중국 문인들은 의도적으로 조선 시대 문인의 시선(詩選)을 편찬하기 시작했다. 그러한 과정에서 편찬된 전문적인 조선 문인 시선으로 남방위(藍芳威)의 『조선시선(朝鮮詩選)』, 오명제(吳明济)의 『조선시선(朝鮮詩選)』, 손치미(孫致彌)의 『조선채풍록(朝鮮採風錄)』 등을 들 수 있다. 또한 일부 조선 문인의 한시가 청대 문인의 대표적 시문 선집인 전겸익(錢謙益)의 『열조시집(列朝詩集)』, 주이존(朱彝尊)의 『명시종(明詩綜)』 안에도 수록되어 있다.

19세기에 이르러서는, 조선과 청 왕조 간의 활발한 정치 외교 활동과 양국 문인 간의 교류가 증대되는 가운데 청대 문인의 조선 한시 수집과 정리도 전성기(全盛期)를 맞는다. 이 시기에 편찬된 조선 한시 관련 문헌은 양적으로나 질적으로 역사상 그 어느 시기와도 비교가 어려울 정도로 독보적이다.

필자는 한중 양국 고대 문헌의 유통 상황에 대한 몇 년간의 조사와 수집을 통해 문헌학적 관점에서 고대 한중 문화 교류의 역사적 과정을 심층적으로 분석해보고자 노력을 기울였다. 본 연구는 이러한 문헌들의 정리 과정 중 탄생한 초보적 결과물이라고 할 수 있다.

본 연구에서는 19세기부터 20세기 초까지 청대 문인이 편찬한 조선시대 시문 관련 문헌에 대해 고찰하고 그 의미를 밝히고자 하였다. 이 시기 중국에 유입된 조선의 시문 자료는 다양한 형태로 상당한 분량이 존재한다. 청나라 문인이 편찬한 조선 시문집(詩文集)의 내용과 특성을 통합적으로 살펴보기 위해서, 본 연구에서는 청대 문인이 편찬한 조선 시문을 아래 세 가지 유형으로 분류하고자 한다. 하나는 19세기 조선과 청 문인들이 북경(北京)에서 직접적인 교유과정 중에 산생된 시문을 엮어 편찬한 시문선집이다. 다른 하나는 청대 문인이 편찬한 청대 시문 선집과 시화(詩話)에 수록된 조선인의 시문 관련 문헌을 가리킨다. 청대 문인들과 같은 시기에 활동한 조선 문인들의 시를 선별한 것이 가장 큰 특징이다. 또 다른 하나는 청대 문인들이 편찬한 여성 문인들의 한시 문헌에 조선 여성들의 한시를 수록 편찬한 것이다. 위의 세 가지 유형의 문헌은 모두 청대 문인이 의도적으로 정리하고 선록(選錄)하여 편집한 조선 한시 문헌이다. 그러나 이 책에서는 19세기에 중국으로 유입된 조선 개인의 시문집이나 작품은 논외로 한다. 그 밖에 19세기 후반, 일본에 출사(出使)했던 청대 문인과 조선 사신간의 수창시문(酬唱詩文) 등이 청인에 의해 시문집으로 편찬된 경우에도 지면의 한계로 연구대상에서 제외하였다.

본고에서 연구 대상으로 삼은 문헌 자료는 대부분 그동안 한국 학계에 알려지지 않았던 것으로 이와 같은 문헌 자료의 편찬 경위와 그 전승 과정을 통시적으로 고찰해보고자 하였다. 아울러 청대 문인들이 조선시문을 편찬한 경위와 조선 시문이 청에 유입되는 과정에 대한 고찰을 통해 한·중 양국 간의 문화적 교류의 실체를 구체적으로 파악하고자 하였다. 그 과정에서 일부 조선과 청대 문인 간의 문학적 교류를 실증적으로 확인하고, 개별 시문집의 내용과 특성도 살펴볼 수 있었다.

앞으로 필자는 조선 고대 문헌의 유통과 전파 과정에 대해서도 심도 있는 연구를 진행함과 동시에 한발 더 나아가 고대 한문학의 탄생과 전파에 대해서도 구체적으로 연구를 진행해보고자 한다. 또는 그동안의 조선 한시 문헌과 고대 중국 한시 문헌의 교류에 대한 고찰을 바탕으로 다른 나라들과의 문헌 교류에 대해서도 지속적으로 관심을 가지고 연구를 진행해보고자 한다. 이른바 한문학을 어느 한 나라의 한문학이 아니라 '동아시아 한문학' 혹은 '세계 한학'이라는 관점에서 민족과 민족 간의 관계에 대한 전면적인 이해를 바탕으로 좀 더 객관적인 연구를 진행해보고자 한다.

본고는 필자의 박사 논문에 기초하여 수정과 보충 작업을 진행한 것으로 그 중 일부 문헌의 판본과 초본에 대해서는 새롭게 수정 보완하였다. 집필하는 과정에서 복잡한 문헌 상황으로 인해 여전히 남아 있는 오류에 대해서는 선후배 연구자와 독자들의 아낌없는 가르침을 바란다.

본고를 완성하기까지 필자는 여러 은사님의 가르침을 받았다. 먼저, 지난 10년간의 한국 유학생활 중, 그 어느 누구보다도 필자의 학업에 대해 엄격하면서도 자상한 가르침을 주신 은사 허경진(許敬震)

선생님께 깊은 감사의 말씀을 전한다. 연세대학교 석박사 과정을 이수하는 동안 연세대학교 이윤석(李胤錫), 박무영(朴茂瑛) 교수님, 순천향대학교 박현규(朴現圭) 규수님, 성균관대학교 진재교(陳在敎) 교수님, 김영진(金榮鎭) 교수님, 고려대학교 심경호(沈慶昊) 교수님, 영남대학교 남권희(南權熙) 교수님의 가르침을 받았다. 북경대학의 칠영상(漆永祥) 교수님께서는 북경대학 고문헌실에서 다양한 문헌 자료를 찾고 고증하는 과정에서 아낌없는 도움을 주셨다. 박사 논문 집필 과정에서 다방면의 세심한 지도와 가르침을 주신 연세대학교의 박애경(朴愛景) 교수님, 이윤석 교수님과 인하대학교의 김영(金泳) 교수님께도 이 자리를 빌려 깊은 감사의 말씀을 전한다. 또한 한국어가 서툰 필자를 위해 논문 전반에 대해 세심한 의견을 제시해주고 수정 작업을 도와주신 연세대학교의 우춘희(禹春姬) 선생님과 동아대학교 박상석(朴相碩) 선생님, 고려대학교의 우응순(禹應順) 선생님, 한양여자대학교의 김정희(金貞熙) 선생님, 이화여자대학교의 김지선(金芝鮮) 선생님, 지우 학길재(學吉齋) 선생님을 비롯해 북경대학의 금지아(琴知雅) 선생님께도 감사의 뜻을 전한다.

또한 이 자리를 빌려 필자에게 무한한 지지와 격려와 사랑을 보내준 가족에게 감사의 마음을 전한다. 양가 부모님과 형제, 남편과 딸의 간절한 소망과 보살핌이 있었기에 필자는 지금까지의 학문을 해낼 수 있었다.

끝으로 출판을 기꺼이 허락해주신 보고사 사장님과 편집부 편집자 선생님들께도 깊은 감사의 말씀을 전한다.

2013년 3월
유 정

I

서론

1. 문제 제기

1) 청대문인 편찬 조선한시문헌 연구의 중요성

한자문화권에 속한 한국은 중국과 오랜 문화 교류의 역사를 갖고 있다. 그 중에서도 문학의 꽃으로 불리는 한시는 양국 외교에서 가장 중요한 교류 수단이었다. 한국에서는 중국의 한시 작품과 한시 시론을 일찍부터 받아들여 시대에 따라 서로 다른 유형을 형성해가면서 발전시켰다. 이로 인해 통상적으로 한국과 중국의 한시 교류는 한국에서 중국 한시를 일방적으로 수용한 것으로 인식되었다. 그러나 모든 문화 교류는 표면적으로는 일방적인 것으로 나타날지라도 그 이면을 보면 상호작용을 확인할 수 있다. 한중 문학 교류의 역사에서도 중국의 한시 작품이 결코 일방적으로 수용된 것만은 아니었다. 한국의 한시 작품이 중국에 유입되어 중국 문인들에 의하여 수집, 전파되고 향유되기도 하였는데, 역대 중국에 유입된 조선의 시문작품은 다음과 같이 네 가지 유형으로 나누어 볼 수 있다.

첫째는 중국에 유입된 조선의 시문집과 시문선집이다. 중국 절강대학(浙江大學)의 한국학연구센터에서 편집한『중국소장고려고적종록』[1]에 의하면, 중국 전국의 51개 도서관에 소장되어 있는 고려와 조선 등 한국 관련 고적 자료는 모두 2,754종이 있다. 이 중에 집부(集部)는 전체의 28%를 차지하며, 집부 중에 별집(別集)이 그 절반 정도를 차지한다. 이러한 통계 수치로 알 수 있듯이 중국에 유입된 조선 시문집의 자료가 상당히 많아, 조선시문집이 어떻게 중국에 유입되었는지 그 경위와 전파 상황을 파악할 필요가 있다.

둘째는 역대 한국과 중국 문인의 개인 문집에 수록된 수창시문이다. 한국과 중국의 사신 파견은 수 세기 동안 지속되어 온 한중 양국 문화 교류의 가장 중요한 수단으로 그 과정을 통하여 상당수의 최고 지식인, 문인들의 교유가 이루어졌다. 이들은 모두 양국을 대표하는 당대 최고 수준의 지식인들로 이들이 남긴 시문집을 검토한 결과, 중국 문인들의 문집에 산재한 조선인의 수창시문의 양이 방대하다는 사실을 알 수 있었다. 다만 중국 역대 문인의 개인 문집에 산재되어 있는 조선인 수창시문의 수집과 그 정리는 쉽지 않은 상황이다. 특히 19세기에 들어 와서 한중 문인들의 교류가 더욱 활발해진 만큼 그 다양한 교류의 흔적을 파악하는 것도 상당히 버거운 연구 과제라 할 수 있다.

셋째는 중국 총서류(叢書類) 고적에 보존된 조선 문인의 개인시문집과 중국에서 간행한 조선인의 개인 시문집이다. 가장 대표적인 예로 신라 학자 최치원(崔致遠, 857~?)의『계원필경집(桂苑筆耕集)』은 중국『신당서·예문지(新唐書·藝文志)』에 기록되었고[2], 나중에『해산선관

---

1) 黃建國(外),『中國所藏高麗古籍綜錄』, 漢語大詞典出版社, 1998.

총서(海山仙館叢書)』에도 수록되었다. 원나라에 들어와서 고려학자 이재현(李齊賢, 1287~1367)의 문집인『익재난고(益齋亂稿)』는 청인이 편찬한『월아당총서(粤雅堂叢書)』에도 수록되었다.

명·청시기 양국의 문화 교류가 더욱 빈번해지면서 조선인의 문집도 중국문인에게 소개되었는데 조선 서경덕(徐敬德, 1489~1546)의 문집인『서화담집(徐花潭集)』이『사고전서목록(四庫全書目錄)』에 기록되어 있고, 조선 후기 중국학자들과 밀접한 교류관계를 가진 김정희(金正喜, 1786~1856)의『동리우담(東籬耦談)』, 유득공(柳得恭, 1749~1807)의『이십일도회고시(二十一都懷古詩)』는 모두『앙시천칠백이십구학재총서(仰視千七百二十九鶴齋叢書)』에 수록되어 있으며, 박제가의『정유고략(貞蕤稿略)』은『예해주진총서(藝海珠塵叢書)』에 수록되어 있다. 뿐만 아니라 김정희(金正喜)의『동고문존(東古文存)』은『천양각총서(千壤閣叢書)』에 실려 있고, 유득공(柳得恭)의『난양록(灤陽錄)』,『연대재유록(燕台再游錄)』은 모두『요해총서(遼海叢書)』에 수록되어 있다.3) 이외에 조선시대 유명한 역관인 이상적(李尙迪)의 시문집인『은송당집(恩誦堂集)』은 당시에 북경에서 간행되어 청나라에 널리 유포되었다.

넷째는 역대 중국문인이 편찬한 조선 한시집이나 중국 한시선집과 시화에 수록된 조선 한시작품이다. 중국문인이 편찬한 조선 시문선집으로 가장 유명한 것은 선조 33년(1599) 명대 문인인 오명제(吳明濟)가 편집한『조선시선(朝鮮詩選)』4)이다. 이 시선집은 이때까지 중국에서

---

2)『新唐書·藝文志』, "崔致遠四十六集一卷, 桂苑筆耕二十卷."

3) 祈慶富, 金成南, 「關于中韓文化交流史史料的發掘與整理」, 『當代韓國』 2000, 秋季, 26~30쪽.

4) 祈慶富 校註, 『朝鮮詩選』(遼寧出版社, 1996) 참조.

간행된 조선 시문선집 중 가장 큰 규모의 책으로 112명 시인의 시 340
수를 수록하고 있으며, 신라 시대부터 조선 선조 대에 이르기까지의
방대한 시기를 포괄하고 있다. 이 시선집은 이후에 중국에서 편찬한
조선 한시 시선집에 매우 큰 영향을 끼쳤다. 같은 시기 남방위(藍芳威)
가 편집한『조선시선』은 조선시기 문인의 한시 작품을 수록하고 있는
데, 비교적 많은 동시대(同時代) 조선시대 시인들의 시를 수록하고 있
다. 청대의 문인 손치미(孫致彌)는 강희제(康熙帝)의 명을 받아 조선에
와서 풍속 자료를 채집해『조선채풍록(朝鮮採風錄)』을 편집하기도 하
였다.『조선채풍록』은 실전(失傳)되어 원형을 볼 수 없지만,『조선채
풍록』을 인용한 다른 문헌들을 통해『조선채풍록』속에 수록된 조선
한시 작품들을 부분적으로나마 알 수 있다.

명대에 들어와서 명인(明人)들이 중국 여성의 시문을 편찬하는 데
에 관심을 갖게 된 현상과 발맞춰 조선 여성의 한시에도 상당한 관심
을 보인다. 명나라 문인 종성(鍾惺)이 편집한『명원시귀(名媛詩歸)』는
허난설헌의 시 68수를 수록했는데, 조선 여류 시인의 시를 수록했다
는 점에서 특색 있는 시집이라 할 수 있다. 청나라 초기의 저명한 문
인 전겸익이 편찬한 시집인『열조시집』에는 조선 시인 42명의 시 작
품 169수가 수록되어 있으며, 그 중에 조선 여성 시인의 시문도 상당
수 포함되어 있다.

18세기 중·후기 조선 북학파 문인들은 당시 고루한 조선 정치가들
의 대명의리 의식에서 벗어나 청과의 진정한 문명 교류를 원하였다.
이들은 대부분 중앙의 경화사족의 자제들로 연행에 참여할 기회가 종
종 주어졌다. 이들은 중국을 통해 세계와 호흡하기를 원했으며, 북경
에서 청의 문인들과 진정한 우정을 맺기도 하였다. 홍대용과 항주(杭

州) 출신 지식인들과의 세교(世交)가 가장 유명했는데, 이런 과정을 통해 주로 북학파 계통 문인들의 시문이 중국에 유입되었다. 19세기에 들어와서도 이들의 정신이 계승되어 북학파 문인의 후계자들이 지속적으로 청의 지식인들과 교유하였다. 이러한 상호 작용을 통하여 청의 문인들 사이에서 조선의 문화, 문학 수준에 대한 공감대가 형성되었으며 자연스럽게 조선 시문에 대해 관심이 증폭되었다. 가장 중요한 것은 조선 문인들과의 직간접적인 교유를 통해 청의 지식인들이 조선인의 시문집이나 시문선집을 편찬하는 사례가 앞선 시대에 비해 많아진 것이다. 이 시기에 청인이 편찬한 조선인의 시문집에는 자신들과 같은 시대를 살고 있는 동시대 조선인의 시문이 다수 수록되어 있으며, 그 중에 상당 부분은 당시 한중 문인의 직접 교유 과정에서 창작된 수창(酬唱) 시문이었다.

상기 같은 시문 작품은 대부분이 한국에서 유통된 조선인의 문집에 실려 있지 않은 시문들로 그 자료적 가치가 크다고 할 수 있다. 아직까지 한국에서 해외자료에 대한 관심은 일본과 미국에 집중되어 있다. 중국에 산재되어 있는 문헌들은 그 방대한 양과 질적 수준의 면에서 다른 나라와는 비교할 수 없을 만큼 귀중하지만 현재까지 한국 연구자들의 시야에서 벗어나 있었던 것이다. 따라서 중국 각처에 산재되어 있는 방대한 분량의 한국 시문, 시선집의 발굴과 정리가 시급한 연구 과제라고 생각한다. 이러한 시문 자료는 그 자체로도 19세기 조선 한문학 연구의 대상으로, 이 시기 한문학의 지평을 넓힐 수 있는 연구 과제이다. 나아가 조선의 지식인이 청의 문물과 문학 수준을 직접 체험하는 과정에서 갖게 된 대타적 인식의 수준을 가늠해 볼 수 있는 귀중한 자료이다. 19세기 중국을 통해 세계화를 경험했던 조선의 지식인들은 그 경험과 충격을 청의 문인들과의 문학적 교유를 통.
해 표출하고 자기화한 것이다. 이러한 문헌들은 대부분 한국학계에
소개되지 않은 것들로 자료의 소장처와 해제차원의 소개가 우선적으
로 이루어져야 한다. 이러한 과정을 거쳐 많은 연구자들이 관심을 갖
게 되고 그들의 연구 성과가 축적된다면 조선 후기 한문학 연구의 영
역을 확장할 수 있을 것이며, 한문학 전반에 대한 새로운 조망도 얻을
수 있을 것이다.

더욱이 조선 시문의 편찬과 전승과정을 통해서 시대와 민족을 불문
하고 모든 문화, 문학은 고립적으로 형성되고 존재하는 것이 아니라
외부와의 부단한 교류를 통해 형성된다는 사실을 다시 한 번 확인할
수 있다. 일련의 문학작품의 탄생은 우연적인 것으로 보일지라도 대
부분의 경우는 그 시대의 특수한 역사적·문화적 배경 속에서 이루어
지며, 하나의 문학 작품이 탄생한 후에도 전파, 수용 과정을 통해서
그 생명력을 향상시킬 수 있다. 조선인의 문학 작품이 중국으로 유입
되어 중국문인들 사이에서 전파되고 편집된 과정은 독자들이 작품을
감상하고 비평하는 순환적 과정이었다. 이에 대한 고찰을 통해 조선
시대 한시 문학의 대외적 전파 과정을 파악할 수 있으며, 문학의 본연
의 참모습, 존재 방식이 무엇인지를 다시 한 번 확인해 볼 수 있기를
기대한다.

19세기에 들어오면서 국제 정세는 그 어느 때보다 혼란스러워지고
한중 양국은 서구 열강의 침략을 받는 처지가 되었다. 그러나 이 시
기 정치 외교의 한 부분으로 다방면의 문화 교류는 전 시대보다 더
빈번해지면서 한중 문인들의 문학 교류도 전성기에 이르렀다. 따라
서 19세기부터 20세기 초 청인이 편찬한 조선인의 시문집을 통해 한

중 양국 문인들의 다양한 문학교류와 의미를 더 깊게 이해할 수 있을 것이다. 역으로 시문집의 편찬 경위를 통해 확인되는 한중 문인들의 교유를 통해 한중간에 이루어졌던 문화교류의 층위를 알 수도 있다. 정치, 외교 방면뿐 아니라 문화적 측면에서도 한국과 중국은 서로 깊이 있게 이해하고자 하였으며, 동반자적 자세를 유지한 것이다.

2) 청대문인 편찬 조선한시문헌 통시적 연구의 필요성

중국 소재 한국 문헌에 대한 연구는 국내외에서 일찍이 주목을 받았지만, 연구 성과는 아직 초기단계에 머물러 있다고 할 수 있다. 중국에 소장되어 있는 한국 문헌목록(目錄)에 관한 연구의 성과로는 박현규의 『대만공장한국고서적연합서목』[5], 중국 북경대학에서 출판한 『북경대학도서관장고대조선문헌해제』[6], 중국 절강대학 한국학연구센터에서 출판한 『중국소장고려고적종록』[7] 등이 있다. 이와 같은 목록 정리 작업을 통해 중국에 소장되어 있는 한국 문헌의 상황을 어느 정도 파악할 수 있다. 그러나 상기의 목록에는 누락된 자료들이 많아 중국에 소장되어 있는 한국 문헌 자료를 다시 세밀히 조사하고 정리해야 할 시점이 되었다.

역대 중국문인들이 편찬한 개별적인 조선시문집에 대한 연구로는, 박현규의 「조선·청조인의 연경 교유집-『일하제금합집』의 발굴과 소개」[8], 「청 부보삼의 『국조정아집』에 수록된 조선시」[9], 「수록어청

---

5) 박현규, 『臺灣公藏韓國古書籍聯合書目』, 文史哲出版社, 1991.

6) 李仙竹(外), 『北京大學圖書館藏古代朝鮮文獻解題』, 北京大學出版社, 1997.

7) 黃建國(外), 『中國所藏高麗古籍綜錄』, 漢語大詞典出版社, 1998.

손횡『황청시선』중의 조선인시편」[10], 황유복의「『조선시선』편집
출판배경연구」[11], 허경진의「『조선시선』이 편집되고 조선에 소개된
과정」[12], 기경부의「『조선시선』이 중한문화교류에 미친 영향」[13] 등
의 소논문이 있다. 상기의 연구들은 중국 학자가 편집한 개별 작품의
발굴과 판본의 소개, 중국학자가 조선 시선집을 편찬한 배경을 고찰
한 것들로, 중국에 소장되어 있는 조선 문헌자료에 관한 가장 기초적
인 연구로서 큰 의미가 있다.

중국학자가 편찬한 조선시문에 대한 종합적인 연구는 박현규의『명
말청초 중국에 들어간 조선 시선집』[14], 금지아의『한중역대서적교류
사연구』[15]가 있다. 박현규는 명말과 청초에 중국 문인들이 조선 사람
들의 시를 모아 편찬한 시선집의 서지 사항과 시선집의 수록 내용을
소개하였다. 더 나아가 시선집의 편찬과정과 작가들에 대한 고증도
수행하였다. 금지아는 한중 양국 사이의 서적 교류 양상을 통시적으

---

8) 박현규,「朝鮮·清朝人의 燕京 交遊集――『日下題襟合集』의 발굴과 소개」,『한국한
　　문학연구』제23집, 한국한문학회, 1999.
9) 박현규,「청 符葆森의『國朝正雅集』에 수록된 조선시」,『중국학보』제51집, 한국중
　　국학회, 2005.
10) 박현규,「收錄於清孫鋐『皇清詩選』中的朝鮮人詩篇」,『동아인문학』제6집, 동아인
　　문학회, 2004.12.
11) 황유복,「『朝鮮詩選』編輯出版背景研究」,『아시아문화연구』제6집, 경원대학교 아
　　시아문화연구소, 2002.2.
12) 허경진,「『朝鮮詩選』이 編輯되고 조선에 소개된 과정」,『아시아문화연구』제6집,
　　경원대학교 아시아문화연구소, 2002.2.
13) 祈慶富,「『朝鮮詩選』이 중한문화교류에 미친 영향」,『아시아문화연구』제6집, 경
　　원대학교 아시아문화연구소, 2002.2.
14) 박현규,『明末 清初 중국에 들어간 조선 詩選集』, 태학사, 1998.
15) 금지아,『한중역대서적교류사연구』, 한국연구총서 77, 한국연구원, 2010.12.

로 고찰하였다. 상기의 연구 작업은 중국 사람이 편찬한 조선 시선집에 대한 본격적인 연구로서, 특히 특정한 역사 배경에서 중국인이 편찬한 조선 시문을 정리한 점에서 의미가 있다.

조선 여성 시인 허난설헌을 중심으로 그의 한시가 중국에 유입된 과정과 배경, 명대부터 청초까지 중국 문헌에 편찬된 허난설헌의 한시를 종합적으로 연구한 성과로는 김성남의 『허난설헌시연구』[16]가 있다. 이 연구는 허난설헌에 관련된 중국 문헌을 발굴한 점에서 의미가 있지만, 청대의 허난설헌 관련 문헌에 대해 전반적으로 다루어지지 못한 아쉬움이 있다. 따라서 19세기에 허난설헌의 한시 관련 중국 문헌도 재정리할 필요가 있다.

중국으로 유입된 조선 문인의 개별 시문집에 대한 연구는 필자의 「『해객시초』연구」를 비롯해[17], 「동문환일기를 통해 중국에 유입된 조선시문집 및 조선역관의 역할에 대한 고찰」[18], 「『존춘헌시초』전입중국고」[19] 등의 소논문이 있다. 상기 논문은 중국에 유입된 조선 시문집의 자료를 소개하는 동시에 조선 시문이 중국에 유입된 과정과 중국학자가 조선 시문을 편찬한 경위를 상세히 고증한 점에 의미를 둘 수 있다. 허경진·유정의 「만청시기의 조중문인시사 용희사 소고」[20]는 조선과 중국의 문인들이 시사(詩社)를 결성해서 문학 활동을 펼친 과정

---

16) 김성남, 『許蘭雪軒시연구』, 소명출판, 2002.

17) 졸고, 「『海客詩鈔』연구」, 연세대학교 대학원 국어국문학과 석사논문, 2005.

18) 졸고, 「通過董文渙日記攷朝鮮詩文集流入中國及朝鮮譯官的作用」, 『東亞人文學』 제12집, 동아인문학회, 2007.12.

19) 졸고, 「『存春軒詩鈔』傳入中國攷」 『한중인문학연구』 제27집, 한중인문학회, 2009.8.

20) 허경진·유정, 「晚淸時期의 朝中文人詩社 龍喜社 小考」, 『동아인문학』 제14집, 동아인문학회, 2008.12.

과 한중 문인들의 시문합집인『심시집』을 편찬한 경위와 내용을 고찰하였다. 이 논문은 조선 후기 한중 문인들의 또 다른 문학 교류의 양상을 연구하였다는 점에서 의미가 있다.

이종묵의「17~18세기 중국에 전해진 조선의 한시」[21)는 17세기부터 18세기까지 중국으로 유입된 조선시대의 한시 자료들을 통시적으로 개괄하였다. 이를 통해 100여 년 동안 중국에 유입된 조선 한시문의 상황을 구체적으로 파악할 수 있다. 한영규의「중국 시선집에 수록된 19세기 조선의 한시」[22)는 19세기 조선시대의 한시를 수록한 문헌인 부보삼의『국조정아집』, 동문환이 편찬한『조선시록』과 손웅이 편찬한『도함동광조사조시사』, 서세창이 편찬한『만청이시회』에 수록된 조선의 한시를 연구하였는데, 이 중 청대의 시가총집이자 관찬서와 유사한 성격의『만청이시회』를 주로 분석하였다. 상기의 논문들은 중국에서 편찬한 조선 시문을 통시적으로 고찰할 목적으로 연구를 시도한 점에서 의미가 있다.

상기의 연구 성과를 살펴보면, 중국에 유입된 조선 시문에 대한 국내 연구는 아직은 자료 발굴과 그 소개 단계에 머물러 있다고 할 수 있다. 특히 19세기 중국에서 편찬한 조선시문에 대한 통시적인 연구는 거의 이루어지지 않고 있다. 이러한 현실을 감안할 때, 본격적인 연구가 이루어지기 위해서는 우선 이미 소개된 19세기 중국에 전해진 조선한시의 문헌자료를 적극적으로 활용하고, 각처에 산재되어 있는

---

21) 이종묵,「17~18세기 중국에 전해진 조선의 한시」,『한국문화』제45집, 서울대학교 규장각한국학연구원, 2009.3.
22) 한영규,「중국 시선집에 수록된 19세기 조선의 한시」,『한국실학연구』제16집, 한국실학학회, 2008.

새로운 자료들을 꾸준히 발굴하여 정리하는 작업이 필요하다.

한편, 서적유통학의 시각으로 청인이 편찬한 조선 시문집을 고찰할 필요가 있다. 19세기에 들어오면서 청인이 편찬한 조선시문의 양상은 이전 시대와는 달라졌다. 이 시기 청인의 조선 시문 편찬은 그 시대의 문화 배경, 시단의 비평 양상, 중국학자와 조선 사신들 간의 민간 문화 교류 등과 밀접한 관계가 있다. 이러한 다양한 문화배경을 통시적으로 고찰해야 19세기 청인이 조선시문을 편찬한 동기를 객관적으로 연구할 수 있으며, 서적의 편찬과 유통의 다양한 모습들을 이해할 수 있다.

또한 19세기에 조선 문인과 중국 문인들의 교유는 집단적인 활동을 통해 이루어졌다. 이 점은 전 시대와 달리 조선과 중국문인들이 정기적이고 광범위한 교유를 이루어 온 것에서 드러난다. 즉, 그들이 교유를 통해 시사(詩社)를 형성하고 아집(雅集)을 통해 문화 활동을 하는 일이 빈번히 이루어졌다. 따라서 청인이 편찬한 조선인의 시문을 통해 양국 문인들의 문학 교류를 연구하기 위해서는 양국 문사(文士) 집단의 구성, 19세기 조선 문인과 청인의 교류와 계승 관계를 좀 더 면밀하게 검토해야 할 것이다.

본 연구는 이와 같은 문제의식을 갖고 19세기부터 20세기 초기까지 청인들이 편찬한 조선의 한시문헌을 고찰할 것이다. 이 시기의 청인들이 편찬한 조선한시문헌을 선정한 이유는 앞서 언급한대로 19세기에 들어서 한중 문인들 간에 민간적 차원에서 자유로운 만남이 이루어졌고 그에 따라 청인들이 편찬한 조선시문집이 질적인 차원에서 근본적인 차이점을 보였기 때문이다. 뿐만 아니라, 이렇게 편집되고 간행된 문집들은 한국과 중국 두 나라의 한시 향유 양상과 상호 문화

교류의 측면에서도 일정한 의의를 지닌다고 생각된다. 관련 문헌자료를 통해서 한중 문인들 사이에서 이루어진 교류 상황을 면밀히 검토하고, 아울러 한중 서적 교류사와 한중 문화교류사 측면에서 청대문인이 편찬한 조선한시문헌의 위상과 문학적인 의의를 밝히는 데 목적이 있다.

2. 연구대상의 범위 및 연구방법

이상에서 거론한 바와 같이 중국 역대 학자가 편찬한 조선인의 시문 작품은 다양한 형태로 존재하고 있으며 그 분량도 상당히 많다. 이를 전반적으로 접근하여 총괄적으로 고찰하는 것은 본 연구의 논의 범위를 넘어서는 과제라고 할 수 있다. 이에 이 책은 그 연구 대상을 중국에 전입된 조선인 시문의 일부, 즉 위에서 제시한 네 가지의 유형 중에서 넷째의 유형에 속하는 중국문인이 편찬한 조선 시문집의 경우만으로 한정하고자 한다. 즉, 청인이 수집하여 편찬한 조선인의 시선집이나, 청인이 청시총집을 편찬할 때에 의도적으로 수집하여 편입시킨 조선 한시를 연구 대상으로 삼아 논의를 진행하였다. 따라서 이 책에서는 청나라에 유입된 조선인의 개별 시문집이나 청인 문집에 산재한 조선인의 수창 시문은 제외시켰다. 이는 이 분야 전공자들 사이에서 해외에 산재되어 있는 자료의 수집, 연구의 필요성에 대한 공감대가 형성되어 연구 성과가 축적되는 과정에서 자연스럽게 연구 범위 안으로 들어올 것이다. 연구자들의 관심과 아울러 방대한 자료를 수집하고 해제 작업을 위해서는 학계의 지원도 필수적이라고 생각한다.

이 책에서 사용할 1차 자료는 현재까지 해외 및 국내 학계에 처음 소개되는 자료이거나, 한국 내에 소장되어 있는 자료 중에서도 본격적으로 연구되지 않았던 것이다. 필자는 먼저 한중 문화 교류에서 저명한 청인의 저작을 추적하여 조선인과 관련된 문헌 자료를 정리하였다. 다음으로 중국 근대 학자가 편찬한 『청인시문총목제요』[23], 『청대규수시화총간』[24], 『하버드대학명청부녀저작목록』[25], 『역대부녀저작고』[26] 등의 목록과 해제집, 중국국가도서관과 기타 대학 도서관의 고적목록을 통해 조선 관련 문헌을 발굴하였다. 중국에서 청대 시문집을 정리하는 작업은 방대한 분량으로 인해 개인이 진행하기에는 어려움이 있어 아직까지는 제대로 이루어지지 않았다. 본 연구에서 다루는 문헌 자료는 현 단계에서는 중국에서 유통된 조선 한시 관련 문헌으로 필자는 향후 지속적인 작업을 통해 이와 같은 자료의 조사 범위를 확대할 것이다.

본 연구에서는 문헌학과 서적유통학의 연구방법에서 출발하여 자료 정리와 성서과정(成書過程)에 주안점을 두었다. 처음으로 소개한 발굴 자료인 경우는 조선인이 편찬한 각종 시문집, 척독, 일기 등의 자료와 비교 분석하여 시문이 중국에 유입된 경위를 고찰할 것이다. 또한 조선과 청인 사이의 문학적 교류에 대해서도 실증적 방법을 통해 개별 시문집의 내용과 특성을 고찰하고자 한다.

19세기~20세기 초에 청나라 문인들이 편찬한 조선시문집의 내용

---

23) 柯愈春, 『淸人詩文總目提要』, 北京古籍出版社, 2001.

24) 王志英, 『淸代閨秀詩話叢刊』, 南京鳳凰出版社, 2010.

25) 하버드대학 명청부녀저작: http:/digital.library.mcgill.ca.

26) 胡文楷, 『歷代婦女著作攷』, 上海古籍出版社, 1985.

과 특성을 통합적으로 살펴보기 위해서 본 연구에서는 청인이 편찬한 조선 시문을 유형별로 분류해서 아래 세 가지 유형으로 분류하고자 한다. 첫째, 조·청 문인 교유를 통해 산생된 시문선집, 둘째, 청인이 편찬한 조선 한시문헌의 정화(精華). 셋째, 청대문인이 편찬한 조선 여성 문인들의 한시 문헌이다. 첫째 유형은 19세기 조·청 문인들이 중국 북경에서 직접 교유를 통해서 편찬한 수창시집을 가리킨다. 둘째 유형은 청인이 편찬한 역대 조선 시선집, 청대 시문선집과 시화에 수록된 조선인의 시문 관련 문헌을 가리킨다. 청인들이 같은 시기에 활동한 동시대 조선 문인들의 시를 선별한 것이 조선 한시 문헌들에서 보이는 가장 큰 특징이다. 셋째 유형은 청인들이 편찬한 조선 여성 문인들의 한시 문헌에 조선 여성들의 한시를 수용하여 편찬한 것이다. 위와 같은 세 가지 유형은 19세기에 이르러 청대문인이 편찬한 조선 한시와 관련된 문헌들을 고찰하는 데 가장 유효한 분류 방법이다. 본 연구에서 소개하는 자료들은 장절(章節)로 나누어 서술하였는데, 이러한 서술방식은 각 시문집이 편찬 시기에서는 시간적인 흐름이 약간 어긋나는 경우도 있지만 전체적 흐름을 살펴보는 데는 효율적이라고 생각한다.

제2장에서는 19~20세기 초 청인들이 조선한시문헌을 편찬한 배경을 파악하려고 한다. 조선의 한문학 창작 수준은 중국의 다른 주변국보다 높았기 때문에 이른 시기부터 중국 문인의 주목을 받아왔다. 중국 문인들은 이전부터 조선 시문집을 편집했던 전통이 있었고, 19세기에 들어와 청대문인들도 조선 시문을 편찬하였다. 이 시기에 청인들은 자신과 같은 시대의 조선인의 시문을 수집, 편찬하기 위해 노력하였다. 이와 같은 현상의 원인을 개별 조선시문을 편찬하는 사례를

통해 분석할 것이다.

19세기에 들어와 청대문인과 조선 문인들의 문화 교류도 전성기에 이르렀다. 조선 사신들은 주로 연경에서 청대문인들의 아회에 참여하여 문학 활동을 하였다. 또한 조선 사신들은 앞 시대에 연경에 갔던 선배 문인들의 소개를 받아 청 문인들과 적극적으로 교유하고자 하였다. 이 과정에서 조선인의 시문집이나 개별 시문작품을 청인에게 소개하는 경우도 많았다. 본 연구에서는 조선인의 시문집이나 시문작품이 중국에 유입된 사례와 청대문인이 조선 한시문헌을 편찬할 때 청에 유입된 개별 조선 시문집의 사례를 통해 그 구체적인 실상을 파악할 것이다.

또 19세기에 이르러 청인들의 여성 시문에 대한 관심이 더욱 확대되었다. 이 시기에 여성들이 시문 창작 활동에 적극적으로 참여했을 뿐 아니라, 여성 시문 자료의 수집과 편찬을 중요시하였다. 허난설헌을 비롯한 조선 여성의 한시는 명대부터 중국에 유입되었으며 중국 문인에게 호평을 받아왔다. 19세기에 들어와 청대문인들이 여성문인 한시선집과 시화를 편찬할 때에도 조선 여성문인의 한시도 많이 수용하여 편찬하였다.

제3장에서는 조·청 문인의 교유를 통해 편찬된 수창시문인 수방울(帥方蔚)이 편찬한 『좌해교유록(左海交遊錄)』에 실린 조선인의 서찰과 수창시, 동문환(董文渙)이 편찬한 『추회창화시·속집(秋懷唱和詩·續集)』, 19세기 후반 조선과 청인이 공동 참여했던 용희사에서 엮은 『심시집(尋詩集)』을 고찰할 것이다. 본장에서는 우선 『좌해교유록』, 『추회창화시·속집』, 『심시집』의 서지 사항을 소개하고, 이와 같은 시문집의 편찬 경위를 살펴볼 것이다. 이를 통해 한중 양국 문인들이 직접 교유

를 통해 편찬한 수창류 한시선집의 내용과 특성을 파악할 것이다.

제4장에서는 청인 동문환(董文渙)이 편찬한『조선시록』, 중국 시문 총집에 실린 조선한시를 고찰할 것이다. 청대 부보삼(符寶森)이 편찬한『국조정아집』, 원조광(袁祖光)이 편찬한『녹천향설이시화』, 손웅(孫雄)이 편찬한『도함동광사조시사』, 서세창(徐世昌)이 편찬한『만청이시회』에 수록된 조선시문을 통해 청인들이 편찬한 조선시문의 상황을 파악하고, 이와 같은 조선 시문이 청에 유입된 배경과 과정, 한국에 소장되어 있는 조선 시문집에 수록된 시문과의 교감 등을 통해 고찰하고자 한다. 이를 위해서 19세기에 이루어진 한중 문화 교류의 역사적 측면을 살펴서 문화 전파론의 관점으로 조선 시문의 중국 유입과 청대문인이 조선시문을 편찬한 양상을 논하고자 한다.

제5장에서는 청대문인이 편찬한 조선 여성한시에 관한 문헌을 살펴볼 것이다. 중국 문인들은 명대부터 조선 여성시인들의 시문에 대한 관심이 많았으며, 특히 허난설헌을 비롯한 조선 여성의 한시는 명대부터 중국에 전파되었다. 명·청 양대 문인들의 조선 여성 한시에 대한 비평도 상당히 많았던 것으로 보인다. 19세기에 들어오면서 청대문인도 조선 여성들의 한시를 편찬하였다. 본장에서 청의 여성시인 운주(惲珠)가 편찬한『국조규수정시집(國朝閨秀正始集)』에 수록된 조선 여성의 한시, 신선보(沈善寶)가 편찬한『명원시화(名媛詩話)』에 수록된 조선 여성의 시문, 장시영(張緗英)이『국조열녀시록(國朝列女詩錄)』을 편찬할 때 조선 시문을 수집한 사례 등 모두 10종의 조선 여성문인 관련 시선집과 시화 자료를 통해 19세기 청대문인들의 안목으로 편찬한 조선 여성한시 문헌의 상황을 파악할 것이다.

제6장에서는 청의 문인이 편찬한 조선시문의 특징을 통시적으로

살펴보며, 청인들이 조선 시문을 편찬한 의미가 무엇인지 밝히고자 한다. 또한 한중 문학교류의 큰 흐름 속에 조선인의 시문이 중국에서 전파된 과정을 역사적 측면에서 접근하여, 한중 양국의 문인들의 교류에서 나타나는 문화사적 의미를 규명하고자 한다.

제7장에서는 19~20세기 초 청대문인이 편찬한 조선 시문집을 통시적, 종합적으로 정리하고 그 한계성을 밝힌 후, 향후의 연구 과제를 제시하고자 한다.

II
청대문인의 조선한시문헌 편찬 배경

1. 조·청문인 교유와 문단에 대한 상호인식

　유교와 한자문화권인 한·중 양국의 문화 교류는 시기적으로 그 질과 양의 방면에서 차이가 있었지만, 대체적으로 상호 방향으로 전개되었다. 특히 중국에 갔던 고려와 조선의 사신과 문인들, 그리고 조선으로 파견된 중국의 사신들은 한·중 양국 문화 교류의 매개(媒介) 역할을 담당하였다.

　고려 때 박인량(朴寅亮, ?~1096)과 김근(金覲)은 함께 북송에 사신으로 가 있는 동안 송나라 사람과 널리 교유를 하였는데, 이들의 작품 수준이 뛰어나 북송 시인들로부터 높은 평가를 받았다. 북송 사람들은 박인량과 김근의 시를 모아 간행하였는데, 이것이 바로 『소화집(小華集)』이다. 송대의 『소화집』은 중국 최초로 조선의 한시를 소개한 시집이라고 할 수 있다. 이를 통해 고려 사람들의 한문 수준이 높다는 인식을 중국 문인들에게 심어 주게 되었다. 고려인의 시문은 송·원시기에 중국 문인들의 호평을 받았지만, 그렇다고 중국 문인들이 고려문학을 전격적으로 도입하거나 숭상했던 것은 아니다.

또한 명대에 이르러 조선은 친명정책을 세웠지만, 학문적으로는 주자학을 묵수하면서 당시 명나라에서 유행하던 양명학을 배척했기 때문에, 중국의 문물과 문화를 수용하는 데 소극적이었다. 그러나 조선 문사들은 명나라에서 파견된 사신들과 문장으로 대결하였으며, 조선이 기자(箕子)의 후예로 유교의 나라임을 강조하면서 조선의 문명이 중국에 비해 결코 뒤지지 않음을 자랑하였다. 조선에 온 중국 사신과 조선 접반사와의 수창 시문을 모아『황화집(皇華集)』(세조 3년 1457년에 처음 간행되었음)이 줄곧 편찬, 간행되었다. 안장리는 「조선 전기『황화집』 및 명사신의 조선관련 서적 출판에 대한 연구」에서『황화집』의 시문이 외교적이고 관례적이지만 조선전기 시문 창작의 표준이 되어 이런 수창에 능한 인물들이 관각문학을 대표하게 되었다고 설명하였다.『황화집』의 유행으로 중국에서도 성삼문, 정인지, 신숙주, 서거정 등의 인물들이 유명해지게 되었다고 하였다.『황화집』은 명나라에서 널리 읽혔고, 일본에도 유입되어 일본학자에게도 조선의 한문학 수준을 과시하는 자료가 되었다. 뿐만 아니라『황화집』으로 인해 조선의 중앙 문단에서는 문인스타가 배출되었고 명나라에서 인기를 끌었다고 하였다.27) 명나라에 파견된 조선의 외교 사신 권근(權近, 1352~1409)은 명태조(明太祖) 앞에서 〈응제시(應製詩)〉 24편을 지어 칭찬을 받았을 뿐 아니라, 명태조의 〈응제장구사운시(御製長句四韻詩)〉 3편의 답시(答詩)도 하사(下賜)받았다. 이것은 조선 문인의 문장 수준이 상당함을 중국에 널리 알린 일대 사건이었다. 이후 조선에 온 명사

---

27) 안장리, 「조선 전기『황화집』 및 명사신의 조선관련 서적 출판에 대한 연구」, 『국어교육』 제107집, 한국어교육학회, 2002, 354쪽.

들은 조선 문사들의 시를 얻고 싶어 했으며, 특히 권근의 글을 얻고 싶어 하였다고 한다. 나중에 권근의 〈응제시〉와 명태조의 〈어제시〉는 모두 권근의 『양촌집(陽村集)』에 수록되어 전근대시기에 한·중 문학 외교의 전범으로 광범위하게 읽혔다.

명나라의 조선 시문에 대한 관심은 임진왜란 때 명나라의 지원군으로 수행한 명나라 문인들이 조선에 주둔하면서 더욱 확대되었다. 이때 참전한 오명제(吳明濟)와 조선 문인 허균(許筠)에 의해 선조(宣祖) 33년(1599)에 『조선시선』이 편찬되었다. 『조선시선』은 이때까지 중국에서 간행된 조선 시문집 중에서 가장 규모가 큰 책이었다. 이 시선집은 시인 112명의 시 340수를 수록하고 있다. 시간상으로는 신라 시대부터 조선 선조 대에 이르는 전 시기를 포괄하고 있다. 이 시집은 이후에 중국에서 편찬한 조선 한시 관련 시선집에 매우 큰 영향을 끼쳤다. 같은 시기에 남방위가 편찬한 『조선시선』은 역대 한국 문인의 한시 작품을 수록하고 있는데, 조선시대 시인의 시들을 주로 수록하고 있다. 이와 같이 명대 문인들이 선집(또는 선본)의 형식으로 조선의 한시를 편찬한 것은 조선 시문에 대한 관심을 보여주는 동시에, 조선의 시문이 중국에서 대량으로 전파되는 계기가 되었다. 이와 같이 중국에 전파된 조선 시문 작품은 중국 문인에 의해 여러 종류의 선집으로 편찬되었으며, 중국 문인이 편찬한 선집에 실린 조선인의 시문이 이후의 선집에 재수록되면서 이 시기의 선집들은 하나의 전범이 되었다. 또한 전범이 된 조선 문인의 시문은 조선인의 문학 수준을 과시하는 동시에 중국 문인에게 조선의 시문을 접하고 향유하게 하는 귀한 계기가 되었다. 뿐만 아니라 이로 인해 후대 중국 문인들이 조선 시문을 적극적으로 수집하고 조선 시문 관련 문헌을 편찬하게 하는 동기도 되었다.

명말에 조선 사신 김상헌(金尙憲, 호는 청음(淸陰), 1570~1652)이 명에 가서 중국학자와 교유하는 과정에 그의 시문이 중국에서 널리 전파된 경우가 그 대표적인 예라 할 수 있다. 인조 4년(1626)에 사신으로 갔던 김상헌은 북경에서 중국문인들과 시문으로 화답하여 그의 이름이 중국에 알려졌다. 그는 중국을 유람하면서 지은 시를 제남(濟南)에서 알게 된 장연등(張延登, 호는 화동(華東))에게 보여주었는데, 장연등이 크게 탄복하여 서문을 지은 후에, 김상헌의 시문을 중국에서 간행하였다[28]. 김상헌의 시문은 명말청초의 저명한 학자 전겸익과 왕사정(王士禎, 호는 원정(阮亭), 1634~1744)의 문집에 수록되었으며, 왕사정이 편찬한 『어양감구록(漁洋感舊錄)』에도 그의 시 8수가 수록되었다. 이로 인해 중국에 김상헌의 시가 널리 전파되어 조선의 '청음선생'이란 이름이 중국 문인 사이에서 알려지게 되었다.

홍대용(洪大容, 1731~1783)이 자제군관의 신분으로 사신 일행과 동행하였다. 그는 꿈에 그리던 북경에서 항주(杭州) 출신의 지식인 三才(엄성, 반정균, 육비)와 친교를 맺고 담화하였는데, 항주 삼재(三才)는 조선의 애국 시인 김상헌에 대한 흠모의 정을 표하였다. 김상헌의 학맥을 이었던 홍대용은 그들을 위해 김상헌의 인격과 사상, 가계, 문학작품의 내용, 풍격을 상세히 소개하여 그들을 더욱 감동시켰다. 김상헌의 시문은 홍대용을 통해서 소개하였다는 측면에서 그 영향력이 더욱 확대되어, 청대 문인들로부터 매우 높은 성망을 얻었다. 김상헌의 증손 김창업(金昌業, 호는 가재(稼齋), 1658~1721)도 자제군관의 신분으로 사

---

[28] 중국 각본은 현재까지 발견되지 않았다.

신을 따라 북경에 가서 중국 문인들과 매우 친밀하게 왕래하였다. 그가 지은『노가재연행일기』는 이후 연행록의 교과서가 되었다. 이러한 과정을 통해 조선의 안동 김씨 일가는 중국문인들의 환영과 칭찬을 받았고, 이에 조선의 다른 인사들도 고무되어 중국의 인사들과 교류하게 하였다. 특히 영·정조 시기의 실학자들은 명문 경화사족의 자제들로 높은 수준의 교양과 식견을 갖추고 있었다. 이들은 중국 여행을 통해 다양한 문물을 접하고자 하는 개명된 의식을 지니고 있었다. 이들은 연행길과 북경에서 중국의 저명한 문인들과 교류하는 데 적극적이었으며, 상당수의 시문들을 중국 문인에게 소개하였고, 그들의 명성은 중국에 널리 알려졌다.[29]

18세기말과 19세기 초에 조선 문단에서 명망이 높았던 후사가(後四家)─이덕무(李德懋), 유득공(柳得恭), 박제가(朴齊家), 이서구(李書九)─의 시명(詩名)은 청대 문단에서 인정을 받은 후에 조선에 더욱 크게 알려졌고, 그 과정에서 조선의 권력자들까지 그들의 학문을 인정해 주었던 아주 중요한 사례이다. 유득공, 박제가는 연경에 가서 청의 대학자인 기윤(紀昀), 반정균(潘庭筠), 이정원(李鼎元) 등과 교유하였다. 이들은 청의 신흥 학문인 고증학과 패사소품과 같은 신선한 글쓰기 방식을 조선으로 도입하여 새로운 학문 풍토를 조성하고자 하였다. 역으로 이들은 그때까지 널리 알려지지 않았던 조선의 학단과 시풍을 청인에게 알리기 위하여 조선 문인 개인의 시문을 적극적으로 청인에게 소개하였다. 청의 대유 기윤(紀昀, 자는 효람(曉嵐), 1724~1805)이 박제가에게 보낸 시문에서 "나막신 뒤집어 신고 천하의 문사들을

---

29) 금지아,『한중역대서적교류사연구』, 한국학연구원, 2010, 191~192쪽.

늘 맞았으나, 시 읊조리노라면 조선 선비 가장 그립네(倒屣常迎天下士, 吟詩最憶海東人)[30]"라고 한 것은 기윤이 단지 조선의 문인이었던 박제가 일인의 시문을 칭찬한 것이 아니라, 조선 시단의 수준을 인정해 준 것이라 할 수 있다.

조선 후사가의 뒤를 이어 조선의 대학자인 김정희(金正喜)의 입연(入燕)은 19세기 초반에 조·청 문화교류사에 있어 신기원(新紀元)을 개척한 사건이라 할 수 있다. 그는 청의 수많은 대유(大儒)와의 교유를 통해 청대 문화의 동점(東漸)에 위대한 공을 세웠다. 아울러 김정희와 그의 주변 조선 학인들은 청대 문인들과 교유를 통해 조선의 학술과 문학을 청인에게 소개하였으며 청인들이 조선의 학문과 시문에 관심을 갖도록 하였다. 김정희와 밀접한 교유관계를 갖은 청대 학자 왕희손(汪喜孫, 자는 맹자(孟慈), 1786~1847)이 편찬한 『해외묵연(海外墨緣)』을 통해 이와 같은 사실을 알 수 있다. 왕희손은 도광 17년(1838)에 조선 학자 김정희와 권돈인(權敦仁, 호는 이재(彝齋), 1793~1859)으로부터 받은 편지를 모아 『해외묵연』[31]을 편집하였다. 이 척독집에 당시 조·청 양나라 문단에 아주 중요한 학술 문제인 음운학(音韻學), 교수학(校讎學) 등의 문제가 제기되어 있고, 『고문상서소증(古文尙書疏證)』, 『황청경해(皇淸經解)』 등 경적에 관한 소견을 서술하고 있다. 또한 조선 학자 김정희와 권돈인의 개인 시각으로 청대 여러 명유들의 서술

---

30) 朴齊家, 〈追次曉嵐見寄詩韻, 附原韻紀昀〉, 『貞蕤閣集』(五集), 『韓國文集叢刊』 261, 서울: 민족문화추진회, 2001.

31) 19세기에 淸人이 편찬한 『海外墨緣』에 조선인의 한시가 수록되어 있지 않기 때문에 본 연구에서 다루지 않기로 한다. 『海外墨緣』의 작자와 특징에 대한 연구는 졸고 『汪喜孫과 朝鮮文人의 往來 尺牘에 대한 고찰』(『大東漢文學』 제37집, 대동한문학회, 2012.12)을 참고하기 바란다.

을 논하여 청대 학문에 대한 그들의 비판적 태도를 보여주었다.[32]

그러나 왕희손이 편찬한『해외묵연』을 통해 청인들의 조선 문단에 대한 태도도 여실히 알 수 있다. 청인 유육숭(劉毓崧, 1818~1867)과 이조망(李祖望, 생졸년 미상)이 써준『해외묵연』의 서문과 발문을 통해서는 청의 학자들이 조선 문단에 대한 높은 평가를 하고 있었던 사실을 잘 알 수 있다.

다른 한편으로, 조선으로 간 명·청 양대 사신들이 조선에서의 경험을 바탕으로 편찬한『조선기사(朝鮮記事)』,『봉사록(奉使錄)』,『조선부(朝鮮賦)』,『사조선록(使朝鮮錄)』 등 조선 관련 기록들[33]을 통해서도 조선의 문화, 예술, 문학 등 다방면의 지식이 중국 문인들에게 소개되었다. 이와 같은 조선 문화 관련 문헌은 중국 문인들에게 조선 한시문학을 알아보는 참고서가 되었으며, 후대 중국 문인들이 조선 한문학을 수용하고 조선 문학에 관심을 갖게 하는 매개체가 되었다.

이상에서 살펴본 바와 같이 고려시기부터 조선 후기까지 한·중 양국의 문인들이 문학, 문화 교류를 통해 상대방의 문단을 깊이 있게 이해하고 있었으며, 양국 문인의 시문집이나 개별 시문작품이 꾸준히 이국의 독자층을 형성하고 있었음을 알 수 있다.

---

32) 등총린 저/박희영 역,『추사 金正喜의 또 다른 얼굴』, 아카데미하우스, 1994, 434~447쪽.

33) 이와 같은 대표적인 문헌기록은 明代 倪謙의『朝鮮紀事』,『奉和朝鮮倡和集』, 張寧의『奉使錄』, 董越의『朝鮮賦』,『朝鮮雜志』, 龔用卿의『使朝鮮錄』, 朱之藩의『奉使朝鮮稿』, 淸代 阿可敦의『東游集』,『奉使圖』, 柏葰의『奉使朝鮮驛程日記』, 尤侗의『朝鮮竹枝詞』, 徐振의『朝鮮竹枝詞』 등이 있다.

2. 청대 조선한시문헌의 대대적 수용

임진왜란 때에 명나라의 오명제와 허균의 교유를 통해 많은 조선인의 시문집이 명나라에 유입되었다. 그러나 당시 오명제를 비롯한 명대 사신들과 허균을 비롯한 조선 사신들의 교유는 나라의 의무를 수행하는 과정에서 수반된 교유로 어느 정도의 한계가 있었다. 더구나 사신이 아닌 조·청 문인들의 사적인 교유에 대한 기록은 보이지 않는데 이는 당시 '인신무외교(人臣無外交)'라는 금령이 엄했기 때문이었을 것이다. 청대 초기에 양국의 문화 교류는 그다지 활발하지 않았지만, "청에서 온 사신이 조선의 시문과 필법을 보기를 원하자, 『동문선』과 『청구풍아』에 실려 있는 시문을 초록하여 주었다."[34]는 기록으로 보아 청인의 조선인 시문에 대한 관심은 여전하였음을 짐작할 수 있다.[35]

영조 43년(1767)에는 홍대용(洪大容, 1731~1783)과 김재행(金在行)이 북경에 가 있던 항주 삼재(三才)와 교유를 하였는데 이때 조선 사신들과 청인들의 창화시와 왕래 서찰을 엮어 『일하제금집(日下題襟集)』을 편찬하였다. 『일하제금집』에는 조선 사신 6인(李基聖, 金在行, 洪大容, 李烜, 金善行, 洪檍)과 청 항주 출신 지식인 삼재(三才)가 주고받았던 시문과 서찰, 그리고 화상(畵像)이 수록되어 있다. 조선 사신의 일행이

---

34) 肅宗 21(1695), 『肅宗實錄』 21년 1월 12일조, "虜使求見東國詩文及筆法, 抄謄東文選, 青丘風雅所載者與之, 亦擇善寫人, 寫字示之."

35) 이러한 청의 요구로 조선에서 급조된 것이 이른바 『별본동문선』이다. 본디 이름은 『동문선』이나 서거정의 그것과 구별하기 위해 편의상 『별본동문선』으로 불린다. 『별본동문선』에 대해서 이종묵의 「조선 중기의 한시선집」(『정신문화연구』 제20집, 한국학중앙연구원, 1997)에 상세하다. 또 서울대학교 규장각 편 영인본 『별본동문선』(송상기 (외 저), 1998)이 있다.

었던 홍대용이 연경에서 만난 항주 문인들과의 문화교류를 통해 편찬한 『항전척독(杭傳尺牘)』(『건정동필담(乾淨衕筆談)』 포함), 『을병연행록(乙丙燕行錄)』에는 중국문인이 편찬한 문헌자료에는 수록되어 있지 않은 자료가 많다. 이 자료들은 18세기 홍대용 등 조선 사신의 문학과 한·중 문화 교류 연구하는 데 귀중한 문헌들이다.[36] 이 책은 청인 주문조(朱文藻)[37]가 건륭 32년(1767)에 엄성(嚴誠)의 유언을 받들어 편찬한 것으로 현재 원본은 전해지지 않고, 청 도광 30년(1850)에 나이지[38]가 주문조 편찬본을 저본으로 삼아 필사한 재초본이 중국 북경대학, 한국 서울대 중앙도서관과 국사편찬위원회 등의 도서관에 소장되어 있다. 청인 엄성이 편찬한 『일하제금집』은 조선과 청대 문단에 많은 영향을 끼친 것으로 보인다. 특히 중국 문인과 조선 사신들의 개인적인 교유를 통해 이루어진 이 시문집은 후대에 중국 문인들이 조선 시문을 편찬할 때 교과서적인 모범 사례로 활용되었다.

　홍대용과 교유했던 항주 삼재(三才) 중의 한 사람인 반정균도 조선인의 시문에 관심이 많았고, 홍대용에게 『해동시선』 편집을 부탁하였다. 반정균의 조선 시문에 대한 관심과 홍대용이 '조선시선'을 편찬해 준 상황을 홍대용은 『담헌서』에서 아래와 같이 언급하였다.

　　남용익의 『기아』 속에 근래 사람의 시가(詩歌)가 많이 포함되어 있는

---

36) 박현규, 「朝鮮·淸朝人의 燕京 交遊集――『日下題襟合集』의 발굴과 소개」, 『한국한문학연구』 제23집, 한국한문학회, 1999, 299~231쪽.

37) 朱文藻(1735~1806), 자는 映漘, 호는 郎齊, 東軒, 壁谿이며, 浙江 杭州 사람으로 淸代 장서가이자 금석학자이다. 저서로는 『碧溪草堂詩文集』, 『壁溪叢鈔』 등이 있다.

38) 羅以智(?~1860), 자는 鏡泉이며, 新登 사람이다. 저서로는 『新門散記』, 『金石取見錄』, 『怡養齋詩集』 등이 있다.

가 묻자, 나는 고금(古今) 시인의 시가가 모두 포함되어 있으며, 만약 한번 읽으시려면 훗날 부쳐주겠다고 말했다. 그는 번거로운 일이 될까 걱정된다고 하여 나는 어려운 일이 아니라고 했다. 『기아』에 수록된 시인의 이름 아래 그들의 약력이 기술되어 있는가를 물었다. 나는 소략하니, 다시 해동 시가를 편집하여 시인들의 약력을 자세히 적어서 보내겠다고 약속했다. 그는 매우 좋다고 했다.[39]

홍대용은 항주 삼재와 여러 차례 만나 필담을 나누었는데 반정균이 조선 역대 시문선집인 『기아(箕雅)』에 대해 언급한 것을 볼 때 그가 일찍이 조선 시문에 많은 관심을 갖고 있었던 것을 알 수 있다. 홍대용은 귀국 후에 자신은 시가에 정통하지 않다는 이유로 부친의 벗인 민백순(閔百順, 1711~1774)에게 부탁하였다. 민백순이 이를 흔쾌히 받아들여 홍대용과 몇 차례 의논한 끝에 영조 43년(건륭 31년, 1767)에 『해동시선』을 편찬하였다. 이 책에는 신라 진덕왕에서 조선 영조 연간까지의 인물, 특히 『기아』 이후의 시인과 작품이 많이 수록되어 있다. 이 책은 편찬 직후에 연행 가는 제삼자 편으로 중국으로 보내졌다. 『해동시선』은 원래 4책 본으로 되어 있었으나, 현재 북경대학 고적실에 2책만 소장되어 있다.[40]

또 홍대용은 항주 삼재를 위해 장편 산문인 『동국기략(東國紀略)』을 지었다. 이 책에서 그는 조선의 역사와 문화, 풍속 등을 체계적으로

---

39) 洪大容, 『湛軒書』외집, 권2 「乾淨衕筆談」 2월 12일조, "蘭公曰, 箕雅一書多近代人詩耶? 余曰, 古今皆人焉. 如欲一覽, 後當寄上. 蘭公曰, 恐費事耳. 余曰, 不難. 蘭公曰, 此書各人名下記其氏爵否? 余曰, 略有之. 當以此等幾篇, 合而增損之, 詳記氏族而付送. 蘭公曰, 極好."

40) 박현규, 「북경대학장본 조선 민백순 편찬 『海東詩選』의 落穗와 補完」, 『韓民族語文學』 제38집, 한민족어문학회, 2001.6, 285~305쪽.

소개하고, 조선 문인들의 시문 작품도 소개하였다. 홍대용은 중국 문인들에게 조선의 시문집과 역사기록을 보내주어, 중국 문인들로 하여금 조선의 역사와 문학을 더욱 잘 이해할 수 있게 한 것이다.[41]

홍대용이 편찬한『동국기략』과『해동시선』이 중국에 유입된 사례를 통해 18세기 중후반 한·중 문인 직접 교유를 통해 조선 시문집이 중국에 유입된 상세한 과정을 파악할 수 있다. 또 중국 문인들이 조선의 시문에 관심을 가지고 의도적으로 조선 시문을 수집하려고 했던 상황도 엿볼 수 있다. 이와 같은 조선 시문집의 편찬사례는 한·중 문화교류사에서 아주 중요한 사건이며, 이와 같은 사례는 명인 오명제가 조선 문인 허균을 통해『조선시선』을 편찬하고, 이를 중국에 전파한 상황과 아주 유사하다. 결과적으로 위와 같은 한·중 문인 간의 직간접 교유는 조선 시문선집이 편찬되어 중국에 유입되는 계기와 매개체가 된 것이다.

18세기말부터 조선 실학파 계열에 속한 조선 문인들은 청에 가서 청인들과 광범위하게 교유하였는데 그들은 청대 문인들과 교유하는 동시에 개인의 시문과 동인의 시문을 적극적으로 청나라 학자에게 소개해주었다. 여기서는『한객건연집(韓客巾衍集)』의 예를 통해 이를 살펴보기로 한다.

『한객건연집』은 유득공의 숙부인 유금(柳琴)이 이덕무, 유득공, 박제가, 이서구의 시문을 모아 편집한 책이다. 유금은 1776년에 동지사의 부사였던 서호수(徐浩修, 1736~1799)를 따라 연경에 가게 되었다. 유금은 청나라의 저명한 문인인 이조원(李調元, 1734~1802)을 찾아가

---

41) 금지아, 앞의 책, 192~193쪽.

서문을 받았고, 이조원은 그의 친구인 반정균에게도 『한객건연집』을 보여주며 서문을 부탁하였다. 그들은 서문을 쓴 다음, 시문에 일일이 평점을 하기도 하였다. 이조원은 서문에서 '사가(四家)'의 시에 대해 "지금 사가의 시를 보니, 그들의 재주는 깊고 웅장하며, 그들의 절개는 강직하고 경고하다. 그 기운은 크고 넓으며, 그 언사는 진심되고 신중하다."42)라고 높게 평가하였다. 이 시집이 이조원과 반정균에게 높은 평가를 받게 된 것이 알려지자 조선에서도 이 시집의 가치가 더욱 높아지게 되었다. 그리하여 중국 문인들의 평점을 구하려는 경우가 점차 많아지게 되었고 이런 과정에서 자연스럽게 조선인의 개인 시문집이나 개인 시문작품이 대량으로 중국에 유입되었다.

청대 문인들도 조선의 '후사가'의 시문에 대해 많은 호평을 가하는 동시에 조선의 시문집을 개인이 편찬한 총서(叢書)에 싣거나 별도로 출판하기도 하였다. 그 한 예로 이조원이 청 가경(嘉慶) 6년(1801)에 간행한 『속함해(續函海)』에는 이덕무의 『청비록(淸脾錄)』이 수록되어 있다. 유득공의 『이십일도회고시(二十一都懷古詩)』는 정조 2년(1778)에 조선에서 편찬되었는데, 편찬되자마자 곧이어 연행 사신의 일원으로 연경에 간 이덕무, 박제가를 통하여 청대 문인들에게 소개되었다. 그리하여 청인 이정원(李鼎元), 심심순(沈心醇)으로부터 제찬을 받고, 반정균으로부터 평점을 받았다. 또한 유득공이 정조 14년(1780)에 연행사로 연경에 나가면서 이 책을 청의 대학자인 기윤에게 주었으며, 기윤도 주위 사람들에게 보여주었다. 광서 3년(고종 14년, 1877)에 청나라

---

42) 柳得恭(외), 『한객건연집』序, "今觀四家之詩, 沈雄者其才, 鏗鏘者其節, 渾浩者其氣, 鄭重者其詞."

학자 조지겸(趙之謙)은 『이십일도회고시』를 중국에서 간행하였고, 이 책을 『앙시천칠백이십구학재총서』 제1집에 수록하고 상재(上梓)하게 되었다. 박제가의 『정유고략』도 청인 오성란(吳省蘭)에 의해 가경년간에 청이당(廳彝堂)에서 간행된 『예해주진(藝海珠塵)』 총서 중에 수록되었다.43)

19세기에 들어와 한·중 문인들의 교유 양상은 더욱 다양하게 전개되었다. 조선 문인들은 연행을 매개로 중국에 가서 직간접적으로 중국학자들과 교유했으며, 중국 문인들도 적극적으로 조선인의 시문을 수집하기를 원하였다. 청대 문인 동문환(董文渙)은 조선의 역대 시선집인 『조선시록』을 편찬하려고 하였다. 그는 청에 온 조선 사신과 교유하는 과정에서 조선 문인들의 시문 자료를 수집하였다. 그가 조선 시문을 수집한 의도와 기준은 동치 2년(1863)에 쓰여진 김석준(金奭準)의 『홍약루고(紅藥樓稿)』44) 서문을 통해 엿볼 수 있다.

> 국초에 여러 선배들이 『조선채풍록』이나 『일본시선』 등의 책을 편집하였는데, 그 문장을 드러냈지만, 그 지방의 풍토를 다루지는 못했다. 지금 소당(金奭準의 호)의 이 문집은 선현이 누락시킨 바를 보완하기에 충분하다.45)

---

43) '後四家'의 저서물은 중국에서의 간행에 대하여 박현규의 「중국에서 간행된 조선후사가 著書物 總攬」(『한국한문학연구』 제24집, 한국한문학회, 1999)을 참고하였음.

44) 董文渙이 말했던 『紅藥樓稿』는 『紅藥樓詩初集』이라는 이름으로 1865년 간행된 시집이다. 제명은 「和國竹枝詞」이고 오언율시 22수를 수록하고 있다. 임형택이 편집한 『여항문학총서』(5) 목록에서는 '紅藥樓詩集(和國竹枝詞)'이라 표기하고 있다. 이상은 모두 동일한 詩集으로 보인다.

45) 金奭準, 『紅藥樓稿』 서문, "國初諸老, 曾有朝鮮采風錄, 日本詩選各書, 然但著其文章, 而未及其風土, 今小棠此編, 尤足補前賢所闕略."

이 서문을 통해 알 수 있듯이 중국에서는 이전부터 조선 시문집을 편집해 왔지만, 조선의 풍토, 즉 풍속이나 문화까지 수록하지 못한 것에 대해 불만이 있어 왔다. 이에 동문환은 개인적으로 조선 시문집 편찬을 통해 조선의 역사와 풍속까지 다 담아낸 새로운 수준의 시선집을 기획한 것이다. 그는 북경에 온 조선 사신에게 부탁하여 다양한 조선 시문집을 적극적으로 수집하였다. 동문환이 1861년부터 1877년까지 10여 년 동안 수많은 조선인과의 교유를 통해 조선인의 시문 작품을 수집하는 한편, 조선인의 시문을 선별하여『조선시록』을 편찬하였다. 동문환이 조선 시문을 수집한 기록은 그의 개인 일기인『연초산방일기』에 상세히 기록되어 있다.46)

조선 문인들은 동문환이『조선시록』을 편찬한다는 소식을 접하자 개인의 시문집이나 동인들의 시문집을 임시로 편찬해서 동문환에게 보내주기도 하였다. 앞에서 언급한 김석준은 역관의 신분으로 동문환과 밀접한 교류관계를 맺었다. 그가 자신의 문집인『홍약루고』를 동문환에게 보내어 서문을 부탁한 데에는 자신의 시문을『조선시록』에 수록해달라는 의도가 있었을 것이다. 뿐만 아니라 그는 역관 출신의 조선 시인 6인의 시문을 모아『해객시초(海客詩鈔)』라는 제목으로 편찬한 뒤에 동문환에게 보내주기도 하였다.47) 동문환과 직접 만나지는 못하였고, 간접적인 교유를 한 조선 문인 김영작(호는 소정(邵亭),

---

46) 董文渙이『朝鮮詩錄』을 편찬하기 위해 조선인의 시문집을 수집한 과정에 대해 졸고
　　「通過董文渙日記攷朝鮮詩文集流入中國及朝鮮譯官的作用」(『東亞人文學』第12輯,
　　2007.12, 256~276쪽)에서 고증한 바가 있다.
47)『海客詩鈔』가 중국에 유입된 과정에 대하여 졸고「『海客詩鈔』研究—傳抄本爲中心」
　　(연세대학교, 석사논문, 2005)을 참조.

1802~1868)도 자신의 시문을 동문환이 편찬하고 있던 『조선시록』에 수록해 주기를 바랐다. 그는 개인시문을 뽑아서 『존춘헌시선(存春軒詩選)』이라는 제목으로 편집해 동문환에게 보냈다.[48] 동문환이 『조선시록』을 편찬하게 된 경위와 조선 문인들이 앞 다투어 동문환에게 조선 시문집을 보내준 기록들은 조선 시문집이 중국으로 유입되는 경로를 구체적으로 보여주는 귀중한 자료이다.

동문환을 이어 청인 이현정(李賢挺)은 조선 시선집인 『삼묘시선(三泖詩選)』[49]을 편찬하였다. 이 시선집에 조선 강위(姜瑋, 1820~1884)를 비롯한 16명의 시 127수가 수록되어 있다. 강위는 연행을 통해 중국에 시명을 떨쳤고, 많은 청인들과 교유했기 때문에, 『삼묘시선』에 수록된 조선 시문이 강위(姜瑋)를 통해 중국 쪽에 전달되었을 가능성이 크다. 이현정이 편찬한 『삼묘시선』은 동문환의 『조선시록』 뒤를 잇는 조선 시선집으로 조·청 문화교류사에서 의미 있는 저작이라 할 수 있다.[50]

앞에서 고찰했듯이, 청인과 조선 문인들이 교유하는 과정에서 조선의 시문집이 대량으로 중국에 유입되었다. 이와 동시에 청인들이 조선 지인(知人)들과 교유하는 과정에서 얻어진 창화시나 동시대 조선

---

48) 졸고, 「『存春軒詩鈔』傳入中國攷」(『한중인문학연구』 제27집, 2009.8)에서 『存春軒詩鈔』의 필사 상태와 문집 내용을 소개하여, 이 시문집이 중국으로 유입된 배경과 과정을 상세하게 고증한 바가 있다.

49) 『三泖詩選』은 계명대학교 동산도서관에 소장되어 있으며, 이 책은 제3권만이 남아 있다. 현재까지 淸人 이현정에 관한 행적을 알 수 없는 상황이다. 이 시선집의 서, 발문이 없어 이 책의 편찬 경위를 확인할 수도 없다. 본 연구에서 『三泖詩選』을 다루지 않았고, 향후 자료의 발굴과 문헌적 고찰에 대한 연구는 계속할 것이다.

50) 계명대학교 한국학연구원 편, 『계명대학교 동산도서관 소장 선본 고서 해제집2』(계명대학교출판부, 2009), 215~220쪽.

문인들의 시문이 적극적으로 편찬되는 현상이 나타났다. 이와 같은 시문집에 수록된 조선인의 시문을 통해 조·청 문학 교류의 구체적 양상을 이해할 수 있으며, 조선 한문학이 중국으로 전파된 과정도 상세히 파악할 수 있다. 또 청인이 편찬한 조선한시문헌은 조·청 문인들 간의 직간접 교유를 통해 산생된 것이라는 점에서, 그들이 조·청 문화와 문학의 전파자 역할을 하였으며, 그들의 문화 교류는 조·청 간의 지식 소통의 주요 경로였다는 것임을 알 수 있다.

3. 여성 한시문헌의 흥성과 조선 여성 한시에 대한 인식 확대

중국에서 여성의 시문 창작은 그 역사가 장구하다. 가장 오래된 시가선집인 『시경』에도 여성이 화자인 작품이 다량 수록되어 있으며, 선진(先秦)부터 양한(兩漢) 사이에 편찬된 문헌 자료에도 여성의 시문 작품이 풍부히 실려 있다. 당·송시기에 이르러 중국 여성의 시가 창작은 더욱 많아져, 『전당시』에도 109명의 여성의 한시가 수록되었다. 특히 설도(薛濤, ?~834), 이청조(李淸照, 1084~1151) 등의 여성 시인들이 등장하면서, 그들의 시문 작품은 크게 전파되었다. 하지만 이 시기의 여성 시인은 봉건사회가 제정한 남존여비 등 종법사회 특유의 금고(禁錮)로 여성 시인들이 개인적으로 남성과 같은 교육권이나 창작권을 가지지는 못하였다.

명대 역시 유학이 지배이념으로 있던 봉건사회였지만, 주자학이 조선처럼 그렇게까지 압도적이지 않았다. 상류층 사람들이 애호하는 일들은 하류층으로 갈수록 더욱 유행하게 되어 최고 통치자들이 무엇을 좋아하느냐에 따라 자연히 이문화(異文化)를 추구하는 사람들이 날이 갈수록 더욱 많아졌다. 남존여비의 대질서(大秩序) 아래에서, 비록 남성 중심 사회에 나타난 이문화 추구 욕구를 위한 일종의 조미료 역할이었지만, 여성이 시를 창작할 수 있는 작은 공간은 허용이 되었다. 또한 새로움을 추구하는 욕구로부터 명대 문인들은 명원(名媛) 여류 시인들과 왕래하는 것을 즐겼다. 재능 있는 남녀 시인들이 서로 시를 주고받고 화답하는 일들은 문단 풍류의 염사로 여겼으며, 이로 인해 여성 '규문' 시의 시대적 대유행의 바람이 일어나면서 규수 시집들이 대량으로 나왔다.[51] 동시에 명대의 상업 출판문화는 여성들이 시문 창작을 추진하게 하였으며, 이 시기에 여성들의 개인 시문집까지 간행되어 세상에 유행하였다.

명대 여성 문학의 흥성은 16세기에 출현된 몇 종류의 여성 시문선집에서 잘 드러나고 있다. 이 시기에 장지상(張之象, 1507~1587)이 편찬한 『동관신편(彤管新編)』(1554년에 간행), 전예형(田藝衡)이 편찬한 『시여사(詩女史)』(1557년경), 여호(酈琥)가 편찬한 『동관유편』(1567년 간행), 지상객(池上客)이 편찬한 『명원기낭(名媛璣囊)』(1595년 간행) 등에 명대까지 유행한 여성들의 한시가 수록되어 있다. 16세기 여성 개인의 시문집과 시선총집의 간행은 당시 상업적인 출판문화도 밀접한 관계가 있다.

16세기에 중국 여성 시작품이 대량으로 유통되고, 또한 편집 출판된 여성 시집들은 일대 바람을 일으키며 유행을 한다. 이러한 중국 시단의 시대적 바람은 조선에 출정한 명나라 문사들에게도 많은 영향

---

51) 김성남, 『許蘭雪軒시연구』, 소명출판, 2002, 27~28쪽.

을 끼쳤을 것이다. 명나라 오명제는『조선시선』을 통해 조선의 역대 시문을 중국 문인에게 총체적으로 소개하였으며, 이런 과정을 통해 조선의 시문 중에서 여성의 시문이 대량으로 중국에 유입되기 시작하였다. 그중에 가장 유명한 조선 여성 시인이 바로 허난설헌이었다. 『조선시선』에 허난설헌의 시문이 대량으로 수록되었고, 이로 인해 허난설헌의 시문은 중국 문인들로부터 주목을 받았다.

　허난설헌의 시문이 중국에 유입된 상황을 자세히 살펴보자. 허초희(許蘭雪軒, 1563~1589)는 자는 경번이며, 호는 허난설헌이다. 그는 허균의 누이로 어릴 때부터 시문에 뛰어났으나, 불행한 결혼생활로 27세에 세상을 떠났다. 허균은 누이의 시문을 모아 간행하려고 하였는데, 만력 34년(1606)에 명나라 사신 주지번(朱之蕃)과 양유년(梁有年)이 조선을 방문했을 때 종사관이었던 허균이 기회를 타서 이들에게 허난설헌의 시문을 보여주면서 서문을 부탁하였다. 이로써 주지번과 양유년의 서문과 제사를 실은『허난설헌집』이 간행되었다. 허균이 편찬한 『허난설헌집』은 이후 여러 경로로 중국에 유입되었고 중국의 역대 시선총집이나 여성 시문선집에 수록되었다. 오명제와 남방위, 주지번을 이어 17세기에 명나라에서 정명앙(鄭明昻)이 편찬한『고금명원회시』, 종성(鍾惺)이 편찬한『명원시귀』, 조세걸(趙世傑)이 편찬한『고금여사』, 명말 청초의 학자 전겸익(錢謙益)이 편찬한『열조시집』, 주이존(朱彝尊)이 편찬한『명시종』 등의 시선집에도 조선 여성의 한시가 대량으로 수록되었다. 그 외에 강희 연간에 편찬된『역조규아』[52]에

---

52)『歷朝閨雅』는 淸나라 康熙年間(1662~1722)에 滿族 문인 揆敍(字는 凱功)가 강희 황제의 명을 받아 편찬한 官刻本 여성선집이다.『四庫未收書輯刊』(四庫未收書輯刊編纂委員會, 北京出版社, 2000, 제10집, 제30책)에 康熙間刻本 12권이 수록되

도 허난설헌의 많은 시문이 수록되어 있다. 이러한 조선 여성의 한시가 중국 문단에서 특별한 관심과 주목을 받게 되면서, 당시 출판된 많은 문헌들이 조선 여성의 한시를 다투어 수록하게 되었다. 17세기에 중국에서 편찬된 조선 여성한시 관련 문헌은 후세 조선 여성 한시를 수집하여 편찬한 가장 중요한 자료의 내원(來源)이 되었다.

이상에서 살펴본 바와 같이, 16세기 말과 17세기 초 조선에 갔던 명대 오명제와 주지번, 남방위 등이 조선 여성의 한시를 편찬하고 명나라에서 간행한 것은 결코 우연한 일이 아니다. 허균의 도움을 받아 오명제가 편찬한『조선시선』, 남방위가 편찬한『조선고시』에 조선 여성 허난설헌, 이옥봉(李玉峯) 등 여성 시인의 한시가 많은 비중을 차지한 것은 허균 개인의 노력만으로는 볼 수 없으며, 오명제가 조선의 여성 시문에 특별한 관심을 갖고 있었기에 조선 여성의 한시가 많이 수록되었을 것이다. 동시기에 주지번에 의해 중국에서 유행한 허난설헌의 개인 시집인『난설헌집』이 조선에서보다는 중국에서 먼저 인정을 받고, 다시 조선으로 역유입되어 뜨거운 논란을 불러일으킨 것도 중국 명대 여성 문학의 유행과 분리해서 논의할 수는 없을 것이다.

18세기에 접어들어 청인 육차운(陸次雲, 호는 북서(北墅))이 편찬한 『역사기여(繹史紀餘)』에 조선의 여성 시인 5명의 시가 수록되어 있다. 우동(尤侗, 호는 회암(悔庵), 1618~1704)이 편찬한『외국죽지사』(조선)에는 허난설헌의 한시가 수록되어 있다. 19세기에 이르러 청인이 편찬한 조선 여성의 한시 문헌은 앞 시기보다 더욱 다양하다. 중국 문인이 편찬한 조선의 여성 시문이 시선집에 수록되었을 뿐 아니라, 시화집

어 있다.

에도 대량의 조선 시문을 수록하여 중국에서 전파시켰다. 이 시기 조선 여성의 시문 편찬은 앞 시기의 조선 여성의 한시 편찬에 큰 영향을 받았다. 또한 청대 여성 시문이 대량 출현하고, 여성 시문에 관한 창작활동과 출판이 일대 바람을 일으키고 유행했던 것과도 밀접한 관계가 있다. 뿐만 아니라 일부 청대 문인, 특히 여성 문인들이 여성과 관련된 문헌을 중요시하였고, 여성의 한시 자료를 체계적으로 정리하는 분위기가 농후했던 것과도 관련이 있다.

이렇게 허난설헌을 비롯한 조선 여성의 한시를 수록한 중국 문헌자료는 17세기 초부터 20세기 초까지 지속적으로 편찬되었고, 이와 같은 상황을 통해 허난설헌을 비롯한 조선 여성 시인은 중국 문인들에게 조선의 시문 '대가(大家)'로 평가를 받은 전형적인 대표 인물이 되었다. 뿐만 아니라 이와 같은 전범적 인물의 작품 감상을 통해 중국 문인들은 조선 여성 시문을 중시하게 되어 중국에서 조선 여성 시문이 대대적으로 수용 편찬되는 계기를 만들었다. 그 결과 명대 후기부터 중국에서 조선 여성의 한시 작품들이 대량으로 유통되고, 편집 출판된 조선 여성 한시 관련 문헌도 많아지게 되었다. 19세기에 이르러 중국학자들이 편찬한 조선 여성 시문 관련 문헌이 더욱 다양하게 출현한 것도 이러한 문화 현상의 연속으로 볼 수 있다.

III
조·청 문인 교유를 통해 산생된 시문선집

　19세기에 이르러 기존의 조·청 양국의 사행 문화 교류라는 바탕 위에, 청에 빈번히 파견된 조선 사행 문인들과 청인들 간의 민간 문화 교류는 청인들로 하여금 조선 시문에 대한 관심도가 급증하게 하였다. 그리하여 청인들은 조선 사신 일행과 교류하는 과정에서 주고받은 수창시문을 의도적으로 수집 및 편찬하게 되었다. 본 장에서는 19세기에 조·청 문인 교유를 통해 산생된 시문집인『좌해교유록(左海交遊錄)』,『추회창화시·속집(秋懷唱和詩·續集)』,『심시집(尋詩集)』을 고찰하고자 하는데, 특히, 이 시문집들의 서지사항, 편찬 경위, 수록내용, 특징과 가치를 중점적으로 논하려고 한다. 이와 같은 시문선집에 대한 연구는 국내외 학계에 처음으로 소개되기 때문에 학문적으로 중요한 가치가 있다고 사료된다.

1. 수방울의『좌해교유록(左海交遊錄)』

　수방울(帥方蔚, 1790~)은 자가 숙기(叔起), 또는 자문(子文), 호가 석촌(石村)이며, 강서성(江西省) 봉신(奉新) 사람이다. 도광 6년(1826)에 진사에 급제, 편수(編修)가 되어 경기도감찰어사(京畿道監察御使) 등을 지냈다. 수방울은 시문이 능하였으며, 저서로 『지문헌시초(咫文軒詩草)』10권, 『자문헌관과록존(紫雯軒館課錄存)』5권이 있다. 그는 고증학에 능통하여 『봉신현지(奉新縣志)』16권을 편찬하기도 하였다.

『좌해교유록』은 수방울이 도광 을미년(1835) 2월까지 편집하고, 1844년에 간행한 것으로 조선 지인과 교류한 시문집이다. 나중에 수방울의 아들 수지헌(帥之憲)이 편찬한 『수씨청분집(帥氏淸芬集)』 총서에 수록되기도 했다. 이는 중국 산서대학교 중문학과 이예(李豫) 교수가 편집한 동문환의 문집인 『한객시존(韓客詩存)』에 부록으로 들어있다. 그러나 『한객시존』의 부록인 『좌해교유록』은 이 시문집의 전모를 알아볼 수 없기 때문에 본 연구에서는 중국국가도서관의 소장본을 저본으로 삼았다.

『좌해교유록』은 서찰과 수창 시문 등 다양한 내용으로 편집되어 있어 수방울이 조선 문인들과 다양하게 문화교류한 내용이 실려 있으며, 19세기 전반 한·중 문인 간 문화 교류의 양상까지도 엿볼 수 있다. 이 '교유록'에 수록된 조선인의 서찰과 시문을 통해 조선시문이 청나라에서 편찬되고 전파된 상황을 파악할 수 있어 『좌해교유록』은 19세기 전반의 한·중 문화 교류를 연구하기 위한 아주 귀중한 자료라고 할 수 있다.

그러나 현재까지 『좌해교유록』의 서지와 내용, 수방울과 조선 문인들과의 문화 교류에 대한 연구는 전혀 이루어진 바가 없다. 이에 본 연구에서는 『좌해교유록』의 서지 사항을 소개하고, 이 책이 편찬된 경위를 고찰하고자 한다. 이어 수방울과 조선 문인들 간 문화 교류의

과정과 특징을 살펴보며, 19세기 전반 한·중 문화 교류의 의미를 밝
히고자 한다.

1)『좌해교유록』의 서지사항

『좌해교유록』은 중국국가도서관 보통고문헌실에 소장되어 있으며,
색서호(索書號)는 '10024:30'이다. 이 문집은 1권 1책으로 책의 내 표지
에 '左海交游錄'이라 되어 있다. 판각 사항은 매면 8행, 행당 21자,
흑구(黑口), 좌우쌍변(左右雙邊), 단어미(單魚尾)이다. 판곽은 18.3cm ×
11.1cm이며, '咫聞軒藏板'이라고 되어 있다. '中國國家圖書館'이라는
장서인이 있으며, 이 책의 서문 끝에 있는 '今論次乙丑以後往來書簡
贈答詩文 總爲一編 名曰左海交遊錄 以志一時投契之正云'과 '道光乙
未二月旣望奉新帥方蔚石村書'라는 기록으로 보아, 이 책은 수방울이
1829년부터 1835년까지 조선 문인들과 교유하는 과정에서 주고받은
척독과 시문을 모아 편찬한 것이고, 서문은 1835년 2월 16일에 쓴 것
임을 알 수 있다.

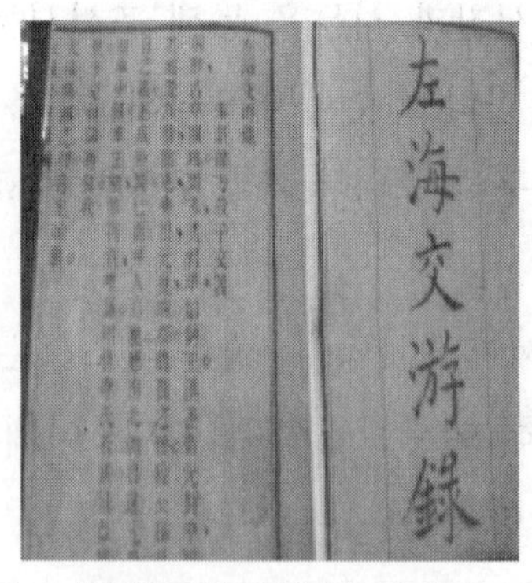

『좌해교유록』의 내표지 및 서문

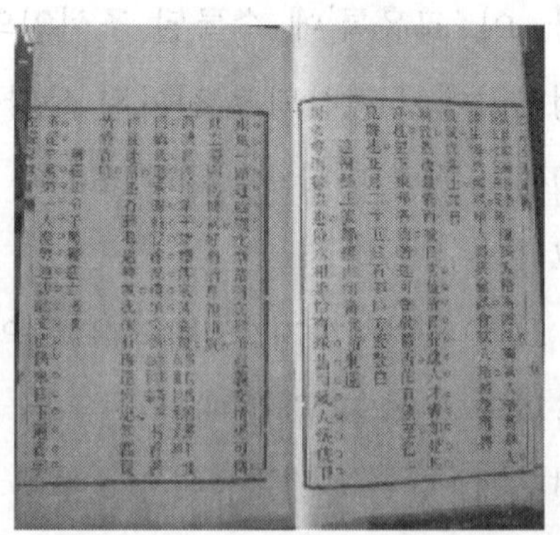

『좌해교유록』에 수록된 조선인의 서찰, 시문

서문 뒤에 목록은 없고, 수방울이 조선인과 서로 주고받은 서찰과 시문이 시간 순서대로 수록되어 있다.

이 문집은 판각할 때 'ㅇ'로 단구를 가하였다. 편집자인 수방울은 시문집에 정독하여 교정한 후 판각한 것으로 보인다. 문집의 원문 부분에는 ' , '로 찍은 평점도 있는데, 문집을 읽은 이가 강조하기 위해 표시한 것으로 보인다. 수창시 부분에서도 동그라미 'ㅇ' 모양으로 찍은 것이 있는데 좋은 시구이거나 강조할 만한 시구임을 뜻하는 것으로 보인다. 그러나 이 평점을 수방울이 찍은 것인지, 아니면 후대 독자가 읽다가 찍은 것인지 현재로는 판단하기 어렵다.

2) 『좌해교유록』이 편찬된 경위와 내용

『좌해교유록』의 '좌해'는 '바다의 좌측'이라는 뜻인데 일반적으로 조선을 의미한다. 제목으로 보면 이 책은 조선인과 교유한 기록물이라는 뜻이다. 이 문집을 편찬한 배경과 이유는 『좌해교유록』서문에 잘 드러나 있다. 서문을 보면 아래와 같다.

조선은 고대 중국의 땅이었으나 주나라 말기에 준(準)이란 사람이 조선의 첫째 왕이 되었다. 한무제 원풍 연간에 그 땅을 취해서, 진번, 림둔, 악랑, 원토 네 개의 지역으로 군을 설치했다. 위나라, 진나라 때 공손, 모용의 난(亂) 이후에 마침내 외국이 되었다가 그 후 고려에 속하게 됐다. 고려는 남북조시대부터 원·명의 시대에 이르기까지 중국을 정성껏 섬겨 정삭을 받들고 조공의 예를 다해왔다. 명나라 시대에는 조선을 지배하는 이씨가 국호를 바꿔 주기를 요청하였고, 이에 다시 조선으로 불리게 되었다. 청나라의 개국 초기에 먼저 조선을 평정하여 숭덕 2년에 조선 왕족들은 청나라에 귀순하여 자기 후손들이 중국과의 신하 관계를 지키며 공손하게 중국을 섬기겠다고 하였다.

동이(東夷)는 천성이 유순하다고 했으니 중국의 변방국가(이를 중국에서는 '외이(外夷)'라고 칭함)의 나라들 중에서 유독 조선과 월남이 경사를 통달하고 문예에 능숙한 나라였다. 특히 조선은 유능한 학자들이 특히 많이 배출되는 나라로 월남이 미치지 못하는 바이다.

명나라 태조 때 처음으로 향회시를 도입하여, 고려와 월남의 공사들이 경사에 와서 과거 시험에 응시할 수 있게 되었는데, 홍무 4년(1371)에 고려 출신인 김도(金濤)가 제3갑 5등으로 진사에 급제하게 되었다. 이런 성적은 다른 나라 사람들은 감히 바랄 수도 없는 수준이었다.

지금도 조선에는 문에 능한 선비들이 많다. 이들은 왕왕 청나라 명사(名士)들과 교유하여 그들의 명성에 힘입어 이름을 알리기도 한다. 도광 6년(1826)에 내가 3등으로 진사(進士)로 급제하여, 중국의 명공(名公)들이 전시(殿試)에서 내가 작성한 대책(對策) 문장을 격찬하였다. 이러한 사실이 조선에 알려지면서 김영작, 홍양후 등의 문사들이 서로 앞 다투어 나와 친교를 맺고자 하여 서신으로 안부를 전해 오는 것이 매년 그치지 않았다. 조선 사신들은 직접 방문하여 만나기를 청하고 한 번 만나 보는 것을 영광스럽게 여겼다. 조선 문사들은 연경에 오게 되면 미리 서찰을 보내 스스로 청하려 하고, 국내(연경)에 있는 경우에는 서신으로 안부를 전하기도 하였다. 그 중에 혹 서로 만나기도 했으니 노철흠, 이형기, 정원용, 원용의 아들인 기세, 홍경모, 성재시 등이 그들이다. 직접 만난 적이 없는 문인으로는 김영작, 김이문, 홍양후, 홍현주, 홍희준 등이 있다. 이들은 모두 좋은 만남을 기대하면서 만나지 못하고 있는 것을 걱정하는데 비록 명예를 추구하는 마음에서 나온 것이나 앙모하는 정성은 또한 훌륭하다 할 만하다.

이제 을축년 이후 서로 주고받은 서신들과 증답했던 서문들을 모아서 한편으로 묶어 『좌해교유록』이라 이름을 하였다. 한 때 의기투합했던 마음을 담은 것이다.

도광을미(1835) 2월 16일 봉신 수방울 석촌 씀[53)

위의 서문을 통해 알 수 있듯이 당시 조선의 문사와 지식인들이 연경에 와서 청대 명사에게 의탁하여 자신의 명성을 높이려는(依附中朝名士, 藉其聲望, 以自爲名) 의도가 보인다. 그러나 수방울은 조선 '능문지사(能文之士)'의 재준과 '앙모지성(仰慕之誠)'에 감동하여 그들과의 왕래 서찰과 증답시문을 편찬하고, 그때의 우정을 기념하는 뜻으로 이 시문집을 편찬한 것이다.

수방울이 조선 인사와 교유한 시기는 도광 6년(1826)이며, 그가 제삼[探花]으로 진사(進士)에 급제하여, 그의 대책(對策)이 조선에까지 알려진 것이 계기가 되었다. 이에 조선 인사들은 수방울의 이름을 알았고, 연경에 갔던 사신은 물론, 갈 수 없었던 인사들도 서찰을 통해

---

53) 帥方蔚, 『左海交遊錄』 序文, "朝鮮, 古中國地. 周末, 其君準始成王. 漢武帝元豊中, 取其地置眞番·臨屯·樂浪·元菟四郡. 魏晉之世, 經公孫·慕容之亂, 遂成外國, 已而併入高麗. 歷南北朝以逮元明, 服侍中國. 奉正朔, 修朝貢唯謹. 明世, 李氏有國, 請改國號, 於是復稱朝鮮. 我大淸開國之初, 首定朝鮮, 太宗崇德二年, 其王倧歸降, 子孫世守臣節, 號稱恭順. 前史所云, 東夷天性柔順, 信不虛也. 諸外夷惟朝鮮, 越南頗通經史, 嫺文藝, 而朝鮮人物紛匹, 才儁輩出, 又越南所不及. 昔明太祖始擧 鄕會試, 令高麗安南得貢士京師, 而洪武四年, 高麗人金濤, 以第三甲第五名成進士, 此汛非佗國所敢望矣. 今朝鮮多能文之士, 往往依附中朝名士, 藉其聲望, 以自爲名. 道光六年, 余以第三人及第, 廷對策, 大爲諸名公激賞. 傳入朝鮮, 而金永爵, 洪良厚之徒, 爭願納交, 詒書問訊, 歲歲不斷. 至於使者, 則造門求謁, 以一見爲榮. 入都下者, 投刺以姓名自通. 居國中者, 寓書以文字來質. 其間或相見, 盧哲欽·李亨基·鄭元容·元容子基世·洪敬謨·成載詩等, 或未嘗相見, 金永爵·金彝問·洪良厚·洪顯周·洪羲俊等. 皆自托交好. 恐不得當, 雖其好名之心, 而仰慕之誠, 亦足尙也. 今論次乙丑以後往來書簡, 贈答詩文, 總爲一編, 名曰左海交游錄, 以志一時投契之疋云. 道光乙未二月旣望奉新帥方蔚石村氏書."

수방울과 교유관계를 맺었다. 그 중에 직접 연경에서 만난 조선 인사
는 노철흠, 이형기, 정원용, 원용의 아들인 정기세, 홍경모, 성재시
등이 있고, 직접 만나지 못하였지만 서찰을 통해 교유한 사람은 김영
작, 김이문, 홍양후, 홍현주, 홍희준 등이 있다. 『좌해교유록』의 상세
한 내용을 도표로 정리하면 아래와 같다.

서호	발신	수신	발신 시간	주요 내용	비주
1	帥方蔚	金永爵	신묘(1831) 정월이십일	金永爵의 서찰 답신. 김소정이 자신을 찬미한 것에 겸손한 태도를 전달함. 김씨와 조선인의 저술을 구함.	書之一
2	金永爵	帥方蔚	이축(1829) 사월십오일	서찰을 보낸 이유를 밝힘. 서로의 왕래를 바람. 서선 하나, 초미필 열 자루, 석남비 한 책을 선물로 전함.	書之一, 帥金交往緣由和經過又見金氏 『邵亭詩文稿』
3	金彝問	帥方蔚	道光九年(1829)十月二十七日	訃告, 金思植의 夫人 李氏가 八月七日에 세상을 떠남.	
4	金彝問	帥方蔚	庚寅(1830)十月二十日	지난번에 서찰이 늦게 도착한 이유를 알려줌. 이번에 김소정의 서찰을 전달해줌.	
5	金永爵	帥方蔚	道光十年(1830)十一月二十日	모친상을 당한 슬픔을 토로함. 지난번 서찰이 늦게 도착한 이유를 알려줌. 李雨帆에게 보낸 서찰의 전달을 부탁함. 이번에 연경에 갈 벗인 李亨基를 소개해줌.	書之二
6	帥方蔚	金永爵	道光十二年(1832)正月二十日	김소정의 모친상에 대한 위로를 전함. 자신의 저작을 소개하며 아직 간행하지 못해 보내줄 수 없음을 알려줌. 당세 위학 지도를 논하면서 김소정의 朱陸 爭議에 대한 잘못된 인식에 대해 자신의 의견을 전함. 『儒門法語』 1책을 보내줌.	書之二

7	帥方蔚	金永爵	道光十二年(1832)正月	詩 1首, 寄懷朝鮮金邵亭解元	五古1首
8	帥方蔚	洪良厚	道光十二年(1832)正月二十五日	洪良厚의 서찰에 대한 답신. 중국의 과거 제도를 알려줌. 홍씨의 저술을 구함.	書之一
9	帥方蔚	鄭元容	道光十二年(1832)二月	詩 2首, 送朝鮮正使鄭經山尚書元容東還	七律2首
10	帥方蔚	鄭基世	道光十二年(1832)二月	詩, 贈經山令子周谿進士基世	七律2首
11	金永爵	帥方蔚	道光十一年(1831)十一月四日	안부를 전하고 帥方蔚의 저술을 부쳐주기를 요청함. 『性理字訓』을 구함. 李雨帆에 드린 서찰을 전달하기를 부탁함.	6帥氏回信
12	洪良厚	帥方蔚	道光十一年(1831)十一月五日	帥方蔚의 학식에 찬탄하고 중원의 과거 제도를 물어봄. 李雨帆에게 예물을 전달해 주기를 부탁함.	8帥氏回復
13	鄭基世	帥方蔚	辛卯臘月(1831)二十日	만남을 청함.	在京時
14	鄭元容	帥方蔚	道光十二年(1832)正月初八日	만남을 청함.	在京時
15	鄭元容	帥方蔚	道光十二年(1832)正月十七日	萬壽五塔을 유람한 것을 알리면서 만남을 청함. 창화시를 보냄.	在京時
16	鄭元容	帥方蔚	道光十二年(1832)正月十七日	화답시, 朝鮮鄭經山尚書和詩	七律2首在京時
17	帥方蔚	金永爵	道光十三年(1833)正月二十日	안부를 전함. 成載詩의 琴律에 대해 찬탄함. 보내준 예물은 일부만 수령하고 나머지는 반환함. 詩箋 1匣을 보내줌.	書之三

18	帥方蔚	洪良厚	道光十三年(1833)正月二十日	답신. 안부를 전함. 조선인의 저술을 구함. 李雨帆에게 보낸 편지는 이미 전달하고 藕舲이 고향에 돌아가기 때문에 서찰을 돌려줌.	書之二
19	帥方蔚	鄭基世	道光十三年(1833)正月二十日	안부를 전함. 鄭基世의 학문에 대해 격려함. 보내준 선물은 청심환 3알만 받고, 기타는 돌려줌. 道義之交를 강조함.	
20	帥方蔚	洪顯周	道光十三年(1833)正月	次韻朝鮮洪約軒都尉顯周見寄卽題所著『海居齋詩鈔』	五古1首
21	帥方蔚	金永爵	道光十三年九月二十四日	근황을 물어봄. 이우범의 소식을 전함. 鄭基世에게 안부 전달을 부탁함.	書之四
22	金永爵	帥方蔚	道光十二年(1832)十月十五日	帥方蔚이 아들의 학문에 대해 칭찬함. 『儒門法語』에 대해 評議함. 친구인 成載詩를 소개해줌. 근황을 알려줌.	書之四
23	洪良厚	帥方蔚	道光十二年(1832)十月十五日	李雨帆과 藕舲을 만난 과정을 소개해줌. 帥方蔚의 학식에 대해 찬탄함. 이우범과 허우령에게 보낸 편지를 전달해 주기를 부탁함.	書之二
24	鄭基世	帥方蔚	道光十二年(1832)十月大雪日	그리움을 전함. 帥方蔚의 학식에 대한 흠모. 자신의 공부 상황을 알려줌.	書之二
25	洪顯周	帥方蔚	道光十二年(1832)十月	朝鮮洪約軒都尉來詩	五古1수
26	金永爵	帥方蔚	道光十三年(1833)七月二十六日	안부를 전함. 이우범의 소식을 물어봄.	書之五
27	帥方蔚	金永爵	道光十四年(1834)四月十八日	개인의 시문집과 『高麗名臣傳』 1책을 보내줌. 개인의 저술은 선록하면 보내주겠다는 의사를 전달함. 이우범의 소식을 물어봄.	書之五

28	帥方蔚	金永爵	道光十四年 (1834)四月	朝鮮金邵亭解元又一石帆亭記	
29	帥方蔚	洪良厚	道光十四年 (1834)四月 十八日	葂舲에게 보내준 서찰을 전달하는 과정에서 생긴 오해를 논함. 誠信을 강조함.	書之三
30	帥方蔚	鄭元容	道光十四年 (1834)四月 十八日	정씨에 대한 그리움. 정씨의 학식에 대한 경모. 鄭基世에 대한 찬탄함과 기대함을 전함.	
31	帥方蔚	洪敬謨	道光十四年 (1834)五月 初六日	공무 때문에 만나지 못한 이유를 전함. 交友之道를 논함.	在京時
32	帥方蔚	洪敬謨	道光十四年 (1834)五月	송별시, 送朝鮮正使洪冠巖樞密東還. 시의 小註에 그의 季父인 薰谷의 著述『丌文』,『大貫』,『圓卦發蘊』,『圖書衍象』,『玩易大旨』에 대해 언급함.	在京時, 送別詩
33	帥方蔚	成載詩	道光十四年 (1834)四月	송별시, 贈朝鮮成絅齋載詩	在京時
34	金永爵	帥方蔚	道光十四年 (1834)二月 十二日	연경에 도착할 從侄인 鼎集과 친구인 成載詩를 소개해줌.『高麗名臣傳』를 보내줌. 洪三斯와 許葂舲이 서로 교류한 연원을 알려줌. 又一石帆亭의 서문을 부탁함.	書之六.許葂舲. 帶銘爲潘庭筠之孫
35	金永爵	帥方蔚	道光十四年 (1834)二月	시문. 憶往詩. 小註에 서로 책을 전달한 기록이 있음.『儒門發語』,『高麗名臣傳』.	七律4首
36	洪良厚	帥方蔚	道光十四年 (1834)二月 十五日	帥方蔚의 저술을 요청함. 許葂舲에게 보낸 서찰을 전달해 주기를 부탁함. 外交爲嫌에 관한 의견을 전함.	29回信
37	成載詩	帥方蔚	道光十四年 (1834)四月 二十日	만남을 요청함.	在京時
38	洪敬謨	帥方蔚	道光十四年 (1834)五月 二日	만남을 요청함.『丌文』,『大貫』,『圓卦發蘊』,『圖書衍象』,『玩易大旨』를 보내줌.	在京時. 31, 32爲其答書

39	洪敬謨	帥方蔚	道光十四年 (1834)五月 初六	季父인 薰谷을 소개해줌. 帥方蔚이 보내 준 시문에 대해 찬탄함.	書之二. 對31的答書
40	帥方蔚	金永爵	道光十五年 (1835)正月 二十日	서찰을 받은 것에 기쁨을 표함. 石帆亭記 를 읽고 개인의 의견을 전함.	書之六
41	帥方蔚	洪敬謨	道光十五年 (1835)正月 二十五日	서찰을 받아서 기쁜 마음을 전함. 經義에 대한 토론. 아들의 죽음에 대해 위로함.	
42	金永爵	帥方蔚	道光十四年 (1834)十月 二十日	成載詩가 보내준 서찰과「又一石帆亭記」 를 받았음을 알려줌. 帥方蔚의 아들에 대 한 관심과 격려를 전함. 이우범에게 보낸 서찰을 전달해 주기를 부탁함.	書之七
43	金永爵	帥方蔚	道光十四年 (1834)	부친의 八十壽와 아들의 冠婚에 쓸 祝文 을 부탁함. 가세를 소개해주며 두 아들의 '加賓之禮'에 쓸 글을 부탁함.	書之八. 40爲答書
44	洪敬謨	帥方蔚	道光十四年 (1834)十月	안부를 전함. 학문의 지향을 토론함. 경사 의 의문을 물어봄. 季父의 저술에 대한 帥 方蔚의 평가를 물어봄.	

　이 시문집에 수록된 서찰과 시문은 도광 을축(1829년)부터 도광 을미 (1835년)까지 수방울이 조선 문사들과 왕래한 것이다. 『좌해교유록』에 수록된 서찰과 시문의 내용을 보면, 수방울이 조선 문인들과 사상과 학문적인 교류를 하면서 시문, 서책, 문물을 교환하였음을 알 수 있다. 조선 문인들은 자신의 시문집이나 조선의 서책을 준비하여 수방울에 게 보내 서문이나 발문을 부탁하였으며, 수방울도 조선인의 시문과 서책을 특별히 좋아해서 서찰을 통해 조선 지인에게 청하였다. 수방울 과 교유한 조선 지인들로부터 여러 서적들을 주고받은 사실로 볼 때, 조·청 문사들 사이의 개인적 교유가 개인 문집이나 서적이 조선과 청으로 전파되는 서적 유통의 주요한 경로였음을 확인할 수 있다.

『좌해교유록』에 수록된 서찰과 시문을 보면, 이와 같은 서찰과 시
문이 수방울과 조선 문인들이 왕래한 내용의 전부인가 하는 의문도
들 수 있다. 이에 필자는 조선 문인들의 개인 문집이나 연행 기록물을
검토해 보았다. 조선 문인 홍경모의 『운석외사(耘石外史)』[54]를 보면
그가 수방울과 1835년부터 1838년까지 주고받은 서찰이 수록되어 있
다. 또 정원용의 『연사록(燕槎錄)』[55]에는 수방울이 보내준 『좌해교유
록』에 수록되지 않은 서찰도 실려 있다. 이와 같은 상황으로 미루어
보아, 『좌해교유록』에 수록된 서찰과 시문은 수방울과 조선 문인들이
왕래한 것 중 일부만 실린 것임을 알 수 있다.

또 『좌해교유록』에 수록된 글은 대부분이 서찰인데, 그 중에 15수
의 수창한시는 특별히 주목할 만하다. 수창 시문에 수방울이 쓴 시문
은 8수이며, 조선 문인 정원용의 한시 2수, 홍현주의 한시 1수, 김영
작의 한시 4수가 있다. 시문의 내용은 조선 문인이 수방울과 교유한
과정과 그들의 깊은 우정을 담고 있다. 시에는 서정적인 묘사가 대부
분을 차지하지만 시의 소주(小注)를 보면 조선과 청의 서책이 교환된
사실도 기록되어 있다. 그러므로 『좌해교유록』에 수록된 이와 같은
한시는 19세기 한·중 문인들의 교류에 대한 구체적인 역사적 근거가
되는 매우 중요한 문헌 자료라 할 수 있다.

3) 수방울과 조선 문인들의 교유 과정, 특징 및 의미

전근대의 지식인들은 시문과 서찰 교환을 통한 만남에 큰 의미를

---

54) 洪敬謨, 『耘石外史』, 서울대 규장각 소장본.
55) 허경진, 『鄭元容 관련 著述 解題集』, 서울: 보고사, 2009.

두었다. 더구나 먼 거리에 떨어져 살면서 만날 기회가 거의 없었던 조선과 청의 문인들에게 서신 왕래와 시문의 수창은 귀중한 소통 수단이었다. 수방울 역시 많은 조선 문사들과 교유했는데, 수창 시문과 서찰 교환이 주요 수단이었다. 『좌해교유록』 서문에 기록된 조선 문인들 중에 수방울과 직접 만나 교유의 깊이를 다진 인물로는 노철흠, 이형기, 정원용, 정원용의 아들인 정기세, 홍경모, 성재시 등이 있다. 직접 만날 기회를 갖지 못하고 서신을 통해 우의를 다진 인물로는 김영작, 김이문, 홍양후, 홍현주, 홍희준 등이 있다. 이들은 직접 만나지는 못했지만 서신과 시문을 통해 서로에 대한 신뢰를 구축했으며 서로를 지기(知己)로 허여하는 진정한 우정을 보여주었다. 직접 만나지 않고도 선배, 친구를 사귀고 도움을 주고받을 수 있다는 것을 보여준 것이다.

(1) 수방울과 직접 만났던 조선 문사들

① 정원용, 정기세 부자와의 교유

정원용(鄭元容, 1783~1873)의 자는 선지(善之), 호는 경산(經山)이며, 본관은 동래(東萊)이다. 순조 2년(1802)에 정시문과에 을과로 급제한 후로 홍문관과 가간원, 승정원을 비롯한 권력의 핵심에 있는 벼슬과 청직(淸職)에 오랫동안 근무했으며, 왕의 신임을 받아 승지로도 재직했다. 1863년 철종(14년)이 죽자 81세의 나이에 원상(院相)이 되어 고종(高宗)이 즉위하기까지 정사를 보았으며, 노령의 나이에도 누차 영의정을 지내면서 국정을 관장하는 대신으로 활약하였다. 정원용은 오랫동안 정계의 핵심에서 활동했으며, 방대한 양의 저술을 남긴 조선 후기의 문인으로서 주목할 만한 인물이다. 문집은 『약산록(藥山錄)』, 『경산일록(經山日錄)』, 『연산록(燕山錄)』이 있고, 『관첩록(關牒錄)』, 『수향편(袖香編)』 등 공문의 저술도 있다. 그의 저술을 통해 정원용이 청나라에서 중국문인들을 만나 문화 교류를 한 다양한 양상을 볼 수 있어서, 이 저술들은 19세기 전반의 연행과 조·청 문화 교류를 연구하기 위한 중요한 문헌자료라고 할 수 있다.

정원용은 1831년 동지사행의 상사(上使)가 되어 청나라에 갔다. 정원용이 연경에 가기 전에 이미 수방울의 문명(文名)을 알고 있었던 것은 수방울의 시명(詩名)이 조선에서 널리 알려져 있었기 때문이다. 수방울은 도광 6년(1826)에 탐화(探花) 제3등으로 급제해서 그의 정시대책(廷試對策)이 여러 명사의 호평을 받는 한편 조선까지 전해져서 많은 인기를 얻었다.[56) 정원용이 조선의 고위 관료로서 수방울의 대책을 접하기가 쉬운 상황이었고, 수방울의 글을 통해 그의 사람됨을 알았던 것이다. 즉 고인들이 말하는 이문회우(以文會友)의 형식이다. 정원용이 연경에 도착하였을 때 수방울을 만나고 싶은 갈망이 얼마나 컸는지는 수방울에게 보낸 편지를 통해서 알 수 있다.

조선 사람들은 경사(京師)에 가는 것을 장쾌한 유람으로 여깁니다. 폐하가 계시는 도성을 구경할 수 있을 뿐 아니라, 당세의 위인과 통달한 선비를 만나서 가르침을 받아, 막힌 마음과 견식을 확 트이게 할 수 있기를 기대하기 때문입니다. 집사의 포부와 재주, 넓고 깊은 학식이 연원이 있음을 이미 알고 있었기에 간절히 이야기를 나누고 싶었습니

---

56) 帥方蔚, 『左海交遊錄』 서문, "道光六年, 余以第三人及第, 廷對策大爲諸名公激賞, 傳入朝鮮."

다. 다만 요즘 공무 때문에 문밖으로 나가지 못하고 있으니 앉은 자리에서 애만 태우고 있습니다. 아들과 약속이 있다고 들었습니다. 내일 만약 옥하관(玉河館) 근처로 왕림해 주신다면 조용한 방에서 맞이하여 뵙고 편안하게 웃으며 이야기를 나누는 것이 저의 소원이지만 어찌 감히 바라겠습니까. 가까운데 계신데도 찾아뵙지 못하는데 왕림해주신다니 매우 송구할 뿐입니다. 밝게 헤아려주시기를 바라며 회신을 기다리겠습니다.[57)]

위의 편지는 정원용이 연경에 도착해서 수방울에게 만남을 요청한 서찰이다. 그는 공무 때문에 문밖으로 나가지 못해서 수방울이 자신이 머물고 있는 옥하관 근처로 오기를 원하였다. 또 서찰에서 그의 아들인 정기세[58)]가 이미 수방울과 약속한 사실도 언급하였다. 정기세는 그의 부친 정원용을 따라 청에 갔다. 당시 진사에 급제한 정기세는 그 해 20살이 된 약관의 문사였다. 그는 아버지처럼 수방울에 대한 아주 흠모의 마음이 깊었으며, 북경에 도착하자마자 수방울에게 만남을 청하는 서찰을 보냈다.[59)]

---

57) 鄭元容, 『燕槎錄(日記)』, 「與帥翰林方蔚書」, "東國人以入京師爲壯遊, 非但皇居帝里之收獲睹也, 竊以庶遇當世之偉人徹儒, 得承緒論, 俾豁茅塞也. 旣知執事蘊抱之美, 淹博之識, 夙有淵源, 切擬亟箇談話, 而近因公幹不得出門外, 徒齋耿菀而已. 聞與兒子有成言矣. 明日若蒙駕臨玉館近處, 拜會靜室, 縱容笑語, 則適我願兮, 何敢望也. 蹟近坐屈, 甚增悚仄, 統希亮會, 幸賜回音, 不備."

58) 鄭基世, 자는 聖九 호는 周谿이다. 鄭元容의 아들이며, 순조 31년(1831)에 鄭元容을 따라 연경에 갔다.

59) (淸)董文渙 編, 李豫 校『韓客詩存』, 1996, 371~372쪽. 「朝鮮鄭基世寄帥方蔚書之一」, "僕在東國時, 聞執事盛名久矣. 常願一見, 今行有便, 心竊喜之, 此心雖則如此繾綣, 而執事何繇知其然也. 家君以年貢上使進京, 隨侍抵此, 擬於今日親造屛下請敎, 肯許攀瞻否? 入俟回音耳. 辛卯臘月二十日東國人鄭基世再拜."

수방울은 정원용 부자의 성심에 감동해서 12월 17일에 정원용 일행이 묵은 옥하관 숙소로 찾아왔고, 조선과 청의 풍습, 과거제도, 당세 문인들의 학문 등에 관한 이야기를 나누었으며, 창화시를 서로 주고받았다.[60] 시문을 통해 한자라는 국제 언어를 사용하면서 비록 정원용과 수방울이 직접 말은 통하지 않았더라도 그들의 의사소통은 문제가 없었다는 것을 확인할 수 있다. 특히 함축성이 강한 시어(詩語)는 그들의 문학 시상이 한층 승화(昇華)하도록 해주었다.

12월 17일에 정원용이 수방울을 처음 만났을 때 지은 수창시는 정원용의 화답시만 『좌해교유록』에 실렸다. 이날 수방울이 지은 시문은 이 시집에 넣지 않았다. 수방울이 조선 지인들의 편지와 한시를 하나의 '기록'이라는 의식을 갖고 자신의 '기록'을 의도적으로 삭제한 것으로 보인다.

또 2월에 정원용 일행을 송별하는 술자리에서 같은 각운(脚韻)의 시 2수[61]를 지었고, 정기세에게도 2수의 시를 지어 주었다. 이별시를 통해 수방울이 정원용과 정기세 부자를 만나 많이 기뻐한 일을 표현하고, 상대방의 문재(文才)에 대한 감복함과 이별함에 대한 섭섭한 심정

---

60) 帥方蔚, 『左海交遊錄』, 鄭元容이 지은 2수의 화답시 제1수이다. "從容笑語楊相連, 豈識天涯有此緣. 投分交酬季札帶, 留情互贈繞朝鞭. 過痕囊貯詩篇在, 思夢函臧信息傳. 願子雲龍昭契遇, 好將經濟比前賢."
鄭元容이 화답시 제2수이다. "楊柳春風關路平, 親鳳詩字滿箱籯. 阮山神契雖同調, 鮑謝高才敢抗衡. 馬首雲煙迷北塞, 樽前草樹憶春城. 君應料得思君處, 明月蓬州夜夜明."

61) 帥方蔚, 『左海交遊錄』 제1수는 "朅來尊酒數留蓮, 萍水相逢恰有緣. 舊雨幾人懷使節, 東風一路迓唅鞭. 文章結習眞難遣, 道義交情總可傳. 此去海邦同問訊, 好將消息報諸賢." 제2수는 "膏腴世閥比韋平, 試禮傳家薄滿籯.(鄭氏爲朝鮮甲姓, 累世皆至公卿.) 門構祗應承賜戟, 宦涂況復領文衡.(經山去年知貢擧.) 馮看著作盈蓬島, 早有聲華過柳城. 我欲折梅還寄遠, 知君良苦憶春明."

을 그려내었다. 이와 같은 시문들은 수방울과 정원용의 만남이 즐겁고 조화로운 분위기를 재연하고 있을 뿐만 아니라, 수창과 서신을 통한 그들의 교유 방식도 말해 주고 있다. 또한『좌해교유록』에 실린 서찰과 한시를 통해 정원용 부자가 귀국 후에도 수방울과 지속적으로 시문을 주고받으며 서로의 도의지교(道義之交)를 이어 나갔음을 알 수 있다.

정씨 부자(父子)와 교유하는 동안 수방울은 정기세의 뛰어난 재능에 많은 관심을 갖고 아주 귀하게 여겼다. 정기세에게 준 편지에서 수방울은 아래와 같은 문구로 정기세를 격려한 바가 있다.

> 최근 성남(城南)에서 휴식을 취하며 책을 읽고 있다는 소식을 들었습니다. 날마다 많이 배우고 식견을 넓혀서 유용지재(有用之才)가 된다면 가업을 계승하고 동량지선(棟梁之選)이 되는데 부족함이 없을 것인데, 앞으로 현달하여 높은 위치에 올라 가문을 빛내고 훌륭한 사람들과 많이 교유하기를 바랍니다.[62]

이 외에 정원용에게 보낸 편지에도 정기세의 학문생활에서 경사의 중요함을 일깨우고 실학에 노력을 기울이게 하라는 당부의 글이 있다.

> 아드님은 빼어난 인재이니 가업을 계승할 그야말로 원도지재(遠到之才)라 할 수 있습니다. 아침저녁으로 집안에서 아버님의 훌륭한 가르침

---

62) 帥方蔚,『左海交遊錄』,「報朝鮮鄭周鬶進士書」, "道光十三年正月二十日, 聞近日休息城南, 瀞坐讀書, 學問日富, 擴充識見, 以成有用之才, 庶承堂搆之基, 無媿棟梁之選. 他日位望通顯, 榮門休暘, 光寵交游多矣."

을 받아 정진하고 경사를 널리 익혀서 부박한 명성을 추구하여 실학을 소홀히 하지 않아야 할 것입니다. 아무쪼록 족하(足下)가 잘 가르쳐주십시오.[63)]

학술 사상뿐만 아니라 교우지도(交友之道)에 관해서도 수방울은 도의론(道義論)을 주장하고 있었다. 그가 정기세에게 보낸 편지에는 아래와 같이 언급되어 있다.

보내 주신 귀한 선물들을 받았으나 그 중 우황청심환(牛黃淸心丸) 3알만 고맙게 받겠습니다. 절선(折扇), 밀소(密梳), 연기(煙器) 등의 3가지는 이곳에 온 사람 편에 돌려보내도록 하겠습니다. 우리가 도의로 친교를 맺는 것이지 선물로 우정을 유지하는 것이 아닙니다. 앞으로 소식은 이어져야겠지만 과도한 선물은 다시 주지 않았으면 합니다. 한왕서래(寒往暑來)하니 건강을 잘 지키시길 바랍니다. 시전(詩箋) 한 갑을 같이 보내드리니 살펴 받아 주시기를 바랍니다.[64)]

위의 편지 내용을 보면 사람들은 수방울이 정기세에게 선물을 되돌려준 것이 지나친 것은 아닐까 하는 생각도 들겠지만 수방울의 입장에서 봤을 때 그의 행동은 이해할 만하다. 수방울은 도의상교(道義相交)를 주장하는 사람이고, 그는 청나라 조정의 관리로서 높은 명망을

---

63) 帥方蔚, 『左海交遊錄』, 「與朝鮮鄭經山尙書書」, "道光十四年四月十八日: 令嗣秀異, 克承崇構, 誠遠到之才. 晨夕趨庭, 飫義方之訓, 所詣當更精進, 博習經史, 毋驚浮名而遺實學, 惟足下善敎之."

64) 帥方蔚, 『左海交遊錄』, 「報朝鮮鄭周猷進士書」(道光 13년 정월 20일), "惠貺諸珍, 謹領牛黃淸心丸三枚, 敬謝. 其折扇密梳煙器三事, 仍因來使繳還. 吾輩道義相交, 所以通殷勤者, 原不在此. 此後, 但令信問不斷, 幸勿違事饋詒也. 寒往暑來, 善自珍衛, 附寄詩箋一匣, 乞察收."

누리는 사람이었다. 이 때문에 그는 외국인들과 왕래하는 과정에 자신의 존엄성을 훼손하는 일이 일어나지 않도록 항상 조심하였던 것이다. 또 그가 선물을 되돌려 보냈다는 것은 사회에 진출한 지 얼마 안 된 젊은이인 정기세에게 본보기가 되기 위해서이기도 하였다. 수방울은 이와 같은 행동으로 당시 조선 문사들의 많은 존경을 받았다. 그들의 교유 과정을 통해서 당시 조·청 지식인들은 대를 이어서까지 계속된 서신 교환과 시문 수창을 통해 상호 존중의 정신을 다져 나갔다는 사실을 알 수 있다.

② 홍경모와의 교유

홍경모(洪敬謨, 1774~1851)는 호가 관암(冠巖)이다. 순조 30년(1830) 10월 동지겸사은부사로, 34년(1834) 진하정사로 청나라에 파견되었다. 1834년에 청나라로 다시 가면서부터 홍경모와 수방울은 서로 알게 되었다. 그들의 교유 과정은 서로 주고받은 서신을 통해 자세히 알 수가 있다. 도광(道光) 15년 5월 2일에 홍경모가 수방울에게 보낸 서찰이다.

> 저는 해외에서 온 원인(遠人)일 뿐인데 중화(中華)의 사대부와 친교를 맺게 되었으니 어찌 영광이 아니겠습니까? 족하(足下)께서는 겸손하고 넓은 마음으로 저의 망령됨과 우매함을 헤아리셔서 앞에서 말을 할 기회를 주셨습니다. 이는 고인이 말한 바, 여러 사람에게 넓은 아량을 보여준다는 것입니다. 어리석고 천한 제가 중화 사대부를 벗으로 얻었다니 정말로 감개무량합니다. 다만 경모해 왔던 足下와의 만남의 즐거운 시간이 얼마 안 되었는데 돌아가야 하니 너무나도 유감입니다. 훗날 다시 만나 남은 미련을 털어버리고자 했으나 足下께서도 업무에

바쁘시고 저도 병고에 시달려 아직까지 안부 편지도 드리지 못하였습
니다. 이제 공무를 다 마치고 곧 귀국할 것이니 족하의 빛난 모습을
다시 볼 수 없게 되었습니다.[65]

연경에 있는 동안 결국 수방울과 만나지 못한 사실을 생각하면서
수방울에게 보낸 서찰이다.

사람을 사귐에 있어서는 안면이 중요한 것이 아니라고 생각됩니다.
마음이 아니라 직접 만남으로 이어 가는 벗은 면우(面友)입니다. 직접
만날 수는 있지만 마음으로 이어 가는 우정은 신교(神交)라고 생각합니
다. 서로 마음이 잘 맞는다면 천만리(千萬里)를 떨어져 있어도 그 거리
가 뜰과 담벼락 사이의 거리만큼 가깝고 천만년(千萬年)을 못 만나도
그 사이가 아침, 저녁처럼 가까울 것이니, 어찌 만날 수 있는가 없는가.
하지만 오랫동안 볼 수 있는가 없는 가에 구애되겠습니까? 저는 이제
귀국하여 설령 족하와 다시 만날 수 없게 되더라도 마음이 서로 깊이
통할 것입니다. 저는 가끔씩 시문들을 보내 드리며 족하와 이심전심으
로 통할 것이니 천애(天涯)의 친구라 할 것입니다. 족하와 멀리 떨어져
있을 것이나 이지동심(異地同心)일 것이니 멀리 있어도 서로 얼굴을 맞
대고 이야기하는 것처럼 할 수 있지 않겠습니까? 족하 생각은 어떠하신
가요? 지금 저는 병고로 숙소에 머물러 있지만 정신을 차리고 족하에게
안부를 전하고 겸하여 이별의 마음을 보내 드리겠습니다. 바라건대, 족
하께서는 몸을 돌보십시오.

---

65) 帥方蔚, 『左海交遊錄』, “僕海外遠人也, 以海外遠人, 託契於中華士大夫. 豈不榮且
　　幸焉? 而況足下虛心開懷, 恕其妄而牖其迷, 使之盡言於前, 此古人所以示人以廣之
　　意, 而自願愚賤之跡, 何以得此中華士大夫也. 感何之極, 不可名狀. 以其澈仰之心,
　　才得片時之歡, 未克竟晷而歸, 悵恨實多, 閑擬更造, 以畢未盡之懷. 而足下既擎訂,
　　且僕於喪威之餘, 身恙甚苦, 亦未書候. 今焉使事已竣, 歸期在卽, 將無緣更瞻光儀.”

> 갑오 5월 2일 홍경모 돈수(頓首). 『기문(丌文)』, 『대관(大貫)』, 『원괘
> 발온(圓卦發蘊)』, 『도서연상(圖書衍象)』, 『완역대지(玩易大旨)』 2책도
> 같이 송부해 드립니다.[66]

위의 편지는 1834년 5월 2일 홍경모가 수방울에게 보낸 작별 편지
이다. 편지에서 수방울의 지우지은(知遇之恩)에 감사의 뜻을 표하며 서
로 만나 마음껏 이야기를 나누지 못하고 이별을 해야 하는 아쉬움도
털어놓았다. 하지만 여기서 그는 감정에만 구애되지 않고 신교(神交)
를 중요시하는 것도 강조를 하였다. 그는 수방울과의 우정을 '하늘
끝에 있어도 이웃과 같다(天涯若比鄰)'는 비유로 묘사하였는데, 즉 위
우지도(爲友之道)는 만남이 중요한 것이 아니라 마음이 통하는 것이
가장 중요하다는 것이다. 이번 교유에서 홍경모는 수방울에게 자기의
계부(季父)인 홍희준도 소개하고 홍희준이 저술한 『기문』, 『대관』, 『원
괘발온』, 『도서연상』, 『완역대지』 2책을 수방울에게 선물했다. 『좌해
교유록』에 의하면 수방울은 홍희준을 만나본 적이 없다고 기록되어
있다. 그러나 위의 편지로 보면 홍경모의 소개, 그리고 홍경모가 수방
울에게 보낸 홍희준의 저서로 둘이 알게 된 것으로 추측할 수가 있다.

조선 후기에는 문사들이 연행가는 사신을 통해 개인의 저서를 청인
에게 기증하는 경우가 많았다. 저서 기증의 목적은 청인에게 서문을

---

[66] 帥方蔚, 『左海交遊錄』, "夫人之交, 原不在顔面, 不以心而以面, 是面友也. 不以面而
以心, 是神交也. 苟能兩心相契, 千萬里如庭除, 千萬載如朝夕, 何必拘拘於顔面之與
不知, 聚散之久與不久哉. 僕今東歸, 縱未更面, 託以心契, 時寄楮墨, 如犀之通, 如
鏡之照, 可謂天涯之比鄰也. 世固有覿面千里者, 若茲之異地同心, 視彼促膝深譚,
或有過之, 靡不及焉. 足下以爲如何？病伏寓邸, 抖擻精神, 今茲奉候, 兼申別語, 惟
望足下爲道自護. 甲午五月二日, 洪敬謨頓首. 外附 贈丌文, 大貫, 圓卦發蘊, 圖書衍
象, 玩易大旨二册."

요청하거나 그 저서를 정교(訂交)의 신표로 하여 오래 사귀기 위한 것
이다. 홍경모의 개인 시문집인 『운석외사(속편)』67)에는 홍씨가 조선
으로 돌아간 후 1838년까지 수방울과 주고받은 편지들도 수록되어 있
다. 이 편지들을 통해 서로 다른 나라에 있었던 홍씨와 수씨 간의 문
화교류의 세부적 상황을 파악할 수가 있다.

③ 노철흠, 이형기, 성재시와의 교유

노철흠(生卒不詳)에 관해서는 조선 문학사에서 언급된 바가 없는 인
물이다. 아래는 연경에 간 조선사신 김이문이 수방울에게 보낸 편지
이다.

> 10월에 소정(邵亭)이 예봉(禮峰)으로 가 계시고 돌아올 시간이 아직
> 멀었습니다. 후배 노철흠이 서준보를 따라 연경에 갈 것이다. 노생은
> 차분하고 점잖으며 글도 좀 안다고 할 수가 있습니다. 그가 저를 대신하
> 여 찾아 뵐 것이니 부디 회신을 부탁드립니다.
>
> 경인 10월 20일 이문 배상.68)

위의 편지로 노철흠은 도광 10년(1830) 10월에 서준보 일행을 따라
연경으로 갔던 것을 알 수가 있다. 또 '노생(盧生)', '추해문묵(麤解文
墨)'이란 말로 보면 노철흠은 그 당시에 나이도 어리고 벼슬이 높지
않았던 사람으로 추측된다. 김이문의 소개로 노철흠은 1831년에 연경

---

67) 洪敬謨, 『耘石外史(續編)』, 서울대 규장각 소장본.
68) 帥方蔚, 『左海交遊錄』, "今年十月, 邵亭有事於禮峰先壟, 歸期尙遠, 而盧生哲欽, 隨
　　進貢上价徐公俊輔赴京, 故此書幅依舊緘上. 盧生端詳, 麤解文墨, 當躬造拜謝謁, 伏
　　乞示款, 切仰. 庚寅十月二十日, 彝問又白."

에 도착해 수방울과 만났지만 수방울이 편찬한『좌해교유록』에는 노철흠에 관련된 서찰이나 시문이 수록되어 있지 않다. 이로 봐서 그들 간의 교유관계가 깊지 않았다고 짐작된다.

이형기(李亨基, 1777~)의 자는 선여(善汝), 초명(初名)은 영기(榮基)이며, 본관은 안산이다. 순조 3년(1803)에 의과(醫科)에 합격하였다. 아래는 조선의 김영작이 수방울에게 보낸 서찰이다.

> 태의(太醫) 이형기는 의술에 통달할 뿐만 아니라 문묵에도 능통하여 저와 매우 잘 통하는 벗입니다. 이번에 이형기가 동어 이상국을 따라 연경에 가는데, 서신을 가지고 족하를 뵈러 갈 것입니다. 살펴보시고 답신을 주셨으면 합니다. 삼가 다 갖추지 못합니다.
>
> 경인 11월 20일. 김영작 배상.[69]

위의 편지로 이형기는 태의의 신분으로 사행단 일행을 따라 연경에 갔던 것을 알 수 있다. 김영작은 이전에 이미 수방울과 서신 왕래를 한 적이 있었다. 이번에는 사행단을 통해 자신의 서신을 수방울에게 보냈는데 서신으로 자신의 벗인 이형기를 수방울에게 소개했던 것이다. 태의는 조선에서 중인(中人) 신분이었지만, 양반인 김영작과 돈독하게 지냈으며 시문에 조예가 깊었던 것을 알 수 있다.『좌해교유록』에는 이형기와의 교유에 관련된 글이 수록되어 있지 않다.

성재시(成載詩, 生卒不詳)의 호는 경재(絅齋)이다. 성재시도 김영작의 소개로 수방울과 알게 되었다. 도광 12년 10월 15일에 김영작은 수방

---

69) 帥方蔚,『左海交遊錄』, "太醫李亨基, 技業精明, 兼通文墨, 與永爵契分甚足, 今隨桐漁李相國赴京師, 當袖書造門, 竊翼視款, 亦必賜答, 昏憒不備, 謹狀上. 庚寅十一月二十日, 心制人 金永爵狀上."

울에게 보낸 편지에서 아래와 같이 성재시를 소개한 바가 있다.

　　제 친구인 성경재(成絅齋)는 재주가 많고, 학식도 깊은 사람으로 요
즘에 거문고 음률에 몰두하고 있습니다. 편지 한 통을 보내 족하에게
질정을 구하고자 합니다. 이 시대에 지음의 군자에게 널리 묻는 것이니
일일이 살피고 헤아리셔서 가르침을 내려주십시오.[70]

　　그 후인 도광 14년(1834) 2월 12일에 김영작이 수방울에게 보낸 편
지에서는 '제 친구인 성경재, 즉 제가 말씀드렸던 지난해에 금률(琴律)
공부를 하던 그 친구가 후차(後車)를 따라 연경에 갈 것[71]'이라고 언급
하였다. 그리고 성재시는 4월 20일에 연경에 도착하여 수방울에게 만
남을 청하는 서찰을 보냈다.

　　일전에 뵙고서 선생님에 대한 그리움을 조금 풀 수 있었습니다. 이
후에도 선생님에 대한 앙모의 감정은 산더미처럼 쌓여 있으니 연경에
도착한 후 아침, 저녁으로 만나 뵙고서 오래된 그리움을 풀고자 하는
마음을 항상 가지고 있었습니다. 그러나 선생님이 공무를 처리하는데
바쁘셔서 만나 뵈지 못하니 섭섭한 마음을 표현할 길이 없습니다. 이제
저는 곧 귀국할 것이라 할 수 없이 선생님께 다시 만남을 청하게 되었습
니다. 그리고 정사이신 홍관암선생도 오랜 전부터 뵙기를 바라고 있어
언젠가 시간을 내주신다면 저와 같이 댁으로 찾아뵙기를 바랍니다. 우
선 이 편지를 보내드립니다. 밝게 헤아려주십시오.
　　　　　　　　　　　　　　　　　　4월 20일. 성재시 배상.[72]

---

70) 帥方蔚, 『左海交遊錄』, "敝友成絅齋, 才氣英發, 學識淹貫, 近究心於琴律, 寄一書,
　　要僕仰質於足下, 故茲附上. 幸博問當世知音之君子, 一一剖析而賜敎焉."
71) 帥方蔚, 『左海交遊錄』, "敝友成絅齋隨後車. 卽前歲問琴律者."

위의 편지에는 성재시가 연경에 도착한 후 수방울이 바쁘기에 빨리 만나지 못했으며 사행 일행이 조선으로 돌아오기 직전에 만날 수 있기에 기대했던 것이 언급되어 있다. 수방울이 성재시에게 보내주었던 시에는 아래와 같이 성재시의 문재(文才)를 높이 칭찬하는 글이 부기되어 있다.

> 소정(邵亭)이 그대가 재기영발(才氣英發)하여, 조선에서 널리 알려진 명사라 합니다. 오는 길에 좋은 시문들을 지었다니, 풍성한 수확을 얻었다 생각됩니다. 바람이 불며 달빛이 맑은 밤에 거문고를 타고, 멀리서 몇 번이나 내게 편지를 보내왔습니다. 나는 소동파 같은 시문 대목이 아니라서, 남들이 빈번히 방문이나 연락하는 것이 매우 부끄럽게 여겨집니다.[73)]

위의 내용으로 수방울은 성재시의 시문을 매우 좋게 여겼던 것을 알 수가 있다. 시문의 소주(小註)에는 성재시(成載詩)가 자신의 시문을 자평했던 것이 언급되어 있다. 이것으로도 성재시가 자신의 시문 소개를 통해 수방울과의 교유를 이뤄낸 것을 알 수 있다.

---

72) 帥方蔚, 『左海交遊錄』, "日前進謁, 稍釋朝饑, 伏惟薹体爲頌. 溯慕山積, 意謂入都之後, 昕夕晤語, 以展宿昔如漱之誠, 适會先生公務鞅掌, 不獲時造門屏, 區區之懷, 如有所失. 今歸期漸促, 不敢不一再抒蘊, 且正使洪冠巖先生, 於執事久抱識荊之願, 幸望另日約示, 偕進軒下也. 先此探候, 統惟亮照. 四月二十日, 成載詩 頓首."

73) 帥方蔚, 『左海交遊錄』, "邵亭稱汝才英發, 左海聲明預勝流. 今日遙傳高詠至(絅齋以能詩, 從貢使入都途中, 得詩數十首, 以途中諸詩見示.), 此來不負上京游. 風淸月白閒三弄(炯齋善琴), 水遠山長又幾郵. 我媿行人頻見訪, 文章不是大蘇儔."

(2) 수방울과 직접 만나 보지 못한 조선 문인들

① 김영작과의 문화 교류

김영작(金永爵, 1802~1868)의 자는 덕수(德曳), 호는 소정(邵亭)이며, 본관은 경주(慶州)이다. 그의 고조 김주신(金柱臣, 1661~1721, 諡號 孝簡)는 숙종(肅宗)의 국구(國舅)로 영돈녕부사(領敦寧府事), 경은부원군(慶恩府院君), 영의정(領議政) 등에 올랐다. 그의 조부 김효대(金孝大, 1721~1781, 諡號 孝貞)는 고양 군수, 형조참판을 아버지 김사식(金思植)은 충주목사(忠州牧使), 예조참판(禮曹參判)을, 아들 김홍집(金弘集)은 한말에 영의정을 지냈다.

김영작은 어릴 때부터 총명하여 다섯 살에 글을 지을 줄 알았으며, 21세에 국자감 시험에서 일등을 하였다. 그러나 일찍이 과거시험에 몇 번이나 떨어져 좌절을 하여 출사의 마음을 버리고 수년 간 초야에 묻혀 살았다. 1838년(헌종 4)에 음보로 정릉참봉이 되었고, 나이 40이 넘어서 진사에 급제(1843년 봄에 殿試 제3등)하였다. 그 후로 예조참의, 승정원동부 등을 역임하였다. 1858년 여름에 예조참판에 제수되고 사은겸동지사 부사로 연경에 갔다.

김영작은 경사와 시문에 능하여 일찍이 당대의 대학자인 박규수(朴珪壽, 1807~1877)와 이유원(李裕元, 1814~1888)의 호평을 받았다. 김영작은 67세에 병으로 세상을 떠났으며, 문집으로는 『소정시고(邵亭詩稿)』 1책, 『소정문고(邵亭文稿)』 2책, 『존춘헌시초(存春軒詩鈔)』 1책, 『연대경과록(燕臺瓊瓜錄)』 1책 등이 있고, 『청묘의례(淸廟儀禮)』 10권도 편찬했다. 김영작의 생애에 대해서는 그의 아들인 김홍집이 지은 '묘표(墓表)'를 참고할 만하다.[74)

　　김영작은 조선의 보통 사대부와 같이 일찍부터 중국 문학에 대해 많은 관심을 갖고 있었다. 그의 가장 친한 벗인 홍양후[75]는 1826년에 신재식(申在植, 1770~1843) 일행을 따라 연행을 가게 되자 김영작이 미리 준비한 증시(贈詩)와 〈화유(貨喩)〉라는 글을 홍양후에게 주면서 연경에 가서 중국문인에게 보여주고 서문을 구해올 것을 부탁하였다. 김영작의 〈송홍삼사양후입연서(送洪三斯良厚入燕序)〉에 아래와 같은 내용이 기록되어 있다.

　　〈화유(貨喩)〉 한 편을 지어서 저의 다른 조잡한 시문들과 함께 해내(海內) 학사대부(學士大夫)에게 전해줄 것을 부탁합니다. 삼사(三斯)는 나를 위하여 이 글들을 가지고 가서 해내 학사대부에게 자문을 구하고 돌아와서 해내 학사대부들의 서언(緒言)을 전해주시오. 그리고 돌아와서 연경에서 구경했던 산천, 풍속, 도로, 관시 등에 대해 말해준다면 나에게 즐거움이 되고, 우울함을 털어버릴 수 있게 할 것입니다. 저는 문 밖으로 나가지 않았으나 마치 연경에 있는 것 같을 것입니다. 해내의 학사대부와 친교를 맺는 것은 오래된 소원으로 만에 하나라고 이루어

---

74) 金永爵이 중국 문인과의 교유에 관한 연구는 김명호 「金永爵의 연행과 『燕臺瓊瓜錄』 연구」(『한문학보』 제19집, 우리한문학회, 2008), 천금매 「金永爵과 한중 척독교류의 새 자료 『中朝學士書翰錄』」(『동양고전연구』 제43집, 동양고전학회, 2009.3), 졸고 「『存春軒詩鈔』傳入中國攷」(『동아인문학연구』, 동아인문학회, 2009.8) 등의 논문에서 고찰한 바가 있다. 이 책에서 金永爵이 帥方蔚과의 교유는 『左海交遊錄』의 내용을 중심으로 재구성한 것이다.

75) 洪良厚(1800~1879), 자는 一能, 호는 三斯, 본관은 南陽이며, 홍대용의 손자이다. 1831년에 진사 급제하고 宜寧縣監, 司僕司正, 戶曹參議 등을 지냈다. 1826년에 동지사 부사 申在植을 따라 청나라에 다녀왔다. 홍양후에 대해서는 김영진 「홍원과 홍명후, 양후 부자의 생애와 저술 略考」(『담헌 홍대용』 2012년 천안박물관 개관 4주년 기념특별전), 신로사 「담헌의 손자, 홍양후의 생애와 그의 燕行에 관한 고찰」에 상세하다.

지기를 바랍니다. 이후에 매일 삼사(三斯)가 돌아오기를 기대하여 이 글로 가는 길을 송별합니다.[76]

김영작에게 위와 같은 내용의 증시(贈詩)를 받은 홍양후는 연경에 도착하여 여러 중국 문인을 만났는데, 그 중에 이백형(李伯衡, 호는 雨帆, ?~1859)과 교유관계를 맺었다. 이백형은 바로 수방울의 좌사(座師)였다. 이백형은 홍양후가 보여준 조선인의 시문을 보자 그 중에서 김영작의 '증시와 화유'를 특별히 칭찬하며 화운시를 지어 보냈다.[77] 이 후로 김영작과 이백형은 서찰과 시문을 서로 주고받으며 비록 직접 만나지 못했어도 서신을 통해 그들과 문화와 사상 등에 대해 다양한 교류를 하였다. 1829년 이백형이 하남(河南)에 외직으로 나가면서 김영작에게 서찰을 보내어 그의 제자 수방울을 소개하면서 앞으로 그를 통해 편지를 전하도록 하였다. 그리하여 김영작은 수방울과도 간접적인 교유를 갖게 되었다. 1858년에 김영작은 연행 일행을 따라 연경에 도착하여 수방울을 만나러 갔는데, 수방울이 외직으로 나가 서로를 만나지 못했다. 김영작은 연경에서 많은 중원 문인을 만나 사귀었으며, 수방울을 끝내 만나지 못해 아주 섭섭한 마음으로 귀국하였다. 그러나 김영작이 귀국 후 도광 14년 2월에 수방울에게 보낸 〈억왕시

---

76) 金永爵, 『存春軒詩鈔』(中國國家圖書館 소장본), 〈送洪三斯良厚入燕序〉, "另搆貨喻一篇, 攙入蒭蕘, 委贄於海內學士大夫……, 三斯爲我持此語扣問海內學士大夫, 而歸誦海內學士大夫之緖言, 兼及山川風俗道路關市之可以供歡娛而暢憂鬱者. 僕跬步不出戶, 而怳如身涉其境, 接容儀於海內學士大夫, 夙昔之願, 庶逐其萬一. 僕以是日夜跂望於三斯, 因記贈其行."

77) 金永爵, 『邵亭詩稿』 권1에 李伯衡이 보내준 〈附河間李雨帆編修伯衡遙和七律三章〉이 실려 있다.

〈憶往詩〉〉 4수를 통해 그들의 다양한 교유 상황과 우정을 자세히 알 수 있다. 또 『좌해교유록』을 통해 수방울과 김영작이 이 시문집을 편찬할 때까지 지속적으로 교유한 사실도 알 수 있다.

김영작이 수방울을 포함한 청인들과 교유한 근원은 오래 전으로 거슬러 올라간다. 청인 오가헌(吳稼軒)에 의해 정리된 〈조선사자김영작필담기(朝鮮使者金永爵筆談記)〉에서 김영작이 청인과 필담한 내용이 아래와 같이 언급되어 있다.

> 저의 친구는 홍담헌의 손자입니다. 건륭 연간 홍담헌(大容)은 연경에서 항주에서 온 엄성 철교(嚴誠 鐵橋), 육비 소음(陸飛 篠飮), 반정균 추루(潘庭筠 秋蔞) 등 세 명의 명사와 친교를 맺었습니다. 나중에 반추루는 등과(登科) 후 청현(淸顯)한 직위에 올랐으며 육비와 반정균은 고향으로 내려가 다시 연경으로 오지 않았습니다. 이 세 사람 중에 홍담헌은 엄성과 가장 친하게 지내었습니다. 둘이 서로 6, 7천리나 멀리 떨어져 있는 데도 불구하고 해마다 편지를 주고받으면서 지내었습니다. 철교는 별세 할 때 홍담헌의 편지를 품에 안고서 세상을 떠났습니다. 그의 형과 자식이 조선에 초상을 알렸습니다. 그 소식을 들은 홍담헌은 통곡하고 제문(祭文)을 써 향촉(香燭), 편지와 함께 몇 천리의 길을 건너보냈습니다. 제문이 도착하던 날은 바로 철교의 대상(大祥) 날이었습니다. 철교의 형제와 자녀, 대상(大祥)에 참석하던 친지들이 모두 신이(神異)한 일로 여겼으며 그 제문을 읽어 철교에게 바쳤습니다. 강남 선비들이 그들의 일을 시문에 많이 기재하였습니다.[78]

---

78) (淸)董文煥 편, 李豫 엮음, 『韓客詩存』(書目文獻出版社, 1996), 〈朝鮮使者金永爵筆談記〉, "敝友者, 洪湛軒之孫也. 乾隆年間, 洪湛軒大容入燕, 與杭州嚴鐵橋誠. 陸篠飮飛. 潘秋蔞庭筠交, 秋蔞後登科淸顯, 而嚴陸歸里, 更不入燕. 湛軒與嚴最密, 六七千里, 每歲遞信. 鐵橋之歿也, 置湛軒札於腹上而殞. 其兄及子傳訃海外, 湛軒爲位而

이것은 함풍 9년 2월 2일, 즉 1859년에 김영작이 정사로 연경에 도착 후 청나라 문인과 필담한 것에 대한 기록이다. 이러한 필담 내용으로 김영작이 청인 문사와 사귀게 된 연원과 과정을 살펴볼 수가 있다. 건륭 연간에 홍대용이 연경에서 항주 삼문사(三文士)와 교유한 것은 중국과 조선 사대부 사이에서 한·중 문인 교유의 미담으로 전해졌다. 김영작이 언급한 홍삼사(洪三斯)는 홍대용의 손자이다. 김영작과 홍삼사는 어릴 적부터 같이 자랐던 지우(摯友)이다. 그들은 일찍부터 청인들과의 교유를 원했다. 김영작은 18세기 홍대용과 청대 문인들의 문화 교류 전통을 계승하고자 했다.

그러나 김영작과 수방울의 이와 같은 교유는 조선과 중국 사대부 간에 하나의 쟁의(爭議)의 대상이 되었다. 수방울은 『좌해교유록』의 서문에서 조선 문인들이 청인 문사들과 교제를 맺는 목적은 일부 명사(名士)에게 빌붙어 그들의 명망으로 자신의 명성을 알리는 데에 있다고 지적한 바가 있다. 청인 명사와의 교제와 관련하여 조선에서도 논란이 있었다. 김영작은 그의 〈여이우범서(與李雨帆書)〉에 이런 논란에 대해 자세히 해명한 바가 있다.

> 저의 친구 되는 자가 이렇게 말한 바가 있습니다. "자네는 단 하루라도 우범(雨帆)과 사귀어 본 적이 없는데 갑자기 시문을 보내줬다니 사람들이 고함구명(沽銜求名)이라고 비웃지 않겠는가?" 제가 이와 같이 대답하였습니다. "예전에 저술한 바가 있듯이 원일(元日)에 삼사가 연경에 가 있는데 우범을 우연히 만나 서로 친교를 맺었습니다. 우범은

哭, 搆祭文. 封香燭及書, 幾千里傳遞, 乃倒之日, 卽大祥之夕也. 其兄及子與友之來參大祥者, 以爲神異, 遂以湛軒祭文讀而出獻, 江南士人多載之詩文者."

조선 문인들의 글들을 널리 찾아보셨는데, 저의 조잡한 시문도 그 여러 글 가운데에 섞여 있었습니다. 실로 면식이 있어서기 아니니 이것은 천재일우(千載一遇)라 할 것입니다. 어찌 시시콜콜한 여담에 구애를 받아 우범과의 지기지은(知己之恩)을 생각지 않겠습니까?"[79]

위의 내용에서 알 수 있듯이 당시에 조선에도 청인과의 교제를 비웃는 문인이 있었다. 명예를 탐내서 청인들을 배구(拜求)하는 것이라고 보는 것이었다. 그러나 김영작은 자신의 행동은 지기지은(知己之恩)을 보답하려는 것이라고 주장을 하며 근거 없는 비방에 신경을 쓰지 않겠다고 말하였다. 수방울은 이에 대해 부정적으로 지적한 바가 있으나 조선 문인들의 앙모지성(仰慕之誠)에 대해서는 인정을 해 주었다. 『좌해교유록』에는 도광 9년(1829)에서 도광 14년(1834)까지 김영작이 수방울에게 보냈던 8통의 서찰이 수록되어 있다. 다른 조선 문인들이 수방울과 서찰 교환한 것과 비교했을 때 가장 많은 수량이다.

김영작의 이몽소(李夢韶)와 수석촌(帥石村)에 대한 앙모의 감정은 실생활 속에도 반영되어 있었다. 그는 숙소의 이름을 '우범(雨帆, 李夢韶의 호)'와 '석촌(石村, 帥方蔚의 호)'에서 각각 한 글자를 따와 '석범정(石帆亭)'으로 지었다. 이와 같은 방식으로 우범과 석촌에 대한 사모지성(思慕之誠)을 나타내고자 하였던 것이다.

조선 문인과 청인의 문학 교류는 18세기 후로부터 전성기를 맞이하였으며 홍대용과 항주삼문사(杭州三文士)의 교류는 중국과 조선에 모

---

79) 金永爵, 『邵亭文稿』(연세대 중앙도서관 고문헌실 소장본), "一友曰, 子曾無一日之雅於雨帆, 而徒以詩文托知於雨帆, 能無沽衒求名之誚乎? 僕曰, 迄三斯偶有著述, 三斯元日入賀班, 邂逅証契於雨帆, 雨帆索覽東人詩文, 簡拙蕖於諸作之中, 實非憚於面, 務慰籍者, 此固千載一遇, 詎容拘於小嫌不思報我雨帆知己之恩也."

두 미담으로 알려졌다. 19세기에 이르면 양국 간 문사 교유가 더욱 잦아지고 규모도 전례 없는 속도로 확대되었다. 특히 유의해야 할 점은 홍대용과 항주 삼재의 후손들이 선조들의 교류 의식을 이어받아 청나라 문인들과 다양한 교류를 이루었다는 것이다. 김영작이 바로 그 전형적 예이다.

② 홍양후와의 교유

홍양후(洪良厚, 1800~1879)의 자는 일능(一能), 호는 삼사(三斯)이며, 본관은 남양(南陽)이다. 홍대용의 손자로 1831년에 진사에 급제하여 의령현감(宜寧縣監), 천안군수(天安郡守), 사복사정(司僕司正), 호조참의(戶曹參議) 등의 관직을 역임하였다. 1826년에 자제군관으로 동지사 사행단을 따라 연경에 가 있는 동안 여러 청인과 직접적으로 교유를 하였다. 그는 우선 수방울에 대해 많이 알고 있었고 나중에 수방울의 좌사(座師)인 이우범(李雨帆)을 통해 수방울을 만나게 되었다. 이것은 도광 11년(1826) 11월 5일 홍양후가 수방울에게 준 서찰의 내용으로 자세히 확인할 수 있다.

> 석촌(石村) 내한집사(內翰執事)님, 제가 연경에 오면서부터 중·조 귀인들에게서 집사(執事)의 재능에 대한 칭찬을 많이 들었습니다. 그 분들이 말씀하기를 집사의 대책(對策)이 견실한 소양과 우아한 문채를 보여 주었다 하였습니다. 제가 얻어서 읽어 보니 과연 명성이 헛된 것이 아니었습니다.[80]

---

80) 帥方蔚, 『左海交遊錄』, "石村內翰執事, 往者良厚入都, 卽聞中朝貴人, 盛推執事之才, 其廷對策, 醇茂典雅, 當今無比. 良厚獲而讀之, 果然多聞不虛."

홍양후는 이번 편지로 수방울에 대한 경모한 감정을 드러내기도 하고 수방울의 저서를 받고 싶은 마음도 언급하며 수방울에게 중국 취사(取士)의 절차에 관해서도 물어 보았다. 또 편지의 마지막에 우범(雨帆) 선생님께 선물을 전해 달라고 부탁도 하였다(雨帆先生禮, 幸卽轉致). 수방울은 회신을 통해 중국 취사(取士)의 절차에 대해서 자세하게 설명을 해 주었다. 그 후 둘이 서신의 교환으로 학술적 교류도 하였다. 그러나 나중에 오해가 생긴 적이 있는데, 이것은 두 사람의 교류 도중의 작은 에피소드라고 할 수 있다. 홍양후가 한 번은 수방울에게 다른 청나라 우인(友人)에게 편지를 전해 달라는 부탁을 하였는데 수방울은 신속히 전해주지 못하였다. 이 때문에 홍양후는 수방울이 일부러 거절하였다고 생각하고 오해하였다. 수방울은 이에 대해서 홍양후에게 회신을 하였는데 오해라고 분명히 지적하고 양국의 우인(友人)들이 교유를 하는데 성신(誠信)이란 것이 중요하다고 언급하였다. 그가 도광 14년(1834) 4월 18일에 홍양후에게 쓴 편지는 아래와 같다.

> 예전 우범(雨帆) 부자(夫子)께 전해 달라는 서신들은 제가 다 전해 드렸습니다. 그러나 족하(足下)께서 저를 오해하셔서 제가 믿음이 안 가는 사람이라고 하신 말씀에 대해 저는 실은 족하께서 너무 의심이 많은 것이 아닌가 원망하였습니다. 지난 해 족하께서 우령(藕舲)에게 서신을 전해 달랬는데 우령이 이미 돌아가셔서, 서신을 그대로 돌려 드렸던 것입니다. 이런 일로 족하께서는 제가 일부러 부탁을 거절하였다는 생각을 하신 것 같습니다. 제게 주신 편지에서 중국 사대부가 외국 사람과 교제하는 것을 꺼려한다고 들었다고 하셨습니다. 조선은 중국 내 지방들과 차이 없이 복사지성(服事之誠)을 다 하고 있는데 소외를 시켜서는 안 되지 않겠습니까? 족하께서 이렇게 의심하신다는 것이 소

위 구반문촉(扣槃捫燭)이라고도 할 수 있겠습니다.

성조(聖朝)에 있어서는 중국이나 외국이나 다 한 가족입니다. 그리고 조선은 대대로 동번(東藩)을 지키고 공순(恭順)하게 복사(服事)해 오고 있습니다. 조선 사신이 연경에 와서 서로 만나 서신까지 왕래하면서 지내 왔던 사이인데 무엇이 어찌 그렇게 의심스럽습니까? 그리고 저는 소정(邵亭)과도 서로 소식도 전하고 학문도 교류하며 음문(音問)이 끊긴 적이 없는데 어찌 족하만 거부를 할 생각이 들겠습니까? 지금 족하께서 우려하신다는 것은 잘못된 생각이라고 할 수 있습니다.

성인(聖人)의 황우신지(凰友信之)란 말씀이 있는데 만약 족하께서 저를 벗으로 생각하지 않으신다면 그만이지만 만일 저를 친구로 여기신다면 마땅히 성신으로 서로 사귀어 감정을 숨기거나 괜히 의심을 하지 말았으면 합니다. 날씨가 더운데 부디 건강에 주의하시기를 바랍니다.

4월 18일 수방울 씀.81)

이번 편지에서 수방울은 홍양후에게 서신 전달을 못하였던 원인을 자세하게 설명하였을 뿐만 아니라 성신(誠信)이란 원칙을 주장하면서 조선 문인 그리고 조선 문인들과의 교제에 대한 개인 생각도 분명하게 밝혔다.

홍양후가 수방울과 교유하면서 생겨난 이런 오해에 대해서 이무미

---

81) 帥方蔚, 『左海交遊錄』, "往者, 足下以書抵雨帆夫子, 屬僕轉致, 而所與僕書, 已有洪喬云云, 私怪足下何善疑也. 去歲, 寓書薶舲, 會薶舲已以憂去, 故以原緘奉繳, 而足下遂疑僕有意拒之. 今茲來信云, 聞中朝士大夫頗以外交爲嫌, 東中服事之誠, 與內服無異, 不當見外, 此又懸揣隔度, 扣槃捫燭之譚也. 聖朝中外一家, 朝鮮世守東藩, 號稱恭順. 使臣至都下, 得與士大夫接見, 況尺牘往還, 有何嫌疑? 且僕與邵亭數四通書, 講學論文, 音問不斷, 何獨於足下而欲拒之? 足下所慮, 不己過乎? 聖人稱凰友信之, 足下不以我爲友則已, 如以我爲友, 當以誠信相與, 毋匿情而懷詐也. 暑中千萬自愛. 四月十八日, 帥方蔚白."

(李無未)도 그의『중국과 조선 문인들의 남다른 창화--좌해교유록(중조문인 만청 영류 '창화'『좌해교유록』)』[82]에서 언급한 바가 있다. 이무미의 관점으로는 그들의 교유에 대한 태도는 '비대칭적(非對稱的)'이란 것이다. 즉 조선 문인들이 열정적으로 수방울을 대해 주는 반면에 수방울은 내내 냉정하고 오만한 태도로 조선 문인들을 대하였다는 것이다. 또 이무미는 당시의 역사, 문화적인 배경을 바탕으로『좌해교유록』에 기록된 양국 간 문사들의 교유는 색다른 교유라는 결론을 짓고 있다.

그러나 필자는 수방울과 조선 문사들의 교유는 양국의 다른 문사 간의 교유와 실질적인 차이가 없다고 보고 있다. 수방울이 교유 도중에 생겨난 오해도 책에 실어 둔 것은 그가 역사의 진실을 매우 존중한다는 것임을 입증하고 있다. 수방울이 시문집의 형식으로 역사 기록들을 수록한 것은 현대 문인들이 더 자세하고 정확하게 청나라 때 중국과 한국 문인의 교유 상황을 파악할 수 있게 해 주고 있다. 우리는 책에 수록되어 있는 조선과 청나라 사람들의 각각 다른 방식으로 이뤄진 문화교류의 내용을 통해서 그 시대 사람들의 성격과 사상을 더 전반적이고 입체적으로 밝힐 수 있다고 본다.

③ 수방울과 홍현주, 김이문, 홍희준과의 교유

홍현주(洪顯周, 1793~1865)의 자는 세숙(世叔), 호는 해거재(海居齋), 또는 약헌(約軒)이며, 풍산(豊山) 사람이다. 그는 홍인모(洪仁模)의 아

---

82) 李無未, 「中朝文人晩淸另類"唱和"『左海交遊錄』」, 『國際東方詩話學會第六次學術大會論文集』(中國延邊大學, 2009.8.), 572~581쪽.

들이며, 우의정 홍석주(洪奭周)의 아우이다. 정조(正祖)의 둘째딸 숙선옹주(淑善翁主)와 혼인하여 영명위(永明尉)에 봉해졌다. 1815년(순조 15)에 지돈령부사(知敦寧府事)가 되었다. 시문에 뛰어나 당세에 명성을 떨쳤다. 저서로는 『해거재시초(海居齋詩鈔)』가 있다.

수방울과 홍현주의 교유는 수방울이 도광 13년(1833) 정월에 지은 배율시 〈차운조선홍약헌도위현주견기즉제소저해거재시초(次韻朝鮮洪約軒都尉顯周見寄卽題所著海居齋詩鈔)〉[83]를 통해 알 수 있다. 이 시의 제목을 통해 알 수 있듯이 홍현주는 개인 시집인 『해거재시초』를 수방울에게 보내주었다. 이 시집은 도광 13년 정월(1833)에 정원용 일행을 통해 수방울에게 전해진 것으로 보인다. 이 시에서 홍현주는 평생의 시문에 대한 애호(愛好)를 지녀왔으니 중원 명사에게 보여 좋은 작품이 뽑혀지고 평점을 받고자 하는 소원을 서술한 것이다. 홍현주는 뛰어난 시재가 있지만, 수방울에게 보낸 시에서는 아주 겸손한 어투로 말했다. 이는 중화 문화와 중원 명사에 대한 흠모(欽慕)에서 나온 것이라고 보인다. 수방울은 홍현주가 보내준 시문을 보고 바로 화답시를 지어 주었다[84]. 그리고 홍현주의 시문집을 보고, 그의 시작품과 재주와 인품에 대해 찬미의 말을 아끼지 않았다.

---

83) 帥方蔚, 『左海交遊錄』, "生際太平日, 性癖惟詩耽. 家庭勤酬唱, 山水窮探探. 到老乏佳句, 開卷良自慙. 漫錄日以積, 牛要竝奚儋. 全棄無可惜, 苟存十二三. 聞見意孤陋, 風氣限北南. 中州慕名士, 萬里經寄函. 此意詎沽衒, 覆瓿固所甘. 淸鑑別姸醜. 良藥破聲暗. 志願於斯畢, 感激吾何堪. 壬辰小春翰, 朝鮮駙馬豊山洪顯周. 再拜."

84) 帥方蔚, 『左海交遊錄』, 〈次韻朝鮮洪約軒都尉顯周見寄卽題所著海居齋詩鈔〉, "東海有才子, 嗜書如賈耽. 騷壇富唫咏, 錦囊時時探. 翰黙雅自惜, 風流使人慚. 奇才出貴冑, 生小弛負儋. 濟濟伯仲間, 交柯珠樹三. 文名斗瞻北, 士望車指南. 一編遠遺我, 驚喜前開函, 那厭作詩苦, 還添說士甘. 如君特雄駿, 萬馬宜皆暗. 老我怯鞭策, 馳驅良未堪."

홍현주는 조선에서 수방울의 문명(文名)을 알고, 1832년에 정원용의 일행85)이 연경에 가는 것을 계기로 수방울에게 시문집과 시를 보내어 교유한 것으로 보이며, 그들의 교유는 그리 많지 않았던 것으로 보인다. 『좌해교유록』에 홍현주가 수방울에게 보낸 시 1수, 수방울이 홍현주에게 화답한 시 1수만 실려 있고, 홍현주와 수방울의 개인 시문집에서는 서로가 연락하고 주고받은 시문을 찾아볼 수 없다. 그러나 단 한 번의 교유 기회가 한·중 문인들의 가장 전통적인 교류 방식을 담고 있다는 것을 확인할 수 있다. 홍현주는 중원 문인에게 미리 자신의 시집을 보내고 자신의 작품을 상대방에게 보여주어 상대방이 시문집을 통해 자신을 알아주기를 바랐다. 한·중 양국의 문인들은 이와 같은 교류 방식을 통해 많은 문학 창작활동을 해왔다. 홍현주가 수방울에게 자신의 시문집과 시문을 보내준 사례를 통해 조선인의 시문이 중국으로 전파(傳播)된 생생한 모습을 엿볼 수 있다.

『좌해교유록』에는 또한 김이문(金彛問, 생졸년 미상)이 도광 9년(1829) 10월 27일 수방울에게 보낸 조선 김사식(金思植) 부인(夫人)의 부고(訃告)와 편지 한 통이 수록되어 있다. 이 편지에는 김영작의 편지가 바로 도착하지 못했던 원인이 신사(信使)의 사망 등에 있었다고 하였다. 이 편지의 내용으로 김이문과 김영작은 수방울과 모두 숙식(熟識)의 사이인 것을 추측할 수가 있겠다. 김소정은 수방울과 다른 조선 문사들의 교제를 맺어주는 역할을 하고 있었다. 그러나 그 후 몇 년간은 그와 수방울의 교유 기록이 남아 있지 않다.

---

85) 洪顯周는 鄭元容과 서로 친숙한 사이다. 『해거재시초』와 『경산집』에서 洪顯周와 鄭元容이 서로 보낸 편지로 그들이 교유한 사실을 확인할 수 있다. 그가 자신의 시집과 시문을 鄭元容에게 부탁한 것도 당연한 행동이라고 본다.

홍희준(洪羲俊)의 생애에 대해서는 도광 14년(1834) 5월 6일에 홍경모가 수방울에게 보낸 편지에 소개되어 있다.

> 저의 계부(季父)인 훈곡공(薰谷公)은 역학(易學)에 조예가 깊은 분으로 저술이 많습니다. 이에 받들어 보내드리니 선생님의 고명지학(高明之學)으로 살펴보신다면 절충하여 이치가 통하는 바가 있을 것입니다. 선생의 지적을 받을 수 있다면 저희는 해외 원인(遠人)으로써 어찌 다행이 아니겠습니까? 저의 계부(季父)의 이름은 희준(羲俊)이고 자는 중심(仲心), 별호(別號)는 훈곡(薰谷)입니다. 건륭 갑인(甲寅)과 도광 병술(丙戌)년에 두 번에 걸쳐 연경에 가셨으며 문과를 거친 산질대신(散秩大臣)으로 춘추가 74세이십니다.[86]

홍경모는 홍희준의 생애와 학술적 경향을 소개해줬을 뿐만 아니라 홍희준이 저술한 『기문(朞文)』, 『대관(大貫)』, 『원괘발온(圓卦發蘊)』, 『도서연상(圖書衍象)』, 『완역대지(玩易大旨)』 2책을 수방울에게 보내주기도 하였다. 그 후의 교류 과정에서 수방울은 홍희준에 대해 언급한 바가 없었다. 따라서 그와 홍희준의 문화교류는 홍경모의 소개와 홍경모를 통한 저서 기증뿐이었을 것이라 짐작된다.

(3) 수방울과 조선 문사들의 문화 교류의 특징과 의미

수방울이 편찬한 『좌해교유록』을 통해 본 수방울과 조선 문사 간의

---

86) 帥方蔚, 『左海交遊錄』, 洪敬謨가 帥方蔚에게 보낸 편지(道光14年 5月 6일), "僕之季父薰谷公, 邃於易學, 多所著述, 玆以奉質. 以先生高明之學, 必有折衷而理會者. 如蒙郢斤之政, 豈不爲海外遠人之幸邪? 僕季父名羲俊, 字仲心, 別號薰谷, 乾隆甲寅. 道光丙戌, 嘗兩赴京師, 繇文科現官散秩大臣, 春秋七十有四."

문화 교류의 특징과 의미는 아래와 같이 요약할 수 있다.

첫째, 수방울과 교유한 조선 문사는 두 유형으로 나눠진다. 즉 사신으로 연경에 가서 수방울을 만나 본 조선 문사들(정원용 부자, 홍경모, 노철흠, 이형기, 성재시 등)과 직접 만나 보지 못해 서신과 시문 창화 등의 형식으로 수방울과 신교(神交)한 문사들(김영작, 홍양후, 홍현주, 김이문, 홍희준 등)이다.

둘째, 조선 문사들은 수방울을 만났든 못 만났든 간에 그들과 수방울과의 교유는 우선 서신으로 이루어졌다. 예컨대 정원용 부자 등이 수방울을 만나 보기 전에 모두 만남을 청하는 서찰을 전하였다. 이것은 물론 외교적으로 예의 있는 행동이라고 볼 수 있다. 아울러 조선 문사들이 당돌히 구현했던 것이 아니라 수방울에 대해서 많이 알고 그의 명성을 흠모하여 찾아보았다는 것을 입증해 준다.

셋째, 수방울과 교유하였던 문사들의 신분이 아주 다양하였다. 이 문사들 중에 정원용처럼 정사(正使)급 고위층 관리도 있고, 정원용의 아들인 정기세와 같은 젊은 진사(進士)도 있었다. 이 외에 중인 계층인 태의(太醫 李亨基)도 있었다. 이들은 각각 다른 신분을 갖고 있으나, 하나 같이 모화(慕華) 의식을 지닌 사람들이었다. 그들의 모화 의식은 대중화(大中華) 정통을 맹목적으로 경모하는 데에서 비롯된 것이 아니라, 수방울 등의 중화(中華) 재사(才士)들과 직간접적으로 교유하여 자신의 학식을 넓혀 나가려는 데에서 비롯된 것이다. 이들 문사들은 신분이 각각 다르기는 하나 수방울은 그들을 차별하지는 않았으며 중국과 조선 양국 간 문사들이 교유하는 데에 도의(道義)와 성신(誠信)을 역설하였다.

넷째, 수방울과 교유하였던 조선 문사들은 거의 다 서로 아는 사이였다. 이 문사들의 관계를 면밀히 살펴보면 왜 이 사람들만 수방울과 많은 교류를 이뤘느냐는 의문을 풀 수가 있다. 조선 문사들은 대부분이 서로 우인(友人)이나 족인(族人) 사이였다. 예를 들어 김영작이 수방울에게 소개했던 노철흠, 이형기, 성재시 등이 모두 다 자신의 우인들이다. 또 김영작과 홍양후 또한 친구 사이이다. 그들이 각각 수방울에게 "조선에서 이미 집사(執事)의 명성을 경모하고 있었다(在東國已聞執事盛名)"라고 언급하였으나, 그들이 수방울을 알게 된 것은 대부분이 지인들을 통한 것이다. 그들과 중국 명사와의 교유의 연원은 18세기 홍대용과 항주삼재의 교제로 거슬러 올라갈 수가 있다. 홍양후는 바로 홍대용의 손자이다. 이로 보아 홍양후 등의 문사들과 청인 명사들과의 교유는 단순히 자신을 위한 것이 아니라, 선조들의 전통을 이어받아 발전시키기 위한 행동이라고도 할 수 있다.

다섯째, 수방울과 조선 문사들의 교유는 19세기 중국과 조선 문인들의 다양하고 복잡한 관계 양상을 보여 주고 있다. 19세기 연행 사신들의 연행록이나 시문집을 살펴보면 이 문인들이 사행 기간에 청인과의 교제가 왕성하였음을 알 수가 있다. 즉 조선 사신들은 각각 수십 명의 청인과 왕래했던 것이다. 또 같은 시기에 서로 어떤 관련성이 있는 연행록이나 시문집을 서로 비교해 보면 일부 조선 문인들이 같은 청인들을 사귀고 있었다는 사실이 밝혀진다. 조선 문인인 정원용, 김영작과 청인의 교유가 바로 그 예이다. 수방울의 저서만으로 봤을 때는 조선 문인들과 그와의 교유는 다면적으로 되어 있는 것이다. 이상과 같은 교류 형식들을 총괄적으로 보면 그룹과 그룹이 대하는 식이라고 할 수 있다. 이것은 19세기 중국과 조선 문인 간의 가장 전형적인 문화 교류 형식이다.

수방울과 조선 문사들의 문화 교류는 19세기 전반기에 중국과 조선 문인들의 다양한 문화 교류의 한 측면을 보여 주고 있다. 그들은 18세기 이래 홍대용과 항주삼재(杭州三才)를 비롯한 문사들의 문화 교류의 전통을 이어받아 19세기 전반기 중국과 조선 양국 간 문인들의 문화 교류를 충실히 하였다. 수방울이 편찬한 한·중 문인 교유 관련 역사적 자료의 대부분이 조선 문인들의 연행록이나 시문집에 수록되어 있지 않는다는 점에서 이들 자료의 역사적, 문학적 가치를 간과해서는 안 된다고 본다.

2. 동문환(董文煥)의 『추회창화시·속집(秋懷唱和詩·續集)』[87]

1) 동문환 및 『추회창화시』

『추회창화시』는 19세기 청대 동문환(1833~1877) 개인이 두보(杜甫)의 '추흥팔수(秋興八首)'에 차운해서 지은 시를 다시 동인(同人)들에게서 차운을 받아 엮은 수창시문집이다. 편자 동문환의 자는 요장(堯章)이며, 호는 연추(研秋), 또는 연초(研樵)이다. 연초산방(硯樵山房), 막고야산방(藐姑射山房), 연노헌(研盧軒), 분동서옥(枌東書屋), 불박금인애고인(不薄今人愛古人), 양사후예(良史後裔)는 모두 그의 당호(堂號)이다. 그는 산서성 홍동현 두수동보(山西省 洪洞縣 杜戍東堡) 사람이다. 함풍 6년(1856)에 진사에 급제했고, 서길사(庶吉士), 국사관협수(國史館協

---

87) 이 절은 「19세기 朝·清 문인들의 唱和詩 『秋懷唱和詩』 연구――서지 및 편찬배경을 중심으로」(『한중인문학연구』 제36집, 2012.8, 213~234쪽)를 바탕으로 수정하고 보완한 것이다.

修), 실록관협수(實錄館協修), 기거주협수(起居注協修) 등 관직으로 임명되어 북경에서 출사했다. 동문환은 음운학에 뛰어나, 그의『성조사보도설(聲調四譜圖說)』은 후대 사람들에 의해 '성률 연구를 집대성한 청대 학자'라는 높은 평가를 받았다. 그의 음운학 이론은 근대 음운학자 왕력(王力)의『한어음운학(漢語音韻學)』과 임병성(任秉成)의『시사통론(詩詞通論)』에도 많이 인용되었다. 동문환의 시평(詩評)에 관한 저작으로는『두시자평(杜詩字評)』과『당시품휘비교(唐詩品彙批校)』의 수고(手稿)가 전해진다. 그의 시문집으로는『연초산방시집(硯樵山房詩集)』초편(初編) 네 권과 속편(續編) 네 권이 있는데, 동치 7년(1868)과 9년(1870) 두 차례에 합인본(合印本)을 간행하였다. 그가 남긴『연초산방일기(硯樵山房日記)』[88]는 17책의 고본(稿本)이 있다. 19세기 후반에 이르면 조선 사신과 중국 문인의 교유가 끊이지 않고 계속 이어진다. 특히 동문환과 그의 친구들은 조선 사신과 긴밀한 관계를 맺었으며, 이와 같은 교유에 대한 상황은 동문환의『일기』에 매우 구체적으로 기록되어 있다. 동문환은 함풍 11년(1861) 음력 1월 중순, 그의 나이 29세 때 조선에서 연경으로 온 동지사(冬至史) 신석우(申錫愚, 호는 해장(海藏), 1805~1865), 서형순(徐衡淳, 호는 한산(漢山), 1813~1893), 조운주(趙雲周, 자는 기서(岐瑞), 1805~?) 등의 조선 사신과 처음으로 교유하게 되었다. 조선 학자와의 교유는 동문환이 세상을 떠나던 1877년까지 지속되었으며, 그와 교유한 조선 학자는 25여 명에 이른다.

---

88) 동문환의 "硯樵山房日記"는 중국 山西大學 고전문학연구소 교수 李豫가 영인하여 출판한『淸季洪洞董氏日記六種』(1~6책, 北京圖書館出版社, 1996)에 수록되어 있다. 이 책에서 인용한 "연초산방일기"의 내용은 모두『淸季洪洞董氏日記六種』에 수록되어 있는 내용이며, 이하는『日記』로 약칭한다.

　동문환은 19세기 중반에 청대 문단에서 활발하게 문학 활동을 한 사람이었고, 일상 속에서 동인들과 결사(結社)하여 시문을 수창해왔다. 그는 조선인의 시문에 관심이 대단히 많았으며, 조선 문인들과 왕래하면서 조선 역대 시인의 시문을 선별하여『한객시록(韓客詩錄)』이라는 조선 시문선집을 편찬하는 동시에 연경(燕京)에서 만난 조선 사신과의 직접 교유를 통해 모은 시문도 간행하였다.『추회창화시』은 바로 동문환이 청나라와 조선 지인들이 수창한 하나의 결과물이다. 이 작품들은 조선 사신과 교유하는 과정에서 지어진 시문으로, 창화시의 대부분은 각 작가들의 개인 문집에도 수록되어 있지 않은 자료들이다. 이와 같은 문헌들은 한문학과 한·중 문화 교류 연구에 있어서 매우 귀중한 자료라고 판단된다.

　본 연구에서는 현재까지 중국과 한국에서 전하고 있는『추회창화시』의 각본(刻本)과 필사본을 조사하여 이 책의 서지사항을 소개하며, 동문환이 '추회시'를 창작한 배경과 과정, 조선 문인과 '추회시'를 창화한 경위, 또『추회창화시』의 간행과 필사한 의미 등을 고찰하고자 한다.

2)『추회창화시』의 각본과 필사본

　『추회창화시』의 간행은 여러 단계를 거쳐 완성한 것으로 보인다. 현재까지 전해지고 있는 판본은『추회창화시』1책으로 되어 있는 판본이 있고,『추회창화시』와『속집』이 1책으로 되어 있는 판본도 있다. 또는『추회창화시·속집』을 저본으로 필사하여 1책으로 되어 있는 필사본도 전해지고 있다.『추회창화시』(속집 없는 것임)는 현재 중국 산서성(山西省)도서관, 한국 서울대 중앙도서관, 계명대학교 동산도서관 등에 소장되어 있다. 『추회창화시』와『속집』을 한 책으로 묶어 간행한 판본은 현재까지 중국국가도서관 보통고적실에 소장되어 있는 판본만 확인되었다. 중국국가도서관 보통고적실에 소장되어 있는『추회창화시』의 필사본도 확인되었다. 아래에서는『추회창화시』의 각본과 중국국가도서관에 소장되어 있는『추회창화시·속집』의 각본, 중국국가도서관에 소장되어 있는『추회창화시』의 필사본의 상태를 고찰하고자 한다.

(1) 『추회창화시』의 각본

『추회창화시』에 실린 동문환의 〈추회팔장(秋懷八章)〉은 동문환이 함풍 11년(1861년) 7월에 지은 시문이다. 그는 〈추회팔장〉을 여러 청나라 동인과 조선 지인에게 보여주었고, 그들의 '화운시'를 받아 창화집을 간행하였다. 동문환은 동인들의 '추회화운시'를 받으면서 여러 차례『추회창화시』를 간행했으며, 현재 중국 산서성도서관, 한국 서울대 중앙도서관, 계명대 동산도서관 등에 소장되어 있는 판본이 같은 각본으로 확인되었다. 이 각본은 1863년에 간행한 것으로 짐작된다.
  이 책은 1권으로 되어있다. 책의 서지는 반엽십행(半葉十行), 행이십이자(行二十二字), 사주쌍란(四周雙欄), 세흑구(細黑口), 단어미(單魚尾), 판심(版心)에는 '秋'자가 있으며, 판심(版心)의 아래쪽에는 쪽수가 적혀 있다. 표제에는 전자(篆字)로 '秋懷唱和詩'라 적혀 있으며, 내 표제에 해서체(楷書體)로 '秋懷唱和詩', '咸豊辛酉孟秋', '峴樵山房校刊'이 적혀 있다. 동문환이 추회시를 지은 직접적인 이유는 그가 '同治元年正月'에 쓴 서문을 통해 알 수 있다.

신유(1861) 여름, 외출을 하지 않고 집에서 조용히 시문을 읊으면서 마음을 달래고 지냈다. 워낙 우울한 본성인데다가 가을의 분위기를 타서 더욱 민감해졌다. 가을밤이 길어지면서 난데없이 온갖 감정이 촉발되어 도저히 억누르지 못할 것 같았다. 그냥 감정이 흐르는 대로 글을 작성하였는데 특별한 순서 없이 8편의 시가 되었다. 이러한 시들을 모아서 한편의 시문집을 편집하고 이를 '추회'로 명명하였다.[89]

동문환이 자신이 쓴 추회시를 동인에게 보여주자 동인들이 다투어 '화시(和詩)'를 보내주었으며, 동문환이 "스스로 간직하는 것을 참지 못해서 간행했다(不忍自密, 因付剞劂)"고 한다.

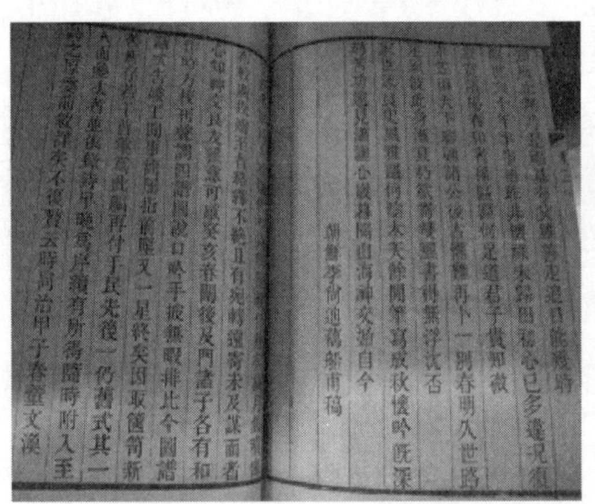

『추회창화시』에 수록된 조선 이상적의 시문

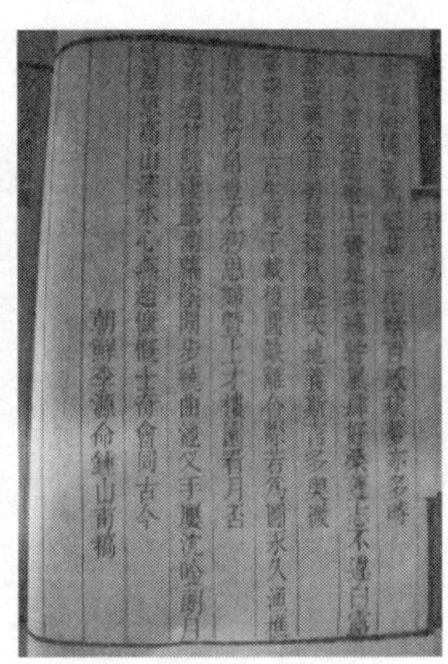

이원명의 시문
(서울대중앙도서관 소장)

---

89) 董文渙, 『秋懷唱和詩』 서문, "辛酉夏, 閉關習靜, 唫詠自遣, 性本幽悤, 逢秋多感, 良宵漸永, 觸緒無端, 習習于中, 不能自已, 隨筆書之, 語無詮次, 遂成八首, 命曰秋懷."

서문 뒤에는 목록이 없고 차례대로 '秋懷八首呈諸同人'(洪洞董文煥研樵甫稿) 이어서 같은 제목인 '秋懷八首和研樵韻'으로 洪洞王軒顧齋甫稿, 代馮志沂魯川甫稿, 上元許宗衡海秋甫稿, 宜賓趙樹吉沅靑甫稿, 蘄州黃雲鵠緗芸甫稿, 彭澤歐陽雲石甫甫稿, 隆昌范泰亨雲吉甫稿, 閩縣林壽圖潁叔甫稿, 儀徵卞寶第頌臣甫稿, 儀徵程守謙筍叔甫稿, 旌德汪期齡茉生甫稿, 津門樊彬文卿甫稿, 楚樊范鳴龢鶴生甫稿, 長沙張沄竹汀甫稿, 曲阜孔憲轂玉雙甫稿, 吳縣陳昌年菱舫甫稿, 上元何兆瀛靑士甫稿, 朝鮮李源命鍾山甫稿, 香山何璟小宋甫稿, 曲阜孔憲彝繡山甫稿, 長沙李壽蓉篁仙甫稿, 元和王炳璞臣甫稿, 甘泉李汝鈞子衡甫稿, 夏邑李錫彤芋亭甫稿, 朝鮮李容肅菊人甫稿, 朝鮮朴永輔錦舲甫稿, 朝鮮林致學九皐甫稿, 朝鮮朴鳳彬綺園甫稿, 朝鮮李尙迪藕船甫稿이다.

상기 시집의 작자의 국적과 작품 수를 보면 청인 24명의 192수, 조선문인 6인의 48수, 합계 30인의 240수의 시문이 수록되었으며, 이들의 배열순서는 작자가 시문을 지은 시기를 기준으로 한 것임을 알수 있다.

(2) 『추회창화시·속집』의 각본

『추회창화시』·『속집』을 한 책으로 간행한 『추회창화시·속집』은 현재까지 중국국가도서관 1책만 확인되었다. 이 책자의 판각 형태는 『추회창화시』와 일치한다. 단지 『추회창화시』에 실린 24명의 작품 뒤에는 '속집'이라는 글자가 대두(擡頭)에 적혀있다. 속집에 수록된 사람은 故城賈瑑, 蕪湖繆闓, 李壽蓉, 曲阜孔憲庚, 檇李王槐, 永濟孟子淑, 朝鮮趙徽林, 永城呂輝, 馬嵩臨, 津門盧思溥, 門下士李嘉樂이 있으며, 그 중에 조선 사람으로는 조휘림 1명의 '추회시' 8수만 수록되어 있다.

'속집'은 '추회회창화시' 뒤에 부록으로 붙인 것이다. '속집'의 서문은 아래와 같다.

> 신유(1861년) 겨울에 접어들어 동인들이 지은 창화시들을 편찬하는 작업을 계속하여 이를 시문집으로 간행하였다. 시간이 흐르면서 내가 지은 시문들이 널리 알려졌고 많은 분들이 창화시를 보내 왔다. 먼 곳에서 창화시 보내 주고 직접 만나지 못한 분들도 있었다. 시문을 통해서 그 분들과 서로 마음이 통하여 그 고상한 마음을 알 수 있었다.
>
> 계해(1863년)에 회시(會試)에 급제한 후 주변 친구들도 각각 창화시를 보내주었다. 그 때는 『성조사보도설』을 편찬하고 있었으나 입으로 외우고 손으로 나누어 추회시를 볼 시간은 없었다. 이제는 『성조사보도설』을 편찬하는 작업이 점차 완성되었으므로 조금 여유가 생긴다. 과거를 회상해 보니 벌써 또 한 해가 지나갔다.
>
> 이번에는 소장하던 여러 시문들을 선별하여 한 권의 책으로 편찬하겠다. 시문의 순서는 이전의 순서를 그대로 유지하고 한 사람이 여러 편의 시문들을 지은 경우에는 부록시(附錄詩)의 시간순으로 수록하겠다. 지금도 계속해서 창화시를 받고 있기 때문에 수집하는 대로 수시로 실어 놓을 생각이다. 시문들의 수록과 편찬의 자초지종에 관해서는 앞에서 자세하게 설명한 바가 있으므로 더 장황하게 늘어놓지 않겠다.
>
> 동치갑자(1864) 봄에 동문환 씀[90]

---

90) 董文渙, 『秋懷唱和詩·續集』序, "辛酉冬, 編同人秋懷唱和詩, 旣陸續付梓矣. 歲月俄積, 傳布較廣, 投贈至者絡繹不絕, 且有宛轉遠寄未及謀面者, 心知神交, 良友雅意可感. 癸亥春闈后, 及門諸子各有和作, 時方校刊聲調四譜圖說, 口吟手披, 無暇排比, 今圖譜漸次告竣, 工閑事簡, 屈指前塵, 又一星終矣！因取篋笥新舊所存若干, 收匯爲此編, 再付手民, 先後一仍舊式 其一人而迭次者, 並依附錄詩早晚爲序. 續有

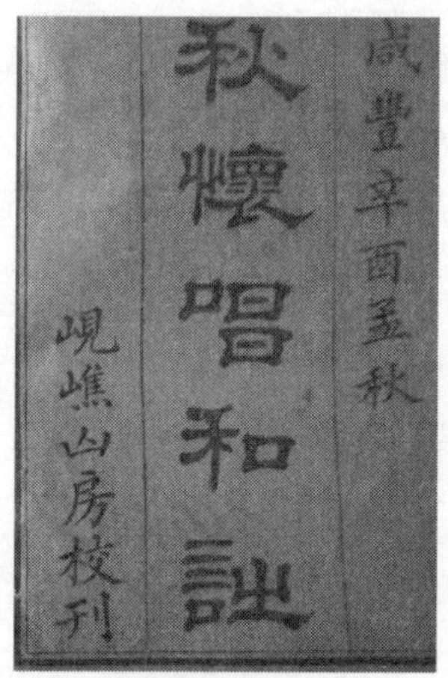

『추회창화시·속집』의 내표지
(중국국가도서관 소장)

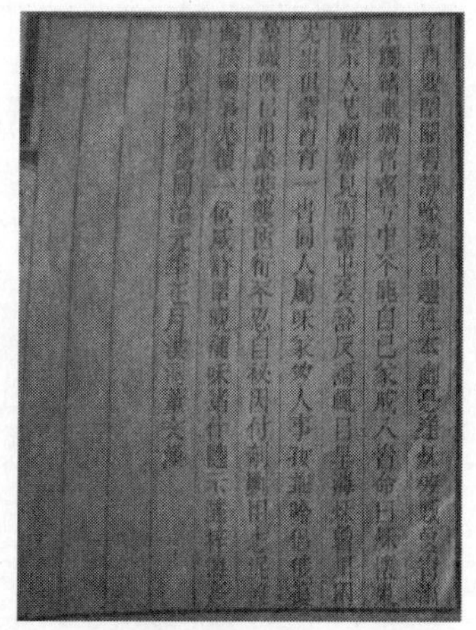

동문환의 서문

  '속집'의 서문을 통해, 동문환이 신유(1861) 겨울부터 '추회창화시'를 편찬하기 시작한 것임을 확인할 수 있다. 당시 '추회시'는 독자에게 많이 전파되었으며, 많은 동인들이 이 책자를 보게 되어 화시를 지어 다투어 보내었다. 동치 갑자(1864)에 동문환이 동인들이 보내준 '추회창화시'를 모아 '속집'을 간행하였는데, 전에 편찬한 '추회창화시'를 함께 묶어 간행하기도 하였다. '속집'에는 조선 조휘림의 '추회답시' 8수만 실려 있다.

  『추회창화시·속집』에 수록되어 있는 조선문인 '화추회팔장'을 표로 정리하면 아래와 같다.

所得，隨時附入．至詩之原委，前敍詳矣，不復贅云．時同治甲子春．董文渙．"

番號	作者	創作時期	其他文獻收錄 與否	原題目
①	李源命(號 鐘山, 1807~1887)	同治1年(1862) 正月 22.		
②	李容肅(號 菊人, 1818~)	1863.		
③	朴永輔(號 錦舫, 1808~1873)	1863. 1. 6.		
④	林致學(號 九皐)	同治2年(1863) 正月十八日		
⑤	朴鳳彬(號 綺園, 1838~)	1863. 1. 6.		
⑥	李尙迪(號 藕船, 1804~1865)	1862~1863	恩誦堂集續 集詩卷九	董硏秋檢討 索 和秋懷(1862)
⑦	趙徽林(字 漢鏡, 1808~)	1863. 4.		

이상에서 언급한 것과 같이, 동문환은 신유(1861) 가을에 '추회시'를 지었다가, 동인들의 '화시'를 받으면서 『추회창화시』와 『추회창화시·속집』를 간행하였다. 이 두 시집에 실린 조선문인 시문의 창작시기와 동문환이 지은 서문을 통해『추회창화시』는 1863년 1월 이후에 간행되었고, 『추회창화시·속집』은 1864년에 간행된 것임을 알 수 있다.

(3) 『추회창화시』의 필사본

현재까지 확인된 『추회창화시』의 필사본 1종은 중국국가도서관 보통고적실에 소장되어 있다. 이 필사본에는 필사자에 관한 기록이 없으므로, 이 필사본의 필사 시기와 필사자를 현재까지 알 수 없다. 이 필사본의 서문은 상기 『추회창화시』와 『추회창화시·속집』에 실린 동문환의 서문과 일치한다. 다만 필사본의 서문에 다른 필적으로 수정한 글자가 보인다. 필사본의 서문 뒤에는 목록이 실려 있다. 이 목록

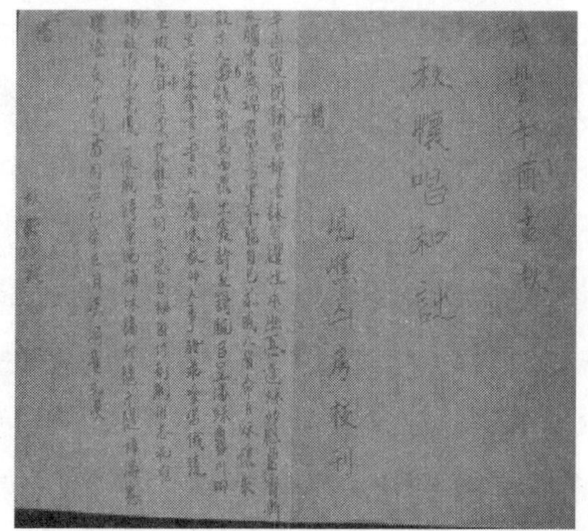

필사본 『추회창화시』의 서문(중국국가도서관 소장)

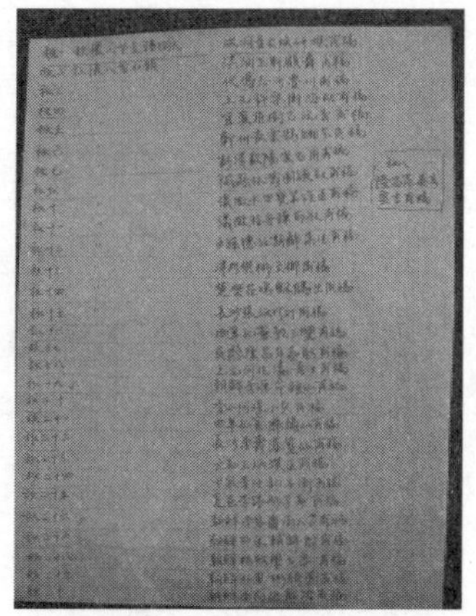

필사본 『추회창화시』의 목록

을 보면, '추회창화시'에 실린 '一'부터 '三十'까지는 『추회창화시』의
각본에 실린 30명의 시인과 일치한다. 그러나 '속집'의 목록을 보면,
여섯 번째 '王槐蓉園再稿', 여덟 번째의 '夏縣周晉康候甫稿', 열세 번
째의 '盧恩溥紹裳甫再稿', 열다섯 번째의 '門下士王寶善呈稿', 열여섯
번째의 '同懷弟文燦芸龕甫稿'는 각본인 『추회창화시·속집』에 실려
있지 않은 시문이다. 이를 미루어 보아 필사본 『추회창화시』의 저본
은 또 다른 형태의 『추회창화시·속집』이라는 사실을 확인할 수 있으
며, 『추회창화시·속집』의 각본, 혹은 고본(稿本)은 여러 형태로 유통
된 것으로 판단된다.

3) 『추회창화시』의 창작 및 간행 배경

(1) 동문환이 '추회시'를 창작한 배경

한자문화권에 속한 한시문학의 창작은 시대별로 풍격의 변화가 있

지만 대체로 조술(祖述) 또는 의양과 환골을 지성으로 익혀왔다. 작가
들이 학시(學詩)와 개인 작품을 창작할 때 고인고사(古人古事), 명인명
구(名人名句), 특히 그들의 시에 대한 화운이 산재해 있다. 풍(風), 소
(騷)를 비롯한 도(陶), 사(謝), 이(李), 도(杜), 한(韓), 백(白), 소(蘇), 황
(黃) 등에 대한 화운창화가 학시(學詩)의 길잡이이다. 중국에서는 송대
부터 흥성했으며 가장 일찍이 고인(古人)의 시를 차운해서 지은 자는
소식(蘇軾, 1037~1101)이다. 그는 도잠(陶潛, 365~427)의 시에 차운해서
〈화도잠(和陶潛)〉을 지어 후대 시문 창작에 커다란 영향을 미쳤다. 이
와 같은 차운시는 '성정(性情)'과 '신운(神韻)'을 해치는 경향이 있다는
후대 학자 엄우(嚴羽, 1185~1235), 왕약허(王若虛, 1174~1234), 왕사정(王
士禎, 1634~1711) 등의 비판이 있었으나, 차운시는 작가의 재능과 기교
를 적절히 드러내는 수단이므로 역대 시인들의 애호를 받아왔다. 심
지어 송나라 초기의 지식인들은 이를 통해 자신의 벼슬길이 열릴 수
있다고 여겼기 때문에 수창은 반드시 갖추어야 할 재능으로 간주하고
이를 연마하기 위해 힘썼다. 그 결과 당나라 때 다량의 창화시를 제작
했던 백거이(白居易, 772~846)의 시 체제로 이름난 원화체(元和體)가 일
종의 학습의 모범이 되었고, 주고받은 창화시가 당시 시창작의 주된
내용이자 특징이 되었다.[91]

또 창화시는 개인 시문 연마의 학습 방법이나 지인(知人)간의 교제
수단일 뿐만 아니라, 국제적인 외교 수단으로 그 역할을 하기도 한다.
조선은 기자(箕子)의 후예로 유교의 나라임을 강조하면서 조선의 문명
이 중국에 비해 결코 뒤지지 않음을 자랑하였다. 조선에 온 중국 사신

---

91) 송용준(외), 「北宋初期詩」, 『宋詩史』, 서울: 亦樂, 2004, 31~32쪽.

과 조선 문인들의 수창 시문을 모아 『황화집』까지 편찬하였다. 이러한 전통은 청나라에 들어 수창시(酬唱詩), 또는 응수시(應酬詩)라는 형식으로 변신하여 중국과 조선 문인들 사이에 활용되었다. 동문환이 창작한 추회시와 여러 청대 동인과 조선 지인들의 '추회화운' 시는 '창자(唱者)'인 동문환과 '화자(和者)'인 동인들끼리의 교제 수단이며, 국제적인 외교 수단으로 활용된 것이다.

그렇다면 동문환은 왜 '추회시'를 창작했을까? 동문환이 '추회시'를 창작한 시기와 쓰게 된 배경을 살펴보기로 한다. 함풍 10년(1860)부터 동치 7년(1868)까지 동문환은 주로 북경에서 관직생활을 하였다. 이 시기는 서양의 침략과 지방 반란군과의 전쟁 때문에 국세가 위태로웠고, 동문환 개인도 부인과 딸의 병사로 겪은 고통이 상당히 컸기에, 이는 그의 시문 창작에 커다란 영향을 미쳤다. 동문환의 『일기』를 통해 이 시기에 인생 경로가 비슷하였던 두보(杜甫, 712~770)와 맹교(孟郊, 751~814)의 시구를 많이 적록(摘錄)해서 시구의 연마에 힘썼음을 알 수 있다.

중국 당대(唐代) 시사(詩史)에 가장 중요한 위치를 차지하는 인물로는 두보를 꼽을 수 있다. 맹교는 두보의 영향을 많이 받은 시인이다. 두보는 시문 창작에 있어 '어부경인사부휴(語不驚人死不休)'를 주장하였고, 맹교는 시구의 형식과 '자(字)'에 힘을 기울였다. 동문환의 '추회시'를 보면 자연스럽게 두보의 '추흥팔수'와 맹교의 '추회십오수'를 생각할 수 있다. 동문환의 '추회시'는 두보와 맹교의 시 형식과 주제, 그리고 의경(意境)을 수용해서 개인의 풍격을 담은 시작이라고 볼 수 있다.

두보의 〈추흥팔수〉는 대력 1년(766) 그의 나이 55세 되던 해 가을,

기주(夔州)92)에서 지은 작품이다. 이때 당나라는 안사(安史), 토번(土蕃), 위글의 난을 겪고 그 피폐에 대해 두보는 "그대는 보지 못했는가? 산동 이백 고을의 천촌만락이 가시덩굴로 뒤덮였고(君不見漢家山東二百州 千村萬落生荊杞)"93), "거리마다 수습치 못한 채 얼어 죽은 시체가 길거리에 있다(路有凍死骨)"94)라고 읊었다. 당시에 두보는 "먹을 것이 없어 낙원을 찾고, 입을 옷이 없어 남주를 그리워하는(無食問樂土, 無衣思南州)"95) 처지가 되었다. 작가는 기주에서의 소삽(蕭颯)한 가을 경치를 보면서 지금은 돌아갈 수 없는 대당성세(大唐盛世)의 찬란한 문물을 그리워하였다. 〈추흥팔수〉는 바로 이러한 정치사 배경 아래에서 지어진 하나의 '무고상금(撫古傷今)'의 작품이라 할 수 있다.

동문환의 〈추회팔수〉96)는 1861년 가을에 지어진 작품이다. 19세기

---

92) 중국 四川省에 있으며, 赤甲山, 白帝城 등의 명승으로 둘러싸인 절경인 巫陝의 一隅에 위치함.

93) 이병주, 『杜詩諺解鈔』(二一), 〈兵車行〉, 집문당, 1982, 202쪽.

94) 이병주, 『杜詩諺解鈔』(二), 〈自京赴奉先縣詠懷五百字〉, 집문당, 1982, 148쪽.

95) 이병주, 『杜詩諺解鈔』(一), 〈發秦州〉, 집문당, 1982, 142쪽.

96) 董文渙이 지은 〈秋懷八首〉의 시문의 원 제목은 〈秋懷八首呈諸同人〉이다. 이 八首 시문의 원문은 아래와 같다.
①炎夏苦夜短, 秋至悲夜長. 寒鐙照不寐, 耿耿難爲光. 庭柯一葉動, 萬象非故常. 浮生抱虛警, 令我思頹陽. ②初日不成曙, 疏雨猶殘滴. 靜耳多所憎, 悽聲亦出壁, 寸晷馳百年, 家山夢中碧. 誰無世上懷, 偃息負松石. ③榮枯各有歸, 先後何能數. 萬緣强名之, 辭柯同一故. 薰猶豈自別, 幽蛩爲哀訴. 落葉不上枝, 脩名思早樹. ④蚩蚩羣氓子, 一飽無他求. 虛名誤來世, 白日坐自讐. 命運寄通塞, 蘊此無窮憂. 宵知大造力, 自春還自秋. ⑤大道本夷直, 末路生險巇. 杯酒指天日, 醒醉還相疑. 傾擠無坦步, 擊援有危基. 一羨與一憐, 悠悠豈多時. ⑥貴人方得志, 流俗焉是非. 平生事千百, 蹉跎惜多違. 豈不念貧賤, 耳目久依稀. 誰能一寸地, 容此萬幽微. ⑦先我讀書人, 遠生古人後. 當其愁肝肺, 豈不思永久. 奈何當吾世, 已先古人朽. 掩卷空嘆息, 後亦如今否. ⑧天高書氣肅, 彌日欺重陰. 酸風激地籟, 入耳無歡吟. 壯盛爭遣此, 焉知遲暮心. 勿歎芳華晚, 悲秋非資今.

중반에는 청나라 변방에서 일어나기 시작한 소수민족의 반란이 줄기차게 확산되었고, 이는 남방(南方)에서 홍수전(洪秀全)의 태평천국(太平天國) 운동으로 확대되었다. 또한 서양의 팔국(八國) 연합군(聯合軍)의 북경침략으로 인해 청 왕조는 망국의 위기에 처해 있었다. 이를 통해 당시 동문환이 혈기방강(血氣方剛)한 28세의 나이에 나라를 위한 우국(憂國)의 마음으로 이 시를 지은 정치적 배경을 헤아릴 수 있다.

한편, 맹교의 〈추회십오수〉는 작자가 58세 때 지은 작품이다. 이 작품은 모두 15수, 오언고체의 형식으로 '빈병곤돈(貧病困頓)'을 주제로 삼았다. 동문환의 〈추회시팔수〉는 같은 형식의 고언고체로 8장만 썼지만, 형식과 제목으로 보아 맹교의 〈추화십오수〉의 영향을 받은 것임을 알 수 있다. 또한 동문환이 〈추회팔수〉를 지은 것은 그의 학시(學詩)의 수단이라 짐작할 수 있다. 동문환이 살았던 19세기 중반 이후에는 대부분의 만청(晚淸) 시인들이 '송시풍(宋詩風)'을 추종했는데 이는 동문환과 같은 일부의 문인들이 소식을 거쳐서 한시의 본령인 성당의 두보에 도달한다는 '유소입두(由蘇入杜)'의 주장도 있었기 때문이다. 같은 시기에 조선 후기 한시의 '대가(大家)'인 신위(申緯)가 주장한 '유소입두(由蘇入杜)'와 일맥상통하는 것이다.

이와 같은 배경아래 동문환은 〈추회시〉를 창작하는 데 이러한 수창의 방식을 이용해 조선 문인들과 활발한 문학교류를 전개하였으며, 조선 문인의 호응을 받아 〈추회창화시〉와 〈추회창화속집〉 등, 여러 조선 문인들의 '추회시'를 모아 시문집을 간행하였다.

(2) 동문환과 조선인의 교유 및 『추회창화시』의 간행

동문환이 '추회시'를 지어서 동인들에게 보여주면 동인들이 다시 그의 시를 차운해서 시를 지었다. 그 중에 『추회창화시』에 조선문인 6명의 시가 실려 있으며, 『추회창화시속집』에는 조선 조휘림 1명의 시만 수록되어 있다. 『추회창화집』에 수록된 7명의 조선 지인의 시문을 보면 동문환과 교유하는 과정에서 지은 것으로 짐작할 수 있다. 동문환이 조선 지인들과의 만남과 '추회화운' 시를 지은 시기를 살펴보겠다.

동문환은 함풍 11년(1861) 음력 1월 중순 그의 나이 29세에 조선에서 연경으로 온 동지사 신석우(申錫愚), 서형순(徐衡淳), 조운주(趙雲周) 등의 조선 사신과 처음으로 교유하게 된다. 1861년 정월에 조선 정사(正使) 신석우와 서형순, 조운주 일행이 연경에 도착해서 예부(禮部)의 환대를 받았다. 이때 이들은 한림편수(翰林編修) 심병성(沈秉成)을 알게 되었고, 사신 일행은 심병성의 누각에서 열린 주연(酒宴)에서 동문환과 사귀었다. 이때 벗이 되어 그 이후 서로 방문하여 편지를 주고받았으며, 시문의 창화(唱和)하기를 지속하였다. 동문환의 〈증조선정사신금천중추석우서한산상서형순조란서학사운주(贈朝鮮正使申琴泉中樞錫愚徐漢山尙書衡淳趙蘭西學士雲周)〉에는 다음과 같은 구절이 있다.

> 德乃箕子舊,   덕은 옛날 조선을 세운 기자의 것을 이어받았고,
> 書喜古文同.   글도 옛글자를 같이 사용하니 즐겁구나.
> 正朔星回北,   정월 별이 북두를 돌 때 오고,
> 歸程日出東.   돌아가는 길은 해 뜨는 동쪽이네.
> 年年瞻使節,   매년 사절을 맞이하고,

回首待春風.	돌아가면 다시 만날 수 있을 좋은 소식을 기다리네.
豈意萍蹤合,	그 뜻이 어찌 부평초가 만나는 것이겠는가?
逐深膠膝投.	의기투합은 아교칠처럼 단단하구나.
共球陪日下,	북경에서 함께 하니,
珠玉吐風流.	아름다운 글로 풍류를 즐겁게 하구나.
海國三韓彦,	조선의 선비들이
東陽八詠樓.	동양의 팔영루에 모여 있으니,
何當共剪燭,	언제 다시 만나서 촛불 더 밝게,
別雨話綢繆[97]	비가 내리는 밤에 이야기를 나눌 수 있을까?

동문환은 사신 일행을 동방의 군자라고 찬미하고, 그들을 한번 만났지만 오래된 친구와 같아서 사귐의 정이 지극하다고 하였다. 특히 동문환은 신석우에게 당나라 시인 이상은(李商隱)이 쓴 〈야우기북(夜雨寄北)〉의 "언제 다시 만나서 촛불 더 밝게, 비가 내리는 밤에 이야기를 나눌 수 있을까?"[98]라는 구절을 인용하여 "만나기도 어렵지만 이별하는 것은 더욱 어려운 심정"[99]을 드러냈다. 이 시에서는 이와 같은 유대감이 문자를 함께 하는 데서(書喜古文同) 비롯된 것임을 밝힌다. 이는 한국과 중국이 하나의 한자문화권을 형성하면서 얻게 된 문화 배경에서 나온 것이다. 이 자리에서 조선 사신 신석우, 서형순, 조운주도 일일이 시를 지어 답하였고,[100] 그 후 동문환과 친구 심병

---

97) 董文渙, 『日記』 제1책, 8쪽.

98) 劉學鍇(외)편, 『李商隱詩選』, 北京: 人民文學出版社, 1993, 213쪽. 〈夜雨寄北〉: "君問歸期未有期, 巴山夜雨漲秋池. 何當共剪西窓燭, 卻話巴山夜雨時."

99) 劉學鍇(외)편, 『李商隱詩選』, 北京: 人民文學出版社, 1993, 265쪽. 〈無題〉: "相見時難別亦難, 東風無力百花殘. 春風到死絲方盡, 蠟炬成灰淚始干. 曉鏡但愁云鬢改, 夜吟應覺月光寒, 蓬山此去無多路, 靑鳥殷勤爲探看."

성(沈秉成), 장목(張穆), 섭명례(葉名澧), 주기(朱琦), 허종형(許宗衡), 풍지기(馮志沂), 왕헌(王軒), 왕증(王拯), 오곤전(吳昆田), 이사분(李士棻) 등과 동문환의 형 동린(董麟), 동생인 동문찬(董文燦)이 조선의 친구들과 직접적인 교유와 서찰 왕래를 시작하였다.101)

같은 해인 1861년 1월 하순(下旬)에 조선 열하문안사(熱河問安使) 일행도 북경에 도착하였다. 당시 정사(正使)는 조휘림(趙徽林), 부사(副使)는 박규수(朴珪壽), 서장관(書狀官)은 신철구(申轍求)이다.102) 그들은 북경으로 가는 도중에 신석우의 소개로 동문환을 만났다. 동문환의『일기』에 의하면, 1861년 4월 8일에 동문환의 친구인 심병성이 자인사(慈仁寺)에서 동인들과 함께 박규수를 초대했다. 조휘림 일행이 북경에 있는 동안 동문환과 밀접한 교유를 했으며, 술자리를 마련해서 시문 창화를 했고, 때로는 동문환의 자택에 찾아가 서로의 시문을 열독하며 서문을 지어주었다.103) 조선사행 일행이 떠나게 되자, 동문환과 동인들은 조선 지인을 위해 송별 잔치도 베풀어 주었다.

동문환은 조선 우인 신석우와 조휘림을 1861년 봄부터 알게 되어, 1861년 4월까지 직접교유를 했지만, 그의 〈추회시팔장〉은 1861년 7월에 지었기 때문에, 이때 만남에서 신석우와 조휘림에게 보여준 것이 아닌 것으로 짐작된다. 특히 조휘림의 〈추회시팔장화연초운〉은 후일에 다른 사행자를 통해 동문환에게 전해진 것으로 확인된다.

---

100) 申錫愚, 徐衡淳, 趙雲周는 각각 같은 제목 〈和研秋詩〉로 답시를 지었다.

101) 졸고,「『海客詩鈔』 연구」, 연세대 국어국문학과 석사논문, 2005.6, 40쪽.

102) 董文渙,『日記』제6책, 33쪽. "咸豊十一年正月. 召見熱河使. 正使趙徽林, 副使朴珪壽, 書狀官申轍求, 辭陛也."

103) 董文渙,『日記』제6책, 39쪽. "咸豊十一年, 四月初八日, 朝鮮趙徽林閱詩集并作序."

동문환은 1862년 봄에 이원명(李源命)과 이용숙(李容肅)을 만났다. 1861년 10월에 이용숙이 조선 사은겸동지사를 따라가 다음해 1월에 연경에 도착했다. 당시 정사(正使)는 이원명(李源命), 부사(副使)는 남성교(南性敎), 서장관(書狀官)은 민달용(閔達鏞)이었다. 그들이 1862년 1월 2일에 조운주가 동문환에게 보낸 서찰과 선물을 전했다. 1월 4일에는 다시 이상적(李尙迪)의 서찰을 동문환(董文渙)의 친구인 공수산(孔繡山)을 통해 받았다.[104) 동문환의『일기』에 의하면, 1월 4일에 공수산이 동문환에게 9일에 술자리를 마련해서 이상적의 제자인 이용숙(李容肅)을 초대하자고 제안했지만, 동문환은 중요한 일이 있어 1월 9일에 이용숙을 만나지 못하였다. 1월 18일에 이용숙이 동문환을 찾아갔고, 1월 26일에 동문환이 술자리를 마련해서 조선 사행 일행과 시문을 토론하였다. 동문환의『일기』를 통해 조선 사행 일행이 북경에 있는 동안 여러 번 만나 교유를 하였고, 만나지 못한 날에 서찰을 보내 시문이나 안부를 전했다는 사실을 알 수 있다.

동문환이 이원명과 교유하면서, 개인이 창작한 〈추회시팔장〉을 보여주자, 이원명이 동치 1년 22일에 〈화연추추회팔장〉을 지어 보냈다.[105)

1863년 정월(正月)에 이용숙은 동지사를 따라 다시 연경에 갔다. 연경에 도착하자마자 동문환에게 서찰을 보내 만날 시간을 정하였다. 박영보(朴永輔, 호는 금령(錦舲), 1808~)는 동지사부사, 임치학(林致學,

---

104) 董文渙,『日記』제1책, 7쪽. "同治一年正月初四日. 孔繡山閣讀遣價持朝鮮李藕船尙迪札, 兼約初九日陪副使李菊人容肅鴻臚飮, 㢟以有事不克往."

105) 董文渙,『日記』제1책, 30쪽. "同治一年正月二十二日. 朝鮮使李鐘山來札, 和硏秋秋懷八章, 兼約二十六日同顧齋天惠參局飮."

호는 구고(九皋))은 종사(從史)의 신분으로 갔으며, 박영보의 아들인 박
봉빈(朴鳳彬, 호는 기원(綺園), 1838~)도 따라 왔다. 그들이 동문환을 직
접 만나기 전에 이미 동문환의 시문을 읽었고, 직접 만나기로 예정된
날에 우선 〈추회화시〉를 동문환에게 보내주었다.

　　　　1863년 1월 6일에 이용숙의 편지를 받았다. 10일에 방문할 것이며,
　　부사 박금령의 〈추회창화시〉와 이종산의 시문도 함께 보내주었다.[106]

　　동문환은 박영보 일행을 여러 차례 만났고, 그들과 시문 창화를 많
이 한 것으로 보인다. 그들은 술자리에서 서로 만나 과거제도와 시문
에 관한 얘기를 나누었고, 조선문인의 시문을 보고, 서문을 써달라는
부탁도 받았다.[107] 조선 사신 임치학이 동문환과 만나는 과정 중
1863년 정월 18일에 〈화추회팔장〉을 동문환에게 보내었다.[108]

　　동문환은 1863년 4월에 이상적을 직접 만난 것으로 보인다. 그들은
만나기 전에 이미 서찰과 시문을 통해 교유를 했으며, 그들의 교유는
이상적의 제자인 이용숙을 통해 진행된 것으로 확인된다.[109] 동문환
의 『일기』에 의하면, 조휘림의 〈차화추회시〉도 이때 사행 일행을 통

---

106) 董文渙, 『日記』 제1책, 236쪽. "同治二年正月初六. 朝鮮李菊人詩函至, 訂於初十
　　日過訪, 兼致副使朴錦鈴永輔侍郞秋懷和詩并李鍾山詩函."

107) 董文渙, 『日記』 제1책, 239쪽. "同治二年正月初十日. 午刻, 海客李菊人同其上使
　　朴錦鈴, 子綺園鳳彬過, 留飮, 縱談科第取士之制. 菊人贈李藕船恩頌堂前后詩稿,
　　柳惠風得恭二十一都懷古詩, 出沈伯雄英慶鍾山詩草, 索余序."

108) 董文渙, 『日記』 제1책, 247쪽. "同治二年正月十八日. 朝鮮從史林九皋次和秋懷八
　　章. 菊人送來藕船函寄天籟詩稿, 恩頌堂前后集, 并申錫愚寄老柳詩."

109) 李容肅이 일찍이 李尙迪의 시문집 『恩誦堂集』을 董文渙에게 보냈고, 그들의 서찰
　　도 몇 차례로 전달했다.

해 동문환에게 전달된 것이다.110) 이상적은 5월 초에 동문환에게『추회창화시』를 요청하였으며, 동문환이 5월 5일에 다른 시집과 함께 이상적에게 주었다.111) 동문환의『일기』에는 이상적이 〈화추회시〉를 동문환에게 준 시간을 기록하지 않았지만, 이상적이 1863년 4월에 동문환에게 써준 것으로 추정할 수 있다. 왜냐하면 동문환의『일기』에 의하면, 1863년 4월 22일에는『추회창화시·속집』를 간인한 것으로 보이고, 또한『추회창화시·속집』에 이상적의 〈화추회팔장〉이 마지막 위치에 있는 것과도 부합하기 때문이다.

현재까지 동문환이 이원명, 이용숙, 박영보, 임치학, 박봉빈, 이상적, 조휘림 7인과 교유한 과정을 살펴보았다. 이들의 교유 방식을 보면, 먼저 지인을 통하여 교유하고자 하는 대상에게 시문과 서찰을 보내고, 이후 술자리을 마련하여 직접 만나는 것으로 이루어진다. 시문과 예술에 대한 애호는 이들의 우의를 깊게 해주는 좋은 매개체가 되었다. 이들은 서로 창화를 하거나, 자신의 시문에 대해 평(評)을 부탁하면서 서로의 작품 세계에 대해 이해하게 되었다.

동문환의『일기』에 의하면, 그는『추회창화시』를 용문재(龍文齋)에서 몇 차례 인출(印出)한 것으로 확인할 수 있다.

『日記』同治一年二月三日 : 穆姓送來秋懷唱和詩二十本.
『日記』同治一年三月三十日 : 老穆送來詩録并秋懷唱和詩各二十本.

---

110) 董文渙,『日記』제1책, 307쪽. "同治二年四月十六日. 朝鮮秋趙潭尙書, 次和秋懷詩函致."
111) 董文渙,『日記』제1책, 316쪽. "同治二年五月五日, 藕翁函至, 贈朝鮮郭山郡硯一方并索詠樓詩選. 秋懷唱和詩各二本."

> 『日記』同治一年四月六日 : 老穆送來詠樓詩選, 秋懷唱和詩各二十本.
> 『日記』同治一年五月二十七日 : 老穆來, 屬印詠樓, 秋懷各十本.
> 『日記』同治二年二月三日 : 龍文齋刷印秋懷唱和詩三十本, 遣價送東友
> 　　　諸函并對聯各件.
> 『日記』同治二年四月二十二日 : 龍文齋刷印詠樓詩選, 秋懷唱和詩各十
> 　　　五本.[112]

　현재까지 살펴 본 바와 같이, 동문환은 용문재에서『추회창화시』를 몇 차례에 거쳐 인출한 사실을 알 수 있다. 이원명의 경우, 그는 1862년 봄에 동문환을 만나 〈화추회시팔장〉을 지었으며,『추회창화시』열여덟 번째에 배열하였는데 이는 합당하다고 판단된다. 이용숙, 박영보, 임치학, 박봉빈, 이상적, 조휘림의 〈화추회시팔장〉은 1863년에 지어 보냈기 때문에, 1862년에 동문환이 간행한『추회창화시』에 수록될 수 없었다. 동문환이『추회창화시·속집』의 서문에서 말한 것과 같이 '시문을 얻으면 수시로 부록해 놓았다(有所得 隨時附入)'라는 식으로『추회창화시』을 여러 차례 인출하였다. 1863년 전에 간행한 것에 분명히 이원명(李源命)의 시를 수록해 놓았고, 1863년 4월까지 받아서 이용숙 등 5명의 시문을 다시 간인한 것으로 보인다. 그렇다면 현재 중국국가도서관 소장되어 있는 각본『추회창화시·속집』은 1863년에 4월 후에 간행한 것으로 추측할 수 있다. 또한 필사본『추회창화시』에 수록된 시문을 통해『추회창화시·속집』도 여러 차례 간행한 것으로 사료된다.

　본 장에서는 19세기 청인 동문환이 편찬한『추회창화시』의 각본과

---

112) 董文渙, 『日記』.

필사본을 조사하여 이 책자의 서지사항을 소개하며, 동문환이 '추회시'를 창작한 배경과 과정, 조선 문인들과 '추회시'를 창화한 경위, 또 『추회창화시』의 간행과 필사한 의미를 고찰하였다. 동문환이 편찬한 『추회창화시』은 1861~1864년까지 조선 문인들과 교유하는 과정에서 간행한 시문창화집이다. 이 시집은 조선 7인의 시문을 수록했는데, 이들 모두는 동문환과 직접적으로 교유관계를 갖고 있던 인물들이다. '창화집'에 수록된 조선문인의 한시에서 동문환 자신이 '창(唱)'을 창도하고, 조선 문인이 '화(和)'를 하는 과정에서 조·청 지식인 사이에서 시문이 창작되는 과정을 구체적으로 보여주었다. 그들은 수창를 통해 서로가 우의를 깊게 해나가는 동시에 서로의 문예 취향을 더 깊이 이해하게 되었다.

동문환은 19세기에 가장 적극적으로 조선 문인들과 교유를 하였고, 조선 시문을 수집하여 자신의 안목으로 조선시선까지 편찬하였다. 동문환의 『일기』를 통해 본 이 시기의 특징은 그가 많은 조선 문인과 교유하고 수창시문을 창작하였다. 특히 1861년부터 1872년까지 10여 년 동안은 동문환이 조선 문인들과 교유관계를 맺었던 시기로 그는 북경에 온 조선 사신들과 직접적인 만남을 통해 창화시를 지었다. 그들은 술자리에서 즉흥시(即興詩)를 쓰고, 고인의 시구를 골라 '념운(拈韻)'을 하며, 혹은 고인의 시문을 차운해서 시문 창작활동을 지속적으로 하였다. 한자문화권에 속한 한·중 양국의 문인들이 서로가 말은 통하지 않았지만 한시를 통해 서로의 정서를 전달할 수 있는 방법을 알 수 있으며, 이를 통해 한·중 문인들의 활기찼던 문학 활동을 구체적으로 알 수 있다.

19세기 조선인의 시문집이나 개별 시문 작품이 대량으로 청나라에

유입된 배경에는 조선 사신들이 청인들과 민간적인 차원에서 지속적
으로 친교를 넓혀왔기 때문에 가능했다. 이런 경로를 통해서 조선에
서 전해지지 않는 개별 시문 작품까지 이 시기 청인이 편찬한 각종의
시문집에 수록될 수 있었다. 그 만큼 조선의 시문이 청나라에 유입된
경로가 공식, 비공식적으로 다면화, 다층화 되어 있었던 것이다. 『추
회창화시』에 수록된 조선문인의 차운시는 이와 같은 배경을 반증하
는 예가 된다. 이 작품들은 동문환이 조선 사신과 교유하는 과정에서
지어진 시문으로, 창화시의 대부분은 각 작가들의 개인 문집에도 수
록되어 있지 않은 자료들이다. 이와 같은 문헌들은 조선 한문학과 한
·중 문화 교류 연구에 귀중한 자료로 활용될 것이다.

3. 용희사(龍喜社)에서 엮은 『심시집(尋詩集)』[113]

문인시사(文人詩社)는 문필에 종사하는 사람들이 정기적인 문학 활
동을 통해 시문 창작이나 개인적 학문이론을 소통하기 위해서 조직한
문학 집단이다. 문인시사 활동은 특정한 역사적 배경이나 정치적 배
경이 있고, 지역적인 특성과 집단적인 특성을 지니고 있어서, 문학
유파 형성의 결정적인 요인이 되었고, 문학 발전에 큰 영향을 미쳤다.
조·청 문인시사(文人詩社)는 중국에 사신으로 파견된 조선 문인들
과 청대 문인들이 문화 활동을 하였던 국제적인 문화공간이었다. 18
세기 중반 홍대용으로부터 대부분의 연행(燕行) 문인들은 의도적으로

---

113) 본 절의 내용은 허경진 교수와 공동 발표한 「만청시기 朝中 문인시사 龍喜社 소고」(『동
　　아인문학』 제14집, 동아인문학회, 2009.12)를 바탕으로 수정하고 보완한 것이다.

청나라 문인과 학문적, 인간적인 친분을 맺고 그들과의 문학교류를 중시하였다. 조선 사행문인들은 사적인 대화시간과 기회를 마련하여 청나라 문인과 벗하거나 학문을 토론하였고, 나아가서는 시사(詩社)를 결성(結成)하기에 이르렀다. 유명한 조·청 문인 시사를 예로 들자면 청문인 도주(陶澍, 호는 운정(雲汀))와 조선 문인 권영좌(權永佐), 한치응(韓致應) 등이 '의도시옥(擬陶詩屋)'을 결성하여 가경년간(嘉慶年間)에 시문을 수창하였고, 『담영전후록(譚瀛前後錄)』이라는 문집도 편찬하였다. 또한 청대 학자 서세창(徐世昌)이 편찬한 『만청이시회(晚晴簃詩匯)』에도 그들이 지은 20여 수의 시가 실려 있다. 조선 역관 이상적(李尙迪)이 참여한 '소한회(消寒會)'에서도 역시 조·청 문인들의 이러한 국제적 문학교류의 일면을 엿볼 수 있다.

광서년간(光緒年間)에 설립된 용희사는 조·청 문인교류의 규모와 영향력을 대표할 수 있는 조·청 문인집단이다. 광서년간에 북경에 간 조선사신 서상우(徐相雨)와 서수형(徐壽蘅), 청문인 황녹천(黃鹿泉) 등은 용희사를 설립하여 활발한 문학 활동을 펼쳤으며, 용희사 동인들이 수창한 시문을 뽑아 『심시집』이라는 문집까지 간행하였다. 용희사는 지금까지 한·중 양국의 문학사에서 거의 언급되지 않았을 뿐만 아니라, 조·청 문학교류사에도 논의되지 못하였다. 본 연구의 목표는 용희사 설립의 배경과 과정, 용희사 구성원들과 그들의 문학 활동에 대해서 고찰하는 것이다. 또한 조·청 문인들이 공동으로 편찬한 수창집인 『심시집』의 내용을 소개하고, 이를 통해 용희사가 조·청 문학교류사에 지니는 의의를 밝히고자 한다.

1) 『심시집』의 편찬 배경

(1) 용희사의 설립과 동인들

용희사는 용사(龍社)라고도 한다. 본 명칭은 시사의 구성원들이 대부분 중국 상인(湘人, 호남성 사람)이기 때문에 '호남성 장사현 동쪽에 위치한 용희현'114)이라는 지명에서 따온 것이다. 용희사의 동인들이 주로 모이던 곳은 '북경시 선무문거리 동쪽에 있는 선화회관'이었고,115) 시사는 회관을 낙성한 광서 정해년(1887)에 설립하였다.116)

용희사가 설립된 배경과 이유는 『심시집』 서문에 잘 나타나 있다. 당시 상인(湘人) 중 선배인 주자암(周自盦)이 작고한 후 시문에 능한 자가 없었다. 설령 시문에 능한 자가 있었더라도 단지 인사(人事)에 연루되어 시사 활동을 하지 못했고, 시사 활동을 할 수 있는 사람이 있었더라도 시문에 능하지 못하였다. 이것이 시사 결성의 중요한 원인인데, 농부(農部) 황녹천(黃鹿泉)은 이런 상황을 짐작하여 동향(同鄉) 시단(詩壇)을 부흥시키기 위해 용희사를 설립하였다.117) 이를 통해 용희사는 당시 북경에서 머물던 상인(湘人)들이 시문창작 활동을 위해 설립했으며, 창시자는 주자암으로 황녹천은 시문활동이 중단되어 있

---

114) 黃鹿泉(外), 『尋詩集』跋, "五代漢乾佑間, 在長沙縣東置縣曰龍喜. 宋元符元年改善化, 元明至國朝因之. 社稱龍喜從其朔也." 龍喜社를 설립한 시기에 대해 尹虎彬는 「清朝的中朝文學交流」(延邊大學學報, 1988)에서 "龍喜社가 1893년에 설립되었다."고 언급하였다. 『尋詩集』이 간행된 시기를 龍喜社가 설립된 시기로 잘못 인식했던 것이다.

115) 黃鹿泉(外), 『尋詩集』跋, "社址在京師宣武門街東善化會館."

116) 黃鹿泉(外), 『尋詩集』跋, "光緒丁亥重葺館舍落成, 余於館中卅爲詩社."

117) 黃鹿泉(外), 『尋詩集』序, "吾鄉自自盦先生沒後, 壇坫久闕. 一二能文之士, 率牽於人事, 不得與會, 會者亦不能皆爲詩, 斯亦時事運會之所關也. 農部非無意者, 從此稍稍復振."

던 시사를 이어서 시사활동을 계속하였다.

『심시집』의 서문을 통해 알 수 있듯이 상인(湘人)들은 중국의 문교(文敎)가 흥성(興盛)한 영향 아래 유풍여운(流風餘韻)을 갖춘 조선 인재를 만날 때마다 서로 시문을 지어 절차연마(切磋研磨)하여 교우 관계를 맺었다. 주자암이 시사 활동을 했던 시기에 이미 조선 문인들과 교유를 시작했으며 황녹천이 용희사를 설립하자 그 해에 사신으로 북경에 온 서상우(徐相雨, 호는 규정(圭廷), 1831~1903), 서수형과 만나게 되어 교유를 시작하였다.[118] 용희사 조선측 동인들은 용희사를 처음 설립할 때 참여하지 않았던 것으로 보인다. 용희사를 설립한 후 북경에 온 조선사신이 주자암을 알게 되어 용희사 시사활동에 참여하기 시작하였으며, 그 후 북경에 오게 된 조선 사신들도 선배사신들을 통해서 용희사를 알게 되어 용희사 시사활동에 참여하였다.

『심시집』을 편찬한 시기는 광서 19년(1893)으로 이를 보면 용희사 동인들의 시사활동은 1887년부터 1893년까지 6년 동안 이루어진 것이 확실하다. 그러나 용희사 동인 서세창이 편찬한 『만청이시회』에 수록되어 있는 조선인들의 시문을 보면 용희사는 1894년까지도 지속적으로 시사활동을 했으며, 1894년 청일전쟁 때문에 시사활동이 중단된 것으로 확인된다.

① 용희사 동인들

『심시집』 서문에 의하면, 1893년에 용희사 동인 25명이 모여 용희

---

118) 黃鹿泉(外),『尋詩集』序, "東使之交湘人, 則自長沙周自盦始, 而徐壽衡侍郎·黃鹿泉農部實繼之, 己歷數年."『尋詩集』序.

사도(龍喜社圖)를 그리고 시를 모아 동인시집을 편찬 간행하였다. 용희사의 구성원은 『심시집』의 목차에 25명이 소개되어 있다. 그 중에 조선 문인은 이인애(李仁崖 乾夏), 이성재(李盛齋 曄), 심우송(沈友松 遠翼), 최연농(崔研農 性學) 등 4명이며, 청나라 문인은 고어계(顧漁谿 璜), 서국인(徐菊人 世昌), 왕몽상(王夢湘 以慜), 맹청지(孟靑志 繼壎), 서숙홍(徐叔鴻 樹鈞), 조월촌(趙樾村 藩), 자번(子蕃 成昌), 공성오(龔省吾 鎭湘), 왕백당(王伯唐 鐵珊), 하동운(何桐雲 桂芳), 황녹천(黃鹿泉 膺), 나석범(羅石颿 維垣), 이소생(李少笙 登雲), 노개신(勞凱臣 啓捷), 양혜개(楊惠皆 壽彤), 홍미담(洪味聃 汝沘), 진경운(陳鏡篔 鍾麒), 장방선(章髣仙 華), 장차야(張次埜 振鏞), 노자위(勞子衛 遠葆), 나곡자(羅穀子 良鑑) 등 21명이다. 이 가운데 서국인(徐菊人)과 맹청지(孟靑志)는 천진(天津) 출신, 고어계(顧漁谿)는 하남(河南) 출신, 조월촌(趙樾村)은 운남(雲南) 출신, 자번(子蕃)은 만주(滿洲) 출신, 왕백당(王伯唐)은 안휘(安徽) 출신, 나머지 15명은 모두 호남(湖南) 출신이다. 1893년에 황녹천이 용희사 동인 25명을 모아 주연(酒筵)에서 시문을 수창하고, 사도(社圖)를 그려 『심시집』을 편찬하였다. 이 25명은 이 연회에 나온 용희사 동인들인데 용희사의 동인 전체는 아니다. 다음 절에서 용희사에 참여한 몇 명의 조선 문인을 살펴볼 것이다.

ⓐ『심시집』에 실린 조선 동인들

이건하(李乾夏, 1835~1913)의 자는 대시(大始) 호는 인애(仁崖)이다. 본관은 전주, 서울 출신이다. 고종 1년(1864)에 증광문과에 병과로 급제하여 부교리(副校理), 장령(掌令)을 지냈고, 이어 공조참의(工曹參議), 대사성(大司成), 좌승지(左承旨), 예조참판(禮朝參判), 한성부판윤(漢城

府判尹)을 거쳐 동지겸사은정사로 청나라에 갔다. 서세창의 『만청이
시회』에 실린 이건하의 시 제목에 의하면 이건하는 계사년(1893) 봄에
판서(判書) 이위(李暐), 사복사정(司僕寺正) 심원익(沈遠翼), 봉사(奉事)
최성학(崔性學) 일행을 이끌고 북경에 도착하였다. 서세창이 자택에서
주연을 열어 조선사신 일행을 초대했는데, 좌중에 용희사 동인 고어
계와 맹청지, 서숙홍과 용희사 사주(社主) 황녹천도 있었다. 10여 일
동안 용희사 동인 9명과 함께 술을 마시면서 이야기를 하고, 감사하
는 마음으로 이별의 시를 지었다.[119] 이 시문의 제목을 통해 알 수
있듯이 이건하는 북경에서 머무는 동안 청나라 문인들과 활발하게 교
유하였다.

　이건하는 이 당시에 처음으로 북경에 갔다. 당시 사행은 고종으로
부터 "중국의 물정이 전과 다른 것이 있거나, 각국의 사무에 관하여
들을 만한 것이 있거든, 조사(朝士)를 만나거나 예부에 가서 탐문하여
오라."[120]는 엄명을 받았다. 이러한 엄명 때문에 이건하 일행은 적극
적으로 청나라 문인과 만났다. 특히 청나라측 용희사 문인들이 대부
분 북경에 재직 중인 관원이어서 술자리에서 잡담하거나 시문을 창화
하며 정치에 관한 정보를 쉽게 수집할 수 있었던 것으로 짐작된다.
그는 북경에 가 있는 동안 용희사 동인들과 활발하게 시사활동을 하
였다. 『심시집』에는 제목이 밝혀져 있는 오언율시 1수만 실려 있

---

119) 徐世昌, 『晚晴簃詩匯』第二百卷(『續修四庫全書』第1633冊), "光緒癸巳春偕盛齋
　　判書, 友松僕正, 研農僉士奉使年貢. 徐菊人太史設飮於所居北江舊蘆. 在座顧通政
　　孟徐兩侍御, 龍喜社主黃農部, 賓主九人. 越十數日, 農部集同志祖道, 竟日談讌,
　　賦謝錄別."
120) 『승정원일기』 고종 29년 임진(1892, 광서 18) 11월 6일자 기사 참조.

다.121) 서세창의 『만청이시회』에는 위의 제목 외에 〈증지청시어용전운(贈志靑侍御用前韻)〉, 〈증국인태사첩전운(贈鞠人太史疊前韻)〉, 〈유별용희사제군첩전운(留別龍喜社諸君疊前韻)〉도 수록되어 있다.

이위(李暐, 생졸년미상)의 호는 성재(盛齋)인데, 고종 19년(1882) 증광시 병과에 급제하여 가감역관(假監役官), 부교리(副校理), 강릉부사(江陵府使), 좌직동부승지(佐職同副承旨), 공조참의(工曹參議) 등을 지냈다. 심원익(沈遠翼, 1853~1944)의 자는 원보(元輔)이고 호는 우송(友松), 고종 23년(1886)에 정시문과에 급제한 후 부교리·시독관 등을 역임하였다. 이위는 1892년에 동지겸사은부사로, 심원익은 서장관으로 이건하와 함께 북경을 방문하였다. 『심시집』에는 이위의 시 〈화인애중추운부사황녹천농부(和仁崖中樞韻賦謝黃鹿泉農部)〉와 심원익의 시 〈화인애중추운부사황녹천농부(和仁崖中樞韻賦謝黃鹿泉農部)〉가 각각 1수 수록되어 있다.122)

최성학(崔性學, 1842~?)의 자는 공선(公選), 또는 전숙(典叔)이며, 호는 연농(研農)이고, 경주 사람이다. 고종 3년(1864)에 한학역과에 급제하여 봉사(奉事)가 되었다. 그는 일찍이 이상적을 따라 시문과 한어를 공부하였다. 최성학은 시문에 능해 그의 시가 『대동시선(大東詩選)』과 『조선시선(朝鮮詩選)』에 수록되어 있다. 청나라 문인 동문환은 "전숙(典叔)의 시경(詩境)은 충담(沖澹)하고, 시구(詩句)는 동인(動人)하다"라고 호평하였다.123) 또한 역관 동인(同人) 김석준(金奭準)과 함께 『호해

---

121) 『尋詩集』에 수록되어 있는 李乾夏의 이 오언율시는 제목이 밝혀져 있지 않다.

122) 『尋詩集』에 수록되어 있는 李暐와 沈遠翼의 2편의 시문은 제목이 밝혀져 있지 않았다. 徐世昌, 『晚晴簃詩匯』에 두 사람의 같은 시 1수씩 수록되어 있는데 제목은 같고 내용은 다른 次韻詩이다.

시초(湖海詩鈔)』를 편집하여 청나라 문인의 시문을 조선 문인에게 소개하였다.124) 그는 북경에 가서 역관의 신분으로 활동하며 자신과 동인의 시문인 『해객시초(海客詩鈔)』를 의도적으로 청나라 문인에게 소개하였다. 이를 통해 조선 후기 역관 계층의 문학교류 활동을 엿볼 수 있다.

그는 1892년에 동지겸사은사를 따라 북경을 방문하여, 용희사 동인들과 많은 시문을 지었다. 『심시집』에 〈화인애중추운부사황녹천농부(和仁崖中樞韻賦謝黃鹿泉農部)〉 1수, 〈숙홍시어견시계사원일팔전재전운시의운답증(叔鴻侍御見示癸巳元日八甎齋甎韻詩依韻答贈)〉 2수, 〈증지청시어용전운(贈志靑侍御用前韻)〉 1수, 〈증국인태사첩전운(贈鞠人太史疊前韻)〉 1수, 〈유별용희사제군첩전운(留別龍喜社諸君疊前韻)〉 1수, 모두 6수가 수록되어 있고, 서세창의 『만청이시회』에도 위의 6수가 모두 수록되어 있다. 서세창의 『만청이시회』에 수록되어 있는 다른 조선 문인들의 시보다 많다는 점을 고려해 볼 때 최성학의 시문 수준이 높다고 할 수 있지만, 조·청 문학교류에 앞장선 그를 서세창이 특별히 대우하여 『만청이시회』에 많은 시를 수록했다고 볼 수도 있다.

『심시집』에 시문이 수록되지는 않았지만, 용희사의 구성원이었던 서상우(徐相雨, 1831~?)를 소개할 필요가 있다. 서상우의 본관은 달성

---

123) 졸고, 「『海客詩鈔』 연구」, 연세대학교 국어국문학과 석사논문, 2005.8, 23쪽.

124) 윤충남, 『하버드 燕京도서관 한국 귀중본 해제』(제2권, 165쪽), "『湖海詩鈔』는 崔性學이 18~19세기에 활동했던 청나라 시인들을 소개하고 있는 자료이다. 程夢星으로부터 實源까지 51명의 인적 사항을 간단히 소개하고 『蒲褐山房詩話』를 인용하여 그들의 시와 생애에 대하여 기술하고 있다."는 해제가 있다. 그러나 필자는 『호해시초』는 역관 김석준이 편집한 것으로 판단되었는데, 구체적인 내용은 허경진·유정 「以『湖海詩鈔』看淸詩話的東傳」(『동아인문학』 제16집, 2009.12)을 참조하기 바란다.

(達城), 자는 은경(殷卿), 호는 추당(秋堂), 시호는 문헌(文憲)이다. 1882년 별시문과에 장원하여 통리기무아문 부주사로서 미·영 양국과의 수호통상조약 체결에 종사관이 되었다. 1886년 사은겸동지사 정사로 북경에 갔다. 이때 사행은 1886년 11월에 출발하여 1887년 1월에 북경에 도착했다. 『심시집』 발문에서 "1887년 서추당중추와 서수형시랑이 처음으로 시사에 왔다"는 사실을 여기서 확인할 수 있다. 서상우는 가장 일찍 용희사의 청나라 문인들과 교유했지만, 『심시집』에는 1893년에 모인 조·청 문인들의 시문만 실려 있기 때문에 그의 시문이 수록되어 있지 않다. 다만 서세창의 『만청이시회』에 그의 〈도화동기회일하제우(桃花洞寄懷日下諸友)〉 1수가 수록되어 있다.

ⓑ『심시집』에 실린 청나라 동인들

황녹천(생졸년 미상)은 광서년간 농부에 재직하였다. 호남성 출신으로 용희관사(龍喜館舍)의 주인이며, 같은 지방 출신 선배인 주자암을 이어 조선 사신들과 교우관계를 맺었다. 그는 광서 정해년(1887)에 용희사를 설립, 그 해에 온 조선사신 서상우, 서수형과 처음으로 교유하였다. 그 후부터 해마다 사신으로 온 조선 문인들과 교유하였다. 그는 조선사신의 시문을 좋아해서 "조선으로 고시를 찾는다"는 뜻으로 『심시집』을 편찬하였다. 황녹천은 청대문학사에서 그다지 유명한 문인이 아니었지만, 조·중 문인시사를 설립하고 시문집을 간행한 공로가 커서 조·중 문학교류에 있어 큰 역할을 했다고 할 수 있다.

서세창(徐世昌, 1855~1939)의 자는 복오(卜五)이며, 호는 국인(菊人)이다. 광서년간(光緒年間) 진사(進士)에 급제하여 병부시랑(兵部侍郎), 군기대신(軍機大臣), 정무대신(政務大臣), 동삼성총독(東三省總督) 등을 역임하였다. 청나라 말기 유명한 정치문인이며, 문집으로『수죽촌인시집(水竹村人詩集)』이 있다. 그는『청유학안(淸儒學案)』을 편집해서 후대 사람에게 청대 문인의 상세한 역사자료를 제공해 주었다.

1909년부터 서세창이 문인(門人)들과 함께『만청이시회』를 편집했다. 이 문집은 청나라 후기 문인들의 시문선집이다. 이 문집의 편집은 1909년부터 시작하여 1929년에 완성했다. 이 문집은 모두 200권이며, 제이백권(第二百卷) 속국(屬國) 부분에 조선 54명의 시 108여 수가 수록되어 있다. 이 100여 수의 시문은 모두 수창시문으로 특히 시문 앞에 시화(詩話)의 형식으로 주(注)를 붙여 시인의 행적을 적었다. 이 시화와 시문은 조선 후기 문인의 문화 교류를 연구하는 데에 큰 도움이 된다.

서세창은 1893년 북경에 재임하는 동안 용희사의 구성원으로 조선 문인들과 교유하였다. 자택 북강구노(北江舊蘆)에서 10여 일 동안 조선 사신 일행을 초대한 것으로 보아, 당시 용희사 동인들과 적극적으로 문학 활동을 했던 것 같다. 그러나『심시집』에는 그의 시〈북강구노전별(北江舊蘆餞別)〉 1수만 수록되어 있어, 그가 조선 문인들과 교유한 자료를 더 이상 찾기 어렵다.

고황(顧璜)의 자는 어계(漁谿)이며, 하남성 상부(祥符) 사람이다. 광서 병자년(1876)에 진사에 급제하였고, 서길사(庶吉士), 역관통정사(歷官通政使), 양백기한군부도통(鑲白旗漢軍副道統)을 지냈다. 광서년 후기에 하남성 개봉(開封)에 위치한 대량서원(大梁書院)에서 강학했으며,『대량서원장서총목(大梁書院藏書總目)』도 편찬하였다. 1893년 북경에 있는 시기에 용희사 동인들과 함께 활동했는데,『심시집』에 오언율시 2수가 실려 있다. 첫 수 아래에 "당일에 일이 있어서 약속에 가지 못했다."125)는 주를 보면, 이 시는 나중에 지은 것으로 확인된다. 두 번째 시 아래에 "다음 날에 자택에서 술로 초대했다."126)는 주를 보면, 이 시도 또한 추후에 열린 술자리에서 지은 것이다. 『만청이시회』(권170)에 〈지소문산하백천정낙원(至蘇門山下百泉靜樂園)〉과 〈유석옥동(游石屋洞)〉 2편이 수록되어 있다.

왕이민(王以慜)의 자는 자첩(子捷)이며, 호는 몽상(夢湘)이다. 호남 무릉(武陵) 사람이다. 광서 경인년(1890)에 진사에 급제하여 서길사(庶吉士), 편수(編修), 강서지부(江西知部) 등을 지냈다. 문집은 『벽오시존(檗隖詩存)』이 있다. 『심시집』의 부록 '마전음(磨甎吟)'에 그의 오언율시와 칠언율시 4편이 수록되어 있다. 『만청이시회』(권170)에 〈회오실보부기도문(懷五實甫賦寄都門)〉 등 9수가 수록되어 있다.

왕이민은 호남사람으로 용희사 사주 황녹천과 서로 아는 동향지인이므로 조선사신 일행과 교유한 것으로 보인다.

왕철산(王鐵珊)의 원래 이름은 낙양(樂洋), 자는 백당(伯唐) 또는 해문(海門)이고 안휘(安徽) 사람이다. 광서 15년(1889)에 진사에 급제, 병부주사를 지냈다. 문집은 『왕융부유묵(王戎部遺墨)』이 있고, 『청사고(清史稿)』에 그의 전기가 있다. 『심시집』에 창화시 3수가 수록되어 있으며, 『만청이시회』(권170)에 〈화곡암시(和哭盦詩)〉 등 9수가 수록되어 있다. 그도 역시 북경에 재직하는 동안 용희사 동인들과 조선 사신들을 만나 용희사 구성원으로 활동한 것으로 판단된다.

위에서 소개한 5명의 청나라 용희사 동인들은 중국 청대문학사와

---

125) 黃鹿泉(外), 『尋詩集』(顧璜의 차운시), "是日以事未能赴約."
126) 黃鹿泉(外), 『尋詩集』(顧璜의 차운시), "越日招飮小齋."

중국 고대인명대사전에 언급된 사람이다. 그들은 모두 청나라 조정에서 주요 직무를 담당하고 있었으며, 조선 사신을 만날 기회도 많았다. 조선 사신들의 입장에서 보면, 이와 같은 청나라 문인과의 교유관계를 유지해야 임금의 엄명을 수행할 수 있었고, 학문적으로도 개인의 문학적 이상을 펼칠 수 있었다. 『심시집』목록에 나온 나머지 16명의 청나라 용희사 동인들의 행적이 현재까지 밝혀지지 않았다. 목록에 기록되어 있는 그들의 관직을 보면, 역시 당시 북경에서 재임하고 있었던 것으로 보인다. 비록 중국문학사에 그들에 대한 언급이 보이지 않고, 그리 이름난 문인이 아니었다고 할지라도 그들을 통해서 청나라 말기까지 수많은 조·청 문인들이 교유했던 일면을 엿볼 수 있다.

ⓒ 『만청이시회』와 『와설시화(臥雪詩話)』에 수록된 용희사의 조선
　측 다른 동인들.

중국 민국(民國) 초기 원가곡(袁嘉穀)[127]이 편찬한 『와설시화(臥雪詩話)』[128]에 최성학(崔性學)의 오고(五古) 1수도 수록되어 있다. 이 시는 최성학이 1894년 봄에 용희사 동인들과 술자리에서 지은 시문이다. 이를 통해 그는 1894년 청인전쟁 일어나기 직전에도 중국에서 활약한 시문 창작 활동을 펼친 사실을 확인할 수 있다. 『만청이시회』와 『와

---

127) 袁嘉穀(1872~1937), 자는 樹五, 호는 澍五, 晚號는 屏山居士이다. 云南石屏사람이다. 시문과 서예에 능했으며, 編譯圖書局局長 등을 역임했다. 1904년 일본에 가서 학정을 고찰하였으며, 저서는 『東游日記』, 『臥雪堂詩集』 12권(속집 2권 포함), 『臥雪堂文集』 22권, 『臥雪詩話』 8권 등이 있다. 중국 云南人民出版社(2001) 『袁嘉谷文集』을 출판했다. 『臥雪詩話』(8권)는 張寅彭이 편집한 『民國詩話叢編』(상해서점출판사, 2002)제 2책에 수록되어 있다.
128) 『臥雪詩話』(8권)에 甲午(1894)봄에 조선 연행사와 龍喜社 동인들과 창화한 시문이 수록되어 있다.

설시화』에 수록되어 있는 광서 13년(1887)부터 광서 20년(1894)까지 조선인의 시문을 살펴보면 아래 도표와 같다.

番號	朝鮮 人名	使行 年度	收錄 詩文題目	尋詩集	龍喜社	備考
(1)	徐相雨 字秋堂	13년	〈桃花洞寄懷日下諸友〉	⊘	○	
(2)	李承五[129] 字三隱	13년	〈松筠庵卽席唱和詩〉		○	『燕槎日錄』[130]
(3)	閔哲勳 字聖若	14년	〈光緒戊子正月廿九日偕黃鹿泉農部 膺楊惠畛大令壽彤徐仲阮駕部愨立訪 何桐雲農部桂芳茶市之晚香齋同集者 蕭襄廷學博長裕易[illegible]農比部炳奎郭籽 田比部慶治龔省吾禮部鎭湘劉張亶臣 大合祖綸張憩雲學博章焌童子何煒祥 郭家晃談讌甚樂皆有詩相贈奉答二章〉		○	趙秉世[131]의 『路程記』[132]있음.
(4)	金綺秀 字倉山	15년	〈梅花明月送春史〉 〈步雲養方山石唱 酬韻〉			
(5)	李敦夏 字峒雲	16년	〈上徐壽蘅侍郎樹銘〉		○	
(6)	李僖魯 字眉下	16년	〈題江亭雅集圖〉			
(7)	曹寅承字東谷	17년	〈月波樓題壁〉, 〈間道述懷寄黃鹿泉燕 京乙未秋〉		○	
(8)	徐正諄 字裘齋	17년	〈善竹橋〉, 〈遼野道中〉, 〈甯遠城祖大 樂大壽勒建牌樓〉〈孤竹城謁夷齋廟〉, 〈沙河驛遙同趙乾山侍郎寄贈韻〉			
(9)	李永珪 字春史	17년	〈黃農部見訪賜詩病不能興依韻和答〉		○	
(10)	鄭景雲 字其山	17년	〈訪黃農部不遇有作〉		○	

---

129) 李承五(1837~?), 호는 三隱. 조선 말기의 문신. 1865년 성균관 대사성을, 이듬해 이조참의를 역임하였다. 이후 이조참판, 홍문관부제학, 충청감사, 사간원 대사간 등을 지냈다. 1887년 형조판서에 임명되었으며 進賀正使가 되어 청나라에 다녀 왔다.

(11)	李贊範 字丹圖	17년	〈黃農部見示詩和韻〉		○	敦 夏子
(12)	李鎬翼 字陶飮	18년	〈和黃農部尖叉韻〉		○	
(13)	鄭翰謨 字觀海	18년	〈和黃農部尖叉韻〉		○	
(14)	李乾夏 字仁崖	19년	〈光緖癸巳春偕盛齋判書友松僕正研農僉士奉使年貢徐菊人太史設飮於所居北江舊蘆在座顧通政孟徐兩侍御龍喜社主黃農部賓主九人越十數日農部集同志祖道竟日談讌賦謝錄別〉	●	○	
(15)	李　暐 字盛齋	19년	〈和仁崖中樞韻賦謝黃鹿泉農部〉	●	○	
(16)	沈遠翼 字友松	19년	〈和仁崖中樞韻賦謝黃鹿泉農部〉	●	○	
(17)	崔性學 字研農	19년	〈叔鴻侍御見示癸巳元日八瓴齋瓴韻詩依韻答贈〉〈贈志靑侍御用前韻〉〈贈鞠人太史疊前韻〉〈留別龍喜社諸君疊前韻〉	●	○	

---

130) 『燕槎日錄』(4권 1책, 『燕行錄全集』 86, 임기중 편, 동국대학교출판부, 2001)은 李承五가 1887년(광서13) 4월 22일부터 9월 29일까지 약 190일의 기록이다. 李承五는 『觀華誌日記』(10권 5책, 국립중아도서관 소장 필사본)도 있다. 이 책의 체재는 권1-4는 日記, 권5-8은 隨錄, 권9-10은 詩抄로 되어 있고, 각각 '觀華誌日記', '觀華誌隨錄', '觀華誌詩抄'라는 표지와 별도의 序跋이 붙어 있다. 李承五의 연행일기를 통해 연행사 일행이 연경에서 용희사 동인들과의 문화활동과 수창시문을 구체적으로 살펴볼 수 있다.

131) 趙秉世(1827~1905), 조선 말기의 문신. 자는 치현(穉顯), 호는 山齋, 본관은 楊州. 1859(哲宗10) 증광문과에 급제, 1878년(高宗15)에 冬至副使로, 1887년(高宗24)에 冬至正使로 청나라에 다녀왔다. 이때 趙秉世는 正使, 副使는 金完秀, 書狀官은 閔哲勳이다.

132) 『路程記』는 趙秉世가 『趙秉世氏日記』(규장각 소장 필사본, 동국대학교 『연행록해제』에 관한 글이 있다)에 수록되어 있다. 『路程記』는 趙秉世의 1887(高宗24, 광서13)11월 2일부터 1888년(高宗25, 광서14) 4월 3일까지의 연행기록이다. 『路程記』2월 9일에 용희사 황녹천이 찾아온다는 기록이 있다. 그러나 閔哲勳이 1월 29일에 황녹천과 술자리를 수창한 시문에 대한 언급이 없어 당시 趙秉世가 용희사 모임에 나오지 않았던 것으로 짐작된다.

(18)	李正魯 字東漢	20년	〈題獻舘泳春集〉 3수		○	
(19)	黃章淵 字晚堂	20년	〈題獻舘泳春集〉		○	
(20)	金弘集 字道園		〈寄黃鹿泉〉		○	
(18)	李正魯 字東		제목 없음. 七言律詩, 3수는『만청이시회』에 수록된 〈題獻舘泳春集〉 3수와 같음.		○	
(21)	李胄榮 字酉齋		五言排律 1수		○	『臥雪詩話』에 수록되어 있음. 모두 용희사 황녹천과 술자리에서 지은 수창시임.
(19)	黃章淵 字晚堂	20년	五言排律 1수는『만청이시회』에 수록된 〈題獻舘泳春集〉 1수와 같음.		○	
(22)	李錫正 字賢正		七言律詩 1수		○	
(23)	崔性學 字研農		五古 1수		○	
(24)	金水翼 字天羽		七言排律 1수		○	

　위 표를 살펴보면『만청이시회』에 광서 13年(1887)부터 광서 20年(1894)까지 북경에 간 조선사신 24명의 창화시가 수록되어 있다. 이 시기는 마침 용희사가 설립된 시기(1887년)부터 용희사 동인들의 문학 활동이 끝난 시기(1894)와 일치한다. 그 중에『심시집』목록에 조선 동인 4명(●로 표시)이 포함되어 있으며,『심시집』발문에 밝혀진 용희사에 처음 간 서상우(△로 표시)도 있다.

　조선사신 24명 중 용희사 사주 황녹천과 직접 시문을 창화한 조선 문인 21명(○로 표시)도 확인되며, 이 가운데『심시집』목록에 조선 동인 4명(●로 표시 표시)과 서상우를 빼면 9명의 조선 문인이 직접 황녹천과 시문을 창화한 것으로 생각된다. 김홍집의 경우는 여러 번 청에 갔으므로, 사행년도를 밝히지 않았어도 황녹천과 직접 창화시를 주고 받았다고 볼 수 있다. 이러한 사실을 근거로 1893년에 용희사에 참여한 이건하, 이휘, 침원익, 최성학을 제외하고도 용희사와 관련된 조선측 동인이 20여 명이 더 있는 것이 확인된다. 또 이희로와 서정순의 경우 『만청이시회』에 청나라측 용희사 동인과의 창화시를 수록하지 않았지만, 같은 해에 북경에 간 조선측 용희사 동인들이 있어서 그들도 용희사에서 활동한 것으로 추측할 수 있다.

이상에서 밝혀진 바와 같이 『심시집』 목록에 나온 조선측 용희사 동인은 4명뿐이지만, 실제 용희사에서 활동한 문인은 더 있었다는 것이 증명된다. 이러한 사실로 미뤄보면 청나라측 용희사 동인도 더 많이 있었던 것으로 보인다.

2) 『심시집』의 서지, 내용 및 특징

용희사는 1887년 설립하여 1894년까지 문학 활동을 지속적으로 전개했다. 1893년에 용희사 동인 25명이 모여 술자리에서 용희사도를 그리고 용희사 동인들의 시집을 편찬하여 간행하기로 결정했다. 『심시집』 발문에서 언급한 바와 같이 "중·조 두 나라의 우정이 영원하기를 바란다."[133]는 것이 이 시집을 편찬한 주요 목적이다. 『심시집』은 조·청 두 나라의 문인들의 창화시이기 때문에 당시 한국과 중국 두 나라 시학 일반의 비교연구나 문학외교의 특징적 관행을 파악하는 데 아주 중요한 자료다. 이 창화시집은 당시 조·청 두 나라 문인들의 사적인 친선외교의 결과물이라는 점에서 의의가 있다.

---

133) 黃鹿泉(外), 『尋詩集』跋, "願中東气誼, 古處共敦".

① 『심시집』의 서지사항

서세창이 편집한 『만청이시회』의 이건하 주(註)에서 "1893년에 내가 마침 선화에 있었는데, 농부 황녹천이 조선사신들과 연회를 열어 시문 수창을 했다. 시문집 제목은 '龍喜社海東尋詩集'으로 정했다."[134]라는 구절을 보면, 당시에 정했던 제목은 '龍喜社海東尋詩集'이었다. 실제 판각할 때 '龍喜社海東'을 생략해서 '尋詩集'만 쓴 것으로 추측된다.

『심시집』은 현재 중국국가도서관 보통고적열람실에 소장되어 있다. 색서호(索書号)는 80221이고 서첨(書簽)에 '龍喜社倡和存稿'라고 적혀 있다. '京師龍喜詩社 淸光緖十九年'이라는 사항이 있다.

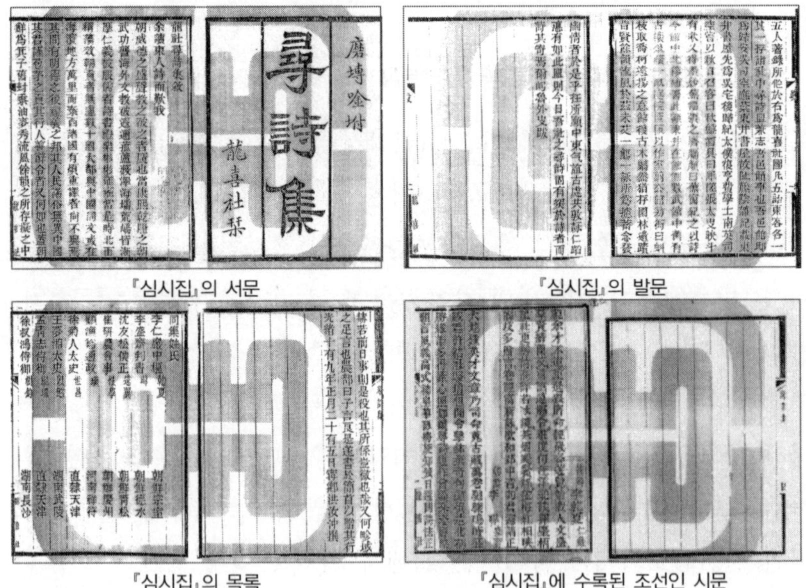

『심시집』의 서문

『심시집』의 발문

『심시집』의 목록

『심시집』에 수록된 조선인 시문

---

134) 徐世昌, 『晚晴簃詩匯』 第二百卷(『續修四庫全書』 第1633册), "李乾夏詩中所注詩話, 光緖十九年, 余時在詞館, 善化黃鹿泉農部, 就其縣邸設龍喜社, 邀使者讌集. 迭相唱和, 次爲龍喜社海東尋詩集."

이 문집은 총 38장, 1권 1책이다. 판각사항은 10행 20자, 흑구(黑口), 좌우쌍변(左右雙邊), 단어미(單魚尾)이다. 판곽은 13.9cm×10.5cm이다. 장서인은 중국국가도서관의 인장인 '國家圖書館' 주방인(朱方印)이 찍혀 있다. 책은 '尋詩集'과 '附磨甑吟' 두 부분으로 나누어 있다. 서문에는 '龍喜社尋詩集敍'와 '光緒十有九年正月二十有五日甯鄕洪汝沖撰'이라는 기록 등으로 편집자와 편집시기를 밝혀 놓았다.

서문 뒤에는 『심시집』의 목록이 실려 있다. 李仁崖中樞乾夏 朝鮮宗室, 李盛齋判書暐 朝鮮德水, 沈友松僕正遠翼 朝鮮青松, 崔研農僉士性學 朝鮮慶州, 顧漁谿通政璜 河南祥符, 徐菊人太史世昌 直隷天津, 王夢湘太史以慜 湖南武陵, 孟青志侍御繼壎 直隷天津, 徐叔鴻侍御樹鈞 湖南長沙, 趙樾村刺史藩 雲南劍川, 子蕃駕部成昌 滿洲鑲黃, 龔省吾儀部鎭湘 湖南善化, 王伯唐駕部鐵珊 安徽英山, 何桐雲農部桂芳 湖南善化, 黃鹿泉農部脣 湖南善化, 羅石颷比部維垣 湖南善化, 李少笙比部登雲 湖南衡山, 勞凱臣比部啓捷 湖南善化, 楊惠皆司馬壽彤 湖南善化, 洪味聃孝廉汝沖 湖南甯鄕, 陳鏡簀上庠鍾麒 湖南長沙, 章舅仙孝廉華 湖南長沙, 張次埜館錄振鏞 湖南長沙, 勞子衛上庠遠葆 湖南善化, 羅穀子館錄良鑑 湖南善化의 차례대로 편집되었다.

『심시집』 목록에는 동인들의 작품 제목을 밝혀 놓지 않았다. 수록되어 있는 시문이 모두가 창화시로 창화시의 경우 제목이 없는 경우가 많고, 제목이 없거나 생략한 것으로 보인다. 목록 뒤에는 모두 25명 문인의 창화시 100여 수가 수록되어 있다.

목록 뒤에 실려 있는 조선인 이인애의 시에 붉은 '권점(圈點)'이 있다. 다른 시문에는 이런 권점이 없다. 장서인이 찍었던 것인지, 아니면 이 시집을 읽었던 독자가 찍었던 것인지, 명확히 판단하기가 어렵다.

②『심시집』의 내용과 특성

『심시집』에 실린 조·청 문인 25명의 창화시 100여 수의 창작 장소
와 시간, 내용 구성, 창작 형식, 창작의 기능과 의미를 통해 이 시집의
특성을 살펴보겠다.

ⓐ 시문 창작의 장소와 시기

『심시집』의 발문을 통해서 알 수 있듯이 이 시집은 1893년 1월 25
일에 용희사에서 베풀어진 조선측 동인을 초대하는 술자리에서 용희
사의 사도(社圖)를 그리고 그날 참석한 동인들의 시문을 모아 편찬한
것이다. 조선측 동인 이건하의 시 제목[135]을 보면, 이 시는 서세창의
자택 '북강구노(北江舊蘆)'에서, 1893년 봄 어느 날에 지었다고만 기록
되어 있다. 뒤에 수록되어 있는 서세창의 〈북강구노전별(北江舊蘆餞
別)〉, 황녹천의 〈송별삼사군병증연농(送別三使君竝贈研農)〉을 통해 보
면, 이 몇 편의 창화시는 조선사신 일행이 북경에 떠나기 전의 이별
잔치에서 창화한 것으로 판단된다.

『심시집』에 수록되어 있는 청나라 동인 고황(顧璜)이 지은 화답시의
수련(首聯) 소주(小注)에 "그 날에 용희사 술자리에 나오지 못했다."는
사항을 보면, 고황은 용희사 모임에 참석하지 못해 자택에서 답시를
지었다. 이때 같은 각운으로 지은 답시가 한 수 더 있는데, 소주(小註)
에 "다음 날에 집에서 손님을 초대하여 술을 마셨다."는 구절로 보아,
이 시도 마찬가지로 자택에서 지은 것으로 판단된다. 시집에 실린 맹

---

135) 徐世昌, 『晚晴簃詩匯』 卷二〇〇, "光緒癸巳春, 偕盛齋判書·友松僕正·研農僉士, 奉
使年貢. 徐菊人太史設飮於所居北江舊蘆. 在座顧通政·孟·徐兩侍御, 龍喜社主黃
農部, 賓主九人. 越十數日, 農部集同志祖道, 竟日談讌, 賦謝錄別."

지청이 지은 화답시 제목 〈어계통정초음첩전운(漁谿通政招飮疊前韻)〉
과 "그대는 소주(燒酒)거리에 산다."136)는 이 시문의 소주에 의하면,
고황의 자택은 북경 소주거리라는 곳이다. 또한 서세창이 지은 〈맹장
지청초음녹장엄관사첩전운견시원운병간숙홍시어어계전배녹천농부
연농첨사(孟丈志靑招飮綠莊嚴館四疊前韻見示原韻並東叔鴻侍御漁谿前輩鹿
泉農部硏農斂事)〉에 의하면, 맹지청의 자택은 녹장엄관(綠莊嚴館)이다.

위의 사실들을 미루어 볼 때, 『심시집』에 수록되어 있는 시문은 거
의 조선사신 일행들이 북경에 머물렀던 동안 용희사 청나라측 동인들
의 자택에서 열린 술자리에서 지은 것이다. 『심시집』 발문에 "용희사
동인들이 모였던 곳은 '북경시 선무문거리 동쪽에 있는 선화회관'이
었다."고 말했지만, 실제적으로 청나라 동인들이 자택에서 조선 손님
을 초대하기 위해 열린 술자리에서 화답한 시문이 더 많았다. 이러한
사실로 미루어볼 때 술자리가 열린 장소와 개인이 머무는 장소에 따
라 시문 창작한 장소와 시간이 같은 수도 있었고 다를 수도 있었다.
그러나 위의 내용을 보면, 용희사 동인들을 위해서 베푼 술자리는 모
두 청나라측 동인들의 자택에서 이루어진 것이고, 조선 사신 일행의
숙소였던 옥하관(玉河館)에서는 술자리가 없었다고 볼 수 있다.

ⓑ 세련된 시어 속의 민간외교

『심시집』에 수록되어 있는 창화시 100여 수의 내용은 다양하다. 이
가운데 몇 수의 예를 들어 이들 창화시의 특성을 살펴보자. 이 시문집
에 수록되어 있는 이건하의 시는 다음과 같다.

---

136) 黃鹿泉(外), 『尋詩集』〈漁谿通政招飮疊前韻〉, "君居燒酒胡同."

藐余才不逮	작은 저의 재주가 미치지 못했으니,
重選猥膺命	북경에 뽑혀 온 것은 명을 따른 것뿐일세.
經崴恣遊覽	이번의 유람을 통해,
始識人文盛	인문의 성함을 비로소 알게 되었네.
群賢締蘭交	여러 어진 사람들과 사귀어,
淸讌遵觴令	맑은 술자리에서 차례로 술잔을 돌리네.
雅度何汪洋	군자의 도량이 어찌나 바다처럼 넓고 깊은 지,
縱談揮麈柄	총채를 휘두르며 종횡무진 이야기하네.
龍社更尋詩	용희사에서 다시 시를 찾으니,
高評若冰鏡	고매한 평어가 맑은 거울과 같네.
茶烟颺鬢絲	차의 연기는 머리카락 같이 흩어지고,
盆梅紅相映	화분에 심은 매화는 붉게 서로 비추네.
臨歧多贈言	헤어지는 마당에 지어주신 말씀이 많아,
卷裡富新詠	책 속에 새로 지은 시가 가득하구나.
欲和郢中音	영 땅의 노래에 화답하려고,
向君還請正[137]	그대에게 가르침을 다시 부탁하네.

위의 배율시는 조선 사신 일행이 북경을 떠나기 전의 이별 잔치에서 지은 것이다. 시는 '命', '盛', '令', '柄', '鏡', '映', '詠', '正'으로 운(韵)을 정했다. 1~4행은 이건하 자신의 이야기이다. 자신은 재주가 미치지 않은 사람이건만, 임금의 명으로 북경에 와서 풍물을 유람하며 인문의 성함을 알게 되었다고 했다. 5~12행에서는 청나라 동인들과 교유하고 있는 모습을 생기 있게 묘사하였다. 총채를 휘두르며 자유롭게 이야기하는 모습, 머리카락 같이 흩어지는 차의 연기, 붉게

---

137) 徐世昌, 『晚晴簃詩匯』 卷二00(『續修四庫全書』 第1633册, 698쪽)에 같은 시문이 수록되어 있다.

비치는 화분의 매화, 그러한 가운데 송별시를 지어주고 고매하게 평하는 시인들에 대한 묘사를 통해 용희사 동인들과의 교유과정과 그들의 탈속적 아취를 보여주고 있다. 마지막 단락에서 서로 시를 지어주고 이별의 정을 나누었다.

다음은 『심시집』에 수록되어 있는 청나라 동인 고황이 지은 시이다.

未共雞林客	조선 손님을 초대한 자리에 가지 못해,
往聯龍社歡	용희사의 즐거움도 나누지 못했네.
是日以事未赴約	(이 날에 일이 있어 약속에 나오지 못했다)
狂吟今雨易	미친듯 시 읊으며 새로운 벗 사귀기는 쉽지만,
高會德星難	수준 높은 모임에 현인을 만나기는 어렵네.
四海一尊酒	사해가 술 한 동이이니,
千秋幾釣竿	천추에 낚싯대는 얼마인가.
長沙留賈傅	장사에 가태전(賈太傅)을 머물게 했으니,
吾輩愧彈冠	우리가 조정 관원으로 나오기 부끄럽네.

이 시는 고황이 용희사 동인들이 열린 술자리에 참석하지 못해서 차후에 지은 답시이다. 함련(頷聯)에서는 자신이 못 나간 아쉬움과 새로운 벗들을 만나지 못한 서운함을 표현하였다. 경련(頸聯)에서는 공간과 시공의 한계를 넘어 상대방을 동등하게 여기며 서로간의 돈독한 우의를 강조하였다. 미련(尾聯)에서는 상대방의 시문 창작 수준을 높이 평가하면서 겸손한 언표로 마무리하였다.

다음은 맹계훈이 지은 칠언율시이다.

去年識面東風裏 작년 봄바람에 그대를 알았는데,

今日逢春又見君　오늘 봄을 맞으며 다시 그대를 만났네.
慰我離懷來舊雨　'상우(相雨)'가 와 서러운 마음을 위로해주고,
傳家名望重孤雲　학문을 전한다고 고운(孤雲)을 중히 여기네.
藕船衣鉢留餘派　우선(藕船)의 의발(衣鉢)은 여파를 남겨 두었고,
桂苑文章誦古芬　계원필경(桂苑筆耕)의 문장은 옛 향기를 느끼게
　　　　　　　　하네.
共挹澄波千萬頃　천만 이랑의 맑은 술을 떠서,
花時常與醉斜曛　꽃 피는 철에 취할 때까지 늘 함께 마시세.

　이 시의 수련(首聯)에서는 지인을 다시 만나게 되어 기뻐하는 마음을 전하였다. 함련(頷聯)과 경련(頸聯)에서는 자신이 아는 조선 지인과 조선 문풍을 예찬하면서 상대방을 인정하였다. 시어에 나온 '구우(舊雨)'는 옛 친구의 뜻으로, 여기서 처음으로 용희사에 온 조선 동인 서상우(徐相雨)를 지칭하는 것이다. '고운(孤雲)'의 문장은 중국에서 이미 많이 전파되어 있어 청나라 문인들이 최치원(崔致遠)을 잘 아는 상황을 나타내고 있다. 우선(藕船) 이상적(李尙迪)은 12번이나 북경을 오가면서 개인 문집까지 간행했을 뿐만 아니라, 수많은 청나라 문인들과 교우 관계를 맺었다. 이처럼 상대방에 관한 문명을 예찬하면서 지속적인 친선과 돈독한 우의를 강조하였다. 미련(尾聯)에서는 다음에 만날 때에도 지금같이 술을 마시고 우정을 나누자고 하는 마음을 담아 마무리하였다.

　이상 검토한 3수의 창화시는 술자리에서 서로 만나거나 만나지 못했더라도 추후 화답한 것이다. 『심시집』에 수록되어 있는 작품 중에는 조선인들과 만나는 것에 관계없이 시를 지은 경우도 있다. 아래 청나라 서수균의 창시(唱詩) 〈계사원일조조(癸巳元日早朝)〉를 보면 알

수 있다.

金鑪香動紫宸煙	금향로에서 피운 향기로운 연기가 궁궐을 둘러싸고,
鵠立千官待漏天	고니같이 서있는 천관이 조회할 시간을 기다리고 있네.
鳳詔祥雲開蕊榜	봉조(鳳詔)를 선포해 예방(蕊榜)에 알리고,
龍旂曉日度花甎	용을 그린 깃발은 새벽 햇빛 꽃벽돌에 펼쳐지네.
賜酺澤洽群黎徧	은택을 하사하여 모든 백성을 윤택하게 하고,
與宴恩施九老偏	연회에 참여한 구로(九老)에게 은덕을 베푸시네.
共祝璇宮千萬壽	다 함께 임금의 천만수를 축복하니,
小臣長此樂堯年	신하는 늘 태평성대를 즐거워하네.

 이 시는 서수균이 아침에 조회(朝會)를 마치고 지은 것으로 보인다. 이 시는 칠언율시이고, 각운(脚韻)은 '煙', '天', '甎', '徧', '年'이다. 수련(首聯)에서는 궁궐 아침의 경치를 묘사하고, 함련(頷聯)과 경련(頸聯)에서는 조배(朝拜)하는 과정과 성황(盛況)을 그렸다. 미련(尾聯)에서는 자신의 충심을 묘사하였다. 서수균은 위 시와 같은 운자를 써서 〈증지청전배녹천농부용전운(贈志靑前輩鹿泉農部用前韻)〉, 〈운첩간지청전배(韻疊柬志靑前輩)〉, 〈지청석상부증조선최연농용전운(志靑席上賦贈朝鮮崔硏農用前韻)〉, 〈첩운송최연농귀조선(疊韻送崔硏農歸朝鮮)〉라는 제목으로 화답시 7수를 지었다. 나중에 용희사 동인들이 위와 같은 각운을 사용하여 술자리에서 화답시를 많이 지었다. 시집에 수록된 이와 같은 화답시는 모두 36수로, 창화시가 지닌 '일창다화(一唱多和)'의 특성을 잘 보여주고 있다.

 다음은 이별하는 술잔치에서 조선인 최성학이 화답한 시 〈유별용사제군첩전운(留別龍社諸君疊前韻)〉이다.

> 客裏光陰屆禁煙　객지의 세월이 한식(寒食)에 이르렀으니,
> 離尊相屬杏花天　이별 술잔으로 살구꽃 필 때에 다시 만날 날 약속을
> 　　　　　　　　하네.
> 征塵欲拂新題扇　나그네 옷의 먼지는 새로 시 쓴 부채로 떨쳐내고,
> (謂鹿泉)
> 奇篆猶摩舊贈甎　기이한 전서로 예전에 써준 벽돌을 어지만지네.
> (謂叔鴻)
> 千里訂交能莫逆　천리 밖에 벗을 맺고 막역한 사이가 되었으니,
> 幾人談道本無偏　몇 사람과 도를 이야기하며 치우친 데 없으리.
> 燕南歌筑君休笑　연남에서 노래하고 축 두드린다고 그대는 비웃지
> 　　　　　　　　마소,
> 祇戀斯游已廿年　여기서 노닌 지 이미 이십년이나 되었네.

최성학은 서수균의 창시(唱詩) 〈계사원일조조(癸巳元日早朝)〉에 사용한 운각인 '煙', '天', '甎', '偏', '年'을 따라 화답하였다. 수련(首聯)에서는 헤어지는 슬픔을 다시 만날 희망으로 바꿔 표현하고, 함련(頷聯)과 경련(頸聯)에서는 청나라 문인들과 교유한 내용과 진지한 우정을 서술하였으며, 미련(尾聯)에서는 자신의 현재와 과거를 언급하면서 친구와 헤어질 아쉬움을 표현하였다.

『심시집』에 수록되어 있는 용희사 조·청 동인들의 시는 대부분 창화시이다. 잔치에서 직접 창화한 시의 경우, 시의 전반부에서 시를 짓는 이가 먼저 자신의 상황을 소개하였다. 이미 친숙한 사이에는 서로 다시 만난 기쁨을 표현하였다. 술자리에 나오지 못해 나중에 화답

한 경우에는 우선 서로 만나지 못한 아쉬움을 표현하였다. 후반부에서는 만나는 장면, 서로 교유한 과정과 상황을 묘사하면서 상대방에 대한 예찬을 통해 우의를 다지거나 서로를 인정해 주었다. 마무리 단계에서는 겸손한 언표로 자신의 작시 수준을 확인하거나 상대방에 대한 그리움과 헤어질 아쉬움에 초점을 맞추고 있다.

서수균의 창시(唱詩) 〈계사원일조조(癸巳元日早朝)〉의 경우 술자리에서 지은 시가 아니라, 일반적인 서정(抒情)이나 영물(詠物)처럼 주위 경치나 사물을 묘사하고 자신의 정서를 토로한 것이 대부분이다. 이와 같은 시를 시집에 수록한 까닭은 동인들이 그 시의 각운을 많이 사용했기 때문이다.

시집에 수록되어 있는 시의 제목을 보면 대부분 '첩운(疊韻)', '용전운(用前韻)', '화(和)', '간(柬)', '차운(次韻)' 등을 사용하여 시사(詩社)나 화답시의 일반적인 형식을 보여주며, 함께 만나고 있는 공간, 주로 술자리가 베풀어진 장소를 통해서 서로 만나거나 헤어지는 시점과 연결하여 공감대를 형성하였다.

ⓒ 시문의 창작 형식

『심시집』에 수록되어 있는 조선 동인 4명의 시는 모두 오언배율이고, '磨甎吟'에 수록되어 있는 최성학의 화답시 4수는 모두 칠언율시이다. 청나라 동인들의 화답시도 같은 형식으로 창자(唱者)가 지은 시문 형식에 따라 화자(和者)도 같은 형식으로 지어주는 것이 창화시의 관행이다.

『심시집』에 수록되어 있는 시문은 오언율시와 칠언율시가 차지하는 비중이 가장 많으며, 배율은 상대적으로 적다. 절구는 창화할 때 잘 쓰지 않은 형식으로 보인다.[138] 창화할 때에 전하고자 하는 내용이 절구로는 너무 짧고, 배율로는 너무 장황하기 때문에, 율시의 장단을 작가들이 선호한 것으로 보인다.

ⓓ 창작의 기능과 의미

『심시집』에 수록되어 있는 시문을 보면, 조선과 청나라 문인들이 함께 소통할 수 있는 공감대를 갖고 있다. 서로 말로써 소통할 수 없는 '청연(淸讌)'이지만, 붓을 들면 이야기도 통하고 시도 주고받았다. 같은 한자문화권에 속한 조·청 동인들이 '한자'라는 가장 간편한 공통 언어로써 시를 지어 서로의 의표를 꿰뚫어 볼 수 있었던 것이다. 이러한 작시 과정을 통해서 양국의 문인들은 서로의 수준과 경향을 탐지했으며, 정치와 사회 현실은 물론 역사 인식의 단면들까지도 비교적 소상하게 파악하였다. 이를 통해 역관의 입을 통한 표층적 전달의 한계를 극복해서 상호간의 의미 전달을 심층적으로 파고 들어갈 수 있었다. 조·청 문인들의 창화시에 사용하는 시어(詩語)는 가장 수준 높은 국제 언어였으며, 가장 세련된 문화언어였다. 바로 이런 점이 『심시집』의 창화시가 갖는 특징적 기능과 의미라고 할 수 있다.

---

138) 이 시집에 칠언절구는 勞啓捷이 지은 4수와 趙藩이 지은 1수만 실려 있다.

IV
청대문인 편찬 조선한시문헌의 정화(精華)

문학 작품의 유통은 선집(選集)에 의해 추진된 경우가 많았다. 선집의 가장 중요한 역할은 바로 '정화를 취하고 정교하지 않은 것을 버린다.'라는 것이다. 조선인의 시문은 대부분이 역대 중국 문인들이 편찬한 선집에 의해 중국에서 유행하였다.

본 장에서 청인이 편찬한 조선 한시 관련 시선집과 시화집을 정리하였다. 또 청인이 편찬한 시선집과 시화집에 실린 조선 한시의 편찬 경위를 살펴보고, 조선 한시가 중국에서 유통된 양상을 고찰하였다.

1. 동문환(董文渙)의 『조선시록(朝鮮詩錄)』

동문환(1833~1877)은 조선인의 시문에 대단히 관심이 많았으며, 조선 문인들과 왕래하면서 『추회창화시·속집』을 편찬하는 동시에 연경(燕京)에서 만난 조선 사신과 직접 교유를 통해 모은 시문을 선록하여 『조선시록』[139]을 편찬하였다. 동문환이 1862년부터 『조선시록』의 편찬에 착수하여 1877년까지 꾸준히 작업을 추진하였지만, 일찍이 병사

(病死)함으로써 이 시선집을 간행하지는 못하였다. 그러나 동문환이
『조선시록』을 편찬한 과정을 통해 19세기 중국학자가 의도적으로 조
선 시문을 수집한 상황과 중국 문인이 조선 한문학을 바라보는 안목
을 구체적으로 살펴볼 수 있다. 또한 이를 통해 조선 문학이 중국에서
유통된 상세한 정보를 얻을 수 있다.

본 절에서 동문환의 개인 문집인『연초산방일기(研樵山房日記)』(이하
는『일기』로 칭함)140)를 통해 조선 시문집을 수집하고 선록한 상황을
상세히 고찰하고, 동문환의 벗인 부보삼(符葆森)이 편찬한『국조정아
집(國朝正雅集)』과『조선시록』의 수용관계, 청말 문인 오경지(吳慶坻)
의『초랑좌록(蕉廊脞錄)』에서 언급한 '조선시록'을 통해 동문환이 편
찬한『조선시록』의 흔적과 내용상의 특징을 살펴보자고 한다.

1)『조선시록』을 편찬한 경위

19세기 후기 조선 사신과 중국 문인들의 교유는 끊이지 않고 이어
졌다. 특히 동문환과 그의 친구들은 조선 사신과 긴밀한 관계를 맺었
다. 이러한 문화 교류 양상은 동문환의『연초산방일기』에 매우 구체
적으로 기록되어 있다.

동문환은 함풍 11년(1861) 음력 1월 중순, 그의 나이 29세 때에 조선
사신으로 연경으로 온 동지사(冬至史) 신석우(申錫愚, 호는 해장(海藏),

---

139) 董文渙의 문집이나 개인 日記인『研樵山房日記』에는 '朝鮮詩錄'을 '韓客詩錄'으로
　　 기재한 경우도 많다. 본 절에서는 '朝鮮詩錄'으로 통일한다.
140) 董文渙의『研樵山房日記』은 간행본으로 유통하지 않았으며, 중국 산서대학 중문
　　 과 李豫 교수가 정리한『淸季洪洞董氏日記六種』(北京大學出版社, 1996)에 수록된
　　 "研樵山房日記"의 영인본으로 참고한다.

1805~1865), 서형순(徐衡淳, 호는 한산(漢山), 1813~1893), 조운주(趙雲周, 자는 기서(岐瑞), 1805~?) 등과 처음으로 교유하게 되었으며, 조선 인사와의 교유는 동문환이 세상을 떠난 1877년까지 지속되었다.

1861년 정월에 조선 정사 신석우와 서형순, 그리고 조운주 일행이 연경에 도착해서 예부의 환대를 받았다. 이때 한림편수 심병성(沈秉成)을 알게 되어 심병성의 누각에서 열린 주연에서 동문환과 사귀게 되었다. 그 이후 서로 방문하고 편지를 주고받으며, 창화를 계속하였다. 동문환의 〈증조선정사신금천중추석우서한산상서형순조란서학사운주(贈朝鮮正使申琴泉中樞錫愚徐漢山尙書衡淳趙蘭西學士雲周)〉에서 동문환은 사신 일행을 '동방군자(東方君子)'라고 찬미하면서, 그들을 한번 만났지만 오래된 친구와 같아서 사귐의 정경(情景)이 지극하다고 하였다. 특히 동문환은 신석우에게 당나라 시인 이상은이 쓴 〈야우기북(夜雨寄北)〉의 "언제 다시 만나서 촛불 더 밝게, 비가 내리는 밤에 이야기를 나눌 수 있을까(何當共剪西窓燭, 卻話巴山夜雨時)?"라는 구절을 인용하여 "만나기도 어렵지만 이별하는 것은 더욱 어려운(相見時難別亦難)" 심정을 드러냈다. 이 시에서는 이와 같은 유대감이 '서희고문동(書喜古文同)'(고문을 함께 함)에서 비롯된 것임을 밝힌다. 이는 한국과 중국이 하나의 한자문화권을 형성하면서 얻게 된 문화 배경인 것이다. 이 자리에서 조선사신 신석우, 서형순, 조운주도 일일이 시를 지어 답하였고, 그 후 동문환과 친구, 심병성(沈秉成), 장목(張穆), 섭명례(葉名澧), 주기(朱琦), 허종형(許宗衡), 풍지기(馮志沂), 왕헌(王軒), 왕증(王拯), 오곤전(吳昆田), 이사분(李士棻) 등과 동문환의 형 동린(董麟)과 동생인 동문찬(董文燦)이 조선의 친구인 신석우, 서형순, 조운주, 이상적, 이원명, 정학소, 이용숙, 변원규 등과 직접적인 교유와 서찰

왕래를 시작하였다.[141]

이들의 만남은 이후 동문환이 조선 문인들에게 호감을 갖게 하는 계기가 되었으며, 먼 훗날 동문환이 『조선시록』을 편찬하고자 하는 밑거름이 되었다. 동문환의 『일기』를 통해 1862년부터 조선의 시문을 편집한 것으로 보인다. 동문환이 『조선시록』을 편찬한 이유와 목적은 김석준(金奭準)의 『홍약루시고(紅藥樓詩稿)』에 동문환이 동치 2년(1863)에 쓴 서문을 통해 상세하게 알 수 있다.

> 나는 『조선시록』을 편집하고 있다. 조선의 우인들이 올 때마다 좋은 시문을 받아 제법 많이 모았다. 1862년 봄에 김석준과 이용숙이 찾아왔는데 술을 마시다가 김석준이 그의 선배인 이우상(李虞裳)의 『송목관집(松穆館集)』을 보여주었다. 이우상은 조선에서 일찍이 시로 유명했고, 특히 일본에 관한 얘기를 좋아하는 것이 시문에 많이 보인다. ……이우상은 통신사를 따라 일본에 갔는데 오랜 동안 머물러서 서술이 참 상세하다. 김석준이 『해천범사도(海天泛槎圖)』를 보여주면서 제문(題文)을 부탁했다. 대개 부친을 따라 일본에 갔을 때에 지었던 글이다. ……그는 자신이 봤던 산천과 성곽, 사람들의 제복, 언어와 문자의 차이를 상세하게 기록했다. 시문에 특이한 면이 많아서 일일이 다 말할 수 없다. ……전에 이우상이 기록하지 못한 부분은 더욱 상세하게 서술했다.
>
> 올해 봄에 이용숙을 다시 봤다. 김석준의 근황을 물었더니 이미 시골에 내려가 농사를 짓고 있다고 했다. 김석준의 『홍약루고』를 보여주면서 서문을 청하였다. 시는 모두 23수이고, 일본에 관한 얘기를 기록한 것이었다. 위에는 군장과 관직부터, 아래에는 여항의 사소한 일까지. ……회고체로 죽지(竹枝)의 풍격(風格)이 있고, 앞에 얘기한 것보다 더

---

141) 졸고, 「『海客詩鈔』연구」, 연세대학교 석사논문, 2005, 40~42쪽.

욱 상세해졌으니, 이를 보면 문밖으로 나가지 않아도 천하의 일을 다 알 수 있다. 김석준의 시를 얻어 다른 나라의 경물과 방언을 읽으니 그 나라에 있는 것 같구나.

국초(國初)에 여러 사람이 『조선채풍록』과 『일본시선』을 편집한 일이 있었다. 그러나 문장만 서술했을 뿐 그 나라의 풍토를 다 기록하지 않았다. 근래 사람이 새긴 『이십일도회고시(二十一都懷古詩)』도 역시 그 나라에 관한 중대한 일만 서술을 했을 뿐, 멀리 떨어진 곳에 관한 얘기를 서술하지 않았다. 김석준의 이 글은 선현이 누락시킨 바를 보완하기에 충분하다.[142]

위의 서문을 통해 동문환이 『조선시록』을 편찬하는 과정과 이유, 전 시기 중국에서 편찬된 여러 종류의 조선 관련 시선집에 관한 개인의 견해, 동문환이 조선 시선집을 편찬하는 기준을 엿볼 수 있다. 우선 동문환은 1861년 신석우 사신 일행과의 만남 이후 『조선시록』을 편집하려는 계획을 세운 것으로 보인다. 1862년 조선 역관인 이용숙과의 만남에서 이 뜻을 전달한 것을 보면, 1862년 전에 이러한 계획을

---

142) 董文渙, 『한객시존』 282면, 「朝鮮金小棠 『紅藥樓稿』 敍」, "余曩有 『韓客詩錄』 之選, 每東友來都, 輒屬博採, 以故收輯頗富. 壬戌春初, 金君小棠與李菊人相從過訪, 酒半, 小棠出其國先輩李君虞裳 『松穆館集』 見贈. 李君久以詩鳴東土, 尤喜言倭事. ……李君曾隨其國通信使游其地, 且久, 故言之甚詳. 展卷吟誦, 異方風物, 已可得其梗槪矣. 小棠又出 『海天泛槎圖』 索題, 蓋侍其尊甫至倭時作也. ……乃述其所歷山川城郭之殊, 人民制服之異, 語言文字之別, 奇形詭狀, 不可殫記.……凡虞裳詩所未及者, 尤言之鑿鑿. 今年春, 再晤菊人, 詢小棠近狀, 知已侍觀之茶, 且附寄其 『紅藥樓稿』 索敍. 詩凡廿三首, 皆云倭事, 上至君長官職, 下及閭巷瑣屑. ……以懷古之體, 代竹枝之遺, 視前說爲更備, 不出戶知天下. 得小棠詩, 讀之殊方異域, 別國方言, 不啻身與相接矣! 國初諸老, 曾有 『朝鮮採風錄』, 『日本詩選』 各書, 然但著其文章, 而未及其風土, 卽近人叢書所刻 『二十一都懷古詩』, 亦僅詳其本國, 而未詠及遐陬, 今小棠此編, 尤足補前賢所闕略."

가지고 있음을 알 수 있다. 이 서문을 쓴 시점인 1863년에는 편집 작업을 계속 진행하고 있음을 밝혔다.

동문환이 『조선시록』을 편찬한 이유는 박학(博學)에 대한 욕구와 다른 나라에 대한 관심 때문이었다. 서문에서 "문밖으로 나가지 않아도 천하의 일을 다 알 수 있다(不出戶知天下)", "김석준의 시를 얻어 다른 나라의 경물과 방언을 읽어 그 나라에 있는 것 같이 느낄 수 있다(得小棠詩, 讀之殊方異域, 別國方言, 不啻身與相接矣)" 등의 언급에서 이를 알수 있다.

동문환은 조선, 일본 등과 관련된 기존의 중국 저서에 만족하지 못하고 있었다. 동문환은 『조선시록』의 서문에서 "선현이 누락시킨 바를 보완하기에 충분하다(尤足補前賢所闕略)."라고 말하였다. 그렇다면 동문환이 '선현이 누락시킨 부분'이라고 느낀 것은 무엇일까? 동문환은 "청초에 여러 사람이 『조선채풍록』과 『일본시선』을 편집한 일이 있었다. 그러나 문장만 서술했을 뿐 그 나라의 풍토를 일일이 기록하지 않았다."고 지적하였다. 문학 작품을 이해하기 위해서는 그 나라의 사회적, 문화적 환경도 함께 이해해야 한다는 것이 동문환의 생각이었던 듯하다. 동문환에게 조선이나 일본과 관련된 중국의 기존 저서들은 그 나라의 사회적 문화적 환경을 이해하는 데는 미흡하다고 보고, 동문환 스스로가 조선의 시문을 모으고 편집하게 된 것이다.[143]

2) 『조선시록』에 수록된 조선시문의 범위

동문환의 『홍약루시고』 서문을 통해 이 시기에 이미 상당한 조선의

---

143) 졸고, 「『海客詩鈔』연구」, 연세대학교 석사논문, 2005, 55~57쪽.

시문을 수집하고 있었음을 알 수 있다. 이후『조선시록』의 편집 작업을 위한 시문 수집은 그가 세상을 떠나기 전까지 계속되었다. 그의『일기』에 기록된 10여 년 동안 수집한 조선인의 시문집을 선후 순서로 정리하면 다음과 같다.

番號	著 者	詩 集	選錄數量	傳入時期	備 考
(1)	李彦瑱(1740~1766)	松穆館集		1862.1	
(2)	金炳陸	金雨觀詩草		1862.夏	金尙憲의 9世孫
(3)	柳得恭(1748~1807)	二十一都懷古		1862.10	
(4)	朴鳳彬(1838~)	蓬桑錄		1863.1	
(5)	朴永輔(1808~)	燕槎錄		1863.1	
(6)	李廷稷(1781~1816)	天籟詩草	15	1863.1	
(7)	李向迪(1804~1865)	恩頌堂前後集	수십수	1863.1	
(8)	徐相雨(1831~1903)	鼎金章詩草		1863.1	
(9)	鄭顯德	海所詩草	13	1864.11	1850문과 급제
(10)	李近憲	峨洋詩錄		1864.11	未選入
(11)	朴文達(霱鴻, 1805~1888)	雲巢山房詩草	12	1864.11	
(12)	沈英慶	鍾山詩稿	5	1864	
(13)	李彦瑱(1740~1766)	李虞裳詩稿	수십수	1865	
(14)	楊士彦(1517~1584)	蓬萊詩草		1865.1	
(15)	金永爵(1802~1868)	存春軒詩		1867.1	
(16)	趙舜韶	金剛山記		1867	
(17)	金敬之	惕若集		1867	名 久容
(18)	金國卿	恭齋集		1867	
(19)	金尙憲(叔度, 1570~1652)	朝天錄		1867	
(20)	金麟孫(1479~1552)	金麟孫詩集		1867.1	
(21)	金謹思(1466~1539)	金謹思詩集		1867.1	
(22)	金宗眞(1431~1492)	金宗眞詩集		1867.1	
(23)	金淨(1486~1520)	金淨詩集		1867	
(24)	白光鎭	白光鎭詩集		1867	
(25)	白光斗	白光斗詩集	13	1867	光鎭, 光斗兄弟詩

(26)	李豊翼(1804~1887)	友石詩册	7	1867	
(27)	卞元圭(1837~1896)	卞蛛船詩稿		1868.1	
(28)	金秉善(1830~1891)	金丹史詩稿		1868.1	
(29)	洪元變	太湖集		1867	영조 때 급제
(30)	李穡(1328~1396)	李微隱詩集		1868.1	
(31)	李廷柱(1778~1853)	夢觀詩		1868.1	
(32)	趙性敎(1818~1876)	趙韶亭詩草		1868.1	
(33)	鄭夢周(1337~1392)	鄭圃隱詩草		1871.10	
(34)	崔性學 등[144]	海客詩鈔		1871	六朝鮮人稿
(35)		東國諸家詩		?	
(36)	조선 10인의 시문	海客詩錄	15		『國朝正雅集』淸人 符寶森編

　　이상은 동문환이 『조선시록』을 편찬하기 위해 조선 사행 문인들을 통하여 의도적으로 수집한 조선 시선집이다.[145] 동문환이 조선 시문집을 수집한 시기는 1862년부터 1877년 그가 세상을 떠나기 전까지이다. 이와 같은 조선인의 시문집은 대부분이 조선 사신 일행을 통해 동문환에게 전해진 것이다.[146]

　　동문환은 조선 지인들에게 부탁하여 조선인의 시문집을 모았다. 그러나 일부의 조선 문인들은 개인의 시문을 『조선시록』에 수록하기 위해 개인의 시문집을 임시로 편찬해서 보내준 경우도 있었다. 그 중

---

144) 譯官六家: 李容肅(1818~?), 姜海壽(1824~?), 金秉善(1830~1891), 金奭準(1831~1915), 卞元圭(1837~1896), 崔性學(1842~?).

145) 董文渙의 『日記』에 의하여 조선인의 시문집만 정리하였다. 조선인의 개별 작품을 제외한다.

146) 董文渙이 수집한 조선인의 시문집과 시집 시기는 졸고, 「通過董文渙日記攷朝鮮詩文集流入中國及朝鮮譯官的作用」(『동아인문학회』 제12집, 2007.12)을 참고한다.

가장 대표적인 사례는 김석준을 비롯한 조선 후기 역관들이 동인들의 시문을 모아 엮은『해객시초』이다. 조선 문인 김영작(金永爵) 역시 개인의 시집을 모아『존춘헌시초(存春軒詩鈔)』라는 문집을 동문환에게 보내었다. 이로 인해 같은 시대의 조선 문인들이 동문환에게 다투어 시문을 보낸 경우가 많았다.

동문환은 조선 시문집을 수집, 검토하면서 시문을 엄선한 것으로 보인다. 그가 선집하는 과정에서 자신의 친구들과도 어느 정도 상의했던 것으로 보인다.[147) 또한 이전 중국 사람들이 조선 시문을 선별했던 성과도 참고한 것으로 보인다. 예로 부보삼(符葆森)이 편집한 '조선시록'에 실린 조선 시문을 15수를 수용하겠다[148)는 기록이 이를 말해 준다.

동문환은 조선 시문집을 수집하고 선집하는 데 적극적이었으나, 다른 외부적인 조건에 의하여 작업을 진행하기 어렵게 되기도 하였다. 동문환이『조선시록』의 편집 작업에 매진한 시기는 1862~1868년이다. 동문환의『일기』에 이 시기의『조선시록』편집을 위한 초록과 평점에 관한 기록이 꾸준히 발견된다. 그러나 1869년 이후 동문환은 이 일에 집중하기 어려웠다. 이때부터 불운한 가정사가 이어지고, 지방에서 공무를 수행했기 때문이다. 결국 동문환이 광서 3년(1877) 12월

---

147) 董文煥,『日記』, "1865년 3월 12일. 밤에 曹寶臣과 같이 조선의 李廷稷의『天籟詩稿』의 시 15수를 선정했다."

148) 符寶森의『國朝正雅集』권99에는 조선을 포함하여 중국 주변 나라들의 시작품이 수록되어 있는데 조선 10인의 32수의 시가 수록되어 있다. 이와 같은 시문의 수록 경위에 대해 다음절에서 구체적 서술한 바가 있다. 董文煥의 日記에 의하면,『國朝正雅集』에 수록된 조선의 시작품을 다시 검토하고, 15수를『朝鮮詩錄』에 수록하려고 했다.

에 세상을 떠나 『조선시록』은 완성되지 못하였다.

그런데 동문환이 편집 중이던 『조선시록』을 보았다는 민국초기의 기록이 남아 있다. 청대 학자 오경지149)가 이 선집의 편제를 구체적으로 거론하고 있어 주목된다. 그는 『초랑좌록』 권5에서 아래와 같이 언급하였다.

공부(工部) 형님이 일찍이 『조선시록』을 초록하였다. 모두 4책이다. 이는 홍동(洪洞) 출신의 검토(檢討) 연추(研秋) 동문환의 책을 빌려서 베낀 것이었다. 1책은 설손(偰遜), 정몽주(鄭夢周) 이하로 여도사(女道士) 허경번(許景樊)에 이르기까지의 시인데, 모두 『명시종』의 것을 수록하였다. 왕휘(王徽) 이하로 고려의 기녀 덕개씨(德介氏)에 이르기까지 10명은 국조에 들어선 이후의 인물인 듯하다. 그 뒤에 다시 정몽주의 시를 뽑아서 거의 2책을 채웠으나, 그 비중을 맞추는데 있어서 조리를 잃었다. 또 유득공(柳得恭)부터 이풍익(李豊翼)까지 29명의 시가 있다. 여기에는 신석우(申錫愚)가 풍노천(馮魯川), 왕하거(王霞擧), 황상운(黃翔雲)과 창화한 시가 있고, 박규수(朴圭壽)가 심중복(沈仲復), 동연초(董研樵)와 창화한 시가 있으며, 조운주(趙雲周), 서형순(徐衡淳), 신철구(申轍求), 송원규(宋源奎), 조휘림(趙徽林)이 모두 중복(仲復), 연초(研樵), 하거(霞擧), 상운(翔雲)과 창화한 시가 있다. 또 서상우(徐相雨)가 예표잠(婗豹岑), 방소동(方小東), 이우선(李芋仙)을 감회(感懷)한 시가 있고, 유치숭(俞致崇)이 허해추(許海秋), 황상운(黃翔雲), 왕고

---

149) 吳慶坻(1848~1924), 자는 子修, 또는 敬疆, 호는 補松老人이다. 錢塘(杭州) 사람이다. 광서 12년에 진사 급제하였으며, 翰林院庶吉士, 散館后編修, 四川學政, 湖南提學使를 역임하였다. 시문과 서예에 뛰어났다. 시문집으로 『補松廬詩錄』, 『悔餘生詩』 등이 있다. 『蕉廊脞錄』은 吳慶坻가 사후 아들 吳士鑑이 8권으로 편집한 것으로 '求恕齋叢書'에 수록되었다. 무진년(1928)에 쓴 劉承幹의 서문이 있다. 본 절에서 中國國家圖書館 소장본을 참고한다.

재(王顧齋), 동연초(董硏樵)와 함께 고염무(顧炎武)의 사당에 참배하고
지은 시가 있다. 이들은 모두 동치 연간 초엽에 북경에 온 사신들이다.
200년 동안 조선의 시인이 어찌 이 정도에 그치겠는가? 동군(董君)은
수집을 넓게 하지 못하였다. 이 필사본은 형님의 유묵(遺墨)이라. 앞뒤
가 자세하고 가지런해서 빠진 것이 없으므로 삼가 간직하겠다.[150]

오경지는 형이 초록한 동문환의 『조선시록』을 보고 개인의 견해를
설명하였다. 오경지의 견해에 따르면 『조선시록』은 모두 4책이 되며,
제1책은 『명시종』을 옮긴 것이다. 『명시종』 권94, 95에는 고려인 9
인, 조선인 44인의 시 58수가 실려 있다. 왕휘(王徽)로부터 덕개(德介)
까지 10명이고 그 뒤에 정몽주(鄭夢周)의 시를 다시 수록하여 두 책을
채웠다고 했다. 이는 제1책에 해당될 듯하다. 그런데 전겸익(錢謙益)
이 편찬한 『열조시집』에서 고려의 기녀 덕개는 마지막에 실린 시인이
다. 이 책에 정몽주부터 덕개까지 42인의 시 170수를 실었다. 정몽주
는 이미 앞에 인용하여 실었는데, 뒤에 또 수록되어 있기에, 오경지의
입장에서는 조리를 잃었다고 본 것이다. 이로 보면 제2, 3책은 모두
『열조시집』에서 선록했을 가능성이 있다.

가장 주목되는 제4책은 유득공부터 이풍익까지 29명인데, 거기에

---

150) 吳慶坻, 『蕉廊脞錄』卷五, "先公部兄, 手鈔朝鮮詩錄, 凡四册. 蓋從洪洞董硏秋檢
討文渙借鈔. 第一册, 自偰遜鄭夢周以下至女道士許景樊各詩. 皆全錄明詩綜. 自王
徽以下, 至高麗妓德介氏至, 凡十家, 似是入國朝後詩人. 其後又錄鄭夢周詩. 幾盈
二册, 繁簡失當. 又自柳得恭, 至李豊翼二十九家中, 如申錫愚有與馮魯川, 王霞擧,
黃翔雲唱和之作, 朴珪壽有贈沈仲復, 董硏樵(卽硏秋)之作. 趙雲周, 徐衡淳, 申轍
求, 宋源奎, 趙徽林 均有和仲復, 硏樵, 霞擧, 翔雲, 之作. 徐相雨有懷婉豹岑, 方小
東, 李芋仙之作. 俞致崇有同許海秋, 黃翔雲, 王顧齋, 董硏樵謁顧亭林祠之作, 則
皆同治初來京師者. 二百年來, 朝鮮詩人, 奚止此數? 董君采輯未博. 以其爲先兄遺
墨, 且首尾精整, 無一率筆. 乃裝治而謹弄之."

신석우, 박규수, 조운주, 서형순, 신철구, 송원규, 조휘림, 서상우, 유치숭 9인의 시가 포함되었으며, 모두 11인의 시가 수록되었다고 하였다. 이와 같은 인물은 모두 연행사절과 청대 문인이 창수한 시들을 선록했던 것이다. 제4책은 29명의 시인의 시문을 수록하였다고 하는데, 이름을 거론한 인물이 모두 11명이다. 나머지 18인의 시문의 출처는 어디일까? 동문환이 『조선시록』을 편찬하기 위해 조선 시문집을 수록한 과정을 보면, 아래 사실을 추론할 수 있다.

우선 『국조정아집』의 10명 중에 몇 명의 시인의 시 15수를 수록한 것이다. 『국조정아집』에 실린 조선 10명의 32수 시문도 대부분이 조선의 연행사절과 청대 문인이 창수한 시들이며, 오경지가 거론한 제4책의 내용의 성격과 일치한다.

그러나 『국조정아집』에 10명의 조선 시인의 시만 수록되어 있어, 나머지 8명은 동문환 개인이 수집한 19세기 조선인의 시문을 수록한 것일 가능성이 크다. 그가 조선 시문집을 평점하면서 선록한 기록을 보면 19세기 연경에 오던 조선 문인을 통해 많은 조선 시문집을 모았다. 앞에서 언급한 김영작의 경우, 그는 동문환이 『조선시록』을 편찬한 사실을 알고, 개인의 시문을 뽑아서 『존춘헌시초』를 편집하여 동문환에게 보냈다. 또 조선 역관 김석준을 비롯한 6인의 시선집인 『해객시초』도 거의 동시기에 동문환에게 보내졌다. 앞 도표에서 언급한 것처럼 동문환은 조선의 시문집을 대량으로 수집하고, 선록하였다. 도표에 있는 19세기 몇 명 조선인의 시문집과 수록된 시문의 수량을 보면, 이와 같은 방식으로 조선인의 시문을 수록한 것이 아닌가 한다.

또 동문환이 편찬한 『한객시존』[151]이 있는데, 이 책에는 조선 25명의 시문이 실려 있다. 여기서 실린 조선인의 시문은 거의 동문환과 직접 교유하는 과정에서 수창한 시문이나 시문집의 서문이다. 동문환이 편찬한 『조선시록』의 제4책과는 일부가 일치하기도 하지만 많은 차이가 있다고 봐야 한다. 예를 들어, 서상우가 중국 문인 예표잠, 방소동, 이우선을 감회하며 지었다는 시와 유치승이 허해추, 황상운, 왕고재, 동연초 등과 고염무의 사당에 참배하고 지었다는 시는 '한객시존'에 실려 있지 않다. 이로 미루어 보아 『조선시록』의 제4책은 『한객시존』보다 수록의 범위는 더 광범위했을 것이다.[152]

『조선시록』의 내용을 보면, 동문환은 앞 시기에 나온 『열조시집』이나 『명시종』을 참고하고 조선전기까지의 한시를 수록하였다. 다음으로 『국조정아집』의 시문 15수를 다시 선별하여 『조선시록』의 후반부에 편입시켰다. 또 자신이 교유한 조선 사신들의 시문이나 조선 문인들이 보내준 시문을 선별하여 덧붙여 『조선시록』을 편집했던 것이다.

상기에서 서술한 바와 같이 동문환이 세상을 떠나기까지 『조선시록』 4권본을 편찬한 사실을 알 수 있다. 또 민국 초까지 오경지의 형님이 초록한 필사본이 있었고, 개인도 이 필사본을 수장한 것으로 보아 『조선시록』 4권본이 이미 세상에 유통되었다고 본다.

동문환이 『조선시록』을 마무리하지 못하고, 일찍 세상을 떠났기 때문에 오경지는 "200년 동안 조선의 시인이 어찌 이 정도에 그치겠는가? 동군은 수집을 넓게 하지 못하였다."고 한탄하기도 하였다. 그러

---

151) 董文渙이 조선인의 시문을 모아 '韓客詩存'이라는 문집을 편찬하였는데, 당시 간행하지 못했다. 중국학자 李豫가 편집한 『韓客詩存』(중국: 書目文獻出版社, 1996)에 수록되어 있다.

152) 한영규, 「중국 시선집에 수록된 19세기 조선의 한시」, 『한국실학연구』 제16집, 한국실학학회, 2008, 271~272쪽.

나 동문환은 19세기에 가장 적극적으로 조선 시문을 수집하여 개인의 안목으로 조선인의 시문집을 편찬했던 인물이다. 이와 같은 편찬 작업은 한·중 문화교류사에 대단한 사건이라고 할 수 있다. 동문환이 조선시문을 수집하여 편찬한 과정을 통해 19세기 조선 서적이 중국으로 유입된 구체적인 모습을 엿볼 수 있다.

이와 같은 사례를 통해 중국에 유입된 조선의 서적을 추적하면, 한·중 한문학의 비교 연구에 필요한 자료를 보완할 수 있고, 향후 한·중 문화 비교 연구에 많은 도움이 될 것이다. 또한 동문환이 조선인과 교유하고 조선 시문을 수집한 과정을 통해 한·중 양국의 서적 유통과 한·중 지식인의 지식소통의 생생한 모습을 재확인할 수 있다.

2. 청대문인이 편찬한 조선 시문선집과 시화

1) 부보삼(符寶森)의 『국조정아집(國朝正雅集)』

(1) 『국조정아집』에 수록된 조선 한시

부보삼(符寶森, 1805~1854)의 자는 남초(南樵), 당호는 기심(寄心), 기구(寄鷗)이다. 강소성(江蘇省) 강도시(江都市) 사람이다. 함풍 6년(1856)에 과거 시험차 연경에 올라와 숭실(崇實)의 식객(食客)이 되어 도량(陶樑), 주기(朱琦), 섭명례(葉名澧), 왕증(王拯), 채수기(蔡壽祺), 동문환(董文渙) 등 당대의 명인들과 교유하였다. 저서로는 『기구관시고(寄鷗館詩稿)』, 『기심암시화(寄心盦詩話)』, 『국조정아집(國朝正雅集)』 등이 있다.

『국조정아집』은 청초부터 청나라 중엽까지의 시가를 선록한 시선집이다. 모두 100권이고, 건륭 1년(1736)에서 함풍 6년(1856)까지 120년 동안에 창작된 시가를 수록 대상으로 삼았으며, 편찬 당시 생존한 시인의 작품도 포함시켰다. 권1은 청 황실 제왕 출신의 시가이고, 권2~권99는 청대 문인과 기타 문인으로 구성되어 있다. 시인은 총 2천여 명이며, 시 수는 8천 여수이다. 권99에 조선문인 10명의 32수의 한시를 수록하였는데, 조선 한시가 19세기 중반에 중국에서 유통된 실태를 파악하는 데에 중요한 자료 가치가 있다.

　『국조정아집』의 서지사항에 대하여는 박현규의 「청 부보삼의 『국조정아집』에 수록된 조선시」[153]에서 이미 언급하였기 때문에, 본 연구에서는 『국조정아집』에 수록된 조선 한시의 편찬 경위와 특징, 조선 한시의 가치를 고찰한다.

　『국조정아집』 권99 '속국(屬國)'에 조선의 한시의 수록 상황을 도표로 정리하면 아래와 같다.

著者		詩題	個人著作 收錄與否	其他文獻 收錄與否	備考
①	朴齊家	豊田道中	四家詩	晚晴簃詩匯	
		三到金水亭	〃		
		九層洞同京山李丈漢鎭	〃	晚晴簃詩匯	
		白龍潭	〃	晚晴簃詩匯	
		次潞河見山東督撫何裕承船	〃		
		次李宜菴韻	〃	晚晴簃詩匯	

---

153) 박현규, 「청 符葆森의 『國朝正雅集』에 수록된 조선시」(『중국학보』 제15집, 한국중국학회, 2005)에서 符葆森이 편찬한 『國朝正雅集』의 서지 사항, 『國朝正雅集』에 조선 시인 작품의 수록 현황, 작품 감상과 평어 분석을 심도 있게 고찰하였다. 이 책에서 박현규의 연구 성과를 바탕으로 사료를 더 보충하여 조선 한시의 자료 수록 상황을 더 구체적으로 살펴보자고 한다.

②	李黃中	歲晏	甘山詩集	晚晴簃詩匯	
		渡錦江		晚晴簃詩匯	金澤榮 편찬『甘山詩集』미수록
		秋深	甘山詩集		
		遊寶蓋山深原寺	〃	晚晴簃詩匯	
		江閣次杜少陵韻	〃		
③	柳得恭	松泉雜詩 2수	歌商樓小稿	晚晴簃詩匯	泠齋集 미수록
④	洪敬謨	內圓通菴	冠巖詩選		
		三日浦	〃	晚晴簃詩匯	
		靈源菴	〃		
⑤	崔夢遠	與淸湖共賦	松崖詩艸	晚晴簃詩匯	崔亨遠의 誤記
⑥	李聂應	東郊晚眺	少閑居士集	晚晴簃詩匯	少閑齋詩鈔 (국립중앙도서관)
⑦	李尙迪	劍嘯樓飮餞留贈金僉使	恩誦堂集	(해)海客小傳	
		潞河雜懷 2수	〃		
		次栢靜濤正使淸川江韻	〃	晚晴簃詩匯	
		癸卯正月七日燕館得王子梅張仲遠書追賦一律示仲遠兼寄子梅	〃	晚晴簃詩匯	
		還發閭延留贈白瞿山趙絳雪	〃	晚晴簃詩匯	
		浿上雜詩	〃	晚晴簃詩匯	
⑧	李尙建	題程序伯畵山樓圖 2수		晚晴簃詩匯	
⑨	權敦仁	橫城道中	彝齋詩集	海客小傳 寄心盦詩話	
		蒙宥後訪山寺	〃		
		竹嶺	〃		
		訪山寺	〃	晚晴簃詩匯	
⑩	金正喜	寄題程序伯畵山樓圖	阮堂全集	晚晴簃詩匯	

(2) 『국조정아집』에 실린 조선 시문의 수록 경위

① 박제가(朴齊家, 1750~1805)

박제가의 자는 차수(次修), 재선(在先), 수기(修其)이며, 호는 초정(楚亭), 정유(貞蕤)이다. 본관은 밀양이다. 조선 후기의 대표적 실학자이다. 그는 소년 시절부터 시(詩), 서(書), 화(畵)에 뛰어나 박지원(朴趾源)을 비롯한 이덕무(李德楙), 유득공(柳得恭) 등 북학파 인물들과 교유하였다. 1776년 청나라에 가는 유득공의 숙부 유금(柳琴)이 이덕무, 유득공, 이서구, 박제가의 시를 선별하여 '사가시집(四家詩集)'이라는 『건연집(巾衍集)』을 내어 청대 학자 이조원(李調元), 반정균(潘庭筠)에게 부탁해서 시평(詩評)과 서문(序文)을 받음으로써, 청나라와 조선에서까지 문명을 떨쳤다. 1778년 사은사(謝恩使) 일행을 따라 청나라에 가서 이조원과 반정균 등의 청나라 학자들과 교유하였다. 1790년 5월 건륭제(乾隆帝)의 팔순절(八旬節)에 정사(正使) 황인점(黃仁點)을 따라 두 번째 연행 길에 오르고, 1801년에 사은사 윤행임(尹行恁)을 따라 이덕무와 함께 세 번째 연행 길에 올랐다. 그는 많은 저술을 남겼는데, 『북학의(北學議)』, 『정유집(貞蕤集)』 등이 있다.

『국조정아집』에 박제가의 한시 6수가 실렸는데, 「국조정아집채용서목」을 보면 『국조정아집』과 관련된 문헌으로 손성연154)의 『조선사가시』와 정조경155)의 『해객소전』이 있다. 손성연의 『조선사가시』는 현재

---

154) 孫星衍(1753~1818), 자는 淵如, 호는 伯淵이며 강소 常州 사람이다. 건륭 52년(1787)에 진사가 되어 한림원편수가 되었고, 훗날 관직으로 산동부정사, 산동조량도 등을 지냈다. 장서 수집과 고서 감별에도 일가견이 있었다. 저서로는 『問字堂文藁』, 『平津堂文藁』 등이 있다.

155) 程祖慶(?~1855)은 자가 稚蘅이다. 程庭鷺(1796~1858), 자는 序伯, 정조경은 그의 아들이며, 嘉定 사람이다. 함풍 4년(1854)에 國史館謄錄이 되었다. 편저로는 『吳

까지 실물을 확인하지 못하였다. 박현규는 "이 책자는 아마도 조선 유금이 영조 52년(1776)에 청조 문단에 소개한 후사가의 시선집인『한객 건연집』과 비슷한 형태의 서책이 아닌가 생각된다."156)고 하였다.

박제가는 손성연을 이미 알고 있었던 것으로 보이며, 박제가가 지은『연대재유록』에서 신유(1801) 오월에 북경에 도착, 다음 달 육일에 청의 대학자 기윤(紀昀)을 만나 당시 청의 학술과 문인에 대해 이야기를 나누었다. 그는 손성연과 그의 아들에 대해 기윤에게 물었다.

> "비부(比部) 손성연(孫星衍)은 경사(京師)에 있습니까?"라고 물었더니 기윤이 "연여(淵如, 손성연의 자)는 도원으로 전입되었는데, 현재는 거상(居喪)중에 있습니다."라고 답하였다.
>
> "그분은 박아하고 소전을 잘한다지요?"라고 다시 물었더니, "그분은 학문이나 문장이 다 단서가 있고, 산동에서 관리가 되었을 적에도 역시 청렴해서 이름이 났었다."고 말하였다.
>
> "내가 경술(庚戌, 1790)에 여기 왔을 때에 손중당(孫中堂)의 아들 중서사인(中書舍人) 손형(孫衡)의 성명이 굉장했었는데 아직도 경사에 거주하고 있습니까?"라고 물었더니, "그자는 나에게 잡혀 와서 이미 해직시켜 본적지로 돌려보냈다."고 말하였다.157)

박제가가 손성연과 그의 아들에 대해 관심을 갖고 있었던 이유는

郡金石目』등이 있다.

156) 박현규, 앞의 논문, 48쪽.

157) 朴齊家, 『燕臺再遊錄』, "問比部孫星衍在京? 答淵如外轉道員. 現在丁憂. 余曰, 聞其博雅, 善小篆. 曉嵐曰, 此公學問文章, 皆有端緒. 作官山東, 亦有淸名. 余曰, 庚戌年中來此時, 孫中堂之子中書舍人衡, 聲名籍甚, 尙在京師否? 答, 此物爲我捕得, 己解令回籍矣."

그가 1790년에 연경에 갔을 때에 이미 손성연과 그의 아들을 알게 되었기 때문이다. 그러나 손성연이 어떤 연유로 조선 '사가'의 시를 편찬하였는지, 또 손성연이 『건연집』을 보고 어떤 기준으로 시문을 선록한 것인지 알 길이 없다. 앞으로 중국에서 유통되었던 손성연이 편찬한 '사가시선'을 발굴해야 이와 같은 문제가 풀릴 것이다.

정조경이 『해객소전』을 편찬하였는데, 이 책도 조선인의 전기(傳記)와 시문을 수록한 것으로 보인다. 주목할 만한 점은 『해객소전』의 편찬자 정조경과 그의 부친 정정로(程庭鷺)는 모두 당시 연경에 온 조선 사신들과 빈번한 교유가 있었다는 것이다. 특히 정조경 부자는 김정희, 이상적과 친밀함을 보인다. 부보삼은 정정로 부자와 서로 친한 사이로 부보삼이 『국조정아집』을 편찬할 때 자연히 주변사람에게서 조선인의 문헌자료를 수집했을 것으로 보인다.

② 이황중(李黃中)

이황중의 자는 공일(公一), 여강(驪江) 사람이다. 그의 생애는 김택영(金澤榮)의 저술 『소호당문집(韶濩堂文集)』 권10에 실린 〈감산자전(甘山子傳)〉에 있다.

김택영이 〈감산자전〉에서 "그의 시가 일찍이 청나라에 유입되었는데, 『국조정아집』을 편찬한 자가 그의 시를 보고 많이 칭찬하였으며, 그의 시를 채록하였다.[158]"라는 말을 통해 이황중의 시문이 일찍이 청나라에서 유통된 것으로 짐작할 수 있다. 부보삼이 편찬한 『기심암

---

158) 金澤榮, 『韶濩堂文集』 권10 〈甘山子傳〉, "其詩嘗流入淸國, 有爲國朝正雅集者, 見而大賞, 採而刊之."

시화(寄心盦詩話)』에서 부보삼이 이황중의『감산시집(甘山詩集)』을 보았다고 한 것으로 미루어 보아,『국조정아집』에 실린 이황중의 시문이 당시 청에서 유통된『감산시집』에 채록된 것으로 보인다. 김택영(金澤榮)이 후에 이황중(李黃中)의『감산시집』을 중국 남통(南通)에서 간행하였는데, 이 시집에는『국조정아집』에 실린 시문이 수록되어 있지 않다.

또「감산자전」에서 "참판 김정희가 그를 만나 감탄하면서 '그는 우리나라 천 년 동안 가장 훌륭한 시인이다.[159]"라고 한 평가를 통해, 김정희도 이황중을 아는 사이였음을 알 수 있다.

③ 유득공(柳得恭, 1748~1807)

유득공의 자는 혜풍(惠風), 혜보(惠甫)이며, 호는 영재(泠齋), 영암(泠庵)이다. '사가'의 한 사람으로 벼슬은 규장각 검서, 풍천 부사에 이르렀다. 박지원의 문하생으로 실사구시의 한 방법으로 산업 진흥을 주장하였다. 저서로『영재서종(泠齋書種)』 등이 있다[160].『국조정아집』에 실린 유득공의 '소전(小傳)'에 "저서는『가상루소고(歌商樓小稿)』가 있다."라고 한 것으로 보아, 당시 청에서 유통한 그의 시집인『가상루소고』에서 시를 채록한 것으로 짐작된다.

④ 홍경모(洪敬謨, 1774~1851)

홍경모의 자는 경수(敬修), 호는 관암(冠巖)이다. 조선 후기의 문신

---

159) 앞 책, "參判金正喜見而嘆曰, 此吾邦千年絕響也."

160) 유득공과 그의 저술에 대한 연구는 김영진의「유득공의 생애와 교유, 年譜」(『대동한문학』 제27집, 대동한문학회, 2007)를 참고하기 바란다.

학자, 본관은 풍산(豐山)이다. 그는 홍양호(洪良浩)의 손자이며, 1830
년 사은부사로 1834년 진하사로 청나라에 다녀왔다. 북경에서 청나
라 학자 수방울(帥方蔚) 등과 교유를 하였다. 저서로『관암전서(冠巖全
書)』,『관암외사(冠巖外史)』,『관암유사(冠巖遊史)』 등이 있다.

　『국조정아집』에 수록된 홍경모의 소전 아래에는 "고려 사람인데 관
암시선이 있다(高麗人有冠巖詩選)."라는 주석으로 미루어 보아, 당시
청에서 홍경모의『관암시선』이 유통되고 있던 것으로 보이며,『국조
정아집』에 실린 홍경모의 한시도 이 시집에 채록한 것으로 짐작된다.

　⑤ 최몽원(崔夢遠)

　최몽원은 최형원(崔亨遠)의 오기이다.『국조정아집』에 기록된 최몽
원의 소전에 의하면, 최몽원이 자는 송애(松崖), 고려 전주(全州) 사람
이라고 한다. 저서로『송애시초(松崖詩草)』가 있다. 강위161)의『고환
당수초시고(古歡堂收艸詩稿)』권11에 실린 〈육교연음집(六橋聯吟集)〉에
서 "김소당162) 종사가 곧 청에 갈 것이다. 최송애가 소당의 홍약관에
서 송별 잔치를 베풀었는데, 운을 나누자 '幸'을 얻었다."라는 기록을
보면, 최형원이 김석준과 같은 시사(詩社) 동인임을 알 수 있다.

　김석준이 1869년에 개인의 〈회인시〉163)를 지었는데, 최형원을 대

---

161) 姜瑋(1820~1884), 자는 仲武, 堯章, 韋玉이며 호는 秋琴, 兹岎이다. 鄭元容과 金
　　正喜에게 시문을 배워 실학자며 개화사상가이다. 1873, 1874에 두 번 중국 연행을
　　하였다. 저서는『강위전집』등이 있다.

162) 金小棠(1831~1915), 호는 小棠, 이름은 奭準, 자는 姫保, 紅藥樓는 그의 당호이다.
　　그는 일찍이 李尚迪에게 시문을 배우며, 金正喜에게도 종학을 하였다. 일찍이 역
　　관 6동인의 시모음인『海客詩鈔』를 편찬하여 淸代 문인에게 호평을 받았다. 그는
　　중국에 드나들면서 청나라 학자와 교유를 많이 하였다.

상으로 쓴 시에는 최형원이 지은 〈여청호공부(與淸湖共賦)〉의 1, 2구
가 그대로 인용되기도 하였다. 김석준이 조선 후기 역관 이상적의 제
자이며, 김정희에게도 시문을 배웠다. 최송애는 직접 청에 간 기록이
보이지 않지만, 동인에 의해 개인의 시문이 청인에게 소개된 것으로
보인다. 『국조정아집』에 그의 한시 1수만 수록되어 있다.

⑥ 이정응(李晸應, 1815~1848)

이정응은 조선의 왕족이며 흥완군(興完君)으로 봉해졌다. 『국조정
아집』에도 "자는 겸백(謙伯), 호는 소한거사(少閑居士)이며 흥완군으로
봉했다. 저서로 『소한거사집(少閑居士集)』이 있다."라고 하였다. 이정
응의 시도 그의 『소한거사집』에 채록한 것으로 짐작된다.

⑦ 이상적(李尙迪, 1804~1865)

이상적의 자는 혜길(惠吉), 호는 우선(藕船), 역관 집안 출신이다. 그
는 청나라에 12번이나 다녀왔고, 그곳 문인들과 교유하여 명성을 얻
었으며, 개인 문집인 『은송당집(恩誦堂集)』을 중국에서 간행하였다.
『국조정아집』에 이상적의 시가 7수로 가장 많이 실려 있고, 이와
같은 시문이 『은송당집』에 모두 수록되어 있다. 이상적의 『은송당집』
이 청인에게 많은 영향을 미쳤을 것으로 보인다. 이상적은 직접 부보
삼과 교유한 적이 있었는지 확실한 자료는 밝혀지지 않았지만, 부보
삼의 친구인 동문환이나 섭명례(葉銘澧)와 교유를 하였으며, 부보삼이

---

163) 金奭準, 『紅藥樓懷人詩錄』 40, "崔松崖亨遠: 世遠文章常欲哭, 酒醒風雨易生愁.
　　　至今坎坷誰知己, 領略詩心一段秋."

이상적의 시문집을 얻었을 가능성이 크다고 할 수 있다. 부보삼은『국조정아집』에 실린 이상적의 '소전'에서 정조경의『해객소전』과 이상적이 청인 장요손(張曜孫) 등과 교유를 통해 엮은 시문집인『해린논세집(海隣論世集)』을 언급하였는데, 이 두 책에 실린 시문도 참조하였을 것이다.

⑧ 이상건(李尙健)

이상건의 자는 천행(天行)이며, 호는 이당(以堂)이다. 이상적의 아우로 이상적을 따라 1854년에 연경에 가서 청인들과 많은 교유를 하였다.『국조정아집』에 실린 시의 제목은 〈제정서백화산루도(題程序伯畵山樓圖)〉이다. 정서백(程序伯, 이름 정노(庭鷺), 1796~1858)은 가정(嘉定) 사람, 당시에 이름 난 시인이자 화가 수묵산수를 잘 그렸다. 그는 조선 문인의 문집인『해객소전』을 편찬한 정조경의 아버지이다. 정서백은 추사 김정희와 자주 교유를 하였는데, 김정희 문집인『완당전집』에 이상건의 시제목이 〈제정서백화산루도〉라는 같은 시가 수록되어 있다. 이상건이 정조경의 부친 정서백와 교유하고, 이상적 또한 정씨 부자와 교유한 것으로 보인다. 이상적과 밀접한 관계를 갖고 있는 김정희와의 교유를 통해, 김정희의 주변 인사들이 같은 그룹의 청인들과 교유한 것으로 파악할 수 있다.

⑨ 권돈인(權敦仁, 1793~1859)

권돈인의 자는 경희(景羲)이며, 호는 이재(彝齋), 우랑(又閬), 우염(又髥)이다. 그는 시, 서, 화에 모두 뛰어나다는 평을 받았고, 당시 시문의 대가로 추사 김정희와 가장 친한 사이로 알려져 있다. 권돈인이

1819년에 동지사의 서장관으로 청에 다녀왔으며, 헌종 2년(1835)에 진하겸사은사(進賀兼謝恩使)로 청나라에 가서 북경에서 청인들과 많은 교유와 척독 왕래를 하였다164). 또한 『안동권씨세보(安東權氏世譜)』(해돋이, 2004) 권 30의 내용에 의하면 권돈인은 『이재집(彝齋集)』(27권)을 남겼다고 한다. 현재까지 이 문집의 행방을 확인할 수 없다. 영남대 동빈문고에 『이재집(彝齋集)』 필사본 1책(한권짜리) 소장되어 있다. 이 책은 권돈인의 『이재집(彝齋集)』(27권)의 일부를 필사한 것인지, 아니면 또 다른 『이재집(彝齋集)』이 있는지 확실하지 않다. 권돈인의 〈橫城道中〉, 〈蒙宥後訪山寺〉, 〈竹嶺〉, 〈訪山寺〉는 동빈문고 소장 『이재집(彝齋集)』에는 수록되어 있지 않다.

『국조정아집』에 실린 권돈인의 '소전(小傳)'에 의하면, 정조경의 『해객소전』과 부보삼의 『기심암시화』에서 권돈인의 전기(傳記)와 시문이 수록되어 있다. 『국조정아집』에 실린 권돈인의 4수의 시가 모두 이 시집에서 채록된 것인지, 아니면 『해객소전』 등 기타 문집에서 채록된 것인지 알 수 없다.

⑩ 김정희(金正喜, 1786~1856)

김정희의 자는 원춘(元春), 호는 추사(秋史), 완당(阮堂)이다. 시문과 서화에 뛰어나 일찍이 조선에서 명문을 얻었다. 24세 때 아버지 김노경을 따라 청나라에 가서 당시 청의 대학자인 옹방강(翁方綱), 완원(阮元) 같은 거유들을 접하면서, 고증학과 금석학 등을 두루 통달하게 되

---

164) 권돈인이 청대 학자들과 왕래한 척독에 대한 연구는 졸고 「汪喜孫과 조선 문인의 왕래 척독에 대한 고찰」(『대동한문학』 제37집, 대동한문학회, 2012)을 참고하기 바란다.

었다.

『국조정아집』에 그의 시 〈제정서백화산루도(題程序伯畵山樓圖)〉 1수만 실려 있는데, 김정희 문집인『완당전집』에도 실려 있다. 이 시는 김정희가 정서백(이름 정노(庭鷺), 1796~1858)과 교유를 하면서 정서백의 그림인 '산루도(山樓圖)'에 붙인 제시이다. 이와 같은 시문을 통해 당시 조선 문인과 청인이 교유한 참모습을 엿볼 수 있다.

또『국조정아집』에 실린 조선의 시문은 동시대와 후기 청인이 조선 시문을 편찬하는 데 영향을 미쳤다. 청인 동문환이 1861년부터 조선 문인들과 교유한 계기로 조선의 시문을 모아『조선시록』(또는『한객시록』)을 편찬하였다. 그가 1877년 세상을 떠나기 전까지 지속적으로 조선 시문 편찬 작업을 했다. 동문환은 조선의 연행사신들과 만나 시문을 주고받았으며, 조선 문인과의 교유를『연초산방일기』에 상세히 기록하였다. 그는『조선시록』을 편찬하기 위해 조선 사신에게서 받은 조선 문집 35여 종의 시문을 선발했으며,『국조정아집』에서 15수를 뽑아『조선시록』에 수록하였다.[165] 20세기 초(1927년) 청인 서세창의 『만청이시회』권200의 조선 부분에는 조선 시인 54인, 시 108수가 수록되어 있는데, 이 중에 조선 시인 10명의 인물, 해제, 시 17수는 바로『국조정아집』에서 옮겨온 것이다.

---

165) 董文渙,『硯樵山房日記』, "同治四年三月十五日. 撿南樵所選正雅集海客詩錄, 存十五首, 擬補入韓客詩錄也."(董文渙,『韓客詩存』, 北京: 書目文獻出版社, 1996.) 334쪽.

2) 원조광(袁祖光)이 편찬한 『녹천향설이시화(綠天香雪簃詩話)』

원조광(1868~1930)의 원명은 담(蟫)이다. 자는 효촌(曉村), 또는 소칭(小偁)이며, 호는 구원(瞿園)이다. 강소(江蘇) 태호(太湖) 사람이다. 광서 29년(1903) 진사에 급제하였고, 이부주사(吏部主事) 등을 역임하였다. 그는 시문과 희곡(戲曲) 창작에 뛰어난 재주를 갖고 있었다. 시문집은『구원시초(瞿園詩草)』,『단목시(短木詩)』등이 있으며, 잡극(雜劇)으로『초유초(楚遊草)』등이 있다.

『녹천향설이시화』은 원조광이 광서 연간에 시문 활동한 문인들의 시문을 모아 편찬한 시화집으로 원조광이 광서 24년(1898)에 편집시작하여 선통 2년(1910)에 간행한 것으로 보인다. 이 시화집은 시인의 행적을 중심으로 많은 시문이 기록되어 있으며, 시문에 대한 품평은 아주 간략하게 기록되어 있다.

이 시화집의 단행본은 보이지 않고, 풍원인서국(豊源印書局)에서 간행하던『신풍각총서(晨風閣叢書)』갑집본(甲集本)에 수록되어 있다. 후에 대만문해출판사(臺灣文海出版社)에서 국학췌편본(國學萃編本)을 영인하여 간행하였다. 본 절에서는『신풍각총서』갑집본을 참고하였다. 이 시화집은 총8권으로『신풍각총서』갑집본의 제13책부터 25책까지 수록되어 있다. 현재 중국국가도서관의 보통고적실에 소장되어 있으며, 색서호(索書號)는 X/081.18/3436.1:1-:2이다.

『신풍각총서』의 편찬 과정은 이 책의 권일의 범례(凡例)에 나와 있다. "무신년(1908) 여름에 마익평(馬翼平) 진헌(振憲)이 음사(吟社)를 창립하여 동인들을 불러 시를 지었다.(戊申夏, 同年馬翼平振憲, 創吟社, 約同人賦詩)." 또 '본사에서 재직한 사람(本社職任員表)'에 '袁祖光(小偁),

孫雄(師鄭)’이 포함되어 있다고 한다. 상기의 사실을 미루어, 원조광은 ‘음사(吟社)’의 구성원이며, 『신풍각총서』의 편집자로 이 총서에 개인 이 편찬한 『녹천향설이시화』를 연재(連載)한 것임을 알 수 있다. 『녹천 향설이시화』의 권이(『신풍각총서』 갑집, 제12기) ‘外國詩人’조(條)에 당대 조선의 문장가 김택영(金澤榮)의 한시 13수가 수록되어 있다. 김택영의 시문 소전에서 아래와 같이 언급하였다.

> 외국의 유명한 시인은 면전(緬甸)의 이홍령(李鴻齡), 안남(安南)의 여순(黎洵), 진근(陳芹), 고려의 사신 박제가, 이우호(李于湖)166)의 시 문이 여러 사람의 시선집에 산재되어 있다. 무신(1908)에 이가정(李可 亭)이 고려인 김창강(金滄江)의 시문집 1권을 보여주었다. 김창강이 조 선의 삼품통정(三品通政)으로 위세의 허물을 벗어 버리고 남통주(南通 州)에 왔는데, 장건(張謇)에게 의탁해 살고 있었다. 그의 신세가 처량해 서인지 경물을 보고 슬픈 감정을 읊은 시문이 많았다. 그의 감도회인(感 悼懷人)에 관한 몇 수의 시문을 골라 아래와 같이 기록하였다.167)

원조광이 면전(緬甸)과 안남(安南)의 시인을 언급한 것으로 보아, 그 는 외국 시인에 대해 상당한 관심을 가지고 있었음을 알 수 있다. 또 조선의 박제가, 이우호의 시문도 여러 중국학자가 편찬한 시문집에

---

166) 당시 ‘于湖’라는 號나 字를 쓴 조선 사람이 없는 듯하다. 李德懋를 잘 못 인식한 것 같다.

167) 袁祖光, 『綠天香雪簃詩話』卷二, 『晨風閣叢書』甲集, 第12期, “外國詩人著名者, 緬甸之李鴻齡, 安南之黎洵·陳芹. 高麗則使臣朴齊家, 李于湖皆散見各家所編詩 選. 戊申, 李可亭靖國示余高麗遺臣金滄江澤榮詩一卷, 并言金以本國三品通政大 夫, 棄如委蛻, 來南通州, 倚張季直修撰謇以居. 身世蒼涼, 黍油哀感, 備見于詩. 紀 其感悼懷人諸作可與彼邦近十數年小史參讀. 詩錄于下.”

기록되었기 때문에, 자신이 편찬한 『녹천향설이시화』에 일부러 수록해 넣지 않았던 것 같았다. 그가 조선인 김택영의 시문을 접하게 된 상황과 김택영의 시문을 선택한 이유는 무신년(1908)에 이가정[168]이 원조광에게 김택영의 시문 1권을 보여주었고, 그의 시문에 감동을 받았기 때문이었다.

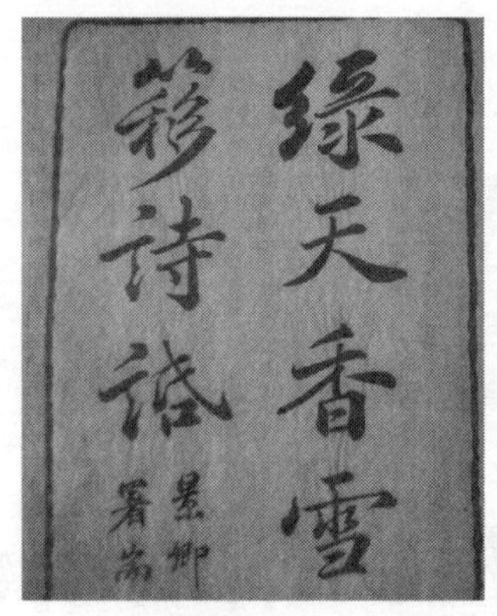

『녹천향설이시화』의 내표지

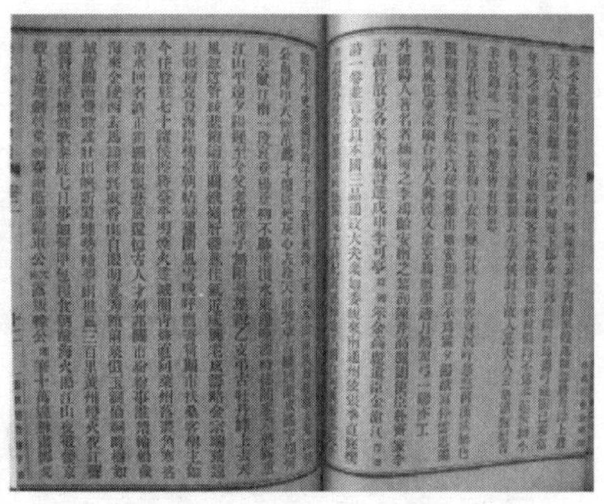

『녹천향설이시화』에 수록된 김택영의 시문

본 절에서는 이가정이 원조광에게 보여준 김택영의 한 권의 시문집은 어떤 것인가? 이 시문집은 1911년에 김택영이 간행한 『창강고』[169]와 같은 것인가? 이와 같은 문제의식을 갖고, 1911년에 간행한 김택영의 『창강고』와 비교해보았다. 비교한 결과를 도표로 정리하면 아래와 같다.

---

168) 李靖國(1887~1924), 원명은 國權이며, 자는 仲衡, 호는 可亭이다. 李蘊章(1829~1886)의 다섯째 아들이며, 伯父는 李鴻章이다. 그는 國學生으로 공부했으며, 江蘇 補用知府 등을 역임하였다.

169) 한국 연세대학교 고적실에 소장되어 있는 1911년 간행본을 참고한다.

作者	綠天香雪簃詩話	作品數	滄江稿	詩話評語	備考
金澤榮	感悼懷人諸作	8수	1. 乙巳稿(1905), 追感本國十月之事 2. 丁亥稿(1887), 平壤 3. 丙戌稿(1886), 柬安邊使君李二堂 4. 戊寅稿(1878), 大邱 5.6.7.8.乙亥稿(1875), 李韋史根洙將之平壤 見觀察使趙公 過余徵詩 遂賦長句十五首塞之 兼寄李寧齋學士 學士先有送韋史之作	(總評): 感悼懷人諸作, 可與彼邦近十數年小史參讀. (末評): 伊鬱悲涼. 亡國詩人, 頗與遺山爲近.	『滄江集』의 배열순서는 『소호당집』의 순서와 일치함.
	和日本米溪詠殘螢	1수	戊戌稿(1898): 代人和日本米溪詠殘螢	具此氣槪, 凌轢東人. 蛙枯猶怒, 蟲死不僵. 孤絃自鳴, 可哀也已.	
	落梅	1수	壬午稿(1882), 題朴石堂畫梅八首		
	紫霞朴淵瀑布	1수	丙子稿(1876), 和申紫霞參判朴淵瀑布三首		
	落葉	2수	庚寅稿(1890), 落葉四首	滄江集中, 絶句頗近宋人.	

『녹천향설이시화』에 "紀其感悼懷人諸作, 可與彼邦近十數年小史參讀. 詩錄于下."의 다음 부분에 바로 8수의 시문이 제목 없이 수록되어 있다. 이 8수의 시문은 1911년에 중국에서 간행한 『창강고』에는 각각 다른 제목으로 실려 있다. 첫 번째 시에는 '을사고(乙巳稿)'(1905)에 〈추감본국십월지사(追感本國十月之事)〉로, 두 번째 시는 '정해고(丁亥稿)'(1887)에 '평양(平壤)'으로, 세 번째 시는 '병술고(丙戌稿)'(1886)에 〈간안변사군이이당(柬安邊使君李二堂)〉으로, 네 번째 시는 '무인고(戊寅稿)'

(1878)에 〈대구(大邱)〉로, 나머지 네 수는 '을해고(乙亥稿)'(1875)에 〈李韋 史根洙將之平壤 見觀察使趙公 過余徵詩 遂賦長句十五首塞之 兼寄李 寧齋學士 學士先有送韋史之作〉의 제목으로 되어 있다. 여기서 주목할 것은『녹천향설이시화』에 원조광이 말하는 '感悼懷人諸作'은 상기 8수의 시 제목을 의미하는 것이 아니라, 다만 '감도회인(感悼懷人)'에 관한 시문'을 의미한다는 것이다.

『녹천향설이시화』에 다음 순서대로 수록된 〈화일본미계영잔형(和日本米溪詠殘螢)〉은『창강고』(무술고, 1898)에 〈대인화일본미계영잔형(代人和日本米溪詠殘螢)〉으로, 〈낙매(落梅)〉는『창강고』(임오고, 1882)에 〈제박석당화매팔수(題朴石堂畫梅八首)〉으로, 〈자하박연폭포(紫霞朴淵瀑布)〉는『창강고』(병자고, 1876)에 〈화신자하참판박연폭포삼수(和申紫霞參判朴淵瀑布三首)〉로, 〈낙엽(落葉)〉은『창강고』(경인고, 1890)에 〈낙엽사수(落葉四首)〉로 각기 다른 제목으로 되어 있다.

『녹천향설이시화』에 수록된 김택영의 시문 제목은『창강고』(1911)의 시문 제목과 다르게 되어 있으며, 일부 시문의 시구에도 차이가 있다.『녹천향설이시화』에 수록된 세 번째 시의 마지막 시구에 '寄言關市扶桑客'은『창강고』'병술고'(1886) 〈간안변사군이이당(柬安邊使君李二堂)〉에 '東洋賈客能聞否'로 되어 있고, 여덟 번째 시의 마지막 시구에 '過顔繁華萬事休'는『창강고』에 '耳目芳鮮幾日休'로 되어 있다.

또『녹천향설이시화』에 수록된 김택영의 시문의 창작 시기를 보면 제1수는 1905년에 창작한 것이고, 이어 1887년, 1886년, 1878년, 1875년, 1898년, 1882년, 1876년, 1890년에 창작한 것이다. 그 시기는 30년에 걸쳐 있는데, 그 배치 순서가 반대로 되어 있거나 섞여 있는 경우도 있다. 이는 원조광이 김택영의 시문을 창작 시기의 순서

기준으로 배치한 것이 아니라, 시문의 문체별로 배치했기 때문이다. 즉 칠언율시를 앞에 배치하고, 절구는 뒤에 배치하였으며, 절구 중에도 오언절구를 앞서 배치하고 칠언절구를 뒤에 배치하는 과정에서 이런 변모가 나타난 것이다.

상기에서 『녹천향설이시화』에 수록된 시문과 『창강고』에 수록된 시문의 차이점을 미루어보아, 무신년(1908)에 이가정이 원조광에게 준 '金滄江詩一卷'은 김택영의 또 다른 시문집으로 짐작할 수 있다. 이 '金滄江詩'에 1905년까지 창작한 시문을 실려 있어 이 시집은 1905년 후에 나온 것으로 보인다.

김택영은 일찍이 중국 문인들과 교유를 했으며, 중국으로 망명한 후에는 더 많은 교유를 하였다. 그의 시문은 많은 중국 문인에게 알려지게 되었다. 그런데 무신년(1908)에 이가정이 갖고 있었던 '金滄江詩'는 김택영 자신이 편찬한 것으로 보기는 어렵다. 만약 김택영이 자신이 이 시문집을 편찬하였다면, 개인이 창작한 시문의 시간 순서를 잘못 기재하거나, 일부 시문의 제목을 잘못 기재하지 않았을 것이다. '金滄江詩'는 이가정이나 다른 중국 문인들이 중국에서 유통했던 김택영의 시문을 베끼는 과정에서 비롯된 착오로 짐작한다.

원조광은 『녹천향설이시화』에 실린 김택영 시문의 문제점을 아예 언급하지 않았던 것으로 보아, 그는 김택영의 시문의 제목이나 시간 배치에 관련된 문제점을 인식하지 못한 것이다. 이와 같은 문제점은 같은 시기에 손웅(孫雄)이 편찬한 『도함동광사조시사(道咸同光四朝詩史)』에서도 살펴볼 수 있다.

3) 손웅(孫雄)이 편찬한 『도함동광사조시사(道咸同光四朝詩史)』

손웅은 강소(江蘇) 상숙(常熟) 사람으로 1894년 진사가 되었고 학부 주사를 지냈다. 시문에 뛰어났고, 고거학(考據學)에 치력했으며 저서로는 『사정당집(師鄭堂集)』, 『미운루시화(眉韻樓詩話)』 등이 있다.

『도함동광사조시사』에서 말하는 '사조(四朝)'는 도광(道光), 함풍(咸豊), 동치(同治), 광서(光緒)를 의미하는데, 대략 1821~1908년간의 시를 모은 것이다. 『도함동광사조시사』는 갑집(甲集)(권수 1~8권)과 을집(乙集)(8권)의 체재로 1911년에 간행되었다. 권수에는 선종(宣宗) 등의 어제시(御製詩)와 친왕(親王) 등의 시를 수록했으며, 권1~권8은 공자진(龔自珍), 증국번(曾國藩) 등 100여 인의 시를 뽑아 수록하였다. 이 시선집은 청대 말엽의 시문창작의 흐름을 잘 보여주는 시문집이며, 거의 100년 동안의 시문 자료를 보존했다는 점에서 자료로서의 가치가 매우 크다.

이 시선집의 갑집(甲集) 권8의 권말에 조선 김택영의 시가 수록되어 있다. 손웅은 김택영의 소전에서 아래와 같이 언급하였다.

김택영의 자는 창강이며, 조선 사람이다. 저서로 『창강시집』이 있다. 원조광은 『녹천향설이시화』에서 "이가정이 나에게 고려 유신 김창강의 시 한 책을 보여주었다. 창강은 조선에서 3품 통정대부를 지냈는데 허물 벗듯 버리고 남통주에 와서 장계직 전찬에게 의탁해 지낸다고 하였다. 창강의 신세가 처량하고 망한 나라를 그리워하여 슬픈 마음이 시문에 잔뜩 보인다. 그가 지은 '감도회인'에 관한 시문이 여러 편이 있는데, 그 나라 수십 년 간의 역사와 함께 읽을 만하다." 또 이렇게 말했다. "창강의 시문은 우울하고 서글퍼서 망국의 시인으로서 자못 원유산(元

遺山, 元好問, 1190~1257)의 품격에 가깝다고 하겠다." 또 "〈화일본미계
씨영잔형(和日本米溪氏詠殘螢)〉이라는 시가 있는데 그 기개가 일본인
을 짓밟을 만하다. 개구리는 쪼그라들어도 역시 분노하고, 벌레는 죽어
가면서도 쓰러지지 않는다. 마치 외로운 거문고 줄이 스스로 울리는
듯하니, 슬플 따름이다.170)"

손웅은 김택영의 '소전'에서 자신의 『도함동광사조시사』에 수록된
김택영의 시문의 출처를 말하였다. 바로 원조광의 『녹천향설이시화』
에 실린 김택영의 시문을 수용한 것이다.

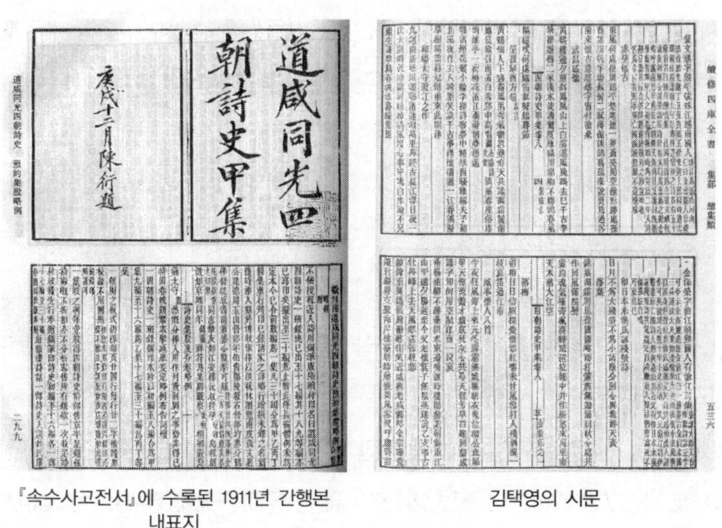

『속수사고전서』에 수록된 1911년 간행본   김택영의 시문
내표지

---

170) 孫雄, 『道咸同光四朝詩史』, "金澤榮, 字滄江, 朝鮮國人. 有滄江詩集. 袁祖光綠天
香雪簃詩話云, 李可亭示余高麗遺臣金滄江澤榮詩一册, 幷言金以本國三品通政大
夫, 棄如委蛻, 來南通州, 倚張季直殿撰以居. 身世蒼涼, 黍油哀感, 備見于詩. 其感
悼懷人諸作可與彼邦近十數年小史參讀. 又云滄江詩伊鬱悲涼. 亡國詩人, 頗與遺
山爲近. 又有和日本米溪詠殘螢詩, 其氣概, 足以凌轢東人. 蛙枯猶怒, 蟲死不僵.
孤絃自鳴, 可哀也已."

원조광이 편찬한『녹천향설이시화』는 광서 24년(1898)부터 편찬하기 시작하여 선통 2년(1910)에 간행한 것으로 보이는데, 손웅이 1911년에 바로『도함동광사조시사』를 간행하였다. 그는 어떤 경로로 이 시화집을 접촉하게 되었을까? 앞 절에서 언급한 바와 같이,『신풍각총서』의 권일 범례(凡例)에 의하면 '무신년(1908) 여름에 마익평 진헌이 음사(吟社)를 창립하여 동인들을 불러 시를 지었다(戊申夏, 同年馬翼平振憲, 創吟社, 約同人賦詩)'라고 되어 있고, 또 범례에 '본사에서 재직한 사람(本社職任員表)'에 '袁祖光(小俌), 孫雄(師鄭)' 등이 포함되어 있다. 이렇게 보면 원조광과 손웅이 모두 '음사'의 구성원이며, '신풍각총서'의 편집자였음을 알 수 있다. 이들은 동료 관계이며, 손웅이『신풍각총서』의 편집자로서 원조광이 편찬한『녹천향설이시화』를 연재하는 동시에 이 시화집을 보았을 것이다.

그러나 손웅이『녹천향설이시화』에서 원조광이 언급한 창강의 시문에 대한 문구와 시평(詩評) 일부를 이 소전(小傳)에 옮겨 넣었다. 그 중에 원조광이 말했던 창강의 시 '일권'을 손웅은 '일책'이라고 하였다. 아마 손웅이 '일권'의 시문을 '일책'으로 인식한 모양이었다. 또 원조광이 '感悼懷人'에 관한 시문평어 '滄江詩伊鬱悲涼. 亡國詩人, 頗與遺山爲近.'과 〈화일본미계영잔형시(和日本米溪詠殘螢詩)〉에 단 평어 "氣槪, 足以凌轢東人. 蛙枯猶怒, 蟲死不僵. 孤絃自鳴, 可哀也已."를 인용하여 소전(小傳)에 넣었다. 손웅이 원조광의 시화집에 실린 시문의 평어를 '소전'에 옮긴 것은 김택영이라는 인물과 그의 시문을 더 상세히 설명하려고 한 것으로 보인다.

손웅이 편찬한『도함동광사조시사』에 실린 김택영의 시문의 순서와 수량은『녹천향설이시화』와 다르게 되어 있다. 손웅이 편찬한 김택영의 시문은 도표로 정리하면 아래와 같다.

作者	題目	收錄 數量	滄江稿	備考
金澤榮	和日本米溪氏詠殘螢詩	1	戊戌稿(1898) 代人和日本米溪詠殘螢	
	落葉	2	庚寅稿(1890), 落葉四首	
	落梅	1	壬午稿(1882), 題朴石堂畫梅八首	
	感事懷人八首	8	1. 乙巳稿(1905), 追感本國十月之事	
			2. 丁亥稿(1887), 平壤	
			3. 丙戌稿(1886), 柬安邊使君李二堂	
			4. 戊寅稿(1878), 大邱	
			5.6.7.8.乙亥稿(1875), 李韋史根洙將之平壤, 見觀察使趙公, 過余徵詩, 遂賦長句十五首塞之, 兼寄李寧齋學士 學士先有送韋史之作	

『도함동광사조시사』에 수록된 김택영의 시문은 4제 12수로『녹천향설이시화』에 수록된 〈자하박연폭포(紫霞朴淵瀑布)〉를 제외시켰다. 또『녹천향설이시화』에 실린 '感事懷人'에 관한 시문은 제목이 없었는데, 손웅이 '感事懷人八首'라는 제목을 붙여 넣었다. 『도함동광사조시사』에 실린 김택영의 시문은『녹천향설이시화』에 실린 시문의 시구(詩句)와 일치하다. 다만 시문의 배열순서는 정반대로 되어 있다. 손웅이 왜 원조광이 편찬한 김택영의 시문 순서를 거꾸로 배치하였을까? 손웅이 배치한 김택영의 시문 순서를 보면, '五言絕句', '七言絕句', '七言律詩'로 되어 있다. 이와 같은 배열순서는 고대 문인들이 시문집을 편찬할 때 가장 많이 쓰던 배열 순서이다. 손웅은 원조광이 편찬한 김택영의 시문 배열 순서에 이의(異義)가 있어 자신이 의도적으로 다시 배열한 것으로 짐작할 수 있다.

『도함동광사조시사』에 실린 김택영의 시문과『녹천향설이시화』에 수록된 김택영의 시문의 수용 관계를 통해, 김택영의 시문이 청말에 중국에서 유통된 양상을 상세히 엿볼 수 있다. 중국인이 편찬한 이 두 가지 조선시문과 관련된 문헌을 통해, 당시 조선의 시문이 중국 문인 그룹 안에서 우선 유통된 것으로 볼 수 있다. 또한 손웅과 원조광이 김택영의 시문을 편집한 체재를 통해 조선시문이 중국에서 유전되는 과정에서 제목과 개별 시구의 변동이 일어났음을 알 수 있다. 다시 말해, 앞 시기에 중국에서 유통되었던 시문집의 시문들이 후기에 재수정되어 간행된 것이다. 이와 같은 상황에 따라 김택영 문집에 대한 교감과 비교 연구가 세밀히 진행해야 할 것이다.

손웅이 편찬한『도함동광사조시사』에 조선 김택영의 시문만 실려 있지만, 청대 문인들이 조선에 대해 쓴 시문도 있다. 유지개(游智開, 1816~1900)가 지은 〈쌍검행봉답조선국왕(雙劍行奉答朝鮮國王)〉, 주명반(朱銘盤, 1852~1893)이 지은 〈유별조선사대부(留別朝鮮士大夫)〉, 서세창(徐世昌, 1855~1939)이 지은 〈송별조선삼빙사병증최연농(送別朝鮮三聘使并贈崔研農)〉, 〈맹장지청초음……연농첨사(孟丈志靑招飮……研農僉事)〉 등이 그 대표적인 경우이다. 이 세 사람은 모두 조선 문인들과 많은 교유를 한 것으로 보인다. 유지개는 동치 11년(1872)부터 영평지부(永平知府)를 역임한 후 많은 조선 사신들과 교유관계를 맺었다. 그의 시문집『장원시초(藏園詩鈔)』에 조선 강해창(姜海蒼), 이귤산(李橘山), 변원규(卞元圭) 등의 수창시문이 수록되어 있다. 광서9년(1883)에 조선 역관 변원규는 유지개의 시문집『장원시초』를 얻어 조선에 가져가 서문을 지었으며, 광서12년(1886)에 조선에서 간행하였다[171]. 주명반은 중국 남통 사람으로 임오군란 때 조선에 왔던 인물이며, 조선의 역사와 문화, 풍습에

관한『조선기사(朝鮮紀事)』까지 편찬하였다. 그는 김택영과 직접 교유
하기도 하였다. 서세창은 중국 청말 정치, 문인이자 1918년에 대총통까
지 하였던 인물이었다. 그가 조선의 사신을 송별하며 지은 시를 주목할
만하다. 이 시에서 말하는 삼사(三使)는 바로 이건하, 이위, 심원익을
가리킨다. 최연농(崔研農)은 역관 최성학(崔性學)이다. 이 네 명의 조선
사람은 모두 19세기 후반기에 창립한 한·중 문인 시사(詩社)인 용희사(龍
喜社)를 다니던 사람들이었으며, 용희사에서 1893년에 엮은『심시집(尋
詩集)』에 그들의 시문이 수록되었다. 서세창이 지은 시문의 제목에서
말하는 '맹장지청(孟丈志靑)'도 용희사의 구성원이었다. 또는 서세창이
지은 상기의 시문을 보면『심시집』에 실린 조선 문인들이 지은 시문의
운각(韻脚)과 같다. 이를 미루어보아, 서세창이 자신도 용희사에 직접
참석하였고, 조선 문인들과 교유를 많이 하였던 인물이라고 판단된다.
서세창이 20세기 초에 청대의 시를 총결산하는 시가총집『만청이시회』
를 편찬하였다. 이 시선집의 맨 끝 권200은 '속국(屬國)' 편으로 조선
54인 95제 108수의 시가 수록되었다. 서세창은 조선 사신들과 직접
교유한 인물이고, 그가 스스로 편집자가 되었으므로, 이전 시기에 편찬
된 조선 시문 관련 문헌에 비해 조선 시문의 선발 기준도 달라졌으리라
예상한다.

4) 서세창(徐世昌)이 편찬한『만청이시회(晚晴簃詩匯)』

『만청이시회』는 만청(晚淸)시기의 정치문인 서세창이 동료 문인들

---

171) 이에 대해서는 졸고「조선 역관 6인의 시선집『海客詩鈔』에 대한 고찰 ――3종 필사
　　본을 중심으로」(『한문학보』제28집, 우리한문학회, 2013.6)에 자세하다.

과 함께 청대 문인의 시를 선별해서 편찬한 시문선집이다. 이 선집은 청대 문인의 방대한 양의 시가 수록되어 있어 청대 시가총집이라는 의미에서 『청시회』라고 불리기도 한다. 이 시문집은 모두 200권으로 청대 대표 시인 왕부지(王夫之), 고염무(顧炎武)로부터 민국 초기 엄복(嚴復)까지 총 6,159명 27,420수의 시가 실려 있다. 이 선집의 마지막 권은 '속국(屬國)' 편으로 조선, 안남, 월남, 유구의 작가 77명의 시가 실렸는데, 그 중 54명 95제 108수의 조선시문이 수록되어 있다. 1789년에 진하사의 정사(正使)로 청나라에 간 이성원(李性源, 1725~1790)의 시부터 한문학의 마지막 세대인 김택영(金澤榮, 1850~1927)의 시까지 수록되어 있다.

『만청이시회』에 수록된 조선시문은 『만청이시회』〈범례〉에서 "중국을 다녀간 적이 있거나, 중국 명인과 창수한 인물의 시를 뽑다.[172]" 라고 한 것에서 선발 기준을 알 수 있다. 또 이 선집의 편찬을 "시를 통해 시인을 선발하고, 시인을 통해 시를 수록하다."라는 기준과 목적을 보면, 이 선집이 역대에 나온 시문선집의 특성과 목적에서 다른 면이 있음을 짐작할 수 있다. 이런 점에서 이 선집에 수록된 조선시문의 문헌가치가 더욱 확실해진다. 즉 이 선집에서 뽑은 시인 모두가 직접 중국문인들과 교유를 통해 시선집에 수록된 문학작품이다. 『만청이시회』에 수록된 조선시문을 통해 조선 후기 조·청 문학 교류의 구체적인 모습과 조선과 청나라의 서적 유통의 구체적인 상황을 알 수 있다.

---

172) 徐世昌, 『晚晴簃詩匯凡例』, "茲編則以朝鮮·安南·越南·流球爲斷, 取其觀光上國曾與名人酬唱者."

　　그러나 그동안 학계에서는 이 시문선집에 수록된 개별 시인의 시문을 인용해서 참고자료로만 여겼을 뿐, 이 선집에 대한 심층적인 연구를 수행하지 못하였다. 최근 몇 년 간의 연구 성과를 보면, 이가행(李佳行)의 「『만청이시회』의 편찬 및 문헌가치에 대한 고찰」173)이 있다. 이 연구에서는 『만청이시회』의 편찬과정, 『청시별재집(淸詩別裁集)』과 『근대시초(近代詩鈔)』에 수록된 시문의 비교, 『만청이시회』에 수록된 청문인의 시화에 대해 고찰하였다. 그러나 이 연구에서 『만청이시회』에 수록된 청문인의 시문을 연구했을 뿐, 조선 시문에 대해서는 아예 언급하지 않았다.

　　『만청이시회』에 수록된 조선시문들을 한국학자들의 주목을 받았지만, 활발한 연구가 이루어지지 못하였다. 유성준은 『만청이시회』 소재 조선 후기 문인의 시」174)에서 처음으로 이 선집에 수록된 조선 시문의 내용을 소개하여 몇 명의 중요한 조선 문인과 청대 문인 창수 시문의 주제와 특징을 분석하였다. 한영규는 「중국 시선집에 수록된 19세기 조선의 한시」175)에서 『만청이시회』의 편제, 전대 선집에 수록된 조선 시문의 수용관계, 연행사절과 청대 문인 간의 창수시에 대해서 고찰하였다. 위 두 편의 소논문은 이 선집에 수록된 조선 시문에 기초 연구 작업을 하였다고 할 수 있다. 그러나 유성준의 논문에는 서세창이 편찬한 『만청이시회』에 수록된 조선 시문의 출처에 대한 언

---

173) 李佳行, 「『晚晴簃詩匯』的編纂及文獻價値初探」, 중국 북경대학교 석사논문, 2004.

174) 유성준, 「『晚晴簃詩匯』所載 조선후기 문인의 시」, 『한국한시와 당시의 비교』, 푸른사상, 2002.

175) 한영규, 「중국 시선집에 수록된 19세기 조선의 한시」, 『한국실학연구』 제16집, 한국실학학회, 2008.

급이 없고, 한영규의 논문에서는 조선시문의 출처에 대해 시도를 많이 하였지만, 인용 자료에 한계가 많아 『만청이시회』에 수록된 조선 시문의 수록 경위에 대해 구체적으로 분석하지 못하였다. 이와 같은 문제의식 하에, 본 절에서 『만청이시회』에 수록된 조선 시문의 편찬 경위, 이 선집을 통해 청인들이 조선 시문 편찬의 특성에 대해 분석하고자 한다. 이를 통해 『만청이시회』에 수록된 조선시문의 문헌가치를 밝혀, 향후 한·중 문학 교류 연구에 조선시문의 문헌적 가치를 높이고자 한다.

4-1) 『만청이시회』에 수록된 조선시문의 편찬 경위

(1) 『만청이시회』의 편찬과 서지사항

『만청이시회』 편집에 있어 주도적인 역할을 했던 만청문인은 서세창(徐世昌, 1855~1939)이다. 서세창의 자는 복오(卜五), 호는 국인(菊人), 동해(東海), 도재(弢齋)로 천진(天津) 출신이다. 광서 12년(1886)에 진사에 급제하여 한림원을 역임하고, 한림원편수(翰林院編修) 겸 국사관협수(國史館協修)를 이어 태학사(太學士)까지 이르렀다. 민국시기에는 원세개(袁世凱)의 북양군벌에 적극 협조하여 1914년에 원세개 임시정부의 국무경이 되었고, 1918년에는 총통으로 선출되었다. 정치적으로는 친일적이며 보수적 성향을 띠었다. 1922년 직봉대전(直奉大戰)이 시작했을 무렵에 조곤(曹錕)과 오패부(吳佩孚) 전권 분쟁 과정에서 물러나 천진에서 문화 활동을 했다. 그는 문사들을 모아 '서동해편서처(徐東海編書處)'를 세워 서적의 편찬과 출판에 몰두해서 『퇴경당정서(退耕堂政書)』, 『청유학안(淸儒學案)』 등 20여 종을 편찬하였다. 『만청이시회』

은 역시 그 중의 하나이다.

'만청이시회'의 뜻은 '만청이'의 시문을 모아 편집한 것이다. '만청이'는 서세창의 당호이다. 서세창이 총통을 직임한 1918년에 총통부에 위치한 '집영유서화청(集靈囿西花廳)'에서 '만청이시사(晩晴簃詩社)'를 세웠다. 주요 구성원은 왕식통[176], 임서[177], 번증상[178], 역순정[179], 엄수[180], 조형[181], 가소민[182] 등이다. 이들이 시사의 주요 구성원으로 주말마다 모여 시문창작, 문헌 정리, 편찬에 힘을 썼다. 민이창[183]이 쓴 〈기만청이시회(記晩晴簃詩匯)〉를 통해 알 수 있듯이 '만청이시사'를 세운 후 선집 편찬 작업을 시작하여, 서세창이 1922년에

---

176) 王式通(1863~1921), 자는 志盦, 호는 書衡, 浙江 紹興 사람이다. 광서 24년(1898) 진사에 급제, 書局纂修 등 역임. 민국 시기에 淸史館纂修 등 역임, 徐世昌을 따라 『청유학안』과 『晩晴簃詩匯』 등 편찬에 주도적인 역할을 했다.

177) 林紓(1852~1924), 초명은 群玉, 자는 琴南, 호는 畏盧이다. 福建 閩縣사람이다. 근대 문학가, 또한 번역가라고 한다. 그는 많은 양의 서양소설을 중국어로 번역하여 출판했다.

178) 樊增祥(1846~1931), 자는 嘉父, 호는 雲門, 樊山이다. 湖北 恩施 사람이다. 광서 3년(1877)에 진사 급제하여 陝西布政使 등 역임. 저서는 『雲門初集』 등이 있다.

179) 易順鼎(1858~1920), 자는 實甫, 또는 中碩이며 호는 眉伽·哭庵이다. 湖南 龍陽 사람. 광서원년(1875)에 진사 급제, 兩湖書院經史講席을 역임했다.

180) 嚴修(1860~1929), 자는 範孫. 천진사람이다. 미국과 일본에 가서 공부해서 1919년 9월 25일에 私立南開大學을 세웠다.

181) 趙衡(1865~928), 자는 閬仙. 河北 覇縣 사람이다. 국학의 大家이며 『敓異齋文集』이 있다.

182) 柯劭忞(1848~1933), 자는 鳳孫, 호는 蓼園. 광서 22년(1896)에 진사 급제, 翰林院 庶吉士, 한임원편수 등을 역임. 『新元史』 편집, 『淸史稿』 등 역사문헌 편찬에 적극 참여했다.

183) 閔爾昌(1872~1948), 자는 葆之, 호는 複翁, 雲海樓主. 江蘇 江都 사람이다. 청말에 원세개의 막부에서 일했으며, 민국시기에는 총통 비서로 일했다. 『碑傳集補』 60권을 편집했으며, 『晩晴簃詩匯』 편집에도 주역했다.

총통 자리에 물러난 때에 편집 작업이 잠깐 중단되었다가, 1923년 편찬 작업을 다시 시작, 1924년까지 민이창이 편집을 하고, 이어 왕식통이 편집했다. 이 선집은 민국 8년(1929)에 퇴경당[184]에서 판각하여 간행되었다.

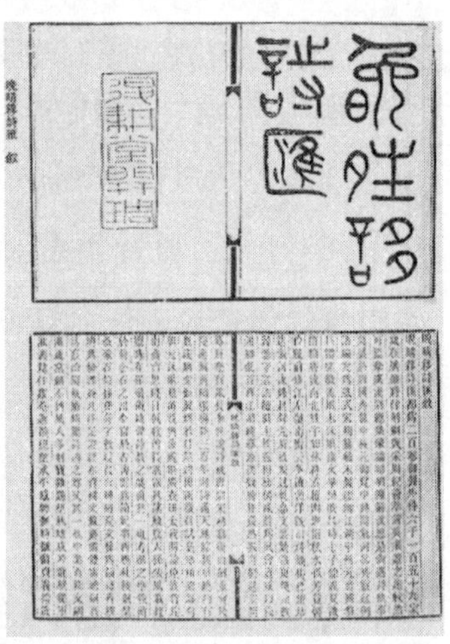

『만청이시회』 내표지(퇴경당 간행본)

『만청이시회』는 퇴경당에서 1929년과 1931년 두 차례 200권 80책으로 간행하였다.[185] 1931년에 간행본은 민이창의 〈기만청이시회〉서문이 추가했을 뿐, 다른 차이가 보이지 않는다. 이 책자는 현재 중국국가도서관 등에 소장되어 있다. 1929년의 판각 사항을 보면, 판란은 사주쌍란, 판곽은 12.3cm×9.8cm이며, 매 반엽의 행수는 12행, 자수는 22자, 소자 쌍행이다. 판구는 대흑구, 어미는 상하내향흑어미, 판심제는 '晚晴簃詩匯卷 ○○'이다. 서첨은 '晚晴簃詩匯'이다. 서수에는 서세창의 서문이 수록되어 있다. 서문은 '民國十八年十二月'(1929.12)에 서세창이 천진에서 작성하였다. 서문 다음에 이 책자의 〈범례〉, 〈총목〉이 있다. 다음에는 '御製', '遺民', '閨秀', '釋子', '屬國'으로 편제되어 있다. 황제 9명 249

---

184) 退耕堂은 徐世昌의 당호이며, 또는 晚清簃 라고 한다. 그래서 이 선집의 제목으로 쓴 것이다.

185) 퇴경당 간행본 외에 당대 학자들의 교간본과 영인본이 유통되어 있다. 1990년 中華書局 점교본, 1988년에 中國書店 영인본, 1988년 上海三聯書店 영인본, 1996년에 北京出版社 영인본이다.

수의 시문이 수록되어 있고, 다음에 작가 총 6,159명 27,420수의 시가
가 수록되어 있다. 작가 시문 앞에는 시인의 소전(小傳)이 있으며, 작
가의 명호, 본관, 행적, 저술 등과 작자와 관한 시화 평론도 수록되어
있다. 이 선집에는 청대 유명한 작가의 시문이 거의 다 수록되어 있다.
또한 보기 힘들었던 시문 작품과 이름이 나지 않은 시인의 시문도 수
록되어 있어 청대 문학사와 문화사 연구에 중요한 참고 자료가 된다.

특히 이 선집에 수록된 청대 문인들의 시화와 시문작품을 통해 청
나라 문인과 조선 문인들과의 문학교류 양상을 엿볼 수 있다.[186) 또
권200 속국(屬國)에 수록되어 있는 조선 문인들의 시문을 통해 조선
문인들과의 문화 교류 양상을 상세히 알 수 있는 중요한 자료가 있다.
『만청이시회』는 청대 문학사에 큰 영향을 미칠 뿐만 아니라, 조·청
문학교류사에도 중요한 문헌적 가치가 있다.

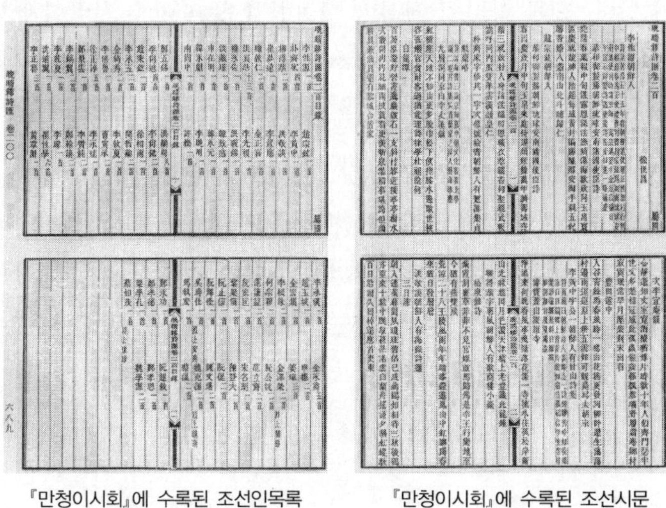

『만청이시회』에 수록된 조선인목록　　　『만청이시회』에 수록된 조선시문

---

186) 『晚晴簃詩匯』 권117에 수록된 陶澍의 시문, 권171에 수록된 宋延梁 등의 시문.

그러나 『만청이시회』는 편찬과 자료를 수집하는 데 한 사람으로 완성한 작업이 아니었기 때문에 시문 선택에 있어 결점을 면할 수 없다. 시인의 작품 선택과 편찬에 있어 혼란한 현상이 나올 수 있다. 다음으로 『만청이시회』 '속국' 부분에 수록된 조선 시문의 편제 경위를 살펴보고자 한다.

(2) 『만청이시회』에 수록된 조선시문의 내용과 편찬 경위

『만청이시회』 마지막 권200은 '속국'편으로 조선, 안남, 월남, 유구의 작가 77명의 시가 수록되어 있는데, 그 중에 54명 95제 108수의 시가 조선 문인의 시로 편제되어 있다. 편제 유형은 앞의 조선시인들과 동일하여 작가의 시문 앞에는 시인의 소전이 있는데, 대부분의 경우 작가의 명호, 본관, 행적, 저술 사행년도 등과 작자와 관한 시화 평론도 수록되어 있다. 일부 작가의 행적이 적혀있지 않고 아주 간략하게 명호와 본관만 적혀있는 경우도 있다. 수록된 작가는 1789년에 진하사의 정사로 청에 간 이성원(李性源, 1725~1790)으로 부터 한문학의 마지막 세대인 김택영(金澤榮, 1850~1927)의 시문까지 수록되어 있다.

이 선집은 시문 선발의 기준을 『명시종』[187]으로 삼았으며, 『감구집(感舊集)』과 『청시별재집(淸詩別裁集)』을 참고하였다.[188] 더구나 『명시종』의 '속국' 편에 조선과 일본의 시를 수록했던 편집 체계에서

---

187) 『明詩綜』은 淸代 학자인 주이존(朱彝尊, 1209~1709, 호는 竹垞)이 편찬한 明代 시문 선집이다. 明代 3천4백여 명 시인의 시문을 수록했으며, 속국편에 조선과 일본의 시문도 수록했다.

188) 『晩晴簃詩匯凡例』 "選詩義例本諸竹垞明詩綜, 參以漁洋感舊, 歸愚別裁, 不分同異, 薈萃衆長, 怡尙神思, 務屛僞體."

나아가 『만청이시회』에서는 조선, 안남, 월남, 유구로 세분하여 범위
를 넓혔다. 『명시종』에 수록된 작품이 청의 이전 시대의 작품이기 때
문에 '속국'편에 수록된 작품도 『만청이시회』 속국에 수록된 작품과
는 시대상 거리가 있다. 또한 『만청이시회』에 수록된 조선 시문은
『감구집』, 『청시별재집』과의 수용관계는 없는 듯하다. 그렇다면 『만
청이시회』에 수록된 조선시문의 수집과 편제가 어떻게 이루어졌는지
고찰할 필요가 있다.

　『만청이시회』〈범례〉에 의하면 이 선집의 수록 기준을 "중국을 다
녀간 적이 있거나 중국 명인과 창수한 인물의 시문을 뽑다.[189]"라 하
여 구체적으로 설정하였다. 이는 "시를 통해 시인을 선발을 하고, 시
인을 통해 시를 수록하다."[190]라는 선집 편집 기준과 일치한 것이다.
상기의 기준은 조선시문을 편찬하는 데 있어 시문 수집 방법이라 할
수 있다.

　『만청이시회』에 수록된 조선시문의 내용, 수록된 구체적인 경로는
어떤 것인지 아래의 [일람표]를 통해 구체적으로 살펴보기로 한다.

---

189) 徐世昌, 『晚晴簃詩匯凡例』, "玆編, 則以朝鮮·安南·越南·流球爲斷, 取其觀光上
　　國曾與名人酬唱者."

190) 徐世昌, 『晚晴簃詩匯凡例』, "自名大家外, 要因皆詩存人, 因人存詩二例并用, 而搜
　　逸闡幽."

[『만청이시회』에 수록된 조선시문 일람표]

番號	收錄人名	使行年度	作品數量	作品題目	詩文出處	備考
1	李性源	1790	1	恭和禦制賜朝鮮琉球安南諸國使臣詩	禦制詩, 개별 작품	乾隆55
2	趙宗鉉	1790	1	恭和禦制賜朝鮮琉球安南諸國使臣詩		
3	朴齊家	1790	4	九層洞同京山李丈漢鎭, 白龍潭, 次李宜庵韻, 豊田途中	『國朝正雅集』	
4	李黃中		1	游寶蓋山深泉寺		
5	柳得恭	1790	2	松泉雜詩		
6	洪敬謨	1830, 1834	1	三日浦		
7	崔夢遠		1	與淸湖共賦	『國朝正雅集』	崔亨遠의 오기
8	李㝡應	1844	1	東郊晩眺		
9	權敦仁	1819, 1836	2	訪山寺, 同鏡師作		
10	金正喜	1809	1	寄題程序伯畫山樓圖		
11	洪良浩	1782, 1794	13	岳州感古, 峽中卽事, 廿二日登金沙峯觀海, 望登來, 挂弓松, 登樂民樓, 入關雜詠, 寄謝翰林院修撰戴公衡亨, 望夫石歌在山海關外八里堡南, 發北巡向順安, 保和殿參宴見荷蘭貢使亦與斯乃前牒所無也詩以識之	耳溪散稿	
12	李光稷		1	和陳雲伯詠老松	개별 작품	
13	權永佐	1818	1	和印心老屋陶雲汀澍贈詩	조선 '梅社' 동인들과의 창화시	
14	洪羲錫	1818	1	和印心老屋陶雲汀澍贈詩		
15	洪羲瑾	1818	1	和琉璃廠遇陶雲汀有作		書狀官
16	韓致應	1818	1	和印心老屋陶雲汀澍贈詩		冬至使正使
17	申在明	1818	1	答陶雲汀內翰贈詩		冬至使副使
18	韓永元	1818	1	寄和印心石屋之作		
19	韓永獻		1	寄懷陶雲汀內翰		

20	李晩用		1	寄懷陶雲汀內翰		
21	南尙中	1825	1	寄懷陶雲汀內翰		南尙敎의 오기
22	許 櫟		1	寄和印心石屋之作		
23	鄭五錫	1818	1	留別雲汀		
24	洪顯周		8	題人扇頭墨梅雀, 到楊花津敬次伯氏, 鈔鑼潭泛舟, 拈放韻與石見, 呈石見邀和, 紅處, 金流洞	海居齋詩鈔	
25	李尙迪	1829~ 1864, 12차	4	次柏靜濤正使淸川江韻, 癸卯正月七日燕館得王子梅張仲遠書追賦一律示仲遠兼寄子梅, 還發閭延留贈白瞿山趙絳雪, 浿上雜詩	『國朝正雅集』	
26	李尙健	1854	2	題程序伯畫山樓圖		
27	趙秉鉉	1843	1	東林城呈靜濤天使	柏靜濤와의 수창시	
28	徐相雨	1877	1	桃花洞寄懷日下諸友		光緒13
29	李承五	1877	2	松筠庵卽席唱和		
30	閔哲勳	1878	2	光緒戊子正月廿九日偕黃鹿泉農部		
31	金綺秀	1879	2	梅花明月送春史, 步雲養方山厓唱酬韻	龍喜社 동인들과의 수창시	
32	李敦夏	1880	1	上徐壽蘅侍郎 樹銘		
33	李僖魯	1880	1	題江亭雅集圖		
34	曹寅承	1881	2	月波樓題壁, 間道述懷寄黃鹿泉燕京乙未秋		
35	徐正諄	1881	5	善竹橋, 遼野道中, 甯遠城祖大樂大壽勅建牌樓, 孤竹城謁夷齋廟, 沙河驛遙同趙幹山侍郎寄贈韻		
36	李永珪	1881	1	黃農部見訪賜詩病不能與依韻和答		
37	鄭景雲	1881	1	訪黃農部不遇有作		
38	李贊範	1881	2	黃農部見示詩和韻	龍喜社 동인들과의 수창시	
39	李鎬翼	1882	2	和黃農部尖叉韻		
40	鄭翰謨	1882	2	和黃農部尖叉韻		

41	李乾夏	1883	1	光緒癸巳春, 徐鞠人太史設飮, 黃農部賓主九人越十數日	『尋詩集』	
42	李 暐	1883	1	和仁崖中樞韻賦謝黃鹿泉農部	『尋詩集』	
43	沈遠翼	1883	1	和仁崖中樞韻賦謝黃鹿泉農部	『尋詩集』	
44	崔性學	1883	6	和仁崖中樞韻賦謝黃鹿泉農部, 叔鴻侍御見示癸巳元日八瓴齋瓴韻詩依韻答贈, 贈志靑侍御用前韻, 贈鞠人太史疊前韻, 留別龍喜社諸君疊前韻	『尋詩集』	
45	李正魯	1884	3	題獻館泳春集	龍喜社 동인과의 수창시	
46	黃章淵	1884	1	題獻館泳春集		
47	李承漢		1	贈楊惠畇大令疊原韻		
48	金永爵	1858	5	紀曉嵐紫石硯歌, 暮春幽蘭小集, 渡江, 雨夜與李友石, 南軒卽目	『存春軒詩選』, 『邵亭詩稿』	
49	趙玉坡		1	偕宋子材太守延樑游望湖亭	淸人과의 수창시	
50	申 櫶		2	申貞武公輓詞	개별 작품	申大將軍 詩集에 미수록.
51	金宏集		1	寄黃鹿泉	龍喜社 동인과의 수창시	
52	姜 瑋		3	金山寺和崔石樵齋恆上舍, 黃梅道中懷獨悟上人, 自日本東京	개인 시집	앞 2수는 古歡堂詩 에 수록됨.
53	李根洙		2	題姜慈屺瑋象	개별 작품	
54	金澤榮		2	追感, 周晉琦曾錦約游狼山以脚弱不能應	개인 시집	

상기에서 『만청이시회』에 수록된 조선 시문의 내용을 고찰하였다. 이 시선집에 수록된 조선 시문의 자료 출처는 아래에서 살펴보겠다.

① 『국조정아집』의 수용

부록 [일람표]에 수록된 조선인을 몇 분류로 나눌 수 있다. 우선 3번~10번, 25, 26번이 하나의 그룹으로 엮을 만하다. 10인의 작품 모두가 『국조정아집』에 수록되어 있다.

『국조정아집』은 청대문인 부보삼[191]에 의해 청대 중엽의 시가를 선록한 책이다. 이 책자의 편찬 작업은 도광 19년(1839)부터 시작하여 19년이라는 세월을 거쳐 함풍 7년(1857)에 간행되었다. 이 선집의 마지막 부분인 권99 '속국'편에 조선 문인 10인의 시 29제 32수가 수록되어 있다.[192] 그 중 10인 17수의 시가 『만청이시회』에도 수록되어 있다. 박현규는 "『만청이시회』에 수록된 이 10인의 조선시 17수가 바로 『국조정아집』에서 옮겨온 것이다."[193]라고 주장했으며, 한영규는 「중국 시선집에 수록된 19세기 조선의 한시」[194]에서 같은 입장을 밝힌 바 있다. 필자 역시 같은 입장으로 이상 두 편 논문에서 언급하지 않은 부분을 더 보충하여 『만청이시회』의 편제 경위를 더 구체적으로 살펴보고자 한다.

우선 『만청이시회』 앞부분에 수록된 이성원(호는 호은(湖隱), 1725~1790)과 조종현(趙宗鉉, 1731~1800)의 시문 배치 의도를 보자. 이성원과

---

191) 앞 4.2.1절에서 符葆森이 편찬한 『國朝正雅集』을 고찰한 바가 있다. 그의 자는 南樵, 당호는 寄心, 寄鷗이며, 江蘇 江都 사람이다. 함풍 6년(1856)에 과거 시험차 연경에 올라와 崇實의 식객이 되어 陶樑, 朱琦, 葉名澧, 王拯, 蔡壽祺, 董文煥 등 당대 명사들과 교유했다. 저서로는 『寄鷗館詩稿』, 『寄心盫詩話』 등이 있다.

192) 『國朝正雅集』에 관한 연구는 박현규 「청 符葆森의 『國朝正雅集』에 수록된 조선시」(『중국학보』 제51집, 한국중국학회, 2005)를 참조.

193) 박현규, 앞의 논문 참조.

194) 한영규, 앞의 논문 참조.

조종현은 건용 54년(1789)에 동지사은사 정부사로 함께 입경하여 그 이듬해인 건륭 55년(1790) 봄에 고종의 팔순 생일 연회에 참석하여 창화시 〈공화어제사조선유구안남제국사시(恭和御製賜朝鮮琉球安南諸國使詩)〉를 지었다. 이 두 사람의 어제시를 『만청이시회』 중 가장 앞에 둔 이유는 서세창이 『만청이시회』 〈범례〉에서 말했듯이 '어제시'를 우선하며, 전대 선집 편찬에 있어 조왕을 중시하는 유가의 정통사상을 계승하였다.

다음은 『국조정아집』에 수용된 인물을 한 그룹으로 수록하였다. 그중에 이상적과 이상건을 25, 26번으로 배치해놓았다. 이와 같은 배치 의도를 한영규는 아래와 같이 설명했다.

> 서세창이 부보삼보다 조선과 조선 시인에 대해 더 많은 정보를 가지고 있었다고 보여 진다. 이는 『국조정아집』의 시를 수용하면서 작가별 배치를 수정한테서 확인할 수 있다. 서세창이 보기에 이상적, 이상건을 권돈인, 김정희 앞에 둔 부보삼의 편제는 납득할 수 없는 것이었다.

앞에서 『국조정아집』의 8명을 인용한 데 이어, 홍양호(洪良浩, 11번)와 이광직(李光稷, 12번)의 시문이 수록되어 있다. 1794년에 연행한 홍양호(1724~1802)를 김정희(1786~1856) 뒤에 놓은 의도가 합리적으로 설명되지 않는다. 배열의 추이를 보아 서세창은 연행연도의 순서에 따라 배치하려 했던 것 같다. 18세기 말엽에 연행했던 사실을 중시하여 맨 앞에 놓으려 하면서 『국조정아집』에 수록된 인물들을 해체시키지 못한 채, 하나의 그룹으로 묶어 통째로 앞부분에 배치했다고 짐작한다. 195)

[일람표]를 통해『만청이시회』에 수록된 1번~12번의 작가와 작품만을 분석하자면 아래와 같다. 이들은 모두가 중국을 오갔던 북학파와 그 계통 인물이라는 공통적인 특징을 가지고 있다. 이들은 모두 18세기 말과 19세기 초·중반 중국에 오갔던 사람이다. 그들은 입연해서 청나라 문인들과 교유를 했으며, 개인의 시문이 청나라 문인에게 호평을 받았다.

박제가와 유득공은 함께 연행 가서 청대 문인들과 교유하면서 조선의 재학과 문필을 드높인 인물들이다. 그들이 청문인 기윤, 반정균, 옹방강, 완원 등과 시문 교류를 하면서 개인 문집인『한객건연집』,『이십일도회고시』,『가상루소고』등을 청대 문인에게 소개해주었다. 박제가의『정유고략』은 가경 6년(1801)에 오성란(吳省蘭)에 의해 간행되었다.

김정희는 약관에 연경에 와서 옹방강과 완원 등 청 명인들과 함께 학문을 토론하니 '해동통유(海東通儒)'라고 불렸다. 권돈인은 영의정에 올랐던 인물로서 김정희와 절친한 사이였다.『만청이시회』에 의하면 권돈인은 시화에서 김정희와 함께 '해동이로(海東二老)'라고 불렸다. 이상적은 1829년부터 연경을 오가면서 수많은 청문인과 교유하였다. 그의 문집인『은송당집』은 도광 27년(1847)에 연경에서 각판되었는데, 부보삼의『국조정아집』에는 이상적의 시 7수가 수록되어있다.『은송당집』에도 이 7수가 모두 수록되어 있다. 부보삼이 조선인의 시문을 선발했을 때는『은송당집』이 이미 많이 유통되어 있었던 것으로 여겨진다.『만청이시회』에 홍양호의 시 13수가 가장 많이 수

---

195) 한영규, 앞의 논문 참조.

록되어있다. 홍양호는 일찍이 입연해서 그의 시문이 기윤에게서 호평을 받았다.[196] 이광직이 지은 〈화진운백영로송(和陳雲伯詠老松)〉을 보면, 이광직도 입연해서 진운백[197]과 창화를 하였다. 이광직은 역시 완원과 그 주변 인물들과 많이 교유했을 것으로 짐작된다.

상기 『만청이시회』에 실린 작품이 조선 문인들은 연경에 오가면서 청인들과 교유했을 뿐만 아니라, 개인의 시문집까지 청인에게 소개해주었다. 청나라에서 유통되었던 조선 문인들의 시문집으로 인해 청대문인 부보삼은 『국조정아집』을 편찬했을 때 일부분을 수록하였다. 후에 서세창은 조선인의 시문을 수집하던 도중에 다른 조선시문을 다시 보게 되어 일부분을 수용하였다.

② 도주(陶澍)와 조선 매사(梅社) 구성원들의 창수시 수용

[일람표]에 수록되어 있는 13번~23번의 시문 제목을 보면 이 시들은 청나라 도운정(陶雲汀)과 함께 창화한 시문임을 알 수 있다. 도주(1778~1839)는 자가 자림(子霖), 호는 운정(雲汀)으로 호남 안화출신이다. 가경 7년(1802)에 진사에 급제하여 한림원 서길사와 편수관 등을 지냈다. 도광연간에 안휘와 강소의 순무를 역임했으며, 그 뒤 태자소보와 양강총독에 이르렀다. 도주는 도연명(陶淵明)의 59대 손으로 『도연명집』의 여러 이본을 교감하여 『도연명선생집』 10권을 간행한 것

---

196) 紀昀이 『紀文達公玲集, 日溪詩集序』에서 홍양호의 시를 "近體有中唐遺響, 五言吐詞天拔秀消. 七言古體縱橫似東坡, 而平易近人足資勸戒. 無才人之妍媚之態, 又民生國計念念不忘, 亦無名士放誕風流之氣."라고 호평하였다.

197) 陳雲伯(생졸년 미상), 원명은 文傑, 호는 雲伯이다. 從兄 陳鴻壽(1768~1822, 자는 子恭, 호는 曼生)와 함께 완원의 문인으로 문명이 있어 '二陳'이라 불렸다.

으로 유명하다. 개인의 당호를 '의도시옥(擬陶詩屋)'으로 짓기도 하였다. 청 선종(1821~1850 재위)이 '인심석옥(印心石屋)'이라는 당호를 하사한 적이 있어 개인문집을 『인심석옥문집』으로 간행하였다.

『만청이시회』에 실린 조선인들과의 창수시를 통해 도주가 그들과 가경 23년(1818)에 사귀게 된 것으로 보인다. 동지사겸사은사의 서장관이었던 홍희근(洪羲瑾)과 권영좌(權永佐) 수행원 일행은 북경 유리창에서 도주를 만나 시문의 지기(知己)가 되었다.[198] 『만청이시회』에 수록된 권영좌, 홍희석의 〈화인심노옥도운정주증시(和印心老屋陶雲汀澍贈詩)〉, 홍희근의 〈화유리창우도운정유작(和琉璃廠遇陶雲汀有作)〉와 한치응(韓致應)의 〈화인심노옥도운정주증시(和印心老屋陶雲汀澍贈詩)〉은 모두 '樺', '華', '茶', '家'의 운자, 칠율로 지은 시문이며, 연경에서 도주와 교유하면서 창화한 것이다. 또 정오석(鄭五錫)이 지은 〈유별운정(留別雲汀)〉은 사행 일행이 연경에 떠나기 전에 도주에게 지은 이별시문이다. 중국학자 팽국동(彭國棟)의 『중한시사(中韓詩史)』 권이(卷二) 다음과 같은 문장을 볼 수 있다.

그 당시에 조선시인 중에 도주와 어울리는 자가 몇 명이 더 있었으니 권희근, 신명재, 정오석 등이었고, 대개 이미 도주와 면식이 있던 것이다. 한치응, 한영원, 한영헌, 이만용, 남상중, 허력 등은 만나지 않았다. 그들은 일찍이 중국에 간 적은 없지만 단지 창화의 작품이 있다.[199]

---

198) 『晩晴簃詩匯』 권영작의 시화에서 "晶山與洪駱皐以嘉慶戊寅奉使入都, 時陶文毅方在詞官, 相遇於琉璃廠, 遂與訂交, 互相酬唱."

199) 彭國棟, 『中韓詩史』 卷二, "當時朝鮮詩人與文毅公和者, 尙有數人. 如洪羲瑾·申明在·鄭五錫, 蓋曾與文毅覿面. 如韓致應·韓永元·韓永獻·李晩用·南尙中·許櫟, 則未嘗來中國, 僅爲寄和之作.", 유성준 앞의 논문, 212쪽.

〈기화인심석옥지작(寄和印心石屋之作)〉과 〈기회도운정내한(寄懷陶雲汀內翰)〉을 지은 한치응, 한영원, 한영헌, 이만용, 남상중, 허력 6명은 연경에 가지 못한 사람들이다. 이 6명의 조선 문인들이 도주와 교유 관계를 맺었던 계기는 이들이 모두 매사(梅社)의 구성원으로 연경에 갔던 권영좌 일행을 통해 도주를 알았을 것이다. 남상교(南尙敎)의 『우촌집(雨村集)』 〈증주국인(贈周菊人)〉注에서 "나는 조선의 문사 10명과 '매사(梅社)'를 결성했다. 저번에 『매사시』 1권을 가지고 중국에 갔다.[200]"라고 밝혔다. 도주의 『도문의공전집(陶文毅公全集)』 권55 〈소한집인심석옥이낭호필분증동인(消寒集印心石屋以狼毫筆分贈同人)〉에서 "조선에 지난날 매화사(梅花社)가 있어 시를 지은 이가 10여 명이었다. 시축 하나를 부쳐왔는데, 모두 나의 '印心詩'에 운자를 수창한 것이다. 그리고 그 인장을 찍었는데 '의도시옥(擬陶詩屋)'이라고 되어 있었다.[201]"라고 하였다. 이로 미루어보아 이상 10명의 조선 문인들은 모두 '매사'의 구성원으로 짐작한다. 1818년 권영좌 일행의 연행을 기점으로 도주와 문학 교유가 활발해졌으며, 남상교 등 국내에 있는 매사 동인들과의 적극적인 교유가 이어졌던 것이다.

도주가 '매사'의 동인들과 창화한 시문을 모아 『담영전후록(談瀛前後錄)』를 편찬하였다. 이 문집은 아직 확인이 안 되었지만, 도주가 지은 〈담영후록서(談瀛後錄序)〉를 통해 조선에서 보내온 시문을 받아보

---

200) 南尙敎, 『雨村集』, 연세대학교 소장본. 계명대학교 소장본이 있다. 남상교의 생애와 『雨村集』의 내용에 대해서는 『계명대학교 동산도서관 소장 선본 고서 해제집』 1(계명대학교 한국학연구원 편, 계명대학교출판부, 2008)에 상세하다.

201) 陶澍, 『陶文毅公全集』 卷55 「消寒集印心石屋以狼毫筆分贈同人」, "僕與東方文士十人, 結'梅社', 贈與 『梅社詩』一卷入中國."

고, 조선 문인들에 대해 논평을 하였던 편찬 과정을 알 수 있다.[202] 『만청이시회』에 수록되어 있는 조선시문이 바로 『담영전후록』에서 수용한 것인지, 아니면 도주가 수록된 조선인 시문의 산고(散稿)에서 선발한 것인지는 분명치 않다. 도주와 서세창이 모두 한림원에 근무 했으므로 '사관(詞館)'에 소장되어 있던 조선 시문 자료를 잘 활용할 수 있었을 것이다.

당시 도주는 조선 문인들과의 문학 교유가 청대 문인에게 주목을 많이 받았음을 짐작할 수 있다. 도주가 지은 〈고려해도인기소조구시(高麗海道人寄小照求詩)〉에 '매사'의 시인들이 '의도(擬陶)'를 좋아하여 새로 지은 시문이 이미 문집에 수록되었다네."[203]라고 하였다. 또 이 시의 소주(小注)에서 아래와 같이 설명하였다.

> 내 벗인 주란파(朱蘭坡)가 국조 여러 명가의 고문 백여 권을 편찬했 는데, 해내의 작가를 거의 다 완비했다. 내 서당에서 한치응, 권영좌, 정덕화 등 여러 사람의 글을 보고 몇 편을 뽑아 동국의 문헌을 준비하려 고 했다.[204]

주란파의 원명은 주천(朱琇, 1769~1850), 자는 옥존(玉存)이며, 호는 난파(蘭坡), 난우(蘭友)이다. 안휘성(安徽省) 경현(涇縣) 사람이며, 가경

---

202) 陶澍, 〈談瀛後紀序〉, 〈印心石屋序〉.

203) 陶澍, 『陶文毅公全集』 卷63 〈高麗海道人寄小照求詩〉, "梅社詩人愛擬陶, 新文今 已入傳鈔."

204) 陶澍, 『陶文毅公全集』 卷63 〈高麗海道人寄小照求詩〉注, "余友朱蘭坡, 選國朝各 家古文, 凡百餘卷. 海內作者略備. 傾從余齋中, 見韓致應·權永佐·鄭德和諸君文 數篇, 遂採入以備東國文獻."

연간에 진사에 급제하였다. 청대 저명한 장서가이며, '선남시사(宣南詩社)'의 구성원으로 도주와 아주 절친한 사이다. 도주가 말한 주란파가 편찬한 '국조각가고문범백여권(國朝各家古文凡百餘卷)'은『국조고문휘초(國朝古文彙鈔)』[205]이라 짐작한다. 필자가『국조고문휘초』를 고찰한 결과 이 문집에 조선의 시문이 수록되어 있지 않다. 도주가 말한 것과 같이 주란파가 편찬한 이 문집은 '고문(古文)'을 모은 것이지 '시'를 수록하지는 않았던 것으로 짐작한다.

이상의 사실을 통해 도주가 1818년부터 조선 사행원과 문학 교류를 시작하여, 그 뒤 수년간 조선 한영원, 남상교 등 조선 매사(梅社) 동인들과 적극적으로 교유를 이어나갔음을 알 수 있다. 도주와 조선 문인들과의 문화 교류는 19세기 전반기 한·중 양국 문인 교유에 핵심적인 채널 중 하나였다.『만청이시회』와 도주의 개인 시문집에 실린 그들의 교유시를 통해 당시 한·중 양국 문인들의 소통한 모습을 생생하게 엿볼 수 있다. 또 한·중 양국 서책의 유통과 도주와 친구인 주천의 조선시문과 관련된 문헌을 편찬한 사실도 주목할 만하다. 앞으로 이와 관련된 자료의 폭넓은 발굴과 깊이 있는 연구가 요구된다.

---

205)『國朝古文彙鈔』는 初集 176권, 二集 100권으로 되어 있다. 현재 중국국가도서관 보통고문헌실에 소장되어 있다. 필자가 2011년 1월 중순에 주천이 편찬한 조선 시문 관련 문헌을 조사로『國朝古文彙鈔』初集 176권과 二集 100권을 확인하였다. 그러나 이 문집에 조선인의 시문이 수록되어 있지 않는다. 朱琦의 또 다른 조선 시문 관련 문헌을 편찬하였는지 의문을 갖고 재조사를 해봤는데 현재까지 이와 같은 문헌자료를 확인하지 못하였다.

③ 용희사(龍喜社)[206] 조선동인의 수창 시문 수용

1893년에 용희사 동인 25명을 모아 주연에서 시문을 수창하며 사도(社圖)를 그려 『심시집(尋詩集)』을 편찬하였다. 이 25명 중에 조선측 동인은 이건하(李乾夏), 심원익(沈遠翼), 이위(李暐), 최성학(崔性學)이다. 『심시집』에 수록되어 있는 이들의 시문은 『만청이시회』에도 그대로 수용되어 있다. 다만 『심시집』에 수록되어 있는 시문에 제목을 붙이지 않았으나, 『만청이시회』에는 제목과 시인 소전(小傳)을 붙여, 용희사 동인들의 문학 활동이 더욱 구체적으로 기록되어 있다. 『만청이시회』에 수록된 이건하의 시화에서 이와 같은 근거를 확인할 수 있다.

> 인애(仁崖, 李乾夏의 호) 중추(中樞)는 조선의 종실이다. 계사년(1893)에 편서 이위와 심원익이 정사로 연경에 왔는데, 첨사인 최성학도 따라 왔다. 나는 그때 사관으로 있었는데, 선화 황녹천 농부가 선화회관에서 용희사 모임을 만들었다. 조선 사신들을 초청해 연회를 베풀어 서로 시문 수창을 하였다. 그들의 수창 시문을 모아 『용희사 해동심시집』이라는 시문집을 편찬했다. 30년이 지났지만 그 때의 일이 어제 같기만 하다. 다시 그때의 시를 뽑노라니, 뜨거운 마음이 인다.[207]

이상 이건하의 시화에서 언급된 것과 같이, 서세창은 1886년 진사에 합격하여 서길사가 되어 한림원에서 일을 하였으며, 1893년에 용

---

206) 龍喜社의 설립 배경, 龍喜社의 동인들과 龍喜社 편찬한 『尋詩集』에 대해 제3장의 제3절을 참조.

207) 徐世昌, 『晚晴簃詩匯』 권200, 李乾夏 詩話, "仁崖中樞爲朝鮮宗室. 癸巳偕李盛齋判書暐·沈友松僕正遠翼, 奉使朝正. 崔研農僉事性學從行. 余時在詞館, 善化黃鹿泉農部, 就其縣邸, 設龍喜社. 邀使者宴集, 迭相唱和, 次爲 『龍喜社海東尋詩集』. 三十年來, 夢痕如昨, 重錄其詩, 感慨係之矣."

희사 동인들이 당시 연회 모임에 나온 사람의 시문을 모아 『용희사해동심시집』, 즉 『심시집』을 편찬하였다. 서세창이 『심시집』에 실린 조선측 동인 4명의 시문을 그대로 수용하였다.

『만청이시회』 편찬자인 서세창이 용희사의 구성원으로 조선측 동인들과 창수한 시문도 여러 편이 있었다.[208] [일람표]에 실린 28번~47번, 51번의 김홍집(金弘集)의 시문을 통해 알 수 있듯이 조선 문인의 시문이 모두 청나라측 용희사 동인들과의 창화시문이다. 창화시문의 시기는 마침 용희사 설립 시기(1877)부터 용희사 동인들의 문학활동이 끝난 시기(1894)와 일치한다. 서세창이 『만청이시회』을 편찬할 때는 그동안 모은 용희사 조선측 동인들의 시문을 그대로 활용했던 것으로 짐작할 수 있다.

서세창의 시문은 수창시문인 『심시집』에 실려 있지 않다. 그 이유는 1893년 용희사 조·청 시사 동인들을 모여 용희사도를 그렸을 때, 서세창이 그 자리에 나오지 못했기 때문이었다. 『만청이시회』에 실린 이건하의 시문 앞에 붙어 있는 서문[209]을 통해 서세창이 조선 문인들과 교유를 많이 하였고, 조선인들의 수창시문도 광범위하게 접촉했던 것으로 짐작할 수 있다. 서세창이 접했던 조선 문인들의 시문을 편리하게 『만청이시회』에 편입한 것으로 파악할 수 있다.

---

208) 『晩晴簃詩匯』에 실린 청문인의 시문과 조선 문인들의 시문을 통해 徐世昌이 1888년부터 조선동인들과 창수를 시작했으며, 1893까지 龍喜社 시문 창작활동에 적극적으로 참여했다.

209) 徐世昌, 『晩晴簃詩匯』 권200, 李乾夏 序文, "光緒癸巳春, 偕盛齋判書友松僕正曁硏農僉事, 奉使年貢. 徐菊人太史, 設飮於所居北江舊廬. 在坐顧通政, 孟徐兩侍御. 龍喜社主黃農部, 賓主九人, 越十數日. 農部集同志祖道, 竟日談宴, 賦謝錄別."

④ 개인 시문집이나 개별 작품의 채집

이상에서 논의한 바와 같이, 『만청이시회』에 수록되어 있는 조선 시문의 일부가 『국조정아집』의 시문, 도주와 조선 '매사' 구성원들의 시문, 조·청 용희사 동인들과의 창화시의 일부분에서 각각 수집되었다. [일람표]에 실린 나머지 조선 문인은 조병현(趙秉鉉, 27번), 김영작(金永爵, 48번), 조옥파(趙玉坡, 49번), 신헌(申櫶, 50번), 강위(姜瑋, 52번), 이근수(李根洙, 53번), 김택영(金澤榮, 54번) 등이다. 이들의 시문이 실리게 된 경위가 무엇일까?

『만청이시회』에 실린 조병현[210] 시문의 시화에는 "함풍 2년(1852)에 청나라 사신 백정도[211]가 조선에 왔는데, 조병현은 원접사(遠接使)의 신분으로 나왔다. 이때 이상적(李尙迪)이 차비관(差備官)의 신분으로 동반하여, 도중에 창화시를 지었는데, 후에 『벽름음관집(薜荔吟館集)』에 실렸다."고 되어 있다. 백준(柏筠)의 『벽름음관시초』[212]를 보면, 조병현의 〈동림성정정도천사(東林城呈靜濤天使)〉 1수와 앞에 실린 이상적의 〈차백정도정사청천강운(次栢靜濤正使淸川江韻)〉이 수록되어 있다. 이로 미루어 조병현의 시문은 백정도의 문집에 선발된 것으로 추측된다.

---

210) 趙秉鉉(1791~1849), 자는 景吉, 호는 羽堂, 成齋이다. 1822년(순조 22) 식년문과에 을과로 급제한 뒤 지평, 교리 등을 역임했다. 저서로 『성재집』이 있다.

211) 栢靜濤(생졸년미상), 원명은 葰, 松葰, 자는 靜濤이다. 蒙古旗人이다. 道光 丙戌(1826)년에 진사가 급제했으며 文淵閣 대학사로 역임했다. 저서로는 『薜荔吟館詩鈔』가 있다. 『晚晴簃詩匯』 권132 백정도의 시문이 수록되어 있다. 『淸稗類鈔』 '廉儉類'에 백정도의 傳記가 있다.

212) 栢葰의 『薜荔吟館詩鈔』는 현재 중국국가도서관 등에 소장되었다. 한국에는 연세대학교 고서실에 한권이 소장되어 있다. 『續修四庫全書』 1521에도 수록되어 있다.

48번 김영작(金永爵, 1802~1868)은 자는 덕수(德叟), 호는 소정(邵亭)이다. 1843년에 식년문과에 급제하였으며 예조참의, 성균관대사성 등을 역임했다. 철종 9년(1858)에 예조참판에 제수되고 사은겸동지사 부사의 신분으로 청나라에 갔다. 김영작은 젊은 시기에 벗인 홍양후(洪良厚)를 통해 청문인 이백형(李伯衡, 호는 우범(雨帆), ?~1859), 수방울(帥方蔚) 등과 시문 교류를 하였다. 1858년에 연경에 가서 역관 이상적을 통해 중국 문인 섭명례(葉名澧, 호는 윤신(潤臣), 1811~1859), 오곤전(吳昆田, 호는 가헌(稼軒), 1808~1882), 장병염(張丙炎, 자는 오교(午橋), 1826~1905) 등 당시 청나라의 명사들을 사귀었다.

동문환(1832~1877)[213]은 김영작과 교유했던 청대 문인들과 친한 사이었기 때문에 비록 김영작과 직접 만나지 못했지만 시문 창화를 통해 간접적인 교유관계를 맺었다. 훗날 1867년에 동문환이 조선인의 시문선집인『조선시록』을 편찬한다는 소식을 접하고 개인 문집『존춘헌시초(存春軒詩鈔)』를 엮어 동문환에게 보냈다.『존춘헌시초』는 1866년 겨울에 조선에서 필사하여 1867년 1월 중순에 연경(燕京)에 간 사신을 통해 동문환에게 전해졌다.[214] 김영작의 문집으로는『소정시고(邵亭詩稿)』1책과『소정문고(邵亭文稿)』2책이 있는데, 모두 그의 아들인 김홍집에 의하여 1891년에 간행된 것이다. 필사본인『존춘헌시

---

213) 董文煥과 조선 문인들의 교유는 김명호「董文煥의『한객시존』과 한중 문학교유」,『한국한문학연구』26, 2000), 졸고「『海客詩鈔』연구」(연세대학교 석사논문, 2005)를 참고.

214)『存春軒詩鈔』와『邵亭詩稿』는 현재 中國國家圖書館 普通古文獻室에 소장되어 있음.『存春軒詩鈔』가 중국에 유입된 배경과 과정은 졸고「朝鮮後期金永爵詩文集傳入中國硏究」(2008.11.15. 韓國忠州大學2008年學問後續世代學術大會 발표문)과「『存春軒詩鈔』傳入中國攷」(『한중인문학』, 2008.8) 참조.

초』와 간행본인『소정시고』는 모두 김영작의 시문집이지만, 수록 내용과 수량에 상당한 차이가 있다.

『만청이시회』에 수록된 김영작의 시문 중에 〈기효람자석연가(紀曉嵐紫石硯歌)〉, 〈도강(渡江)〉은『존춘헌시초』와『소정시고』에 모두 수록되어 있으며, 〈모춘유란소집(暮春幽蘭小集)〉, 〈우야여리우석조연암양시랑심신석박근령조하상삼승선조란서학사유읍청루(雨夜與李友石曹煙巖兩侍郞沈萓石朴瑾玲曹荷上三承宣趙蘭西學士游挹淸樓)〉는『소정시고』에 수록되어 있는 작품이고, 〈남헌즉목(南軒卽目)〉은『존춘헌시초』에 수록되어 있다.『만청이시회』에 수록된 김영작의 작품은『존춘헌시초』와『소정시고』에서 각각 선발된 것으로 짐작된다.

49번 조옥파(趙玉坡)의 〈해송자재태수연량유망호정(偕宋子材太守延樑游望湖亭)〉의 경우, 제목으로 보아 조옥파가 청나라에 와서 송자재(宋子材)[215]와 창화한 시문이다.『만청이시회』권171에 실린 송자재의 〈해조선공사조형봉유망호정형봉부시차운수지(偕朝鮮貢使趙荊峰游望湖亭荊峰賦詩次韻酬之)〉를 통해, 조옥파의 시문을 뽑히게 되는 과정을 추론할 수 있다. 즉 서세창은 청대 문인의 시나 시집 속에서 조선 문인과의 교유시를 보고 먼저 그것을 뽑은 다음, 거기에 첨부되어 있는 조선 문인의 원운(原韻), 원시(原詩) 등을 다시 골라내어 '속국'편에 배치했을 것으로 추론된다.[216] 송자재와 서세창은 같은 시기에 근무했던 것으로 보아, 이 시문이 서세창으로부터 접하게 된 것으로 보인다.

50번 신헌(申櫶, 자는 위당(威堂), 1810~1884)과 52번 강위(姜瑋, 자는

---

215) 宋梓(1880~1945), 자는 子材, 청 宣統 元年(1909)에 貢生으로 郵遞部에서 역임했다. 민국 2년(1913)부터 1923년까지 衆議員으로 徐世昌과 함께 일을 했다.

216) 한영규, 앞의 논문, 280쪽.

자기(慈屺), 1820~1884)는 모두 김정희 문하에서 수학했다. 53번 이근수(李根洙, 자는 동인(桐人))의 시문을 통해 보면 그는 강위의 제자로 보인다. 이들은 모두 개화파로 51번 김홍집(金弘集, 자는 도원(道園))과 교유관계를 맺었다. 1880년 조정에서 김홍집을 수신사로 일본에 파견할 때 강위는 서기(書記)로 수행하였다. 이 여행에서 일본과 중국의 개화파 인사로 조직한 흥아회(興亞會)에 참석해서 교유관계를 맺었다. 현재 밝혀낸 자료로 이들의 시문이 중국에 들어간 경위를 상세히 알 수 없지만, 흥아회에 참석한 김홍집이 용희사 맹주(盟主)인 황녹천(黃鹿泉)과 직접 창화한 시문으로 보아, 김홍집이 용희사 청나라 동인들과 직접 교유한 적이 있다는 사실을 알 수 있다. 신헌과 강위, 그리고 이근수도 용희사 문학 활동에 참여해서 그들의 시문이 서세창 손에 넘어간 것이 아닌가 한다. 또 이들의 시문은 연행 관련의 창수시가 아닌, 그들의 시문 대표작이 여러 편 선발되었는데, 이것은 편찬자 서세창의 개인 의도라는 점에서 매우 특이한 일이다.

　마지막 54번째로 김택영(金澤榮, 1850~1927)의 시가 실렸다. 한영규는 "김택영의 시문 중 〈추감(追感)〉은 『도함동광사조시사』에 실린 〈감사회인팔수(感事懷人八首)〉의 첫 수로 제목이 바뀌어, 서세창이 창강의 시집을 보고 2수를 직접 선별했을 가능성은 그다지 높지 않다."[217] 고 주장한다. 『만청이시회』에 실린 〈추감〉과 『도함동광사조시사』에 실린 〈감사회인팔수〉의 제목에 차이가 많을 뿐만 아니라, 〈추감〉시에 소주(小注)도 있다. 서세창이 『도함동광사조시사』를 참고했을 가능성이 있지만, 직접 인용한 것이 아닌 듯하다. 『도함동광사조시사』

---

217) 앞의 논문, 279쪽.

시화에서 "이가정이 나에게 고려 유신 김창강의 시 한 책을 보여주었다. 창강은 3품 통정대부로 있었는데 허물 벗듯 버리고 남통주에 와서 장계직(張季直) 전찬(殿撰)에게 의지해 지낸다고 말해 주었다.[218]"고 했다. 이 시화의 내용은 원조광의 『녹천향설이시화』를 인용해서 말한 것이다.[219] 손웅이 편찬한 『도함동광사조시사』에 실린 김택영의 시문은 바로 『녹천향설이시화』에 실린 김택영의 시문을 수용하였다. 『만청이시회』에 실린 〈주진기증금약유랑산이각약불능응(周晉琦曾錦約游狼山以脚弱不能應)〉이 있는데, 이 시문은 『녹천향설이시화』와 『도함동광사조시사』에 수록되어 있지 않다. 『만청이시회』 권182에 실린 주증금(周曾錦)의 〈김창강(택영)숭양기구집제사(金滄江(澤榮)嵩陽耆舊集題詞)〉를 통해 서세창이 주증금의 시를 선발하는 과정에서 그의 문집 등을 통해 김창강과 주증금이 교유하며 쓴 시를 보고 선발한 가능성이 높다고 여겨진다.[220] 〈추감〉도 같은 문집에서 선발한 것이 아닌가 한다.

상기에서 살핀 바와 같이 『만청이시회』에 실린 조선 시문의 수록 경위는 네 가지 내용으로 이루어졌다. 『국조정아집』에 실린 10명의 조선 문인 시문이 인용되었고, 조선 '매사'의 동인들과 도주의 창화시가 수용되었으며, 용희사 조선측 동인들의 시문도 수록되었다. 나머지는 청나라에 유입된 조선 문인의 문집, 청대 문인과 조선 문인들과 직접 창화하는 과정에서 보관된 조선 문인의 시문도 선발되었다.

---

218) 孫雄, 『道咸同光四朝詩史』, "李可亭示余高麗遺臣金滄江詩一冊, 並言金以本國三品通政大夫, 棄如委蛻, 來通州, 依張季直殿撰."

219) 『綠天香雪簃詩話』에 실린 金澤榮의 한시에 대해서는 앞 절 4.2.2 참고.

220) 한영규, 앞의 논문, 참조.

『만청이시회』에 실린 조선 문인의 시 108수는 북학파 후반기(1790) 부터 1920년대의 김택영(金澤榮)까지 약 140년간을 수록 범위로 설정 했다. 그 중에 1790~1859년, 1818~1819년, 1887~1894년의 문학 교류의 작품들이 수록되어 있어, 작품을 통해 조·청 두 나라 100년간 문학교류의 실제적인 모습을 상세히 알 수 있다. 특히 수록된 작자 중에 당시 조선에서 그다지 이름이 알려지지 않았던 시인의 작품도 수록되어 있는데, 이를 통해 조선 후기 조선 문인들의 문학 활동을 더 구체적으로 알 수 있다. 『만청이시회』에 수록된 조선시문이 조· 청 문학 교류 연구에 더 큰 의미와 가치를 지닌다고 할 수 있다.

V

청대문인 편찬 조선여성 한시문헌

　　명대는 조선시대 여성의 한시가 중국에 널리 보급된 특별한 시기이다. 임진왜란 당시에 지원군으로 간 명나라 사신들이 조선 문화에 관심을 갖게 되었고, 조선 문물과 한시들을 수집하면서 중국인이 조선인의 시선집을 편찬하고 간행하게 되었다. 그 중 가장 영향력이 컸던 시선집은 바로 오명제(吳明濟)가 편찬한『조선시선(朝鮮詩選)』이다. 오명제를 시작으로 명말의 중국에는 여러 종류 여성들의 시작품들이 유통되고, 전문적인 여성 시집이 편집 출판되어 다수의 여성 시인들이 배출되었다. 그리하여 그들 스스로 시를 창작하고 시집들을 유통시키게 되었다. 이러한 시대적 상황에서 여러 종류의 조선시선들이 출현[221]하게 되었고, 이들 시선집에 실린 조선 여성의 한시가 중국 문인들에게 소개되고, 또 주목을 받았다.

　　19세기에 들어와서 청대에 활동하던 여성 시인의 시문선집이나 시화에는 조선시대 여성 문인들의 한시가 편입되는데, 이러한 사실로 미루어 볼 때, 조선시대 여성의 한시에 대한 관심은 남성 문인들뿐

---

[221] 김성남,『許蘭雪軒시연구』, 소명출판, 2002, 33쪽.

아니라, 여성 문인들에까지 파급되었던 것으로 보인다. 여성들의 시선집에서는 조선 여성의 한시 작품을 편입하고, 나아가 작품에 대한 비평까지 시도하였다. 이는 조선의 여성 한시가 청대 문인들의 인정을 받은 것으로 해석할 수 있으며, 이렇게 한·중 양국의 여성 문학은 청말 민국 초기까지 지속적으로 교류 발전해왔다.

본 장에서는 19세기부터 20세기 초까지 청인이 편찬한 각종 여성 관련 시선집과 시화집(詩話集)에 수록된 조선 여성들의 한시작품을 통해, 조선 시대의 여성 한시집이 편찬된 경위를 살펴보고자 한다. 나아가 앞 시기에 편찬된 것과 비교하여, 당시 지식인들의 조선 시대의 여성 문인들의 한시에 대한 평가와 반응을 통해 그들의 작품이 중국 문단에 끼친 영향을 고찰하고자 한다. 이를 통해서 조선 시대의 여성 문인들의 한시가 중국에서 전파된 과정을 엿볼 수 있을 것이며, 향후 한·중 문학사의 여성 한시 비교 연구에도 많은 도움이 될 것이다.

중국 청대 문인이 편찬한 청인의 시문선집과 시화집에 대한 자료는 실로 방대하기 때문에, 여기서는 19세기에 들어 와서 편찬된 여성 시선집과 시화에 관한 문헌 자료만을 조사하였다. 중국 근대 학자가 편찬한 『청인시문총집목록(淸人詩文總集目錄)』[222], 『청대규수시화총간(淸代閨秀詩話叢刊)』[223]과 『하버드대학 명청부녀저작목록』[224], 『역대부녀저작고(歷代婦女著作攷)』[225] 등의 목록책과 해제집을 통해 조선의 여성한시 관련 문헌을 정리하였다. 이러한 기초 자료 조사 과정을 통

---

222) 柯愈春, 『淸人詩文總目提要』, 北京古籍出版社, 2001.
223) 王志英, 『淸代閨秀詩話總刊』, 南京鳳凰出版社, 2010.
224) http://digital.library.mcgill.ca/mingqing.
225) 胡文楷, 『歷代婦女著作攷』, 上海古籍出版社, 1985.

해 얻은 자료는 청대 중국에서 유통된 조선 여성 한시 관련 문헌 연구
의 기초 작업으로 향후 이 방향의 연구를 지속적으로 이어가는데 도
움이 될 것으로 기대된다.

1. 청대문인 편찬 시문선집(詩文選集)

1) 운주(惲珠)의 『국조규수정시집(國朝閨秀正始集)』

운주(1771~1833)는 중국 강소(江蘇) 양호(陽湖) 사람이다. 그는 총명
하고 예술적 재능이 뛰어나 10살 때부터 상당수의 시와 그림을 남겼
다. 시집 『홍향관시초(紅香館詩草)』와 그림 〈백화수권(百花手卷)〉, 〈김
어자수도(金魚紫綬圖)〉, 〈금회퇴도(錦灰堆圖)〉, 〈다희도(多喜圖)〉 등이
있으며, 10여 년에 걸친 기간 동안 시문을 모아 『국조규수정시집』,
『국조규수정시집속집』, 『난규보록(蘭閨寶錄)』을 편찬, 청대의 중요한
여성 문헌학자로 평가를 받고 있다.

『국조규수정시집』(이하 『정시집』으로 칭함)은 청대 초기부터 도광년
까지 200여 년간의 여성시가의 창작 수준을 잘 보여주는 시문 총집이
다. 운주는 "규방의 시작품은 전해지는 것이 드물어서(閨中傳作較鮮)"
[226]라는 의식을 가지고, 당시 중국에서 전해지고 있는 역대 명원(名
媛)의 시집을 초록하였다. 여성으로서 집안의 바쁜 가사에도 불구하
고 여성의 시문을 꾸준히 수집하였는데, 그는 개인의 힘으로 수집하
기에 역부족이라고 느껴서 아들 인경(麟慶)에게도 여성의 시집을 수집

---

226) 惲珠, 『國朝閨秀正始集』(弁言).

하기를 권하였고, 인경은 출사(出仕) 기간 동안에 어머니를 위해 여성의 시문을 찾아다녔다고 한다.[227] 10여 년의 수집과 정리를 통해 가경 병술(1826) 겨울까지 여성의 시 3,000여 수를 수집하였으며, 반년의 시간을 걸쳐 시문을 선별하여 수정하고 반수(半數)만을 남겼다. 이러한 작업은 운주의 서재(書齋)인 보매서옥(補梅書屋)에서 완성되어, 도광 11년(1831)에 변성용문재(汴省龍文齋)에서 간행되었으며, 함풍 11년(1861)에 북경에서 다시 간인(刊印)되었다. 이 책에서는 미국 하버드대학교 연경도서관에 소장되어 있는 도광 11년 간행본을 영인한 것을 참고하였다.

『정시집』에 수록된 조선인의 한시는 작자의 생년 순서로 배열되어 있으며, 한시의 서술방법은 해설, 제목, 원문, 주해의 형식이다.『국조규수정시집』의 권수(卷首)에 변언(弁言), 자서(自序), 반소심(潘素心)의 서, 황우금(黃友琴)의 서, 예언(例言), 목록이 있으며, 권말에는 석대경(石黛卿)의 후서(後序), 정맹매(程孟梅)의 발문이 있다. 정문(正文)에는 시문 20권, 시 1563수가 수록되어 있으며, 부록에는 시문 1권, 시 81수가 수록되어 있다. 또 보유(補遺)에는 시문 1권, 시 92수가 수록되어 있다. 이 시선집에 933명의 시인의 시 총 1,736수가 수록되어 있으며, 서말(書末)에 23명 여성 시인의 제사(題詞), 46수가 실려 있다. 이 시집의 부록에 조선의 여성으로 오인된 월산대군(月山大君) 정(婷),[228]

---

227) 麟慶, 『蓉湖草堂贈言錄』, 道光十六年(1836)刻本.

228) 婷, 月山大君(1454~1488)의 이름. 자는 子美, 호는 風月亭, 德宗의 長子, 成宗의 동생이다. 저서는 『風月亭集』이 있다. 月山大君의 이름 婷로 인해, 중국 명나라부터 여러 문헌의 해제에 모두 여성으로 인식되었다. 淸나라에 이르러 이와 같은 착오는 지속적으로 기재되었다.

이숙원(李淑媛),229) 해월(海月),230) 허경번(許景樊)231) 4명의 한시가
수록되었으며, 시인의 이름 아래에 해제 형식으로 시인의 생애를 수
록하고 평론을 하였다.

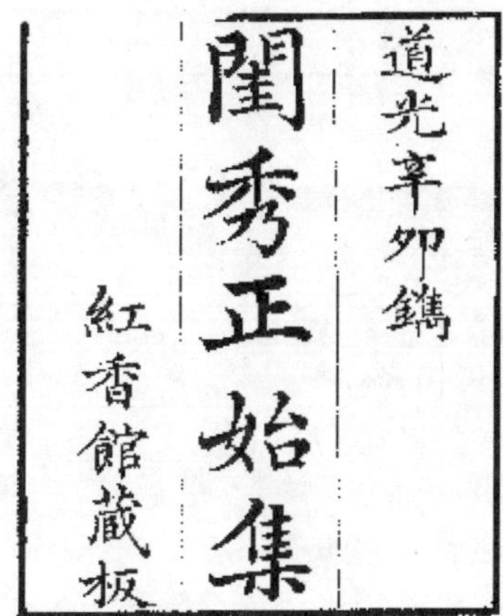
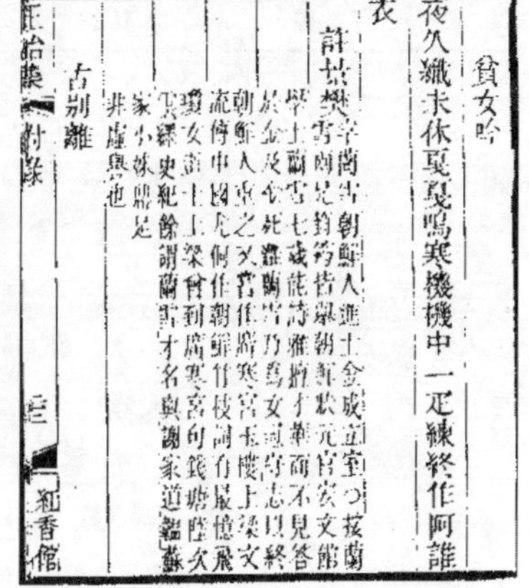

『국조규수정시집』 내표지(연경도서관 장)　　　　『국조규수정시집』에 수록된 조선여성 시문

---

229) 李淑媛, 자는 玉峰, 생몰 연대는 확실하지 않으나 16세기 후반기에 시인으로 활동
을 했다. 그는 옥천 군수 이봉의 서녀로 후에 趙瑗의 소실이 되었다.『지봉유설』에
는 妻라 했다. 그의 시 32수가 실린『옥봉집』은 조씨 가문의 문집인『嘉林世稿』에
부록되어 있다. 許筠은 李玉峯의 시가 "맑고 장엄하여 아녀자의 연약한 분위기가
없다"고 평했고, 이수광은 옥봉의 시 세 수를 소개하며 '아름답다'고 평했다. 이혜
순(외)『한국고전여성작가연구』(태학사, 1999.) 68쪽.

230) 海月, 俞汝舟(1480~?)의 처로 김수천의 딸인 임벽당 김씨,『임벽당집』이 있었다
하나 전하지 않는다.

231) 許景樊(1663~1589) 이름은 楚姬, 자는 景樊堂이다. 아버지는 화담 서경덕의 문하
에서 공부한 허엽이고 학문과 문장에 뛰어난 허성, 허봉, 허균이 그의 형제이다.
남편 김성립은 許蘭雪軒 생존시에 특별한 관직을 갖지 못했던 것으로 보인다. 許景
樊의 문집인『난설헌집』이 중국 명나라 주지번에 의해 중국에 건너가 간행되었고,
중국 明·淸 문인들이 편찬한 조선한시에 관련 문헌에 종종 수록되어 있다. 明代
중국문인이 편찬한 許景樊에 관한 한시 문헌에 대한 연구는 김성남의『許蘭雪軒시
연구』(소명출판, 2002)를 참조하기를 바란다.

　아래 도표로 정리한 한시는 『정시집』에 수록된 조선 여성의 한시이다. 앞 시기에 간행된 기타 중국 문헌의 소재(所載)와 조선 여성 한시의 상황을 비교하면 다음과 같다.

作者	正始集	其他中國文獻 收錄與否	備考
婷(1454~1488)	送春		風月亭集에 未收錄.
	古寺尋花	列朝詩集, 靜志居詩話, 明詩綜, 譯史紀餘	續東文選, 國朝詩刪에 '尋花古寺'로 되어 있음.
李淑媛, 號玉峰主人	斑竹怨	名媛詩歸, 名媛彙詩, 古今女史, 列朝詩集, 譯史紀餘	李達의 詩.
海月	貧女吟	名媛詩歸, 古今女史, 列朝詩集, 譯史紀餘	蘭雪軒의 詩임.
許景樊, 字蘭雪軒	古別離	名媛詩歸, 古今女史, 列朝詩集, 譯史紀餘	
	感遇	名媛詩歸, 列朝詩集, 譯史紀餘	
	湘絃曲	名媛詩歸, 古今女史, 列朝詩集, 譯史紀餘	
	次伯兄高原望高臺韻	名媛詩歸, 古今女史, 列朝詩集, 明詩綜	
	宮詞	名媛詩歸, 古今女史, 譯史紀餘	

　운주의 『정시집』에 수록된 조선 여성 한시 자료의 출처는 『정시집』의 '예언(例言)'에 의하면, 운주가 앞 시대에 편찬된 왕서초(王西樵)의 『연지집(然脂集)』, 진기년(陳其年)의 『부인집(婦人集)』, 호포일(胡抱一)의 『명원시초(名媛詩鈔)』, 왕심농(汪心農)의 『힐방집(擷芳集)』, 장경서(蔣涇西)의 『명원수성(名媛繡鍼)』, 허산구(許山矓)의 『조화집(雕華集)』, 여성 시인 왕옥영(王玉映)의 『명원시위(名媛詩緯)』(또는 『명원시위초편(名

媛詩緯初編)』이라고 한다.)를 참조하였다. 상기 시선집의 수록 기준을 보면 '재조(才調)'를 많이 강조했다고 볼 수 있다. 그 중에 40% 정도의 시문은 본인이 평소에 수집한 문헌자료에서 뽑은 것이다.[232] 『정시집』에 수록된 조선 시문의 분량은 방대하여, 작자 개인적으로 시집에서 선택하여 시를 뽑는 것은 거의 불가능한 일이다. 앞 시대에서 편찬한 시문선집을 참조하는 것은 역대 시문선집의 편찬자가 주로 쓰던 관용수단(慣用手段)이다. 운주가 언급하는 몇 권의 시문선집 중에 왕서초의 『연지집』[233]과 왕옥영이 편찬한 『명원시위』에 조선 여성 5명의 시문이 수록되어 있다. 그렇다면 『정시집』에 수록된 조선 여성의 한시 모두가 이 두 시선집에서 채집한 것일까? 우선 『명원시위』에 수록된 조선 여성의 한시의 도표를 살펴보자.

[『명원시위』에 수록된 조선 여성 한시 일람표]

作者	名媛詩緯	其他中國文獻 收錄與否	正始集 收錄	備考
婷	古寺尋花	列朝詩集, 靜志居詩話, 明詩綜: 譯史紀餘, *正始集*	○	
許景樊	雜詩	古今女史, 明詩綜		
	貧女吟			
	宮詞	古今女史, 譯史紀餘, *正始集*	○	
	其三			

---

232) 惲珠, 『正始集』例言一, "我朝專選閨秀詩者, 有王西樵然脂集, 陳其年婦人集, 胡抱一名媛詩鈔, 汪心農擷芳集, 蔣涇西名媛繡鍼, 許山矓雕華集. 其以女史選詩者則有王玉映名媛詩緯, 然多採歷代閨秀且未免偏尙才調. 玆集所收有十分之四, 餘皆隨時采擇, 積久成多."

233) 王士錄의 稿本 『然脂集』은 현재 상해도서관에 잔책이 소장되어 있다. 『然脂集』 □□권, 首5卷, 『引用書目』 1권, 『宮閨氏籍藝文考略』 □권).

許景樊	塞下曲	古今女史, 列朝詩集		
	楊柳枝詞			
	竹枝詞	古今女史,		
李淑媛	斑竹怨	古今女史, 列朝詩集, 譯史紀餘, *正始集*	○	
	採蓮曲	古今女史, 列朝詩集, 明詩綜		
	古別離	古今女史		
成氏	書懷次叔孫兄弟	古今女史, 列朝詩集		
	竹枝詞	古今女史, 明詩綜		
俞氏婦	別贈	古今女史, 列朝詩集, 明詩綜		
	貧女吟	古今女史, 列朝詩集, 譯史紀餘, *正始集*	○	
	賈客詞	古今女史, 列朝詩集		
	柳枝詞			
德介氏	送行	列朝詩集		

『명원시위』[234]의 편찬자인 왕단숙(王端淑)은 산음(山陰, 절강 소흥) 사람이다. 그의 자는 옥영(玉映), 호는 영연자(映然子), 또는 청무자(青蕪子)이다. 명나라 예부우시랑(禮部右侍郎)을 역임했던 저명한 문학학자인 왕사임(王思任, 1575~1646)의 차녀(次女)이며, 일찍이 부친을 따라 글을 익혀 시문과 서화에 아주 뛰어난 재주를 가진 사람이다. 그녀는 기묘년(1639)부터 자료를 수집하기 시작하여 갑신년(1664)에 편찬하기까지 26년의 세월을 보냈다. 『명원시위』는 42권으로 구성되어 시인 913명, 시 2193수가 수록되어 있다. 28권(外集)에는 14명의 외예(外裔) 시인의 27수의 한시를 수록하고 있는데, 그 중에 조선 시인 정(婷) 1수, 허경번(許景樊) 7수, 이숙원(李淑媛) 3수, 성씨(成氏) 2수, 유씨부(俞

---

234) 본 연구에서는 중국 북경대학교 善本室에 소장 淸康熙間所刊 淸音堂刻本(書號: 811-108/1003, 一至九册)을 참고하였다.

氏婦) 4수, 덕개씨(德介氏) 1수, 총 6인의 18수를 수록하였다. 『명원시위』에 수록된 조선 여성 한시의 작자와 작품이 『정시집』보다 많다는 것은 사실이다. 그러나 『정시집』에 수록된 조선 여성의 한시작품 일부인 4인 4수만을 『명원시위』에서 수집하였고, 나머지는 모두 기타 문헌에 수집한 것으로 보인다. 『정시집』은 운주가 1831년에 간인한 시선집이고, 『명원시위』는 갑신년(1664)에 간인한 시선집이다. 이 두 가지 시선집의 편찬 작업은 거의 200년의 차이가 있어, 『정시집』을 편찬했을 때에는 기타 조선 시인에 관련 문헌들을 참조했을 것으로 짐작된다.

『정시집』에 수록된 조선인의 작품의 대부분은 『열조시집』 및 『역사기여』와 일치한다. 『정시집』의 허경번의 소주(小注)에는 전당 육차운이 『역사기여』에서 언급한 "난설헌의 재명은 사도온(謝道韞)과 소소매(蘇小妹)의 재주와 견줄만 하다."[235]라는 글이 전재되어 있다. 이를 통해 운주가 『역사기여』를 참조한 것을 알 수 있다. 또한 운주는 정(婷)의 소주(小注)에서 아래와 같이 기록하였다.

> 조선국의 공주이다. 건희 연간에 검토 손치미(孫致彌)가 배사(陪使)로 조선에 가서 『채풍록』을 편찬했으며, 정정공주의 〈피서시(避暑詩)〉를 수록했는데 여기에 이 작품을 수록하지는 않았다.[236]

위의 사실로 미루어 보아, 운주는 분명히 손치미(孫致彌)가 편찬한

---

235) 惲珠, 『正始集』 「許景樊」, "錢塘陸次雲繹史紀餘, 謂蘭雪才名與謝家道韞·蘇家小妹鼎足, 非虛譽也."

236) 惲珠, 『正始集』 「婷婷」, "朝鮮國公主, 康熙間檢討孫致彌, 陪使朝鮮. 手編采風錄, 載有婷婷公主避暑詩, 而未及此作."

『조선채풍록』도 참고했을 것이다. 손치미가 편찬한『조선채풍록』은 현재까지 발견되지 않은 자료지만, 19세기까지 이 책은 중국에서 유통되었다는 것을 알 수 있다.

한편, 운주가 인용한 조선 여성한시에 관한 자료는 문제점이 많다. 예를 들면 월산대군(月山大君) '정(婷)'을 여성으로 보는 것은 합당하지 않았다. '정(婷)'은 월산대군으로, 덕종(德宗)의 장자(長子), 성종(成宗)의 동생이란 사실도 고증하지 않고, 단지 '정(婷)'이라는 글자로 여성이라고 판단한 것이다. 월산대군을 여성으로 여긴 것은 청대 초기 전겸익을 편찬한『열조시집』부터 시작하여, 주이존의『명시종』, 서진(徐振)의『사회헌시초(四繪軒詩抄)』237)에 이르기까지 계속 되었다. 또한『조선채풍록』에는 월산대군 정(婷)의 〈피서시〉만 실려 있고, 〈송춘(送春)〉이라는 작품은 실려 있지 않다.『정시집』에 실린 월산대군의 〈송춘〉은 과거 중국에서 편찬한 기타 조선 시문 관련 문헌에 소개되지 않았던 시문이다. 또 〈송춘〉은 조선 후기에 편찬된 월산대군의『풍월정집』에도 실려 있지 않았던 작품으로 운주가 어떤 경로로 〈송춘〉을 채집한 것인지는 분명하지 않다.

이숙원(李淑媛)의 〈반죽원(斑竹怨)〉은 이달(李達)의 시집에도 실린 것이다. 이숙원의 남편인 조원(趙瑗)의 후예(後裔) 조정만(趙正萬, 1656~1739)이 편찬한『가림세고(嘉林世稿)』에서 "〈반죽원(斑竹怨)〉, 〈채련곡(採蓮曲)〉은 모두 이달의 시집에도 실려 있으니, 어느 것이 옳은지

---

237) 錢謙益,『列朝詩集』「朝鮮」婷, "詩選不載姓氏, 應是朝鮮女子". 朱彝尊,『明詩綜』卷55「朝鮮下」月山大君婷, "採風集收婷詩, 婷上冠以月山大君字, 當是東國尊稱, 殆非民間女子也". 徐振,『四繪軒詩抄』「朝鮮竹枝詞」, "紅粉淸才妙一時, 摩訶雜句寫烏絲, 朱瓦碧瓦深如海, 吟遍婷婷公主詩." 自注, "孫愷似檢討, 曾陪使朝鮮, 手編採風集, 載東國士女歌詩, 有婷婷公主避暑詩."

알 수 없다."[238]고 하였다. 〈반죽원〉을 이숙원의 작품으로 여긴 중국 문헌은 명대 종성(鍾惺)의 『명원시귀(名媛詩歸)』로 보인다. 청대에 이르러 『열조시집』과 『역사기여』 등은 『명원시귀』에 수록된 조선 여성의 한시를 수용하여 이와 같은 시문을 그대로 수용하였다. 그러나 손곡은 1539년에 태어나서 1612년에 별세했고, 그의 생존 기간은 이옥봉의 생존 연대와 겹쳐지므로 별도의 근거가 나타나지 않는 한 〈반죽원〉과 〈채련곡〉의 작자에 관한 판단을 유보해 둘 수밖에 없을 것 같다[239].

또한 운주가 편찬한 『정시집』에 실린 해월(海月)의 〈빈녀음(貧女吟)〉은 역시 허난설헌의 한시이다. 명대 종성의 『명원시귀』에서 해월의 시문으로 잘못 기록되었는데, 후대 『명원휘시』, 『고금여사』, 『열조시집』 등의 문헌에서 그대로 수용하였다.

지금까지 운주가 편찬한 『정시집』을 통해 조선인 4명의 시문작품이 중국에서 전승한 과정을 살펴보았다. 『정시집』에 실린 조선 여성의 한시 대부분은 『열조시집』과 『역사기여』에 의하여 채록된 것으로 사료된다. 이러한 시문집에 실린 조선 여성의 한시를 통해 당시 중국 문인들의 이웃나라의 한시에 대한 관심과 시학 비평의 범위를 상세히

---

238) 趙正萬, 『嘉林世稿』(허미자 편, 『韓國女性詩文全集』 제2책(태학사, 1988), 76~77
　　쪽.), "斑竹怨, 採蓮曲兩詩, 載於李達詩集中, 未詳孰是."

239) "〈斑竹怨〉은 손곡 이달의 『蓀谷詩集』에 같은 제목으로 수록되어 있으며, 두 작품
　　사이에는 片言雙字의 차이도 없다. 〈採蓮曲〉은 이달의 『蓀谷詩集』에 〈采菱曲〉이
　　란 제목으로 수록되어 있다. 두 작품 사이에는 제목의 차이를 포함하여 약간의
　　글자상의 출입이 발견된다. 하지만 주제는 물론이고 그 정서의 질도 동일하므로
　　이 정도의 차이가 있다고 하여 이 두 작품을 각각의 독립적인 작품으로 볼 수는
　　없다." 이종문, 「이옥봉의 작품으로 알려진 한시의 작자에 대한 검토」(『한국한문
　　학연구』 47, 한국한문학회, 2011.6), 465~493쪽 참조.

알 수가 있다. 즉, 이러한 과정을 통해서 조선의 한시가 중국에서 유통되고, 전파된 상황을 자세히 알 수 있다.

2) 장시영(張綯英)이 편찬한 『국조열녀시록(國朝列女詩錄)』

장시영(1792~?)의 자는 맹제(孟緹), 강소(江蘇) 무진(武進) 사람이다. 부친인 장기(張琦)는 당시의 대학자로서 경사와 문장에 뛰어난 사람이었다. 장시영은 문학 분위기가 농후한 집안에서 성장하여, 5형제 중 장녀로 시문과 서예에 출중하였다. 장시영의 시문으로는 『담국헌시(澹菊軒詩)』, 『담국헌사(澹菊軒詞)』 등이 있다. 그녀의 형제자매도 시문에 뛰어났다. 둘째 여동생인 장경영(張悻英, 1795~1824)의 字는 위청(韋靑)이며, 시문으로는 『위청사(韋靑詞)』, 『위청유고(韋靑遺稿)』가 있다. 셋째 여동생인 장윤영(張綸英, 1798~1844)의 자는 완순(婉紃)이고, 시문으로 『녹괴서옥시고(綠槐書屋詩稿)』가 있다. 넷째 여동생인 장환영(張紈英, 1801~1862)의 자는 약기(若綺)이며, 시문으로 『인운우월지거시집(鄰雲友月之居詩集)』, 『찬풍관문집(餐楓舘文集)』이 있다.[240] 이들 네 명의 장씨 자매는 청대 여성 문학사에서 수준 높은 시인으로 평가를 받는 여성 시인이다.

막내 동생인 장요손(張曜孫, 1808~1863)은 자가 중원(仲遠), 승보(昇甫)이다. 그는 가학을 이어받아 시사(詩詞), 병문(駢文)으로 당대에 이름을 떨쳤고, 의술도 신통하다고 전해진다. 그는 도광 17년(1836)에

---

240) 趙爾巽 撰, 『淸史稿』(中華書局, 1977), "張名綯英, 字孟緹, 陽湖人. 世父惠言, 父琦, 皆博通能文章. 綯英與諸女弟承其敎, 咸有述作, 皆能詩. 綯英兼爲詞, 秀逸有王沂中, 王炎遺意, 妹悻英亦能詩詞, 綸英尤功書, 傳琦筆法, 眞書出自歐陽·顔·楊諸家, 分書自北碑, 上泝晉·漢·遒麗沉厚, 紈英兼治古文."

북경에 가서 과거 시험을 준비하기 위해 호부원외랑(戸部員外郞)을 지내고 있던 자부(姊夫) 오위경(吳偉卿, 1785~1848)에게서 학문을 배웠고, 1843년 향시에 급제하여 다시 북경에 들어왔지만 예부시(禮部試)에는 합격하지 못하였다. 그는 북경에서 당세의 이름난 명류(名流)들과 교유하였다.241) 특히 장요손은 북경에 사신으로 갔던 조선 문인들과 두루 교유를 하였는데, 당시 조선 유명한 역관인 이상적(李尙迪, 1803~1865)과 두터운 우정을 맺어 다방면에서 교류하였다.

　이상적은 역관으로서 연행(燕行)을 통해 청대 문인과 지속적인 문학적 교류를 해왔다. 1829년(순조 29)~1864년(고종 3)까지 열두 차례의 연행 과정에서 중국 지인들에게 개인의 시문과 조선 역대 훌륭한 시문을 소개한 사람으로, 조선과 청대 문인간의 다리 역할을 하였다. 특히 이상적은 장요손을 통해 장시영이 조선 여성 작가의 시문을 수집하는 데 도움을 주었는데, 그들이 조선 여성 시문을 청에 유입, 전파하였다는 기록은 흥미로운 사실이다. 장시영이 『국조열녀시록』을 편찬한 이유는 후인이 편찬한 『연지여운(然脂餘韻)』242)을 통해 알 수 있다.

　　『힐방집(擷芳集)』에 수록된 여성의 한시는 그다지 정교하지 않고, 『국조규수정시집』에 수록된 여성의 한시는 극히 간략하기 때문에, 나는 따로 책 한 권을 편찬하여 『국조열녀시록』이라 한다.243)

---

241) 莊受其, 「湖北候補道張君墓誌銘」, 등총린, 앞의 책, 474쪽 재인용.

242) 『然脂餘韻』은 王蘊章(1894~?)이 淸代 여성의 시문과 행적을 정리하여 편찬한 필기류 문집이다. 이 책에서 杜松栢이 편찬한 『淸詩話訪佚初編』(臺北 : 新文豊出版公司, 1987)에 수록된 『然脂餘韻』의 영인본을 참고한다.

243) 王蘊章, 『然脂餘韻』 卷一, "尝因擷芳集收閨秀詩太濫, 正始集選閨秀詩太簡, 故另

장시영은『힐방집(擷芳集)』244)과『국조규수정시집』에 수록된 여성의 시문에 대해 문제점을 지적하며『국조열녀시록』을 따로 편찬하였던 것으로 보인다. 장시영이 편찬한『국조열녀시록』은 현재까지 밝혀지지 않은 자료로, 필자가 그동안 중국 각 도서관의 고적 목록을 검색해 봤지만, 시문집을 찾지는 못하였다. 그러나 이 시문집의 편찬 과정은 장요손과 이상적이 서로 주고받은 서찰을 통해 상세히 알 수 있다. 장시영의 동생인 장요손은 이상적에게 보내준 편지에서 아래와 같이 말하였다.

> 귀국의 여성 시집을 많이 수집하여, 북경으로 보내주십시오. 누이께서 이를 편집해서 다음에 중외에 널리 유파할 수 있으면 좋은 일입니다. 꼭 유심하시어 늦어지지 않도록 해 주십시오.245)

이 편지는 무술(1838) 정월(正月) 28일에 이상적에게 쓴 것이다. 1838년까지 장씨 자매가 중외 여성의 한시자료를 수집하고 있었다는 사실을 알 수 있고, 장요손이 이상적에게 보낸 편지를 통하여 장시영이 조선 여성 시문에 대해 상당한 관심을 갖고 있었다는 사실을 알

選一帙, 曰國朝列女詩錄."

244)『擷芳集』은 淸의 汪啓淑이 편찬한 고금 여성의 한시선집이다. 여성 2000여 명의 시문을 수록하였다. 汪啓淑(1728~1800)의 字는 愼儀, 秀峰이며, 호는 訒葊이고, 安徽 徽州府 歙縣 사람이다. 刑部, 戶部員外郎, 兵部職方司郎中 등을 역임하였다. 그는 性情이 古雅不群이며,『說文系傳』,『通志』,『擷芳集』등을 편찬하였고, 저서로『訒葊詩存』,『水曹淸暇祿录』,『續印人傳』등이 있다. 金天翮가 편찬한『皖志列傳稿』卷四에「汪啓淑傳」이 실려 있다.

245) 李尙迪,『華東倡酬集』(미국 하버드 연경도서관 소장본), 張曜孫 條, "貴國名媛詩集, 務求廣收博采, 竝寄京師. 家女兄懸稿, 以待他日流播中外, 亦大佳事, 幸留意勿遲."

수 있다.

아래의 편지에서 이상적이 장요손의 부탁을 받고 바로 조선 여성의
한시를 수집하여 장요손에게 보내준 것을 확인할 수 있다.

> 도광 19년(1839) 초여름에 족하(足下)가 무술년(1838)에 보낸 편지를
> 받았습니다. 동국 여성의 시문은 대부분 맑고 아름다워서 이미 누이의
> 『국조열녀시록』에 수록되었습니다. 단지 동국의 학문이 그리 깊은데,
> 알려준 몇 명의 여성시인만 있는 것을 아닐 터이니 광범위하게 수집해
> 주셔서, 한 시대의 성함을 드러낼 수 있게 해 주십시오.[246]

이 편지는 경자(1861) 12월에 장요손이 이상적에게 보낸 것이다. 편
지에서 이상적이 1838년에 장요손의 부탁을 받아 바로 조선 여성의
시문을 모아 보냈고, 장요손이 1839년에 조선 여성의 시문을 받았음
을 알 수 있다. 장시영은 전해 받은 조선 여성 몇 명의 시문을『국조열
녀시록』에 수록해 넣었다. 그러나 그 양이 많지 않아 장씨 형제는 이
상적에게 더 많은 작품을 수집해 달라고 부탁하였다. 장요손은 다음
해 1862년에 이상적에게 보낸 편지에서 아래와 같이 말했다.

> 맹제(孟緹) 누이는 올해 나이 70입니다. 전에『담국헌시(澹菊軒詩)』
> 4권을 판각하였는데, 초(楚)에서 전쟁이 일어나 불에 탔습니다. 현재는
> 속고(續稿) 4권을 얻어 전에 4권과 함께 판각하려고 합니다.[247]

---

246) 李尙迪, 『華東倡酬集』, 張曜孫 條, "己亥(道光十九年)初夏, 得足下戊戌(十八年)
　　書. 名媛詩多淸艶之致, 己編入家姊 國朝列女詩錄中. 惟念東國爲人文淵藪, 名媛
　　當不僅此數家, 尙望廣爲搜羅, 以著一時之盛."
247) 李尙迪, 『華東倡酬集』, 張曜孫 條, "孟緹女兄年七十矣, 前刻澹菊軒詩四卷, 板燬
　　於楚中. 今又得續稿四卷擬并前稿刻之."

이 편지는 장요손이 누이의 시고를 이상적에게 보내어 제시(題詩)를 부탁한 것이다. 장씨(張氏) 집에서 편집한『국조열녀시록』에 대해 언급조차 하지 않았던 것을 보아 그때『국조열녀시록』은 이미 간행된 것으로 추측된다. 장요손이 1863년까지 살았기 때문에 그가 이상적에게 보낸 편지도 1862년까지만 남아 있다. 현재『국조열녀시록』의 편찬과 조선 여성 한시 수집에 관한 자료는 더 이상 찾기가 어렵다.

장요손이 이상적에게 처음으로 조선 여성 한시를 수집해 달라는 편지를 보낸 것은 1838년이고, 1861년에 보낸 편지에서『국조열녀시록』의 편찬 작업이 이미 끝났다고 말한 것으로 보아 이 시선집이 1861년 이전에 이미 간행된 것으로 보아야 한다.『청시고』에서 "시영이 일찍이『국조열녀시록』을 편찬하였는데, 환영이 전(傳)을 써주었으며 간략하고 바르고, 법도에 맞다.[248]"라고 기록한 것을 보면 이 시선집은 이미 간행, 유통된 것을 알 수 있다.

현재까지 장시영이 편찬한『국조열녀시록』은 확인되지 않고 있다. 그러나 이 시선집을 편찬하는 과정에서, 조선 역관 이상적이 조선의 여성 시문 작품을 장요손을 통해 청대 여성에게 소개해주었고, 이런 과정을 통해 19세기 중반에 조선 여성의 시문이 청나라로 전파된 사실을 명백히 알 수 있다. 또 장시영이 19세기 중반까지 중국에서 유통된 조선 여성 한시 문헌에 만족하지 않고, 조선 역관 이상적에게 부탁하여 조선 여성의 한시를 더 광범위하게 수집하고, 자신이 편찬한 여성 한시 선집에 편입하고자 했던 사실을 알 수 있다.

---

248) 趙爾巽,『淸史稿』列傳 二百九十五, "綏英嘗編次國朝列女詩錄, 紈英作傳, 簡雅合法度."

장요손은 중국 여성의 한시선집인『명원백가시(名媛百家詩)』,『홍설루시(鴻雪樓詩)』,『부즐금(不櫛唫)』등의 청대 여성 시문을 이상적에게 보내주었다. 현재 이상적이 장요손의 누이들과 직접 교류한 서찰 등이 발견되지는 않았지만, 이상적의 시문집『은송당집』을 통해 이상적이 장씨자매의 시문 작품에 대해 많은 관심을 보이며 더불어 높은 평가를 해준 사실을 확인할 수 있다.[249]

이러한 사실을 통해서 19세기 중반 조선에서의 청대 여성 한시 작품의 유통과 수용, 조선 문단에서 청대 여성의 시문에 대한 평가, 한·중 여성 문학과 예술 등의 교류에 대해 더 많은 자료를 확보하였고, 향후 이와 관한 연구를 심도 있게 할 수 있을 것이다.

3) 주수창(周壽昌)의『궁규문선(宮閨文選)』

주수창(1814~1884)의 자는 응보(應甫), 호는 자암(自庵), 행농(荇農)으로 장사(長沙, 현 호남성) 사람이다. 저서는『사익당시초(思益堂詩鈔)』이 있고,『만청이시회』에 그의 시문이 수록되어 있다.『궁규문선』은 주수창이 도광 26년(1846)에 간행한 청대 여성의 시문선집이다. 이 시문선집은 모두 26권이며, 앞 10권은 여성의 문장만 실려 있고, 뒤의 16권에 여성의 한시가 실려 있다. 이 시문선집 권6에 조선 허난설헌의 〈광한궁백옥루상량문(廣寒宮白玉樓上梁文)〉이 수록되어 있으며, 권16, 권19, 권20, 권26에 각각 허난설헌의 시 30제 39수, 이숙원의 시 3수, 성씨의 시 2수, 해월의 시 5수가 수록되었다.

---

249) 『恩誦堂集』 권7에서, 李尙迪이 張紉英의『淡菊軒詩舍圖』, 張綸英의『綠槐書屋肆書圖』에 대한 題詩가 있다.

『궁규문선』내표지(하버드 연경도서관 장)

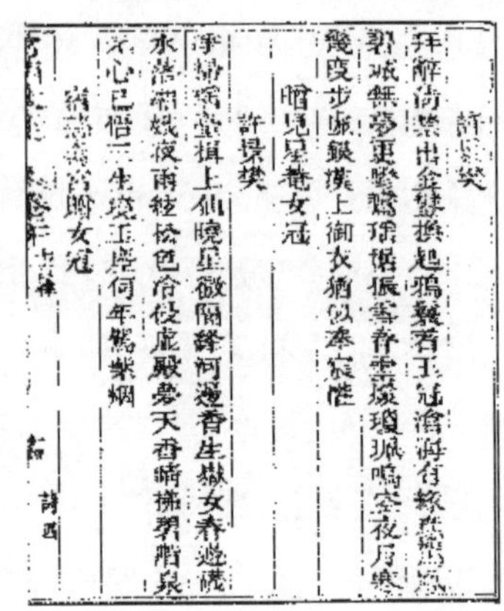

『궁규문선』에 수록된 허경번의 시문

『궁규문선』에 수록된 조선 여성의 한시를 도표로 정리하면 아래와
같다.

作者	宮閨文選	其他中國文獻收錄與否	收錄卷數
許蘭雪軒, 景樊	望仙謠, 有所思, 古別離, 少年行, 弄潮曲, 四時歌, 湘絃謠, 洞仙謠, 貧女吟, 宮詞4首, 竹枝詞, 遊仙詞七首	名媛詩歸, 名媛彙詩	卷16 樂府詩
	出塞曲, 步虛詞, 相逢行	名媛詩歸. 蘭雪軒詩	卷16 樂府詩
	效崔國輔	名媛詩歸, 列朝詩集	
	寄仲氏筈	名媛詩歸, 名媛彙詩	卷17 五言古詩
	遣興	名媛詩歸, 蘭雪軒詩	
	效李義山體, 效沈亞之體	名媛詩歸, 名媛彙詩	卷19 五言律詩
	皇帝有事天壇, 次仲氏見星菴韻, 望高臺次伯兄筈韻, 次仲兄前韻, 送官人入道	名媛詩歸, 名媛彙詩	卷20 七言律詩
	贈見星菴女冠, 宿蕊珠宮贈女冠, 次孫內翰北堂韻	名媛詩歸, 蘭雪軒詩	
	秋恨, 登樓	名媛詩歸, 名媛彙詩	卷26 七言絕句

李淑媛, 號 玉峰山人, 趙瑗側室	斑竹怨, 採蓮曲, 靑樓怨	名媛詩歸, 名媛彙詩	卷16 樂府詩
成氏	竹枝詞2수	名媛詩歸, 古今女史	卷16 樂府詩
海月, 俞汝 周室	貧女吟, 賈客詞, 楊柳枝詞2수 別贈	名媛詩歸, 名媛彙詩	卷16 樂府詩

『궁규문선』에 수록된 조선 여성의 한시를 살펴보면, 명대 종성이 편찬한 『명원시귀』에 수록된 조선 여성의 한시와 일치하며, 단지 작품의 수량이 다를 뿐이다. 물론 앞 시기에 편찬한 『명원휘시』와 『고금여사』에도 일부의 작품은 동일하다. 또 『궁규문선』에 수록된 이숙원, 성씨, 해월의 한시도 『명원시귀』의 순서와 같고, 개별 시인의 작품 수량만 차이가 있을 뿐이다.250) 『궁규문선』에 수록된 조선 한시는 『명원시귀』를 저본으로 삼고, 기타 조선 여성의 한시 선본을 참조한 것으로 보인다. 허난설헌의 경우, 그녀의 시문집이 중국에서 여러 번 번각되었기 때문에 다양한 종류가 있는 것으로 짐작된다. 『궁규문선』에 수록된 허난설헌의 한시를 통해 알 수 있듯이, 종성의 『명원시귀』을 비롯한 명대 간행된 조선 여성 한시 관련 시선집에 수록된 조선 여성 문인의 한시는 청대 중기까지 청대 문인에게 지속적으로 인기가 있었다는 사실을 확인할 수 있고, 이들 시집의 판본도 다양하다는 것을 짐작할 수 있다.

---

250) 『宮閨文選』과 『名媛詩歸』에 수록된 조선 여성 한시는 개별 작품의 글자의 차이가 있는 것도 있다. 예를 들어, 『宮閨文選』에 실린 「望仙謠」에서 '朝登元圃峰'은 『名媛詩歸』에서는 '朝登玄圃峰'으로 된다. 이와 같은 글자의 차이는 판각의 착오로 봐야할 것 같다.

4) 서내창(徐乃昌)의 『여사규수사초(女士閨秀詞鈔)』

서내창(1868~1936)의 자는 적여(積餘), 호는 수암(隨庵)이며 안휘(安徽) 남릉(南陵) 사람이다. 『여사규수사초』는 서내창이 청나라 선통원년(1909)에 간행한 여성의 한시선집이다. 이 시선집은 521명의 사(詞) 1,591수를 수록하여 모두 16권으로 되어 있다. 이 시집의 '예언(例言)'에 의하면 서내창이 광서 을미(1895)부터 자료를 수집하여 10여 년 동안 총집(總集), 부집(附集), 시화(詩話), 사화(詞話) 등의 서책을 수집하였으며, 그의 벗 무전손(繆荃孫)이 준 『중향사(衆香詞)』 등을 참고하였다.[251]

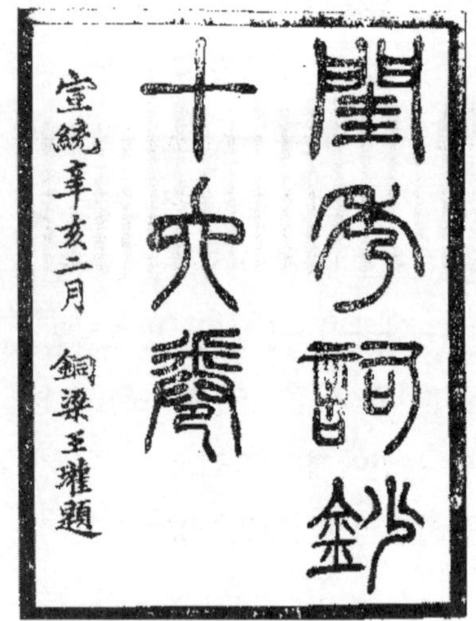

『여사규수사초』 내표지　　　　　　　　이숙원의 소전 및 사
(하버드 연경도서관 소장)

---

251) 徐乃昌, 『女士閨秀詞鈔』 例言, "是鈔經始於光緒乙未, 十餘年來凡見於總集, 附集, 詩話, 詞話等書, 無不力意蒐討. 又得繆筱珊編修荃孫叚我衆香詞."

이 시선집의 2권에는 조선 시대의 여성 시인 이숙원의 사(詞) 3수,
5권에는 권귀비[252)]의 사 3수가 수록되어 있다. 이숙원의 소전에서
"淑媛自號玉峯主人, 朝鮮人. 承旨學士趙瑗副室, 遭亂死之."라고 적
혀 있다. 이 시집에 이숙원의 〈계규자 춘연(雞叫子 春煙)〉, 〈취도원 벽
담구업(醉桃源 碧潭舊業)〉, 〈진아 점강순(秦娥 點絳脣)〉이 수록되어 있
는데, 소주(小注)에 '見衆香詞'라고 적혀 있다. 이숙원의 사의 원문은
아래와 같다.

　　雞叫子 春煙
　　帶霧連雲輕冉冉 朦朧浮萍深還淺 若非淡掃柳梢頭 定敎濃抹桃花面

　　醉桃源 碧潭舊業
　　鞦韆深處是誰家 紅樓垂柳 遮一簾香雨 鎖秋花 虛堂聞落釵 凝望處 駐
香車 秋思繞窻紗 寫他閒恨入琵琶 驚飛鶴影斜

　　秦娥點 絳脣
　　春漸老 輕揚翠幕蘭風好 蘭風好 紗窗窈窕 柳浪啼鶯曉 屏山寂寞爐烟
裊 露華顆顆凝芳草 海棠睡覺 依舊迎人笑

『중향사』[253)]는 중국 명말부터 청초까지 살았던 중국 여성의 사선
집(詞選集)이다. 청나라 강희(康熙) 연간에 청대 학자인 서수민(徐樹敏)

---

252) 권5에 고려 權貴妃의 詞 〈謁金門〉, 〈鎔莎行〉, 〈臨江仙〉 3수가 수록되어 있다. 본
　　 문에서 權貴妃의 詞에 대하서 구체적으로 고찰하지 않고 향후 별고로 연구하기로
　　 한다.
253) 『衆香詞』는 중국 북경대학 고적실에 소장되어 있는 上海大東書局에서 影印한 康
　　 熙년간에 간행된 昆陵董氏誦芬樓本을 참고한다.

과 전악(錢岳)에 의해서 편집, 간행되었다. 이 선집은 유가(儒家)의 육예(六藝)인 예(禮), 악(樂), 사(射), 어(御), 서(書), 수(數)로 명명(命名)하였고, 명말부터 청초까지 여성 382명의 사(詞) 1,493수가 수록되어 있다. 서수민과 전악의 벗인 오기(吳綺)가 강희 경오(1690)에, 우동(尤侗)이 강희 기사(己巳, 1689)에 써 준 서문이 있다. 『중향사』의 예집(禮集)에 권귀비의 사(詞) 3수, 서집(書集)에 이숙원의 사(詞) 3수가 수록되어 있으며, 모두 『여사규수사초』에 수록된 것과 일치한다. 『여사규수사초』에 수록된 권귀비와 이숙원의 사(詞)는 모두 『중향사』에서 채록된 것으로 파악된다. 서내창은 친구인 무전손에게서 『중향사』를 받았다고 하는데, 『중향사』에 수록된 권귀비 작품의 수록조(收錄條)에 의하면 이와 같은 사(詞)는 손송평(孫松坪)의 '사초(使草)'에서 채록한 것이라고 한다.

송평(松坪)은 손치미(孫致彌, 1642~1709)의 호다. 그는 강희 17년(숙종 4년, 1678)에 청나라 사절단의 일원으로 조선에 가서 조선의 시문을 채록하여 『조선채풍록(朝鮮採風錄)』을 편집하였다. 현재까지 『조선채풍록』은 밝혀지지 않은 자료이다. 『중향사』에 채록한 시문집인 '사초'는 손치미가 편찬한 『조선채풍록』은 아니라고 짐작된다. 손치미의 '채풍록'과 조선 여성의 사(詞)에 대한 언급은 청인 황주이(況周頤)[254]의 『옥서술아(玉栖述雅)』에서 찾아볼 수 있다.

강희 연간에 검토 손치미가 조선에 사신으로 갔는데 『채풍록』을 편찬했다. 그 중에 왕비 권씨의 사(詞) 3수가 실려 있다. 〈알금문(謁金

---

254) 況周頤(1859~1926), 원명은 周儀. 자는 夔笙이다. 별호는 玉梅詞人이며, 晩號는 蕙風詞隱이다. 廣西臨桂 사람이다.

門)〉, 〈탑사행(踏莎行)〉, 〈임강선(臨江仙)〉이다. 『채풍록』에 공주 정정 (婷婷), 허경번, 이숙원, 해월 4명의 시도 수록되어 있다. 그곳에 문화 도 흥성하여 여성 중에도 재주가 많은 사람이 있다.[255]

황주이가 언급한 '채풍록'은 손치미가 편찬한 『조선채풍록』을 말 한다. 손치미가 편찬한 이 책에는 고려 권귀비의 사 3수가 수록되어 있다. 권귀비의 사 3수는 『중향사』에 실린 것과 일치한다. 그러나 황 주이가 이숙원의 사를 아예 언급하지 않았던 것으로 보아, 『조선채 풍록』에는 이숙원의 사가 수록되지 않았던 것으로 추측된다. 이러한 사실로 미루어 보아, 이숙원의 사는 손치미가 또 다른 조선 시문 관 련 문헌, 즉 '사초'에 기록한 것으로 판단된다. 상기의 상황을 통해 손치미가 조선에 가서 여러 형식으로 조선 시문 자료를 기록하였으 며, 조선 여성의 시문이 중국에 유입된 후 중국에서 여러 계통의 조 선 여성 시문 문헌이 유통되었을 것으로 보인다.

한편, 조선에서 편찬된 이숙원의 시문집인 『이옥봉집(李玉峯集)』은 『가림세고(嘉林世稿)』 끝에 부록된 '옥봉집'이라고 한다. 『옥봉집』에 모두 32수의 한시가 수록되어 있다. 『가림세고』는 조원(趙瑗)과 그의 아들 조희일(趙希逸), 손자 조석형(趙錫馨) 등 3대의 시문을 상, 중, 하 3편으로 만들고, 그 부록으로 옥봉(玉峯)의 시를 넣어 1704년(숙종 30 년)에 만든 문집이다. 『가림세고』에 다음과 같은 문장이 전해진다.

---

255) 況周頤, 『玉栖述雅』 '采風錄' 條, "康熙間, 檢討孫致彌, 陪使朝鮮, 手編采風錄. 載王 妃權氏詞三首: 〈謁金門〉云, 〈踏莎行〉云, 〈臨江仙〉云. 采風錄所載, 又有公主婷婷, 許景樊, 李淑媛, 海月四家詩. 可知彼都漸被文化, 金閨諸彦, 不乏銘椒詠絮才也."

이씨는 종실의 후손이다. 운강공의 소실이며, 옥봉이 그의 호다. 그가 지은 시 32수가 있지만 전부 소실되어 전해지지 않을 것을 아쉽게 여겨 이에 책 끝에다 붙인다.[256)]

『가림세고』의 '옥봉집'에 수록된 시문 11편은 청나라의 전겸익이 편찬한『열조시집』에서 수록된 것을 옮겨 놓은 것인데, 조선 여성의 작품들은 허난설헌의 시문처럼 조선보다 중국에서 먼저 선택되어 읽혀졌다. 이 밖에 이옥봉의 시들은『명원시귀』,『열조시집』,『명시종』등 중국 문헌에 실려 전해져 왔다.『가림세고』에 부록으로 실린『옥봉집』의 시와 함께 그에 대한 애절한 일화가 전해지고 있는데 내용은 다음과 같다.

조선 인조 때 승지 조희일이 명나라 사신으로 가서 원로대신이 보여준『이옥봉시집』을 보고 깜짝 놀랐다. 아버지 조원의 소실이었던 이옥봉의 생사를 모르는지 벌써 40여년이 지났는데 그곳에서『옥봉시집』을 보았기 때문이다. 원로대신이 들려준 이야기로는 중국 동해안에 흉측한 몰골의 시체가 떠다녀서 건져보니 온몸을 종이로 수백 겹 감고 노끈으로 묶은 여자의 시체였으며, 안쪽의 종이에는 시가 빽빽이 적혀 있었다고 한다. 그리고 '해동 조선국 승지 조원의 첩 이옥봉'이라 씌어 있었는데, 시 작품이 워낙 뛰어나서 책을 만들었다고 전했다.[257)]

위에서 언급한 내용에서 보듯이 조선은 18세기에 이르러 이숙원의

---

256) 조평환/박혜숙,『조선시대 여성시인 연구』, 한국학술정보, 2005, 140쪽.

257) 趙瑗, 趙希逸, 趙錫馨,『嘉林世稿』附錄編, 허미자 편,『조선조 여류 시문전집』제2책(태학사, 1988)을 참조.

시집을 간행했지만, 이미 그전에 중국의 여러 문헌에서 이숙원의 시를 실어주거나 평한 사례가 종종 있어, 17세기 중반에 이숙원의 『이옥봉시집』이 이미 명나라에서 유통된 것으로 짐작된다.

또한, 『여사규수사초』과 『중향사』, 손치미의 '사초(使草)'에 실린 이숙원의 사를 통해, 이숙원의 작품이 다양한 모습으로 중국에서 유통된 것으로 보인다. 더욱이 이옥봉을 신비로운 인물로 여겼으며, 그의 시문집이 간행된 상황과 관련한 일화는 매우 흥미롭다. 이와 같은 '전설'의 실체를 탐구하려면 이숙원과 그의 시문에 대한 향후 자료의 발굴 작업이 더욱 중요하다고 할 수 있다.

2. 청대문인 편찬 시화(詩話)

1) 심선보(沈善寶)가 편찬한 『명원시화(名媛詩話)』

심선보(1808~1862)의 자는 상패(湘佩), 호는 서호산인(西湖散人), 절강성(浙江省) 전당(錢塘) 사람으로 청대 도함(道咸) 연간(1821~1860)에 가장 유명한 여성 시인으로 꼽힌다. 그는 진권(陳權)에게서 시문을 배웠으며, 당대 여러 저명한 여성시인과 교유하였고, '추홍음사(秋紅吟社)'라는 시사(詩社)까지 주도하였다. 문집으로는 『홍설루시선초집(鴻雪樓詩選初集)』, 『홍설루사(鴻雪樓詞)』가 있다. 『명원시화』는 심선보가 편찬한 대형의 시화집으로 모두 15권, 당나라부터 청나라 함풍(咸豊) 연간까지 역대 여성 시인 716명의 시문을 수집하여 편찬한 것이다. 이러한 시화집은 단순히 시문에 대한 비평이 아니라, 시인의 생평(生平), 사적(事迹), 시문이 수록된 경위까지 상세히 기록되어 있어 자료

집으로도 충분히 가치가 있다. 심선보가『명원시화』의 서문에서 밝힌
내용을 보면 이러한 시화집의 편찬 동기를 알 수 있다.

> 규방의 학문은 문사와 다르며, 여성들의 시문을 전하기가 문사보다
> 더욱 어렵다. 총명하고 걸출한 자가 아니라면 시를 지을 수 없을 것이
> 다. 명문(名門)이나 거족(巨族) 집안에서 태어난 자기 시를 아는 부친
> 과 형제를 만나 (개인의) 시문을 전하기는 쉽지만, 가난한 집에서 태
> 어나 시골의 보통 집에 시집가면 그의 시문은 묻혀버리고 알려지지
> 못하니 그러한 자가 얼마나 있었는지 모르겠다. 그래서 이와 같은 상
> 황을 고려하여 그들의 시문을 수집해서 이 선집을 편찬했다.[258]

심선보가 이 시화집을 편찬한 목적은 여성들의 한시 자료를 정리하
여 전해주기 위함이다. 또 여성문학가로서 여성들의 시문도 나름대로
의 그 문학적 가치를 인정해야 한다는 인식이 잠재되어 있다고 볼 수
있다. 이 시화집은 도광 22년(1842)부터 편찬을 시작하였다. 당시 여
성들의 개인 시문집과 아는 여성 동인들이 보내준 단편의 시문을 참
고해 작품 선별 작업을 하였다고 한다. 도광 26년(1846)까지 11권을
편찬하였고, 다시 제벽(題壁), 방외(方外), 계선(乩仙), 조선(朝鮮)의 시
문을 모아 12권으로 편찬하였다. 나중에 보충작업을 통해 속집(續集)
상, 중, 하 3권이 더 편찬되어 15권으로 되었다.

현재까지 전해온 판본은 광서(光緒) 연간에 판각한 홍설루(鴻雪樓)
15권 각본(刻本)이 있다. 다른 각본으로는 광서 5년(1879)에 간인한 홍

---

258) 沈善寶,『名媛詩話』(卷一), "閨秀之學與文士不同, 而閨秀之傳又較文士不易. ……
　　 非聰慧絕倫者, 萬不能詩. 生于名門巨族, 遇父兄師友知詩者, 傳楊尚易, 倘生于蓬
　　 蓽, 嫁于村俗, 則淹沒無聞者不知凡幾……, 不辭撫拾搜輯, 而爲是編."

설루간 건상본(鴻雪樓刊 巾箱本), 광서간에 상해우언일보관(上海寓言日報館)에서 판각한 간본, 민국 10년(1921)에 간행한 홍설루전집본(鴻雪樓全集本), 민국 12년(1923)에 심보우(沈補愚)가 간인한 8권본, 두송백(杜松栢)이 편찬한『청시화방일초편(清詩話訪佚初編)』에 수록되어 있는 4권본이 있다.259)『속수사고전서』에 수록된 영인본은 광서간에 판각한 홍설루(鴻雪樓) 15권본이다. 이 책에서는 홍설루 15권본을 참고로 하였다.

『명원시화』에 수록된 작품의 수량은 작가에 따라 다소 차이가 있다. 수십 수의 시가 뽑힌 시인도 있고, 좋은 구절 하나만 뽑힌 자도 있는데, 대부분이 한두 수 정도이다. 시화 중에 시작품을 제외하고 사(詞), 문(文), 부(賦)의 작품도 수록되어 있다. 그중에는 작가 개인이 시문을 창작한 연유와 내용과 아울러 여성들 개인적 생활 묘사, 여성 작가의 가족 간 시문 창작 활동에 관해서도 상세히 기록되어 있다. 시문에는 청대 여성들의 시문결사(詩文結社) 활동에 관한 묘사가 풍부해서 이를 통해 청대 여성시가의 역사, 가족 간의 시문 창작 활동, 여성 시인들 간의 문학 교류, 여성들의 생활사 등을 연구하는 데 귀중한 자료가 된다. 또 제12권에는 조선 여성 7명 14제 16수(月山大君 포함)의 시문이 수록되어 있어, 당시 조선 여성 시인의 한시 작품이 중국에서 전파되어 있는 상황을 잘 파악할 수 있다.『명원시화』에 수록된 조선 여성의 한시를 도표로 정리하면 아래와 같다.

---

259) 蔣寅,『清詩話考』, 中華書局, 2005, 534~535쪽.

作者	名媛詩話	詩評	其他中國文獻 收錄與否	備考
婷	送春		閨秀正始集	
	古寺尋花		閨秀正始集	
許蘭雪軒, 景樊	次伯兄高原望高臺韻	詩極雄健	閨秀正始集, 明詩別裁集 古今女史	*未曾有集錄廣寒宮白玉樓上梁文
	遊仙詞		古今女史	
李淑媛, 號 玉峰山人, 趙瑗側室	自適		古今女史	
	秋思		古今女史	
成氏	書懷次韻		古今女史	書懷次叔孫兄弟
海月, 俞汝 周室	貧女吟		閨秀正始集, 古今女史	
李天香, 桂 生 號梅窗	雨後			
	贈別			
賈曇雲	冬夜偶成	佳句		風絮亭小稿
	秋海棠			
	五言			
	七言	姸麗工雅 渺焉寡儔		

　심선보가 시화집을 편찬할 때 수집한 자료의 출처는 세 가지로 나누어 볼 수 있다. 첫째는 여성 작가들의 개인 시집, 두 번째는 동인들이 개별로 보내준 시문작품, 세 번째는 당시 유행하던 여성에 관한 시문 선집이다. 그 가운데 『부인집(婦人集)』, 『지북우담(池北偶談)』, 『고잉(觚剩)』[260], 『규수정시집(閨秀正始集)』, 『국조별재집(國朝別裁集)』 등이

---

260) 『觚剩』은 淸代 문학가인 鈕琇(생졸년 미상, 자는 玉樵, 당호는 臨野堂)가 편찬한 筆記小說이다. 모두 12권으로 正, 續編으로 편찬되었다. 이 문집의 최초의 각본은 淸臨野堂刻本이다. 淸代 말기에 대량으로 발행했으며 『古今說部叢書』, 『淸代筆記叢刊』 등에 수록되어 있다. 朱杰이 點校한 『明淸筆記小說叢書·觚剩』이 있다.

있다. 또 지방지(地方誌)와 인물전기(人物傳記), 묘지명(墓誌銘) 등의 자료도 참고하였다고 한다.261) 이 중『부인집(婦人集)』에는 조선의 시문이 수록되어 있지 않다. 왕사정(王士禎)이 편찬한『지북우담』권18 〈조선채풍록〉에 조선의 시문이 수록되어 있지만, 여성의 한시 작품은 확인되지 않는다.

『국조별재집』은 청인 심덕잠(沈德潛)이 건륭(乾隆) 무오(戊午, 1738)에 편찬한『명시별재집(明詩別裁集)』262)을 말한다. 이 시선집은 총 12권으로 구성되어 있으며, 권12에 조선의 시문이 수록되어 있다. 그 중에 허경번의 〈새상(塞上)〉, 〈망고대(望高臺)〉와 이씨(李氏, 趙瑗의 妾)의 〈등루(登樓)〉가 수록되어 있다. 운주(惲珠)가 편찬한『규수정시집(閨秀正始集)』을 참고하였다고 했는데, 운주의 시선집은 1831년에 처음 간행되었다.

위의 '대조표'를 보면『명원시화』에 수록된 월산대군 정(婷)의 2수, 허난설헌의 1수, 해월의 1수만 일치한다. 허난설헌의 〈유선사(遊仙詞)〉, 이숙원의 〈자적(自適)〉과 〈추사(秋思)〉, 성씨(成氏)와 이천향(李天香)의 한시는『국조별재집』과『규수정시집』에 수록되지 않았던 작품이다.

성씨(成氏)의 경우는『고금여사』에 이미 수록되었고, 과거의 시선집에서 종종 수록된 적이 있다.『명원시화』에 기록된 허난설헌의 시문 평(評)에서 "나는 일찍이『미증유집(未曾有集)』에서 〈광한궁백옥루상량문〉을 읽었는데, 글이 아름다운 것에 심히 감탄하였다.263)"라는

---

261) 虞蓉, 「沈善寶『名媛詩話』」, 『蘇州大學學報』, 哲學社會科學版, 2009.2, 52쪽.
262) (淸)沈德潛 編, 周準 輯, 『明詩別裁集』, 淸乾隆刻本 참조.
263) 沈善寶, 『名媛詩話』 권12, "昔余在未曾有集中讀其廣寒宮白玉樓上梁文一篇, 才華

글을 보아, 심선보는 『미증유집』과 같은 조선 여성 시문에 관한 문헌 자료를 많이 참조한 것으로 알 수 있다.

『미증유집(未曾有集)』[264]은 청대 왕보백(王甫白)이 편집한 시문집이다. 강희 19년(1680)에 8권으로 간행되었다. 『미증유집』에 실린 〈광한궁백옥루상량문〉에서 왕보백이 "허난설헌의 재주는 이하(李賀, 자는 장길(長吉), 790~816)를 능가할 수 있으며, 동시대의 대학자인 장대(張岱, 호는 천손(天孫), 1597~1679)와 비교하여도 뒤지지 않다."[265]고 하였다. 그는 허난설헌을 칭찬하는 말을 아끼지 않았다. 이 문집에는 허난설의 〈광한궁백옥루상량문〉만 한 편 수록되어 있으며, 허난설헌의 한시는 수록되어 있지 않았다. 이와 같은 정보를 통해 당시 많은 청대 문인들이 조선 여성의 시문을 열독하였고, 그들의 재주를 인정해준 사실을 확인할 수 있다.

이천향[266]의 경우, 명대 종성의 『명원시귀』부터 19세기 초반에 나온 운주의 『규수정시집』까지 청나라에서 유행하던 조선 여성의 시문 관련 문헌자료에서는 언급되지 않은 인물이다. 이천향의 시문을 어느 문헌에서 채집한 것인지, 이천향의 시집인 『매창집(梅窓集)』은 언제부터 중국에서 유통되었는지, 이와 같은 의문을 해결하려면 중국

贍美, 深爲歎賞."

264) 『四庫禁毀書叢刊』(八卷)에 영인된 淸康熙十九年 隆道堂刻本이 수록되어 있다.

265) 王甫白, 『未曾有集』「廣寒宮白玉樓上梁文」, "此朝鮮許慧女七歲時作也, 眞贋固不可知, 若果爾, 不獨長吉甘拜下風, 卽天孫亦當遜其巧矣."

266) 李天香(1573~1610)의 이름은 香今이며, 자는 天香, 호는 桂生, 癸生, 桂娘, 癸娘, 梅窓 등으로 불렀다. 부안의 아전 李湯從의 딸이다. 후세에 편찬된 『매창집』에 이천향의 한시 70여 수가 들어있다. 그의 시문 작품은 『箕雅』, 『大東詩選』, 『東洋歷代女史詩選』, 『靑丘』, 『小華詩評』, 『詩評補遺』, 『水村漫錄』, 『惺所覆瓿藁』, 『芝峰類說』, 『風謠續選』, 『解語花』, 『海東詩話』 등에 수록되어 있다.

에서 이천향의 시문 자료를 발굴하여 정리하는 작업이 선행되어야 할
것이다.

가담운(賈曇雲)은 조선 여성문학사에 언급되지 않던 인물이다. 『명
원시화』에서는 가담운에 대해 아래와 같이 말하였다.

> 가담운(호는 경화(瓊花))은 스스로 풍서정거사(風絮亭居士)라고 했
> 다. 저서로는 『풍서정소고(風絮亭小稿)』가 있다. 담운은 품성이 온화
> 하고, 재주가 많고 총명하다. 그는 시문에 뛰어났고, 특히 난초를 잘
> 그렸다.[267]

『명원시화』에 가담운의 〈동야우성(冬夜偶成)〉과 〈추해당(秋海棠)〉,
제목이 없는 '오언'과 '칠언' 모두 4수가 수록되었다. 이와 같은 시문
은 당시 중국에서 유통되었던 가담운의 『풍서정소고』에서 채집한 것
인지, 아니면 다른 문헌 자료에서 채집한 것인지 현재까지는 알 수
없다.

2) 엄형(嚴蘅)의 『여세설(女世說)』

엄형(1826~1854)의 자는 단경(端卿), 인화(仁和, 절강성 항주시) 사람이
다. 청대에 이름이 난 여성 시인으로 저서로는 『눈상암잔고(嫩想盦殘
稿)』가 있고, 역대 여성의 시화집인 『여세설』을 편찬하였다. 『여세설』
은 1921년 상해취진방송인서국(上海聚珍倣宋印書局) 인본(印本)이 남아
있다.

---

267) 沈善寶, 『名媛詩話』 권12, "賈曇雲瓊花, 自號風絮亭居士. 著有風絮亭小稿. 曇雲姿
　　 性溫柔, 氷雪聰明, 工詩善畫蘭."

『여세설』의 서문(하버드연경도서관 소장)

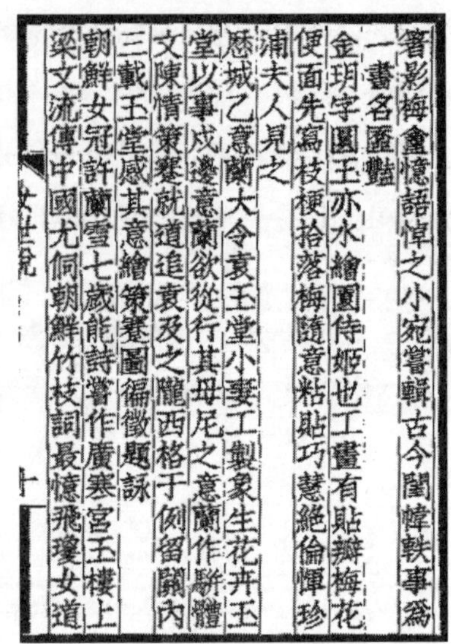

허난설헌에 대한 평어

『여세설』은 중국 역대 여성들의 이력을 제시하고, 그들의 시문을 논평하는 형식으로 구성되어 있다. 이 중에 조선 여성 시인은 허난설헌 한 명만 기재되었으며, 그녀에 관한 논평은 아래와 같다.

> 조선 여인 허난설은 나이 일곱에 시에 능했으며, 일찍이 〈광한궁옥루상량문〉을 지었는데 중국까지 전해졌다. 우동(尤侗)의 〈조선죽지사(朝鮮竹枝詞)〉에는 "비경을 그리는 여도사, 상량문 지으러 광한궁에 갔네."라고 기재되어 있다.268)

우동(尤侗, 1618~1704)의 『외국죽지사(外國竹枝詞)』269) '조선(朝鮮)'에

---

268) 嚴蘅, 『女世說』, "朝鮮女冠許蘭雪七歲能詩, 嘗作廣寒宮玉樓上梁文流傳中國. 尤侗朝鮮竹枝詞: 最憶飛瓊女道士, 上梁曾到廣寒宮."

269) 王愼之, 王子令, 『淸代海外竹枝詞』, 北京大學出版社, 1994, 6쪽.

관한 시는 아래와 같다.

> 양화도구에 살구꽃이 붉어지고, 팔도의 노래들이 동국의 풍습이라.
> 비경을 그리는 여도사, 상량문 지으러 광한궁에 갔네.270)

이 시의 소주(小注)에는 아래 기록이 부기되어 있다.

> 나라는 팔도가 있는데, 양화도는 한강 변에 있다. 규수 허경번은 후
> 에 여도사가 되었는데, 일찍이 〈광한궁옥루상량문〉을 지었다.271)

엄형은 우동의 〈조선죽지사〉에서 언급한 허경번을 다시 인용하면
서 허난설헌을 중국 여성 문학사에 배열하였다. 엄형은 허난설헌에
대해 아주 간략하게 묘사하였는데, 허난설헌은 일곱 살 때 시에 능하
였고 〈광한궁옥루상량문〉을 지었다고 기록하였다. 이와 같은 수법은
위인전기(偉人傳記)나 문학사에서 인물 전기(傳記)를 전술하는 보편적
인 형식이다. 또한 엄형이 허난설헌을 중국 역대 여성 문인 중 하나로
여긴 것은 그의 시문을 인정하고 중국 여성 시인과 동등하게 여긴 것
으로 보인다.

3) 대문선(戴文選)이 편찬한 『음림철어(吟林綴語)』

대문선(1834~?)의 자는 소보(少甫)이며, 안휘성(安徽省) 봉양현(鳳陽

---

270) 尤侗, 『外國竹枝詞』, "楊花渡口杏花紅, 八道歌謠東國風. 最憶飛瓊女道士, 上梁曾
到廣寒宮."
271) 尤侗, 『外國竹枝詞』, "國有八道, 楊花渡在漢江濱, 閨秀許景樊後爲女道士, 嘗作廣
寒宮玉樓上梁文."

縣) 사람이다. 그는 젊은 시절에 하남성(河南省)을 유람하였으며, 장년
(壯年)에 이르러 허현(許縣)과 회경(懷慶) 등 지역에서 일하였고, 광서
3년(1877)에 구양임(毆陽霖)의 막부(幕府)에서 재직하였다. 『음림철어』
는 대문선이 편찬한 시화집이다. 이 시화집은 광서 3년에 간행한 주
관루차재본(朱觀樓且齋本)이 남아있다. 광서 3년에 하정겸(何廷謙)[272]
이 쓴 서문이 있으며, 서문을 통해 대문선이 이 시화집을 편찬한 경위
를 알 수 있다.

> 소보(紹甫)는 광동지역에 일어난 도둑의 난을 피하다가 과거 시험도
> 포기하였으며, 중국 여러 지역에서 막료(幕僚)로 역임하였다. 그는 항
> 상 솜옷에 책을 끼워 넣고 다녔으며 비록 험한 상황에 있어도 꼭 책
> 한 권을 갖고 있었다. 또한 문자를 자신의 생명처럼 귀히 여기며, 다른
> 시인의 아름다운 시문을 보게 되면 번번이 모아 차례를 매기면서 평어
> 를 가하였다. 그 중에 대각연하(臺閣烟霞), 규중방외(閨中方外), 충신
> 열녀(忠臣烈女), 왕철전현(往哲前賢)의 시문과 이역(異域) 사람의 시문
> 을 두루 수집하였으며, 이와 같은 시인과 시문이 문단에 알려지게 하였
> 다. (이와 같은 시문에 대해) 또 이에 대해 간혹 평론을 가하거나 수집한
> 경위를 밝혔는데, 제목을 '음림철어(吟林綴語)'라고 하였다.[273]

서문에서 알 수 있듯이, 대문선은 중국 여러 지역에서 막료(幕僚)로
활동하였을 때부터 시문을 수집하기 시작하였다. 이 시문집에 수록된

---

272) 何廷謙(1814~1879), 자는 地山, 安徽省 定遠縣 사람이다. 道光 25년에 진사급제
    하였고, 翰林院編修, 工部左侍郎 등을 역임하였다.
273) 戴文選, 『吟林綴語』序文, "紹甫因避奧匪亂, 廢擧子業, 幕游大河南北. 旋複挾策戎
    行, 雖備嘗險阻, 而一卷隨身, 恒以文字爲性命. 每遇詩人佳什, 輒愛而輯之, 綴以敍
    語, 日久成帙. ……其間臺閣烟霞·閨中方外·忠臣烈女·往哲前賢以及異域遐方, 靡
    不博采旁收, 俾其人其詩爭輝壇坫. 或偶參論斷, 或詳記因緣, 題曰吟林綴語."

시문은 사대부의 시문은 물론이고, 일반 평민과 은사(隱士), 여성과 스님, 외국 사람의 시문까지 두루 수집되었다. 이와 같은 시문에 개인의 평론도 가하고, 시문을 수집한 경위까지 밝혔다.

　이상의 사실을 통해 이 시화집에 수록된 시화의 범위는 아주 넓다는 사실을 알 수 있다. 또 시화집에서 단순한 시에 대한 품평뿐 아니라, 시문의 수집과 보존에 심혈을 기울였으며, 이와 같은 시문의 문헌적인 가치를 중요시한 점이 잘 드러난다.

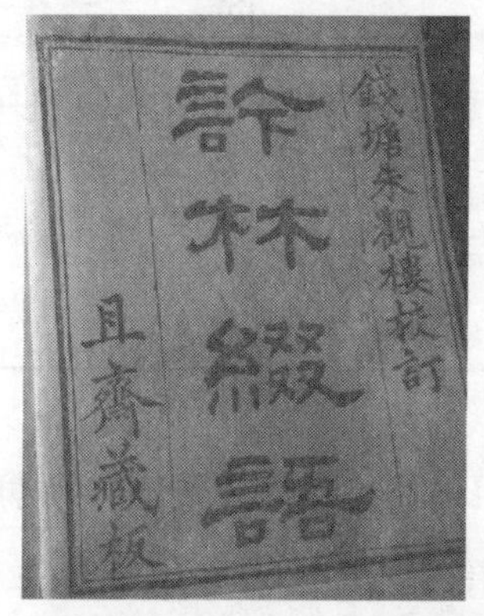

『음림철어』의 내표지(중국국가도서관 장본)

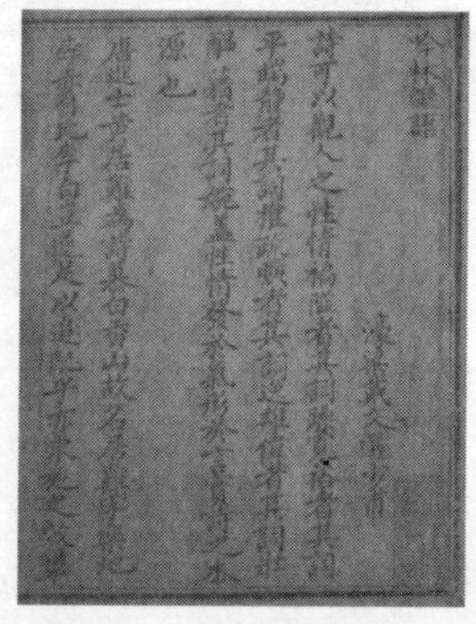

대문선의 서문

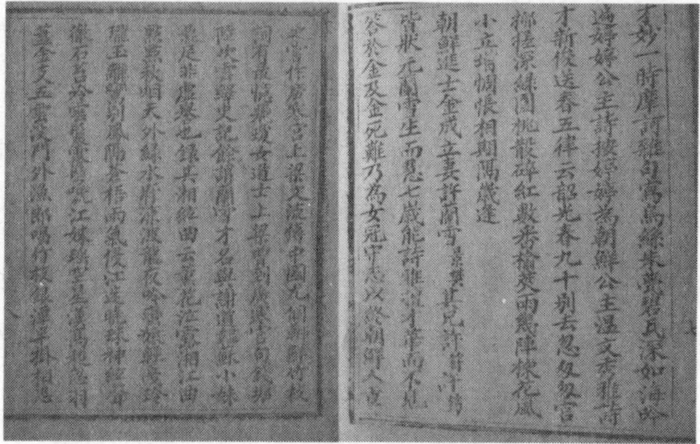

『음림철어』에 수록된 허난설헌의 시문

『음림철어』에 외국 사람의 시문이 수록되어 있는데, 조선의 시문은 여성 시인으로 여겨진 월산대군 정(婷)의 한시 2수, 허난설헌의 한시 3수가 수록되어 있다. 이 시화집에는 조선 여성 시문의 출처도 상세히 기록되어 있어 당시 청나라에서 조선 여성의 한시가 전파된 상황을 알아볼 수 있다. 이 시화집에 수록된 조선 여성의 시문을 도표로 정리하면 아래와 같다.

收錄作者	收錄作品	詩評	出處	備考
婷	古寺尋花	溫文繡雅, 詩才新俊	華亭徐振『朝鮮竹枝詞』	月山大君
	送春			
許蘭雪軒	湘絃曲		陸次雲.『繹史紀餘』	
	宮詞			
	古別離			

『음림철어』에는 조선 여성으로 여겨진 월산대군 정(婷)의 한시 2수가 수록되어 있다. 대문선이 주(註)를 달기를 "정정(婷婷)은 조선의 공주로, 아름답고 아담하며, 시문에도 뛰어났다(婷婷爲朝鮮公主, 溫文繡雅, 詩才新俊)."라고 말하였다. 이 주석은 서진(徐振)의 〈조선죽지사〉를 참고해서 생긴 오해였을 것으로 추측된다. 허난설헌에 대해 와전(訛傳)된 내용도 그대로 수용하였다. 그 중에 허난설헌의 남편인 김성립(金誠立)을 김성립(金成立)으로, 허균(許筠)을 허난설헌의 형으로 잘못 기재하였다. 또한 김성립(金成立)이 죽은 후 허난설헌이 여관(女冠)이 되었다는 기록도 잘못된 것이다. 이와 같은 기록은 육차운(陸次雲)이 편찬한『역사기여(繹史紀餘)』에 잘못 기록한 것과도 일치한다. 한편으로 우동(尤侗)이 지은 〈조선죽지사〉의 "비경을 그리는 여도사, 상량문

지으러 광한궁에 갔네(最憶飛瓊女道士, 上梁曾到廣寒宮)."라는 시구를 인용하여 허난설헌의 재주에 대해 칭찬을 아끼지 않았다.

4) 뇌진(雷瑨)의 『규수시화(閨秀詩話)』

뇌진(1871~1941)의 자는 군요(君曜), 호는 오훤실주(娛萱室主)이며, 필명으로 운간전공(雲間顚公), 축암노인(縮庵老人) 등이 있다. 송강(松江) 사람으로 광서 14년(1888)에 과거에 급제하여 소엽산방(掃葉山房)의 편집자(編輯者), 『신보(申報)』의 편집자(編輯者) 등을 역임하였다. 그는 시문에 능통하였고, 문학과 역사학에도 뛰어났으며, 여성 문학에 관심이 많아서 일찍이 『미인천태시(美人千態詩)』, 『미인천태사(美人千態詞)』, 『규수사화(閨秀詞話)』, 『청루시화(靑樓詩話)』 등 여러 여성 시선집과 시화를 편찬하였다.

『규수시화』는 뇌진이 갑인년(甲寅年, 1914)에 편찬한 여성 시화집이다. 이 시화집은 소엽산방인본(掃葉山房印本)이 남아 있는데, 중국 학자 왕지영(王志英)이 편찬한 『청대규수시화총간(淸代閨秀詩話總刊)』(南京 鳳凰出版社, 2010)에 수록되어 있다. 『규수시화』의 부록을 통해 뇌진이 이 시화집을 편찬한 동기와 과정을 살펴볼 수 있다.

고금에 시화를 편찬한 자는 무려 백 여 명에 달했지만, 여성의 시화만을 편찬하는 자는 그리 많지 않다. 갑인년(1914) 여름에 한가하여 아우 군언(君彦)과 함께 근대 명가의 시집과 시화 등을 찾아 열독하고, 여성의 작품과 유사(遺事)에서 언급한 작품을 선택해서 편집했다. 사방의 친우도 시화집을 편찬하는 뜻을 알아 앞 다투어 여성의 개인 시집과 단편의 시문을 보내주었다. 세월을 보내면서 수시로 채집하고 기록했

는데, 한해에 규수 천 몇 백 명, 시문 수 천 수를 수집했다.[274]

『규수시화』는 송나라부터 민국 초기까지 여성 1,270명의 시문을 품평(品評)한 시화집이다. 뇌진은 서문에서 "대개 청대 규수의 시문까지 수록하였고, 원대와 명대 규수의 시문도 간혹 수록했다.[275]"라는 말을 보면, 이 시화집에 실린 시문은 대부분이 청대 여성의 것이지만, 송대뿐만 아니라 다른 시기의 여성 시문도 수록되어 있다는 사실을 알 수 있다. 주목할 만한 것은 이 시화집 끝부분에 소수민족과 조선 및 일본의 한시가 실려 있는 것이다. 이는 청나라 여성과 주변 나라 여성의 한시 문학의 비교 연구와 다민족 간의 문화 교류 연구에 상세한 자료를 제공해 주고 있다. 이러한 시화집의 내용은 주로 여성 한시에 대한 평론, 여성의 일생과 사적 및 여성 시문 창작활동에 관한 기록이다. 시화집에서 여성 한시를 편찬하는 데 사용된 문헌을 살펴보면, 주로 역대 여성 시선집, 여성 개인의 시문집, 여성 시화, 여성 시문에 관한 기록류(記錄類) 등 다양한 자료에 의거하여 편찬하였음을 알 수 있다.

『규수시화』의 편찬 차례를 살펴보면, 여성 시인마다 목록이 있으며, 시인에 대한 간략한 설명이 있다. 그 내용에는 본적(本籍), 가족의 인친(姻親) 상황, 신분, 교우관계 등이 차례로 나열되어 있다. 생애에

---

274) 雷瑨, 『閨秀詩話』附錄, "古今作詩話者, 毋慮數百家, 而專集閨秀詩話, 尚廖廖不多觀. 甲寅長夏無事, 與吾弟君彦, 翻檢近代名家詩集以及詩話, 筆記諸書, 見有涉及閨秀之作, 而兼有逸聞逸事可資談助者, 則輯錄之. 四方朋好, 知小子有志於記載, 亦競以名媛專集或零篇斷句相函示. 日月居諸, 隨得隨錄. 越一年, 計得閨秀一千數百人, 詩詞數千首."

275) 雷瑨, 『閨秀詩話』서문, "大旨以淸一代閨秀詩爲斷, 元明閨媛名著偶亦附入焉."

관한 기록이 없는 경우에는 대부분이 시문창작 활동을 위주로 기록하
고 있다. 대체적으로 조리가 분명하여 시인에 대한 평가의 수준이 아
주 높다고 볼 수 있다. 그러나 수록된 분량이 워낙 많아 중복된 인물
과 시문도 있다. 이와 같은 사실은 이 시화집의 단점으로 볼 수 있다.
『규수시화』에 수록된 조선 여성의 한시와 출처, 평론 등은 아래와
같다.

詩人	作品	出處	詩評	備考
婷婷公主	送春, 古寺尋花	采風錄, 閨秀正始集	淸才綺思, 雖中土亦罕見, 不圖於異邦見之.	徐振, 孫致彌
權貴妃	宮詞	名媛詩歸	頗有疏蕩之氣	
許景樊	古別離, 感遇, 湘弦曲, 次伯兄高原望高臺韻, 次仲兄韻, 宮詞4수, 游仙詞3수	繹史紀餘, 蘭雪軒集	均綺麗芊綿, 不厭百讀	尤侗, 陸次雲, 朱之藩
李淑媛	采蓮曲, 斑竹怨, 古別離, 漫興贈郎, 自適, 秋思		李旋遭倭亂死節, 其行其學, 均足令人傾佩.	
成氏	竹枝詞3수, 鞦韆詞		輕倩有致, 嬌媚如繪	
海月	貧女吟, 賈客詞		饒有古意	俞如舟妻
無名氏	詩:國仇未報寸心愁, 尺鐵橫空動斗牛. 假弁易釵聊匿迹, 崎嶇又到海洋州.	綠蘋蕪館詩話	高邁逸放, 英氣奕奕, 足以愧煞一般覥顏事仇之鬚眉男子. 蛟龍非池中物, 容有雄飛之日乎?	錫江如意堂題詩. 江蘇省에 있는 집.

뇌진이 편찬한 『규수시화』에는 인용된 문헌의 출처가 분명하다. 특
히 조선 여성의 시를 인용하는데 출처를 분명히 밝혀 20세기 초까지
조선 여성의 한시가 어떻게 중국에서 유통되었고, 중국 문인들이 어
떤 경로로 조선 여성 시문을 접촉하게 되었는지를 잘 파악할 수 있다.

그러나 이 시화집에 실린 조선 여성의 한시는 과거에 편찬된 여성 한시와 관련된 문헌을 그대로 수용하였기 때문에 잘못된 정보를 제공하는 경우가 많다. 구체적으로 예를 들면, 뇌진도 월산대군의 호(號)인 '정(婷)'을 여성으로 잘못 이해하였다. 그는 서진의 『사회헌시초』[276]에 실린 〈조선죽지사〉를 그대로 수용하였으며, 청대 여성 시인 운주가 편찬한 『규수정시집』에 실린 월산대군의 〈송춘〉과 〈고사심화〉를 그대로 인용하였다. 또한, 종성의 『명원시귀』에 실린 권귀비(權貴妃)의 시를 인용하는데, 권귀비를 고려의 시인으로 설명하지 않고, 조선의 시인으로 간주하였다. 허난설헌의 경우도 마찬가지였다. 그는 우동의 『외국죽지사』를 인용하여 김성립(金誠立)이 나라를 위하여 죽었고, 허난설헌이 남편을 위하여 여도사가 되었다고 잘못 알고 있었다. 이와 같은 문제점은 중국에서 유통되고 있던 조선 여성의 한시가 한정되어 있어 중국학자들이 조선 여성의 시문을 확인할 길이 없었던 것에서 비롯되었다. 또한 이전 시기의 중국학자가 편찬한 여성 시선집의 영향력이 커서 시문집에 실린 각각의 한시의 경우, 후대 학자들이 의심하기가 어려웠을 것이다. 그러나 이러한 문제점이 있다고 하여 이 시화집의 문헌적 가치를 부정할 수는 없다. 특히 이러한 시선집에 실린 무명씨(無名氏)의 한시를 『녹미무관시화(綠麋蕪館詩話)』[277]에 채록한 것으로 보아, 같은 시기에 조선 여성의 한시 관련 문헌도 있었던 것으로 보인다. 이 시문의 주(注)에서 "이는 석강(錫

---

276) 『四繪軒詩抄』, 華亭徐振撰朝鮮竹枝詞四十首. 其一云: "紅粉淸才妙一時, 摩訶雜句寫烏絲, 朱瓦碧瓦深如海, 吟遍婷婷公主詩." 自注云: "孫愷似檢討曾陪使朝鮮, 手編採風集, 載東國士女歌詩, 有婷婷公主避暑詩."

277) 『綠麋蕪館詩話』는 현재까지 밝혀지지 않은 자료이다.

江)에 위치한 여의당(如意堂) 벽에 실린 한시인데, 한 아름다운 소년 (少年)으로 위장(僞裝)한 조선 여자가 쓴 한시이다.278)"라는 글을 통해, 이 시문의 작자에 대한 이미지를 신비화시키고 있다. 뇌진의 평언(評言)에서 이 한시의 작자는 "시문에 고매(高邁)하고 영기(英氣)가 넘치며, 남자를 부끄럽게 할 만한 사람이다.279)"라고 극찬을 하였는데, 이를 통해 이 시문의 작자가 중국에서 활동하였던 항일(抗日) 여성 인사로 추측할 수 있어 한말에 중국에서 활동하던 조선 여성 문인의 모습을 엿볼 수 있다.

5) 유월(俞樾)의 『차향실총초(茶香室叢鈔)』

유월(1821~1907)의 자는 음보(蔭甫), 호는 곡원(曲園)이며, 절강(浙江) 덕청(德淸) 사람이다. 『차향실총초(茶香室叢鈔)』 권5에 〈조선여자시〉를 기술하고 있다.

명나라 서발(徐焞)의 『필정(筆精)』에 조선 여성의 한시를 실었는데, 이원(李媛), 성씨(成氏), 허매(許妹) 삼인(三人)의 시가 있다. 모두가 여인 중의 걸출한 자들이며, 각자 칠절 2수씩을 택했다. 또 말하기를 정상여(程相如) 장군이 편찬한 『사녀시(四女詩)』가 간행되었다 하는데, 사녀(四女) 중 허매(許妹)와 이원(李媛)의 시만 실려 있고, 나머지 두 사람의 시는 보이지 않는다. 그 중에 한 사람은 성씨(成氏)이며, 다른 한 사람은 고증할 방법이 없다. 다시 말하기를 허매(許妹)는 장원(壯元) 허균(許筠), 정랑(正郎) 허봉(許篈)의 누이이다. 형제 모두가 그 이름이

---

278) 雷瑨, 『閨秀詩話』, "此錫江如意堂一喬裝爲美少年之朝鮮女子所題詩也."
279) 雷瑨, 『閨秀詩話』, "高邁逸放, 英氣奕奕, 足以愧煞一般靦顔事仇之鬚眉男子."

드높으며 그 누이의 시는 특히 뛰어나다.[280]

유월(俞樾)이 말하는 서발의 『필정』[281]은 원명(原名)이 『서씨필정 (徐氏筆精)』이라 한다. 이 시선집에는 명나라 사람이 조선 여성의 한시 를 편찬한 것을 언급하고 있다. 하나는 왕세종(汪世鍾)이 편찬한 『조 선고금시(朝鮮古今詩)』이며, 다른 하나는 정상여(程相如)가 편찬한 『사 녀시(四女詩)』이다. 『조선고금시』는 왕세종[282]이 명대 만력(萬曆)연간 에 편찬한 조선인의 시선집으로 총 4권이 있다고 한다. 그러나 이 책 은 이미 유실되어 찾아볼 수 없고, 『서씨필정』에 수록되어 있는 〈조 선시〉와 〈조선허씨〉에서만 찾아볼 수 있다.

신도(新都)의 왕백영(汪伯英)이 만중승(萬中丞)[283]을 따라 조선에 가서, 그 나라의 고금시(古今詩) 네 권을 편찬했다. 마치 중화의 시가와 같다. 또 이원(李媛), 성씨(成氏), 허매(許妹) 세 명이 있는데, 여인들 중에서 으뜸이다. 그 시법이 매우 뛰어나다. 율시(律詩)와 고풍(古風), 그리고 훌륭한 작품들이 많이 있으며, 〈월전상량문(月殿上梁文)〉 역시

280) 俞樾, 『茶香室叢鈔』(권5, 中華書局, 1995, 1562쪽), "(明)徐𤊹 筆精載朝鮮詩, 有李 媛, 成氏, 許妹. 三人女中之英也, 所錄各七絕二首. 又云, 近程將軍相如輯 四女詩 行于世, 四女中止載許妹及李媛詩, 余二人無詩, 其一人想卽成氏, 其一人不可考 矣. 又云, 許妹者, 狀元許筬, 正郎許篈之妹也, 兄弟並著才名, 而妹詩尤功."

281) 徐𤊹의 『徐氏筆精』은 崇禎 5년(1632)에 간행된 邵捷春黃居中刻本이 있다. 淸나라 方功惠가 明崇禎刊本을 근거하여 번각한 碧琳琅館叢書本도 있으며, 1997년 福建 人民出版社에서 출판된 標點本도 있다.

282) 汪世鍾의 자는 伯英, 중국 四川 사람이다. 萬曆 26년(1598) 萬世德을 따라 조선에 갔다. 吳明濟의 『朝鮮詩選』간각에 참여했으며, 교열을 본 사람 중의 한 사람이다.

283) 萬中丞은 萬世德을 일컫는 말이다. 자는 伯修이고 萬曆 26년(1598) 조선에 經略으 로 임명되어 11월에 조선 서울에 도착했다.

매우 아름답게 쓰였으나 여기서 상세히 쓰지 않겠다.[284]

위의 글에서 서발은 왕세종이 편찬한 '조선고시'에 대해 언급하였
다. 이러한 언급을 통해 왕세종이 편찬한 조선 시집의 대략(大略)을
알 수 있는데 서발이 언급한 또 하나의 조선 시선집은 정상여의『사
녀시』이다.『서씨필정』에 〈조선허씨〉가 있는데, 그 내용은 다음과
같다.

> 신도(新都)의 왕백영(汪伯英)이 이전에 '조선시'를 출판하였는데, 내
> 가 이미 몇 수를 채록하였다. 최근 정장군(程將軍) 상여(相如)가 또 '사
> 녀시'를 편찬하여 간인하였다. 허씨매(許氏妹)는 장원(壯元) 허균(許筠)
> 과 정랑(正郎) 허봉(許篈)의 누이이다. 형제의 문재가 모두 그 이름이
> 드높고, 그 누이의 시는 매우 뛰어나다.[285]

여기서 서발은 정상여의『사녀시』를 언급하고 있는데, 현재까지 정
상여의 생애에 관한 자료와『사녀시』의 판본은 찾지 못하였다. 중국
국내외 공공도서관의 고서목록에 기록되어 있지 않은 것을 보아, 개
인이 소장하고 있거나 유실되었을 가능성도 있다.『필정』에 조선 여
성인 허씨매(許氏妹)의 〈유선시(游仙詩)〉 5수, 〈차중씨망고대운(次仲氏
望高臺韻)〉이 수록되어 있으며, 이씨(李氏)의 〈추한(秋恨)〉, 성씨(成氏)
의 〈양유사(楊柳詞)〉가 수록되어 있다. 〈추한(秋恨)〉과 〈양유사(楊柳
詞)〉는 허난설헌의 작품인데, 각각 이씨(李氏)와 성씨(成氏)의 작품으

---

284) 김성남,『許蘭雪軒詩研究』(소명출판, 2002), 115~116쪽.
285) 徐熥,『徐氏筆精』, "新都汪伯英曾刻朝鮮詩, 余已採錄數首. 近程將軍相如又輯四
　　　女詩行于世, 許氏妹者, 狀元許筠, 正郎許篈之妹也, 兄弟並著才名, 而妹詩尤工."

로 오인하여 기재되었다. 허씨(許氏)의 〈차중씨망고대운(次仲氏望高臺韻)〉의 경우, 오명제의 『조선시선』에서는 〈차백형고원망고대운(次伯兄高原望高臺韻)〉으로 되어 있다.[286]

서발의 『필정』에 수록된 조선 여성의 한시를 통해 명나라 사람들이 편찬한 시집 중에서 조선 여성의 작품과 작자의 기재에 있어 많은 혼란이 나타나는 문제점을 확인할 수 있었다. 그리고 작자와 작품에 대한 착오는 청말 유월(俞樾)이 편찬한 『차향실총초(茶香室叢鈔)』까지 조선 여성의 한시가 언급되지만, 작품과 작자가 혼잡한 문제점은 시정되지 않은 채 그대로 이어졌다. 이는 명나라의 자료가 그대로 수용되었기 때문이다. 그러나 유월이 언급한 조선 여성 한시에 관한 문헌자료는 조선 여성의 한시가 어떻게 전파되어 나갔는가에 대한 경위를 파악하는 데 매우 가치 있는 자료이다. 앞에서 유월이 언급한 왕세종의 『조선고금시』와 정상여의 『사녀시』와 같은 자료가 더 많이 발굴된다면, 조선 여성의 한시가 중국에서 전파된 경로를 더욱 상세하게 파악할 수 있을 것이다.

6) 단사리(單士釐)의 『청규수예문략(淸閨秀藝文略)』

단사리(1858~1945)의 자는 수자(受玆), 절강성(浙江省) 소산(蕭山) 사람이다. 부친 단은박(單恩薄, 자는 길보(吉甫), 호는 체화(棣華))은 당시에 문장(文章)의 대가로 인정받은 사람이고, 단사리는 아버지로부터 일찍이 시문을 배웠다. 단사리의 남편 전순(錢恂, 1854~1927)은 외교관으로 "고금(古今)과 중외(中外)의 고사(故事)에 모두 능통하다.[287]"라는

---

286) 김성남, 앞의 책 참조.

평가를 받은 박학한 학자이고, 일본과 하란(何蘭), 이태리 등의 나라로 출사하였다. 단사리는 남편을 따라 여러 나라에서 생활하였고, 외국을 유람하면서『계미여행록(癸未旅行錄)』,『귀잠지(歸潛誌)』라는 여행일기를 기록하여 그의 경험과 이국(異國)의 풍토, 예술, 학술 등의 다양한 지식을 세상 사람에게 소개하였다. 그 외에 단사리가 청대 여성의 한시집을 모아 하나의 목록책으로『청규수예문략(淸閨秀藝文略)』을 편찬하였는데, 고대 여성 시문 연구에 귀중한 자료이다.『청규수예문략』에는 조선 여성 2명의 시문을 수록되어있고, 이를 통해 우리는 청대 말에서 20세기 초중반까지 조선 여성의 한시 작품이 중국에서 전파 수용된 상황을 상세하게 알 수 있다.

　단사리는 1910년부터『청규수예문략』을 편집하기 시작하여 1944년까지 지속하였다. 그러나 단사리의 이 시문자료는 간행되지 못하였고, 고본(稿本)으로 남아 있다. 중국국가도서관에 소장되어 있는 고본은 1943년까지 완성된 것으로 모두 5권으로 구성되어 있다.(색서호(索書號): /目210/925) 중국북경대학 도서관에 소장되어 있는 고본(稿本)은 1941년까지 편집한 것이며, 4권만(제4권 유실되어 있음) 남아 있다.『청규수예문략』은 명말의 여성시인의 작품부터 민국초기의 여성 시인 작품을 편찬하였다. 여성 작가 2,787명, 작품은 3,333수이며, 모두 5권으로 구성되어 있다. 그 중에 조선 여성 시인 2명의 시문집이 기재되어 있는데, 바로 허경란(許景蘭)의『해동란(海東蘭)』과 박죽서(朴竹西)의『죽서시집(竹西詩集)』이다.

---

287) 宋恕,『推薦國文學堂監督人選禀』,『宋恕集』, 中華書局, 1993, 401쪽.

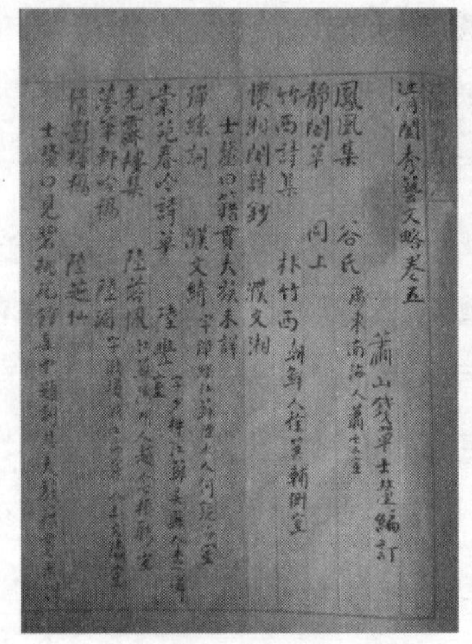

박죽서의 시문목록

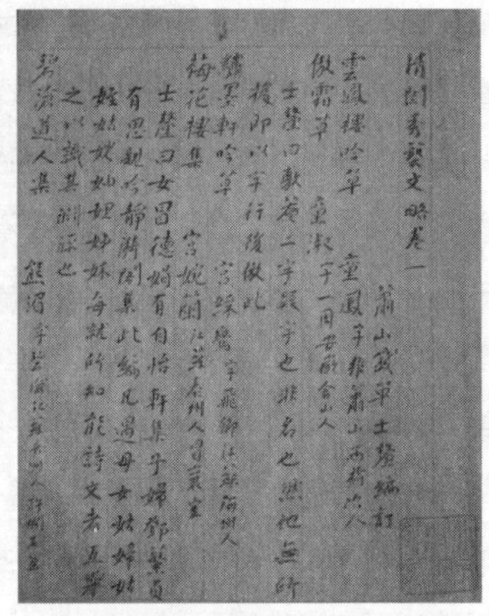

『청규수예문략』 필사본(중국국가도서 소장)

허경란(許景蘭)의 자는 소설(少雪)이며, 선조 때의 역관 허순(許純)이 명나라에 가서 살면서 얻은 딸이다. 일찍이 중국에서 간행된 『난설헌집(蘭雪軒集)』을 보고 허난설헌을 사모하여 스스로 '경란(景蘭)'로 불렀으며, 그의 시 가운데 123수를 차운했으나, 그 밖의 작품은 알려지지 않았다. 난설헌이 죽은 27세의 나이에 자신도 죽을 것을 예감했으나 그 나이를 넘기게 되자 입산하여 여도사가 되었다고 전한다.[288] 그의 시문집은 전당(錢塘)의 문인 양백아(梁伯雅)가 간행해 주었는데 중국에 많이 전파된 것으로 보인다. 그리하여 단사리가 이와 같은 시문집을 쉽게 읽을 수 있었던 것으로 짐작된다. 허경란은 조선 중인 계층의 역관 집안 출신으로 19세기 조선에서 여성 시인의 개인 시문집을 출간하는 것은 쉽지 않았을 것이다. 그러나 허경란은 청나라에서 살았

---

288) 이혜순(외), 『한국 고전 여성작가연구』, 태학사, 1999, 65쪽.

기 때문에 개방적인 사고방식과 시문 세계에 대한 추구가 더욱 간절하여 청나라 문인이 그녀의 시문을 출간하고 청나라에서 먼저 유포되었으며, 이후 조선까지 알려지게 된 것이다. 그녀의 시문은 20세기 초 조선에서 곽찬(郭璨)이 편찬한『동양역대여사시선(東洋歷代女史詩選)』[289]에도 수록되었다. 허경란의 시문은 그의 생애처럼 한·중 양국 문화 교류의 산물이라 할 수 있다. 한·중 양국에서 허경란의 시문의 전승은 19세기 한·중 여성 문화 교류의 한 단면을 잘 알아볼 수 있는 중요한 사례이다.

박죽서(朴竹西)는 1820년 전후에 태어나 1820년~1850년 사이에 살았던 요절시인으로 추정된다. 선비 박종언(朴宗彦)의 서녀로 서기보(徐箕輔)의 소실이 되었다. 10세에 지은 작품도 있어 어려서부터 시재를 보여주었음을 알 수 있으나, 시에 병(病)과 관련된 표현이 많아 일생 다병(多病)했던 것으로 보인다. 금원(錦園)이 삼호정(三湖亭)에 거하기 시작한 때가 1847년이었으므로 죽기 얼마 전까지 한성에 살고 있었을 것으로 추측된다. 박죽서는 서얼출신이며, 시문에 뛰어난 재주를 갖고 있던 여성 시인이다. 그는 자신의 학문이나 재능에 대한 자부심과 함께 출사의 한계를 고민했던 이로 여성작가로서 그러한 자부심과 고민의 양면성을 보여준 시인이다. 그의 시문집으로『죽서시집(竹西詩集)』(1851)이 있는데 사후에 발간된 것으로 추정된다.[290]

---

289) 郭璨이 편찬한『東洋歷代女史詩選』은 1920년 京城 寶文館에서 간행하였다. 이 시선집은 韓·中·日 역대의 여러 시선에서 6권 분량의 여류시를 가려 뽑은 것이다. 조선 여류시는 권6에 일본 여류시와 함께 실려 있다. 허미자가 편집한『朝鮮朝女流詩文全集』(태학사, 1988)에서는『東洋歷代女史詩選』에 실린 조선 여류시 부분만 영인하였다.

290) 이혜순(외), 앞의 책, 69쪽.

한편, 중국국가도서관에 『죽서시집』(1책)이 소장되어 있다. 이 시집은 필사본으로 반엽(半葉) 10행, 행마다 16자로 되어 있다. 또한 이 시집은 정해(正楷)로 필사되어 있어 각본(刻本)으로 쉽게 인식할 수 있다.291) 이 시집의 권수에 '楊弇'292)이라는 붉은 글자가 적혀있는데, 이 필사본의 필사자인지, 아니면 독자인지 확실히 알 수가 없다. 한편, 장서인(藏書印)은 '雲輪閣'(朱方印), '荃孫'(朱方印), '國立中央圖書館'(朱方印)이 있다. '荃孫'은 무전손(繆荃孫)293)을 말한다. '운윤각(雲輪閣)'은 무전손의 당호이니, 무전손은 분명히 『죽서시집』을 수장한 적이 있었다. 무전손이 이 『죽서시집』을 수장했던 것이다. 그런데 『죽서시집』의 필사본은 어떤 경로로 중국에 유입된 것인지, 또는 이후에 이 시집은 어떤 경로로 무전손에게 수장된 것인지 현재 알 수가 없다. 다만 무전손의 생애로 보아 『죽서시집』은 19세기 후반이나 20세기 초에 중국에서 이미 유통된 것으로 알 수 있다. 단사리는 1910년부터 1944년까지 『청규수예문략』을 편찬하였는데, 이 시기에 중국에서 유통된 『죽서시집』을 보게 되었을 것이다.

단사리가 편찬한 『청규수예문략』에는 19세기 조선의 여성 시인인 허경란과 박죽서의 시문집이 수록되어 있다. 19세기에 출간된 조선

---

291) 중국국가도서관 검색목록에는 『竹西詩集』을 '朝鮮刻本'으로 잘못 기재하고 있다.

292) 楊弇는 王季歡을 말하다. 王季歡(1898~1936)의 자는 修, 호는 楊弇, 또는 雲藍이다. 淸말의 경사학자, 장서가이다. 저서로는 『泉園隨筆』, 『長興先哲遺著徵』 등이 있다.

293) 繆荃孫(1844~1919)의 자는 炎之, 또는 筱珊, 호는 藝風老人이며, 江蘇 江陰 사람이다. 晚淸시기의 藏書家, 金石學者이다. 그는 光緒 丙子(1876)에 진사에 급제하여 翰林院編修 등 직임을 하였다. 經史와 金石 등에 정통했으며, 『藝風堂文集』, 『藝風堂金石文字目錄』, 『對雨樓叢書』 등이 있다.

여성 한시를 수록한 다른 청대 문헌은 거의 17세기에 활동했던 조선 여성의 한시를 수록하였는데, 단사리는 19세기 전에 중국에서 유통된 조선 여성의 한시는 수록하지 않았고, 자신과 가까운 동시대의 조선 여성의 시집을 선택한 것은 아주 특이한 사례이다. 이러한 사실을 통해서 19세기에 유통된 조선 여성의 한시 작품도 중국에 유입되어, 중국 문인에게 소개되고 향유된 것으로 파악할 수 있다.

VI
청대문인 편찬 조선한시문헌의 특징과
조·청 교류사의 의미

현재까지 청인들이 편찬한 조선의 한시문헌을 대상으로 살펴보았다. 19세기에 중국에서 편찬된 조선시문의 자료에 관한 통시적인 연구를 통해 본 연구에서는 그동안 학계에서 주목 받지 못한 자료를 소개하였으며, 문헌 자료의 편찬 경위, 조선 시문의 수록 상황 등을 심도 있게 고찰하였다. 또한, 중국에서 유통된 조선 한시문헌 자료의 전파(傳播)와 전승(傳承)관계, 문헌 자료의 내원(來源)을 살펴봄으로써 한·중 문인들에 의해서 편찬된 조선 시문들이 중국으로 유입되는 과정에서 조선 문인들이 담당했던 역할에 대해서도 설명하였다.

1. 청대문인 편찬 조선한시문헌의 특징

본 연구에서는 청인들이 주도적으로 편찬한 조선 한시문헌을 세 종류의 유형으로 분류하여 체계적으로 조사하였는데, 즉 조선 문인들과 청인들의 교유를 통해 산생된 시선집, 청인이 편찬한 조선 한시문헌의 정화(精華), 청인이 편찬한 조선 여성 한시 문헌을 대상으로 고찰하였다. 이러한 세 유형은 19세기~20세기 초까지 청인이 조선 한시 문헌을 편찬하는 가장 전형적인 방법이라고 볼 수 있다. 또한 19세기에 들어와서 청인의 조선 한시와 관련된 문헌 편찬 작업은 앞선 시기보다 더욱 가속화되었고, 이러한 과정을 통해서 쓰인 조선 한시 관련 문헌은 개별 작품마다 독자적인 특징과 의미를 지니고 있다.

(1) 청인 편찬 조선한시문헌과 편찬의식의 다양성

19세기에 이르러 청인들이 편찬한 조선 관련 문헌은 이전 시기보다 다양한 형태로 나타났는데, 이러한 양상이 드러난 까닭은 크게 두 가지로 요약해 볼 수 있다. 첫째는 청대는 중국인들의 출판문화가 가장 융성했던 시기이다. 가유춘(柯愈春)의 『청인시문집총목제요(淸人詩文集總目提要)』[294)에 의하면, 청대에 출판된 시문집은 4만 여종이나 되고, 수록된 시인도 19,700여 명에 이르렀다. 특히 이 시기에 여성 시인은 4,000여 명이 있었고, 시문집도 3,000여 종이나 출판되었다.[295) 이처럼 청인들이 청대 시문집을 대량으로 편찬하는 흐름에서 조선 시문을 편입시키거나 개별적으로 조선 시문을 엮은 사례가 많았다. 두 번째의 이유는 19세기에는 한·중 문인간의 문화 교류가 이전 시기보다 폭넓고 다양했기 때문이다. 조선 문인이 명나라 사신과 문화 교류하는 데는 그 인원의 한계가 있었다. 물론 18세기에 북학

---

294) 柯愈春, 『淸人詩文集總目提要』, 北京古籍出版社, 2001.
295) 胡文楷, 『歷代婦女著作考』, 上海古籍出版社, 1985.

파 문인들을 위시한 적지 않은 지식인이 청나라 문인에 대하여 관심을 보이며 그들을 만나서 수창한 기록도 있다. 그러나 정조(正祖)는 이러한 문화 교류를 국가적 차원에서 제한했으며, 정확히는 아직 청조(淸朝)의 실상을 파악하는 단계였기에 본격적인 문학교류는 19세기에 들어와서 이루어졌다고 볼 수 있다.[296] 이 시기에 조선 문인과 청인들의 교유는 개인적인 교유보다는 그룹과 그룹간의 문화 교류 활동을 통해서 이루어졌다. 이러한 사실은 이전 시대와는 다르게 조선 문인과 중국 문인들 사이에서 이루어진 정기적이고 광범위한 교류 현상을 통해서 알 수 있다. 이러한 문화 교류 활동을 통해서 조선 문인과 중국 문인 사이에 시사(詩社)를 형성하고, 아집(雅集)을 통한 문화 활동이 빈번히 이루어졌으며, 교류 과정에서 청인들이 조선인과 주고받은 시문을 모아 편찬한 문집들이 상당량에 달했다. 이 시기에 나타난 또 다른 중요한 특징 중 하나는 청인들이 조선 문인들과의 직접적으로 맺은 개인적인 교유관계를 통해서 조선인의 시문을 편찬했다는 것이었다.

이 시기에 조선 한시 문헌에 대한 청인들의 편찬의식도 다양한 양상으로 나타나고 있다. 구체적으로 예를 들면, 수방울의 『좌해교유록』을 통해 조선인의 시문을 모아 하나의 '교유록(交遊錄)', 즉 역사적인 흔적을 남겨두기 위해, 자신과 조선인의 수창 시문을 '이시증사(以詩證史)'의 수단으로 편찬하였다. 또한 '교유록'은 조선 시문에 관한 기록이라는 역사성과 기실성(記實性)을 가졌기 때문에 조선 문인들과

---

296) 이춘희, 『藕船 李尚迪과 만청 문인의 문학교류 연구』, 서울대학교 박사논문, 2005, 5쪽.

청인들간의 통시적인 문화 교류를 이해하는 데 아주 중요한 가치가 있다.

동문환이 편찬한『추회창화집·속집』의 경우, 동문환 자신은 창자(唱者)이고, 조선인은 그의 시문에 화답(和答)하였다. 이 시문집은 하나의 창화공동체(唱和共同體) 안에서 이루어진 것이며, 같은 운각(韻脚)으로 수창한 시문을 모아 하나의 시문집으로 편찬했는데 이는 전근대 문인들의 문학 교류와 창작의 단면을 여실히 보여주는 중요한 자료이다. 조·청 문인들이 공동으로 참여하여 용희사(龍喜社)에서 엮은『심시집』은 청인이 조선 사람에게 '심시(尋詩)'(시를 구함)의 목적으로, 조선 문인의 시문을 주도적으로 수집하여 편찬한 뚜렷한 특징을 가지고 있다. 일반적으로 이전 시기에 활약했던 중국학자가 편찬한 시문선집이나 시문총집에는 조선 시문을 '속국(屬國)'의 자료로 여기고 그들의 시문을 마지막 권에 포함시키는 것이 아주 보편적인 현상이었다. 그러나『심시집』의 경우에는 조선인 4인의 시문이 가장 앞에 실렸는데 이는 아주 흔치 않은 사례이다. 이러한 시문 편찬 양식은 당시 한·중 양국의 역사와 문화 배경을 고려하면 쉽게 이해할 수 있는 것으로, 19세기에 이르러 청인이 조선 문인의 시문을 얼마나 중요히 여겼는지 이 사례를 통해 잘 알 수 있다.

조·청 문인들 사이에 개인적이고 직접적인 교유를 통해 편찬한 시선집의 가장 중요한 공통점은 개인이 편찬했다는 것으로 입신출세와 같은 개인적인 목적을 위한 것이 아니라, 조선 문인과 친교를 유지하면서 그들과 교유를 기념하기 위해서 하였다는 사실이다. 또한, 이 시기에 편찬한 조선 시문집은 편찬자가 시문을 보낸 시간적 순서로 편찬되었다. 나이와 신분, 국적을 따지지 아니하였다. 이와 같은 시

문자료를 통해 19세기 조·청 문인들의 문화 교류는 국적, 신분적인
한계를 넘어 대등한 관계를 통한 수평적인 교류였음을 알 수 있다.

(2) 동시대(同時代) 조선시문의 수록과 청인 그룹 내 조선시문의 '공향(共享)'

19세기에 청인이 편찬한 중국 시문총집에 실린 조선 한시는 청인들
과 직접적으로, 혹은 간접적으로 교류한 동시대 조선 문인의 시문을
실은 것이 가장 큰 특징이다. 예를 들면, 청대 부보삼(符葆森)이 편찬
한『국조정아집』, 원조광(袁祖光)이 편찬한『녹천향설이시화』, 손웅
(孫雄)이 편찬한『도함동광사조시사』, 서세창(徐世昌)이 편찬한『만청
이시회』에 수록된 조선시문은 직간접적으로 청인들과 교유한 조선
문인의 시문이다. 중국 문인이 조선인의 시문을 선택한 기준은 조선
인의 시에 대한 학술적인 의미 부여에 있기 보다는 한·중 시문의 교
류적인 입장에 초점을 두었다고 본다. 위의 몇 가지 시문총집에 수록
된 조선 시문은 조선 후기에 국한되어 있어 조선 문학사의 전체적인
흐름에서 객관적인 가치를 부여했다고 인정할 수 없지만, 중국학자의
안목에서 중국 작품과 대등한 수준으로 평가한 것으로 보인다. 특히
양국 문인들의 수창시문은 한·중 양국 문인들이 서로 소통하고 직접
적인 문학 교류한 산물이라, 이와 같은 자료는 한·중 양국 시문을 비
교하는 관점에서 매우 중요한 학술적인 가치를 갖는다.

청인이 시문총집을 편찬할 때 의도적으로 동시대의 조선인 시문을
실은 것은 이전 시기 같은 유형의 시문총집에 실린 조선시문의 편찬
기준과 비교해 볼 필요가 있다. 17세기~18세기 초에 편찬된 가장 대표

적인 시문총집은 바로 전겸익(錢謙益, 1582~1664)의 『열조시집』(1652)
과 주이존(朱彝尊, 1629~1709)의 『명시종』(1705)이 있다. 『열조시집』에
는 조선 시인 42명, 170수가 수록되어 있는데, 14세기 중엽에서 17세
기 초까지의 시문이 수록되었다. 『명시종』에는 조선 시인 90명의 136
수가 수록되어 있다. 전겸익과 주이존이 편찬한 이 두 가지 시문총집
에 실린 것은 모두 이전 시대의 시문들이다.

　19세기 청인이 편찬한 시문총집을 통해 알 수 있듯이, 이 시기에
조선 시문을 편찬할 때 그들은 이전 시대와 달리 같은 시대 조선 시
인의 시문을 편찬하였다. 그러면 이 시기에 나온 편찬자의 편찬의식
은 왜 달라졌을까? 이 시기에 청나라에서 편찬된 대량의 '동성집(同聲
集)'[297]을 통해 이를 짐작할 수 있다. '동성(同聲)'은 같은 시기의 사람
과 같은 목소리로 내는 것, 즉 동시대 사람의 시문을 선집하여 시문
선집을 편찬해야 한다는 주장이다. 19세기에 출현한 각종 '동성집'은
당시의 문화현상의 반영으로 이루어진 것이었다.

　한편, 조선에서 18세기 말과 19세기에 '연암그룹' 동인들이 '병세(竝
世)'의식을 갖고 일련의 '병세집(竝世集)'을 편찬하였다. '병세(竝世)'란
'동시대(同時代)'라는 의미이다.[298] 이러한 의미는 '연암그룹' 등 북학
파에만 국한된 것이 아니라 18세기 후반의 문인들에게도 적용된 것이
었다. 이러한 인식하에서 이규상(李奎象, 1727~1799)의 〈병세재언록(竝

---

297) 이 시기에 대표적인 '同聲集'은 張耀孫의 『同聲集』(淸 同治9年(1862) 刊本), 周行
　　 이 편찬한 『琴築同聲集』(淸 咸豊 11年(1861)刊本, 王子梅의 『同聲集』(淸道光年間
　　 刊行), 淸 光緒 十六年(1890) 간행한 彭蠻의 『薇省同聲集』 등이 있다.
298) 김영진, 「조선후기 명청소품의 수용과 소품문의 전개 양상」(고려대학교 박사논문,
　　 2004) 75~76쪽 참조.

世才彦錄)〉(『한산세고(韓山世稿)』 권24), 윤광심이 편찬한 『병세집(竝世集)』, 이덕무(李德懋)의 『청비록(淸脾錄)』, 유득공(柳得恭)이 편찬한 『병세집(竝世集)』(필사본 2권 1책, 규장각 소장) 등이 나왔다. 이 시기 동시대 사람을 감회하여 지은 '회인시(懷人詩)'가 대량으로 편찬되었다.[299] 이후 '회인시' 창작이 많아지는 것도 이와 관련이 있다.[300] 이와 같은 '병세(竝世)' 또는 '동시대(同時代)'의 의식은 19세기에 청나라에서 등장한 '동성(同聲)' 의식과 일맥상통하며, 한·중 양국 이 같은 시대의 문예와 학술, 시문창작과 비평 등에서 함께 공유하려 했음을 알 수 있다.

이 시기에 편찬된 조선 시문 관련 문헌은 당시 조선 문인의 시문집이나 조선 문인의 개인 시문작품이 청인 그룹 내에서 유통된 일종의 문화현상이라고 볼 수 있다. 『만청이시회』에 실린 조선의 시문 자료는 조·청 문인들의 그룹과 그룹 간의 문학 교류를 통해서 편찬된 것이다. 조선 사신들은 물론이고 청나라 측 문인들도 조정에서 근무하던 당대 유명한 학자들로 대체로 글씨나 그림에도 솜씨가 있는 문인들이고, 비슷한 학문적 경향을 가지고 함께 어울려 학문과 문학을 영위했던 사람들이다. 이들은 지속적인 만남, 또는 서신(書信) 왕래를 통해서 수창(酬唱)하고 개인의 시문이나 문집을 상대방에게 소개해 주었다. 청나라의 문인들은 조선의 사행 문인들과의 직간접적인 교유를 통해 조선 시문을 수집하였으며, 수집한 조선의 시문 자료를 동인(同人)들 사이에서 '공향(共享)'하는 방식으로 수용하였다. 동문환의 『조

---

299) 朴齊家가 편찬한 '懷人詩'(『縞紵集』), 역관 계층인 金奭準이 지은 수많은 '懷人詩' 등을 들 수 있다.

300) 김영진, 「조선후기 중국 사행과 서책 문화」, 『연행의 사회사』, 경기문화재단, 2005, 250쪽.

선시록』은 부보삼의『국조정아집』에 실린 조선시문을 수용하였으며, 손웅의『도함동광사조시사』는 원조광의『녹천향설이시화』에 실린 김택영의 시문을 수용하였다. 만청시기 서세창이 편찬한『만청이시회』는 앞 시기에 간행된『국조정아집』,『심시집』, 도주(陶澍)가 편찬한『담영록(談瀛錄)』에 실린 조선인의 시문을 수용하였다. 이와 같은 '공향(共享)'의 문화현상은 청나라에서 19세기의 조선 시문을 편찬하는 배경으로 작용했다고 할 수 있다.

(3) 전시대 조선 여성 한시 문헌의 수용 및 제종(諸種)의 혼란(混亂)현상

19세기에 청인이 편찬한 조선의 여성 한시 관련 문헌은 매우 다양하다. 여성 시선집뿐만 아니라, 여성 시화집에도 상당한 양이 수록되어 있다. 19세기 편찬된 조선 여성한시문헌은 일부의 편찬자가 비슷한 시기의 조선 여성의 한시를 적극적으로 수집한 것이다. 그러나 19세기 문헌에 수록된 조선 여성 한시의 큰 흐름을 보면, 대부분이 명대에 전해온 조선 여성의 한시를 수록하고 있다. 명대부터 20세기 초까지 조선 여성한시를 중국에서 전승한 관계를 도표[301]로 정리하면 아래와 같다.

---

301) 박현규는「許蘭雪軒의 또 하나의 중국 간행본『聚沙元倡』」(『한국한문학연구』제 26집, 2000)에서 명말 淸初까지 중국에서 편찬된 許蘭雪軒에 관한 문헌의 일차 초편본 계통과 이차 초편본 계통을 도표로 정리한 적이 있다. 본 연구에서는 상기 도표를 참고하여 삼차 초편본 계통을 보완하고 20세기 초까지 중국에서 전승된 조선 여성 한시문헌을 대상으로 만들었다.

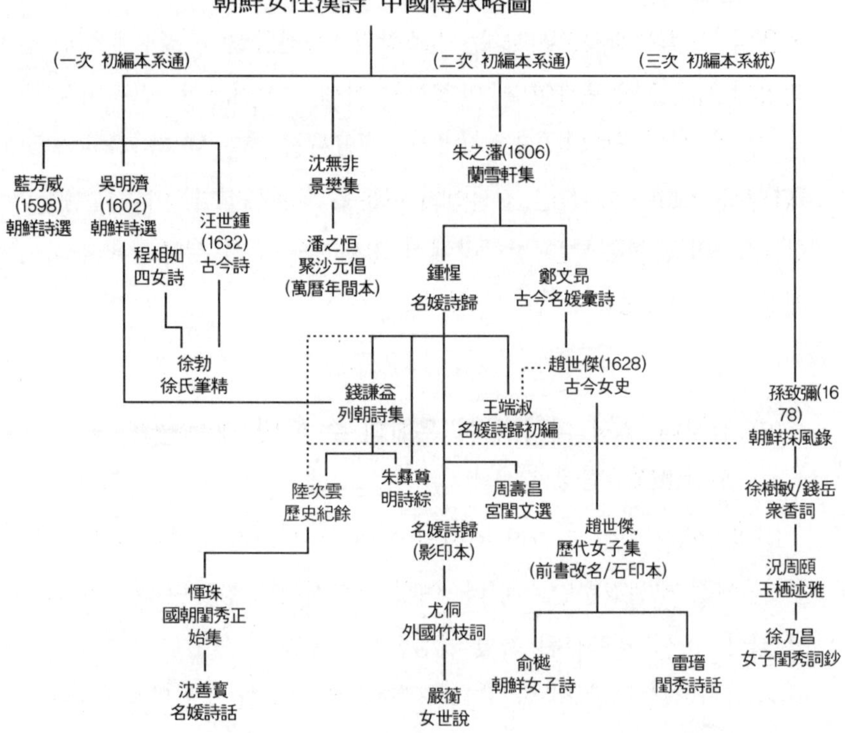

　19세기 청인이 편찬한 조선 여성 한시문헌은 명대에 편찬된 조선 여성 한시 관련 문헌의 영향을 많이 받았고, 대부분 그대로 수용하였다. 특히 허난설헌, 이옥봉, 해월을 비롯한 16세기 전에 살았던 조선 여성의 한시는 이와 같은 계통에 속한다. 당시 조선의 허난설헌을 비롯한 여성 시문의 편찬은 크게 중국에 전해진 초편본 계통과 조선 내에서 간행된 후편본 계통으로 나눌 수 있다. 초편본 계통은 다시 조선 시선집 계통의 일차 초편본과 주지번(朱之蕃)간본 계통의 이차 초편본으로 세분할 수 있다.[302] 그러나 청인 황주이(況周頤)가 편찬한 『옥서

술아』에서는 손치미(孫致彌)가 편찬한 『조선채풍록』(1678년 무렵)에 고려 권귀비(權貴妃)의 사(詞)를 포함하여 여성으로 여긴 정(婷), 허경번(許景樊), 이숙원(李淑媛), 해월(海月) 4인의 시도 수록되어 있다고 하였다. 또 명말~청초에 청대 학자인 서수민(徐樹敏)과 전악(錢岳)에 의해서 편집한 『중향사』에 수록된 이숙원의 사(詞)의 출처를 통해, 손치미가 조선 여성 시문을 기록한 '사초(使草)'와 같은 문헌이 있었음을 알 수 있다. 이러한 사실로 미루어 보면 17세기 말부터 중국에서 조선 여성의 한시문헌에 관한 자료는 앞에서 언급한 초편본 계통과 이차 초편본 계통 외에도, 손치미가 편찬한 삼차 초편본 계통도 존재하였다고 짐작된다. 또한, 19세기에 이르러 중국에서 편찬된 조선 여성 한시문헌은 위에서 언급한 3가지 계통을 수용하여 편찬한 것으로 확인된다.

19세기에 청인들이 편찬한 조선 여성 문인들의 한시문헌은 이전 시대에 편찬된 문헌을 그대로 수용하면서 잘못 전해진 내용도 있다. 이와 같은 착오는 크게 다음과 같은 세 가지 형태로 볼 수 있다. 첫째, 인물에 관한 오기이다. 가장 많이 보이는 것은 월산대군 정(婷)을 여성 시인으로 여긴 것이다. 또한 허난설헌 생애에 관한 잘못된 표기도 있다. 명대 종성의 『명원시귀』와 정문앙의 『고금명원휘시』 등에서 허씨(許氏) 항렬 문제와 허난설헌이 여도사(女道士)가 되었다는 얘기가 20세기 초까지 지속적으로 잘못 기술되어 있다. 둘째, 작자의 혼란이다. 『열조시집』에 실린 유여주(俞汝舟, 1501~?) 처 김씨(金氏)의 〈빈녀

---

302) 박현규, 「許蘭雪軒의 또 하나의 중국 간행본 『聚沙元倡』」, 『한국한문학연구』 제26집, 2000, 98쪽.

음(貧女吟)〉과 〈가객사(賈客詞)〉는 허난설헌의 작품이었다. 명대에 편찬된『명원시귀』에 최초로 잘못 기재되었고, 후에 편찬된『명원휘시』와『고금여사』등에 그대로 와전되었다. 19세기에 편찬된 운주의『국조규수정시집』, 주수창의『궁규문선』등에도 앞에서와 같이 잘못 기재되었다. 셋째, 조선 시문 작품의 표절문제이다. 예를 들면, 청초(淸初)의 여성 시인 유여시(柳如是)가『열조시집』을 교정하다가, 허난설헌의 시문 표절 문제를 제시하여 허난설헌의 시문이 청나라와 조선에서 많은 논란의 대상이 되었다. 허난설헌의 작품뿐만 아니라, 이숙원의 시문도 이와 같은 표절 문제가 있다. 심선보(沈善寶)가 편찬한『명원시화』와 뇌진(雷瑨)이 편찬한『규수시화』에 수록된 이숙원의 〈자적(自適)〉303)은 조선문인 신광한(申光漢, 1484~1555)이 지은 같은 제목의 시문이다. 상기에서 보이는 각종 오기 현상은 남방위(藍芳威), 반지항(潘之恒) 등 중국 편찬자의 오류에서 나왔다고 추론할 수 있고, 조선에서 편찬된 조선 여성 한시 문헌에 문제가 있다고 볼 수도 있다. 그러나 중국에 유입된 조선 여성의 한시가 어떻게 중국 명·청 양대 거의 300여 년 동안에 교정되지 못하고 그대로 와전(訛傳)됐을까 하는 의문점들이 제기된다. 이러한 의문점들을 풀기 위해서는 중국에 유입된 조선 시대의 전기에 활약했던 여성 작가와 그들의 시문에 대한 조선 문인들의 반응을 살펴볼 필요가 있다.

조선에서 처음으로 중국에 전승된 조선 여성 한시의 문제에 대해 비판적인 태도를 가진 자는 김만중(金萬重, 1637~1692)이다. 그는『서포만필(西浦漫筆)』에서 허난설헌이 조선에 하나밖에 없는 유일한 여

---

303) 申光漢(1484~1555),『企齋集』別集 卷五에 실려 있음.

성시인이라고 칭찬하면서, 중국학자 전겸익(錢謙益)이 편찬한『열조
시집』과 유여시(柳如是)의 허난설헌의 시문 표절 문제에 대한 비평을
해석하여 허난설헌의 한시 표절 문제에 대해 비판하였다.[304] 그러나
김만중은 조선에서 허난설헌 시문에 대한 논평만 가하였지, 중국학
자에게 이와 같은 문제를 직접적으로 거론하지는 않았던 것으로 보인
다. 실제적으로 중국학자에게 이와 관련된 문제점을 설명해준 사람
은 박지원(朴趾源, 1737~1805)과 이덕무(李德懋, 1741~1793)이다. 박지원
은『열하일기』에서 아래와 같이 언급한 바가 있다.

> 난설헌 허씨(許氏)의 시(詩)가『열조시집』과『명시종』에 실려 있다.
> 경번(景樊)을 이름으로, 혹은 호(號)로 쓰고 있는데, 내가 〈청비록서〉
> 를 쓸 때에 상세히 시비를 가려 설명한 적이 있다. 무관(懋官)이 연경에
> 있을 때에 내가 쓴 서문을 축덕린(祝德麟), 당낙우(唐樂宇), 그리고 반
> 정균(潘庭筠)에게 보여주자, 세 사람이 함께 돌려가며 읽고 칭찬했다고
> 한다. 내가『명시종』에 잘못된 점을 담론하다가, 허씨(許氏)에 관해 이
> 야기가 미치게 되었다. 이에 내가 경번에 대해 잘못 전해진 부분들을
> 상세히 설명해 주었더니 윤씨(尹氏)와 기씨(奇氏) 두 사람은 모두 내가
> 말한 것을 기록하여 잘 보관했다. 이 일은 중국 명사들이 저술할 때의
> 자료로 삼을 수 있을 것이다.[305]

---

304) 金萬重, 『西浦漫筆』(下, 文林社, 1958), 66~67쪽, 蘭雪軒許氏詩 條.

305) 朴趾源, 『熱河日記』, 「避暑錄」(上海書店出版社, 1997, 261~262쪽), "蘭雪軒許氏
詩, 載列朝詩集及明詩綜, 或名或號, 俱以景樊載錄. 余嘗著淸脾錄序, 詳辨之. 懋
官之在燕, 以示祝翰林德麟, 唐郎中樂宇, 潘舍人庭筠. 三人者, 輪讀贊許云. 及余
在此, 論詩綜闕誤, 因及許氏. ……余詳辨其景樊之誣. 尹奇兩人, 俱爲分錄收藏. 中
州名士, 當又以此事, 爲一番著書之資."

상기 인용문을 통해 박지원과 이덕무[306]는 모두 직접 중국학자에게 중국에서 허난설헌 시문에 대해 잘못 전해진 부분을 상세히 설명해주었다는 사실을 알 수 있다. 특히 윤씨(尹氏)와 기씨(奇氏) 두 사람은 박지원이 언급한 것을 상세히 기록하여 잘 보관하였다. 그러나 후대에 중국 학자들이 편찬한 조선 여성들과 관련된 문헌에서는 상기 두 사람에 대해 아예 언급조차 하지 않았던 것으로 보아, 윤씨(尹氏)와 기씨(奇氏)는 나중에 조선 여성, 특히 허난설헌에 대해 글을 쓰거나 비평하지는 않았던 것으로 추측된다.

박지원과 이덕무의 뒤를 따라, 이서구(李書九, 1754~1825)가 『강산필치(薑山筆豸)』[307]를 찬술하여 『열조시집』과 『명시종』에 잘못 기재된 사항을 일일이 교정한 바가 있었다. 이서구가 『열조시집』과 『명시종』에 잘못 기재된 것을 상세히 교정한 것은 일종의 학술적인 행위로 여길 수 있지만, 이와 같은 작업에는 실제적으로 중국학자가 잘못한 점을 지적하여 후대 사람에게 경각심을 심어 주기 위한 목적도 담겨 있었다. 이서구의 『강산필치』에 대해 조선 이규경(李圭景, 1788~1853)은 『시가점등』에서 "이 책은 이미 강남(江南)과 서촉(西蜀)에 유입되었으니, 강남(江南)에는 마땅히 간행되어 전하는 것이 있을 것이다."[308] 서촉(西蜀)과 강남(江南)은 청인 이조원(李調元, 西蜀 사람)과 반정균(潘庭筠, 江南 사람)을 의미한다. 이 두 사람은 모두 이덕무와 밀접한 교류

---

306) 李德懋의 「淸脾錄」(권2)과 「天涯知己書」(『靑莊館全書』, 民族文化推進會, 1997)에서 許蘭雪軒의 이름과 시문 표절 문제에 대한 언급이 있다.

307) 李書九, 『薑山筆豸』, 규장각 소장본.

308) 李圭景, 『詩家點燈』(서울: 亞細亞文化社, 1981), "此書已入江南西蜀, 江南當有刊傳者."

관계를 갖고 있었다. 그러나 이조원과 반정균이 『강산필치』를 간행한 기록이 현재까지 밝혀지지 않은 상황이다. 후대 조선 시문 관련 문헌에 상기 두 사람과 『강산필치』에 대한 언급도 보이지 않은 것으로 미루어, 당시 이서구의 『강산필치』는 중국에서 간행되지는 못했던 듯하다.

이상에서 살펴본 바와 같이, 조선 문인, 특히 북학파를 비롯한 조선 문인은 일찍이 중국에서 유포된 조선 시문의 잘못된 부분을 교정하여 중국학자에게 설명한 바가 있었다. 그러나 그들의 영향력은 아주 빈약하여 그들의 노력이 후대, 특히 19세기 청인의 조선 여성 시문 편찬에는 큰 영향을 미치지 못하였다. 즉 19세기에 이르러 조선 여성 시문을 편찬한 청인은 상기 박지원과 이서구의 저서를 전혀 보지 못했던 것 같다.

한편, 19세기 청인이 명대 이래 조선 여성 시문에 대한 착오를 지속적으로 유지해 왔던 이유 중의 하나는 명나라에서 편찬된 『명원시귀』, 청나라 초기에 편찬된 『열조시집』과 『명시종』 등과 같은 문헌의 영향력이 컸기 때문이다. 특히 편찬자의 권위가 강하였기 때문에, 후인들은 그들이 편찬한 시문에 대해 크게 의심하지 않았고, 조선 여성 한시에 대한 고증작업을 수행하지 않았다.[309]

결과적으로, 청인이 편찬한 저서에서 오기된 이와 같은 조선 여성 문인들의 시문은 중국문인에게 그 시문 자체의 진위가 문제되지 않았고, 그 시문의 가치도 삭감되지 않은 채, 오히려 역대 선집을 통해

---

309) 졸고, 「淸人이 편찬한 조선 여성 한시 관련 문헌 고찰」, 東方詩話學第七屆國際學術硏討會論文集(上), 159쪽, 香港大學中文學院, 2011.4, 27~29쪽.

조선 여성의 시문은 중국에서 널리 퍼져 그 영향력을 키워왔다.

19세기에 이르러 청인이 편찬한 조선 여성들의 한시 관련 문헌은 대부분이 청대 여성 시인이 편찬한 것으로, 근대 여성 문인들은 시문 창작 활동에 적극적으로 참여하였다. 이러한 사실은 청인들이 여성 시문을 정리하고 편찬하는 데에 많은 노력을 쏟았기 때문이다. 이러한 과정을 통해서 허난설헌과 이숙원을 비롯한 일부 조선시대의 여성 작가는 중국에서 전범(典範)적인 시인이 되었다.

2. 조선 시문 편찬에 끼친 영향 및 조·청교류사적 의미

19세기에 청인들이 편찬한 조선 한시문헌은 중국에서 조선한시를 전파한 결과물이다. 이러한 결과물은 그 당시 조선 한시문학이 중국 문학사의 흐름에서 중요한 위치를 차지하고 있었다는 사실을 확인할 수 있는 가장 중요한 단서이다. 이와 같이 청인의 조선 시문 편찬사업을 중심으로 분석해 보면 중국 문학에 영향을 끼친 조선 문학이나 사상의 영향력을 추측하는 것은 너무 광범위한 일이므로, 본 연구에서는 조선인의 시문 편찬과 출판, 그리고 조·청 두 나라 사이에서 발생했던 문화교류사적 의미를 중심으로 다음과 같이 논하고자 한다.

⑴ 19세기 청인들의 조선한시문헌 편찬은 조선의 시문이 대량으로 중국에 유입된 계기가 되었고, 조선 문인들이 개인이나 동인들의 시문을 편찬하는 동기가 되었다.

19세기 조선과 청인들이 직접 교유하는 과정에서 그들은 만남을 통

해 시문을 창작했을 뿐만 아니라, 상호간에 직접 만나지 않고도, 서로
에게 시문을 보내 문학적인 교류가 지속되었다. 또한, 일부의 조선
문인이 청인을 만나기 전에 미리 개인의 시문을 보내 서문이나 평어를
구하거나 상대방에게 자신의 시문을 통해 교우 관계를 맺고자 하는
문화적 풍토가 있었다. 전근대 문인들은 이와 같은 '이문회우(以文會
友)'의 형식으로 문화 교류를 전개하였으며, 이를 통해 수많은 조선인
의 시문 작품은 중국에 유입되게 되었다. 예를 들면, 청나라 문인인
수방울(帥方蔚)이 조선 문인에게 보낸 편지에서 조선인의 문집을 보내
달라고 여러 번 요구하였다. 또 동문환(董文渙)이『조선시록』을 편찬하
였는데, 주로 개인적으로 교유관계를 맺은 조선 지인을 통해 조선인의
시문집을 수집하였다. 조선 문인 김영작(金永爵)은 동문환이『조선시
록』을 편찬함에 조선인의 시문자료를 제공하기 위해 개인의 시문집인
『존춘헌시초(存春軒詩鈔)』을 편찬하여 보냈다.310) 역관 김석준(金奭準)
은 동문환에게 시문자료를 제공하는 동시에 청인의 평점(評點)을 받기
위해 동인들의 시문을 모아『해객시초(海客詩鈔)』를 편찬하였다.311) 이
와 같은 조선인의 시문집은 청인과 교유하는 과정에서 편찬된 시문집
이다. 이러한 상황을 고려해 보면, 청나라 문인에게 개인의 시문을
소개하거나 조선인의 시문 자료를 제공하기 위해 개인이나 기타 지인
의 시문 작품을 적극적으로 편찬한 것이다. 이러한 과정을 통해서 조선
인의 시문 작품은 대량으로 중국에 유입되게 되었다.

---

310) 졸고, 「『存春軒詩鈔』傳入中國攷」,『한중인문학연구』 제27집, 한중인문학회,
2009.8.
311) 졸고, 「『海客詩鈔』연구-- 전초본을 중심으로」, 연세대학교 석사학위논문,
2005.6.

(2) 청인들의 조선 시문에 대한 관심과 편찬의 영향으로 조선인의 개인 문집이 다양한 경로로 출판되는 계기가 촉발되었다. 이와 같은 출판문화는 조선에서 생전에 개인 문집이 간행되는 경우와 청나라에서 개인 시문이 간행되는 두 가지의 경우로 나누어 볼 수 있다.

생전에 개인의 문집을 간행하는 것이 중국에서는 보편화되어 있었기에 조선의 연행 사절들은 중국인들과 교유하면서 문집을 달라고 요청하였다. 중국과는 달리 조선에서는 생전에 자신의 문집을 간행하지 않았다. 중국과는 다른 조선 출판문화의 큰 특징 중 하나지만 중국의 현황을 이해하여, 위와 같은 경험들을 자주 겪으면서 조선 문인들도 생전에 자신의 문집을 출판하고자하는 욕구가 증가되었을 것으로 추측된다. 19세기에는 홍석주(洪奭周), 남공철(南公轍), 이상적(李尙迪) 등이 생전에 그들의 작품을 스스로 출판하였다. 19세기 조선의 출판문화는 서울에서는 경화사족(京華士族)과 중인들에 의해 고급, 세련화되는 추세로 발전하기 시작하였다.[312)]

한편, 19세기 청인이 조선 한시 문헌을 편찬한 것은 조선 문인이 중국에서 자신과 지인의 문집을 간행하는 데에도 자극적인 효과를 유발하였다. 역관 이상적(李尙迪)은 개인의 문집『은송당집(恩誦堂集)』에서 부보삼(符寶森)의『국조정아집(國朝正雅集)』을 편찬한 것을 언급하면서, 자신의 시작이『국조정아집』에 수록된 것을 자랑스럽게 여겼다.[313)] 그 후 개인 문집『은송당집』(1859년)을 중국 지인 허종형(許宗衡) 등을 통해서 청나라에서 간행하였다. 동시에 이상적은 부친 이정

---

312) 김영진, 앞의 논문 참조.

313) 李尙迪,『恩誦堂集』續集詩卷五, "江都符南樵葆森孝廉輯國朝正雅集, 略載東國人詩, 拙作亦在其中. 題絶句五首."

직(李廷穆, 1781~1816)의 문집『천뢰시고(天籟詩稿)』(1858년)를 청나라에서 간행하였다. 이상적의 제자인 김석준(金奭準, 1831~1915)은 수많은 청대 학자들과 교유하였으며, 그의 주도로 역관 선배인 이언진(李彦瑱, 1740~1766)의 문집『송목관집(松穆館集)』(1860년)을 중국에서 간행하였다. 또 조선학자 이세보(李世輔, 1832~1895)는 정사년(丁巳年, 1857)에 동지사은사로 북경에 갔을 때 조부 이복현(李復鉉, 1767~1853)의 문집『석견루시초(石見樓詩鈔)』(1857년)를 북경에서 간행하였다.314)

　지금까지 조선 문인들이 생전에 개인의 시문집을 조선 내에서 편찬과 간행한 과정, 또는 청나라에서 간행한 사례를 살펴보았다. 이러한 사례를 통해서 알 수 있듯이, 생전에 개인의 시문집을 간행한 조선 문인들의 대부분이 중국에 사행을 간 적이 있거나, 중국 문인들과 교유관계를 맺었던 인물이었다. 그들 가운데는 청인에게 개인의 시문집의 서평을 받기 위해, 임시로 편찬한 사례도 있었다.

　또한, 청나라의 지인을 통해서 개인이나 주위 사람의 시문집을 청나라에서 간행하였다. 그 중에서도 역관 계층, 예를 들어, 이상적을 비롯한 역관 계층들이 시문집을 편찬하고 간행한 사실이 주목할 만하다. 그들은 조선에서 신분의 제한 때문에 개인의 문학적 취향을 펼치는 데 한계가 있었지만, 청나라에서 중국의 일류 학자들과 당당히 어깨를 나란히 할 만한 성과를 내기도 하였다. 그들의 시문집은 중국에서 간행된 후, 조선으로 역수입되어 조선에서 더 많은 호평을 받는 경우도 있었으며, 조선사대부들도 그들의 문학 수준을 인정해주었다.

---

314) 李尙迪, 金奭準, 이세보가 중국에서 간행한 문집의 구체적인 상황에 대해 김영진(앞 논문)이 구체적으로 서술한 바가 있어 참고하기를 바란다.

19세기에 조선인 가운데는 생전에 개인 시문을 편찬하고 출판한 사례가 많아졌고, 청나라에서 간행하거나 중국학자가 편찬한 각종 총서에 수록된 사례도 빈번히 발생하였다. 이와 같은 출판문화는 조선의 서책 문화와 청나라의 출판문화 교섭의 한 단면으로 볼 수 있다. 이러한 사실로 미루어 볼 때, 19세기 한·중 양국의 출판문화는 당시 한·중 양국의 지식 소통의 일환이었으며, 한·중 문화 교류에 중요한 역할을 하였다고 보인다.

(3) 명나라 문인들이 편찬한 조선 여성 관련 한시문헌은 조선에서 여성들의 시문이 편찬되는 데에 자극을 주었으며, 조선 여성문인들의 시문집의 간행을 가속화하는 계기가 되었다.

이혜순은 "여성한시의 경우 16세기 후반 허난설헌, 이옥봉, 이매창 등의 본격적인 작가가 등장하기 전까지 조선 전기는 개별 작품을 남긴 작가들의 시대라고 할 수 있다."[315]고 하였다. 16세기 후반 허난설헌, 이옥봉, 이매창이 본격적인 여성 작가로 등장하였지만, 그들의 시집은 17세기, 이옥봉의 경우는 18세기 초가 되어서야 간행되었다. 이상 조선 여성 작가들의 시문은 명나라 오명제(吳明濟)가 허균(許筠)의 도움을 받아 『조선시선』(1600년)을 편집, 출판하면서 중국으로 전파되었다. 또한, 남방위의 『조선고시』 등을 통해서 조선 여성 문인들의 시문이 널리 알려지고 유행되었다. 허난설헌 등 조선 여성의 한시는 조선이 아닌 중국에서 먼저 전파되고 인정을 받게 되면서 그 관심과 영향이 다시 조선으로 되돌아오는 과정을 밟게 되었다. 이러한 조

---

315) 이혜순, 『한국 고전 여성작가연구』(태학사, 1999), 556쪽.

선 여성 문인의 한시에 대한 중국 문인들의 관심과 주목은 조선 문인
들에게 큰 반응을 불러일으켰다. 이와 동시에 조선에서 여성 문인들
의 시문집의 편찬과 간행도 전 시기에 비해 큰 폭으로 증가하였다.
현재까지 조선 여성 문인들의 별집(別集), 가집(家集), 창화집(唱和集)
과 선집(選集)의 간행 상황에 대한 장백위(張伯偉)의 통계수치에 의하
면, 모두 37종이 있으며, 그중에 조선에서 간행된 시문집은 모두 17종
이 있다.316) 그 중에 5종은 17세기~18세기에 간행된 것이며, 나머지
12종은 모두 19세기~20세기 초에 간행된 것임을 알 수 있다. 상기
시문집의 작가는 출생 년도가 모두 1392부터 1910년까지인 여성이다.
조선에서 간행된 17종의 여성 시문집을 통해 17세기부터 20세기 초까
지 조선 여성 문인들의 시문집의 간행 추세를 상세히 알 수 있다.

 이 밖에도, 19세기 중엽에 편찬된 이규경(李圭景, 1788~)의『동관습
유(彤管拾遺)』, 20세기 초에 편찬된『이조향렴시(李朝香奩詩)』(1906년

---

316) 조선에서 간행된 17종의 여성 시선집은 아래와 같다. 許楚姬(1563~1589)『蘭雪軒
   集』, 宣祖39年(1606), 庚辰字本, 宣祖41년(1608) 木版本. 桂生(1573~1610)『梅窓
   集』, 顯宗9年(1668) 木版本. 李玉峰(趙瑗1544~1595妾)『玉峰集』, 肅宗39年(1704)
   木版本. 金子念(1758~1775),『杏堂殤姊寃稿』, 正祖9年(1785) 木活字本. 任氏
   (1721~1793)『允摯堂遺稿』, 正祖20年(1796) 木活字本. 徐氏(1753~1823)『令壽閤
   稿』, 純祖24年(1824) 全史字本. 姜氏(1772~1832)『靜一堂遺稿』, 憲宗2年(1836)
   木活字本. 朴竹西(1820~1851)『竹西詩集』, 哲宗2年(1851)木活字本. 黃氏(1754~
   1793)『情靜堂遺稿』, 哲宗9年(1858) 木活字本. 姜澹雲(?)『只在堂稿』, 高宗14年
   (1877) 木活字本. 金氏(約1575~?)『光州金氏逸稿』, 高宗32年(1895)木活字本. 張
   氏(1598~1680)『貞夫人安東張氏實記』, 光武8年(1904)木版本. 許楚姬, 許景蘭『
   許婦人蘭雪軒集』附『景蘭集』, 1913年刊本. 鄭氏·吳氏『姑婦奇譚』, 1915年刊本.
   金氏(1853~1890)『淸閒堂遺稿』, 1917年刊本. 崔松雪堂(1855~1939)『松雪堂集』,
   1922年刊本. 吳孝媛(1889~?)『小坡女史詩集』, 1929年刊本. 상기 시문집의 간행
   상황에 대해 허미자의『朝鮮朝女流詩文全集』(태학사, 1988)을 근거로 정리하였으
   며, 張伯偉의「朝鮮時代女性詩文集解題」(『文獻雜誌』, 2010.4)를 참조하였다.

경), 곽찬(郭璨)의『동양역대여사시선(東洋歷代女史詩選)』(1920), 안왕거(安往居)의『열상규조(洌上閨藻)』(1926) 등의 여성 관련 시문선집도 있다. 이를 통해 조선 여성 문인들 시문집의 간행은 19세기에 접어들어 급증한 것을 알 수 있다. 이시기에 조선 여성 문인들의 시문의 자료적인 측면에서 볼 때, 중국처럼 모두 여성 문학의 흥성기(興盛期)라고 볼 수 있다. 조선 여성 문인들의 시문집의 간행은 조선 전시기의 여성 시문 창작 열풍의 영향을 받았다고 할 수 있지만, 중국 역대 조선 여성 문인들의 한시문헌 편찬과 간행, 중국 문인들의 조선 여성 문인들의 시문에 대한 높은 평가에 일차적인 원인이 있다고 하겠다.

또한, 19세기 청인들에 의해서 편찬된 조선 여성 문인들의 한시문헌을 통해 청인이 조선시대 전기에 활약했던 여성 문인들의 시문자료를 수용하는 동시에 동시대 조선 여성 시문을 수집하기 위해 많은 노력을 기울였다는 사실도 확인할 수 있다. 뇌진(雷瑨)이 편찬한『규수시화(閨秀詩話)』에 수록된 '무명씨(無名氏)'의 한시, 단사리(單士釐)의『청규수예문략(淸閨秀藝文略)』에 수록된 박죽서(朴竹西)의 시문은 이와 같은 사실을 입증한다. 이러한 사실을 통해서 19세기 청인들에 의해서 편찬된 조선 여성 문인들의 한시문헌은 전시기와 동시기의 조선 여성 한시자료를 집대성(集大成)한 성과라고 본다. 중국 명·청 양대에 걸쳐서 이루어진 조선 여성 문인들의 한시문헌의 편찬은 조선 여성 문인들의 시문이 후대에까지 남을 수 있게 하는 데 공헌하였다. 아울러, 조선 후기의 여성작가, 작품의 양산 현상은 조선 여성문학사의 관점에서 보다도, 중국 명·청시기 여성문학사의 관점에서 볼 때 그 의미가 더욱 각별해진다. 이와 같은 사실을 통해서 조선 여성 문인들의 한시문학이 중국에서 통시적으로 전승된 상황을 구체적으로 살펴볼 수가 있다. 이와 같은 문헌 자료는 고대 한·중 양국의 여성 문화 교류의 양상을 해명하는 데 중요한 근거 자료가 된다.

지금까지 청나라 문인들이 편찬한 조선 시문과 관련된 문헌의 특징과 의미에 대해서 고찰하였다. 이러한 사실을 통해서 조선시대의 한시 문학이 중국에서 유통된 다양한 모습을 잘 파악할 수 있었다. 또한, 청인의 조선 시문에 관련 문헌의 편찬 과정을 통해 조선시대 한시 문학이 한·중 양국의 문학사에서 중요한 자리 매김을 하였다는 사실을 밝히고, 중국에 유입된 조선의 한시 작품이 조선 한문학사에서 지니는 중요한 가치를 재조명할 수 있었다. 이와 같은 문헌들은 조선 한문학과 한·중 문화 교류 연구에 있어서 중요한 자료가 된다.

VII
결론

　본 연구의 목적은 19세기부터 20세기 초까지 청인이 편찬한 조선 시문 관련 문헌을 조사 정리하고, 그 의미를 고찰하고자 하는 것이다. 주로 중국에 산재되어 있는 이와 같은 문헌 자료는 그동안 한국 학계에는 거의 알려지지 않았던 것이다. 이 책은 이와 같은 문헌 자료의 전승과 편찬 경위를 통시적으로 고찰하고자 하였다. 아울러 청인들이 조선 시문에 관심을 가지고 편찬하게 된 계기와 조선 시문이 청나라에 유입되는 과정에서 일어난 한·중 지식인들의 문화 교류의 실체를 구체적으로 파악하였다. 이런 고찰 과정에서 일부 조선과 청인 간의 문학 교류를 자료를 통해 실증적으로 확인하고, 개별 시문집의 내용과 특성도 살펴볼 수 있었다.

　19세기부터 20세기 초까지 중국에 유입된 조선의 시문 자료는 다양한 형태로 방대한 양이 존재한다. 본 연구는 청인이 수집하여 편찬한 조선인의 시선집이나 청인이 청시총집(淸詩總集)을 편찬할 때 의도적으로 편찬한 조선 한시 관련 문헌자료를 연구 대상으로 삼았다. 또한 이 시기에 중국에서 편찬된 조선 시문에 대한 통시적인 연구를 통해,

이러한 자료의 전파와 전승(傳承), 내원(來源)을 밝히고, 한·중 문인들의 교유가 조선 시문의 중국 전파에서 담당했던 역할도 해명하였다.

제2장에서는 19세기부터 20세기 초 청인들이 조선 시문을 편찬한 배경을 파악하였다. 우선 조·청문인 교유와 문단에 대한 상호인식을 살펴보았다. 중국 문인들은 고려시기부터 한·중 양국의 잦은 국제외교를 통하여 고려의 문단 수준이 높다는 인식을 공유하고 있었다. 나아가 이들의 관심은 임진왜란 당시 명의 지원군이었던 문인들이 조선을 왕래하면서 더욱 확대되었다. 이 과정에서 중국 문인들 사이에는 조선 시문에 대한 관심과 편찬 열풍이 일어났으며, 오명제(吳明濟)의 『조선시선』, 남방위(藍芳威)의 『조선시선』 등 여러 종류의 조선 시문 관련 시선집이 편찬되었다.

19세기 청인들은 기존의 한·중 양국의 문화 교류라는 바탕 위에 북경에 사신으로 파견된 조선 문인과 북경에서 활동하던 청인들 간의 민간 외교를 통해 조선의 문화와 문학에 대한 관심이 증가되었다. 청인들은 조선 사신 일행과 교류하는 과정에서 주고받은 수창시문을 의도적으로 수집하고 편찬하게 되었다. 이들은 조선 문인들과 교유하는 과정에서 남겨진 시문을 모아 하나의 '교유록(交遊錄)'(수방울이 편찬한 『좌해교유록』의 경우)을 편찬하였다. 또한 이들은 문학적 교류를 기억하기 위해 수창시문집(酬唱詩文集)(동문환이 편찬한 『추회창화시』의 경우)을 편찬하기도 하였다. 이 시기 청인과 조선 문인들은 함께 시사(詩社)를 결성하기도 하였는데, 조선과 청인들은 정기적으로 만나 시문 창작활동을 하였으며, 청인이 조선의 시문을 구한다는 의미에서 『해동심시집』을 편찬하기도 하였다.

19세기부터 청인은 동시대 조선에서 활동하고 있는 문인들의 시문에 대한 관심이 더욱 급증하였다. 그리하여 청인들은 조선에서 온 사신 일행을 통해 조선 문헌들을 수집, 정리하고, 편집, 출판까지 하게 되었다. 이 시기 청인들 사이에서는 '병세의식(竝世意識)'과 '지인논시(知人論詩)'에 대한 관심이 증폭되면서 같은 시대를 살고 있는 동시대 학자들의 학문과 시풍을 연구하고 배우자는 주장이 강했다. 이 시기에 청인이 조선 지인들과 교유하는 과정에서 창화시가 나오고 이어 동시대 조선 문인들의 시문을 편찬하는 현상도 이러한 당대 분위기에서 나타난 것이다. 동문환이 편찬한 『조선시록』에는 같은 시대의 조선인 시문이 가장 많은 비중을 차지하고 있다. 뿐만 아니라 부보삼(符葆森)이 편찬한 『국조정아집』, 원조광(袁祖光)이 편찬한 『녹천향설이시화』, 손웅(孫雄)이 편찬한 『도함동광사조시사』, 서세창(徐世昌)이 편찬한 『만청이시회』에도 모두 같은 시대 조선인의 시문이 수록되어 있다.

다음으로 청대 중국 여성한시 문헌의 흥성과 여성인식의 확대에 대한 고찰을 하였다. 명대에는 중국 여성의 시문 창작과 여성 시문에 관한 출판문화도 많이 발전하였다. 임진왜란을 계기로 조선에 지원군으로 갔던 명나라 사신 오명제(吳明濟)가 『조선시선』을 편찬하여 허난설헌과 이숙원을 비롯한 조선 여성을 중국 문인에게 소개하였다. 오명제가 편찬한 『조선시선』을 통해 조선 여성의 한시 작품이 중국에 유입되었을 뿐만 아니라, 이들의 개인 시문집도 중국에서 편찬되거나 출판되었다. 이후 명대 학자 종성(鍾惺)이 편찬한 『명원시귀』를 비롯한 여성 관련 시선집에 실린 조선 여성 한시 작품이 중국에 널리 퍼졌다. 명말 청초에 이르러 전겸익(錢謙益)이 편찬한 『열조시집』, 주이존(朱彝尊)의 『명시종』에도 대량의 조선 여성의 한시 작품이 수록되었고, 19세기에 이르러 청인들은 여성 시문에 관한 문헌 정리를 더욱 중시하여 여성의 시문집이나 시화를 대량으로 편찬하였다.

제3장에서는 19세기 조·청 문인들의 교유를 통해 산생된 시문선집(詩文選集)인『좌해교유록』,『추회창화시·속집』,『심시집』을 고찰하였다. 수방울(帥方蔚)이 도광 을미(1835) 2월에『좌해교유록』을 간행하였다. 수방울이 이 책을 편찬한 동기는 조선 문인과의 교유 과정에서 주고받은 서찰이나 시문을 뽑아서 기록으로 남겨 당시 '교유의 상황'을 기억하기 위한 것이었다. 수방울이 시를 하나의 '역사기록'으로 인식하여, '이시증사(以詩證史)'의 의식으로 개인의 교유 기록을 편찬한 것은 당시의 시각으로 보면 매우 이례적 현상이었다. 수방울이 편찬한 '교유록'을 통해, 조선 후기 조선시문이 청나라에서 편찬되고 전파된 상황도 구체적으로 파악할 수 있었다.『좌해교유록』에 수록된 서찰과 시문의 대부분은 조선 문인들의 연행(燕行) 기록이나 시문집에 수록되어 있지 않은 자료들이다. 이와 같은 자료는 19세기 한·중 문인들의 문화 교류 연구에 있어 그 가치가 크다고 할 수 있다. 이를 통해 19세기의 한·중 문화 교류에 대한 심층적인 연구가 진행되기를 기대한다.

동문환이 편찬한『추회창화시·속집』은 동문환이 1861~1864년까지 조선 문인들과 교유하는 과정에서 간행한 시문창화집이다. 이 시집은 조선 7인의 시문을 수록했는데, 이들 모두는 동문환과 직접적으로 교유관계를 갖고 있던 인물들이다. '창화집(唱和集)'에 수록된 조선인의 한시에서 동문환은 자신이 '창(唱)'을 창도하고, 조선 문인이 '화(和)'를 하는 과정에서 한·중 지식인 사이에서 시문이 산생(産生)되는 과정을 구체적으로 보여주었다. 이들은 '시문외교'를 통해 서로가 우의를 깊게 해 나가는 동시에 서로의 문예 취향을 더 깊게 이해하게 되었다.

19세기 조선인의 시문집이나 개별 시문 작품이 대량으로 청나라에 유입된 배경에는 조선 사신들이 청인들과 민간적인 차원에서 지속적으로 친교를 넓혀왔기 때문에 가능했다. 이런 경로를 통해서 조선에서 전하지 않는 조선인의 개별 시문 작품까지 이 시기 청인이 편찬한 각종의 시문집에 수록될 수 있었다. 그 만큼 조선의 시문이 청나라에 유입된 경로가 공식, 비공식적으로 다면화, 다층화 되어 있었던 것이다. 그 대표적인 사례가 『추회창화시·속집』에 수록된 조선인의 차운시(次韻詩)라고 할 수 있다. 이 작품들은 동문환이 조선 사신과 교유하는 과정에서 지어진 시문으로, 이와 같은 창화시의 대부분은 작가들의 개인 문집에도 수록되어 있지 않은 자료들이다. 이와 같은 새로운 자료들을 통해 조선 후기 조선 문인들이 중국 문인들과 대등한 입장에서 문화적 교감을 표현하였던 문학 창작의 상황을 엿볼 수 있을 것이다. 이 시기까지 조선의 문인들은 중국 여행과 중국 문인들과의 교유를 통해 변모하고 있는 세계 상황을 인식하고, 그 상황 속에서 조선의 위치를 가늠할 수밖에 없었는데, 이러한 작품 속에는 그들의 문화 충격과 고민의 흔적이 남아 있다.

『심시집』은 19세기 후반 조선과 청인이 공동 참여했던 용희사(龍喜社)에서 엮은 창화시집이다. 1893년 1월 25일에 청인 황녹천(黃鹿泉)이 조·청의 용희사 동인들을 한자리에 모아 술자리를 베풀고 시문을 수창하는 아회(雅會)를 가졌다. 이 자리에서 이들은 사도(社圖)를 그린 후에 『심시집』을 편찬하였다. 현재 이 시집에는 조선 문인 4인의 시문이 실려 있다. 이 시문집은 조·청 두 나라 문인들이 한자리에 모여 즉흥적으로 지은 창화시(唱和詩)로 그 모임의 정황을 여실히 보여준다. 이들은 귀중한 만남을 기뻐하고 우의를 다지면서 각자의 재능을 발휘했다. 이 자료는 당시 한·중 두 나라에서 성행했던 시풍의 비교 연구는 물론, 두 나라 지식인 사이에서 유지되어 왔던 문학을 통한 친교, 외교의 관행을 알 수 있는 귀중한 단서라 할 수 있다. 이 창화집은 당시 조·청 두 나라 문인들의 개인적인 차원의 친선외교의 결과물이라는 점에서 지금까지도 시사하는 바가 크다. 현대에 들어 두 나라의 관계는 방대한 물적 교류에 치중하고 있다. 전근대 사회에서 확인되는 용희사와 『심시집』의 존재는 인적, 문화적 차원의 심도 있는 교류가 아쉬운 현 시점에서 모범적 사례로 삼을 만한 귀중한 자료라고 할 수 있다.

제4장에서는 청인이 직접 편찬한 조선 한시 관련 시문총집(詩文總集)을 고찰하였다. 중국에서 편찬된 조선 시문 관련 선집은 크게 두 가지 유형으로 나누어 볼 수 있다. 하나는 역대 조선의 시문을 수집 정리하여 선집(選集)한 것이고, 또 하나는 중국 역대 시문의 선집 과정에서 그 일부분으로 조선 시문을 부록 형태로 수록한 것이다.

동문환이 편찬한 『조선시록』의 경우, 조선의 시문에 대단히 관심이 많았던 동문환은 연경(燕京)에서 만난 조선 사신을 통해 모은 시문 자료를 선록하여 『조선시록』을 편찬하였다. 동문환의 개인 문집인 『연초산방일기』에는 그가 조선 시문집을 수집하고 선록한 구체적 상황이 남아 있다. 아쉽게도 동문환이 심혈을 기울여 선록한 『조선시록』은 그 당시에는 간행되지 못하였다. 동문환이 일찍이 세상을 떠났기 때문에, 그는 손수 『조선시록』을 간행할 수 없었던 것이다. 하지만, 동문환의 벗인 부보삼이 편찬한 『국조정아집』을 통해서 『조선시록』

의 수용관계를 짐작할 수 있다. 또 오경지(吳慶坻)의 『초랑좌록』에서 언급된 '조선시록'을 통해 볼 때, 민국초기까지 오경지의 형이 초록한 필사본이 있었다는 사실을 확인할 수 있다. 오경지도 이 필사본을 수장했던 것으로 보아, 『조선시록』은 동문환 생전에는 간행되지 못했지만 4책본의 형태로 세상에 유통되고 있었음을 알 수 있다.

동문환은 19세기에 가장 적극적으로 조선 시문을 수집하여 자신의 안목으로 조선시선을 편찬했던 인물이다. 현재까지 중국과 한국 양국에서 동문환의 존재와 그의 편찬 작업은 크게 주목받지 못하고 있다. 거의 망각된 존재라고 할 수 있지만 두 나라의 문화적 교류의 차원에서 동문환의 방대한 작업은 대단한 업적이라고 생각한다. 지금이라도 한국과 중국에서 이 방면의 주제에 관심을 가진 연구자들이 그가 남긴 자료들에 주목한다면 의미 있는 결과가 산출될 것이다. 동문환이 조선시문을 수집하고 편찬한 과정에서 19세기 조선과 청나라의 문인들은 조선 서적을 중국으로 보낼 것을 청하고 적극적으로 보내는 등, 서책의 유통에도 적극적 자세로 임하였다. 2000년대에 진입하면서 한국과 중국, 두 나라 사이에는 학자들 간의 교류가 그 어느 시기보다 활발하다. 오랜 기간 지속되어 온 두 나라 지식인들 사이의 우의와 신뢰의 역사를 알게 된다면 이후의 교류관계에서 방향을 잡아가는 데 큰 도움을 받을 수 있을 것이다. 일회적이고 공식적인 논문 발표에서 그치지 않고 긴밀한 협력 과정을 통해 양국의 자료들을 발굴, 정리하고 해제를 진행하는 단계까지 나아간다면, 문화적 우의의 역사를 계승할 수 있을 것이다.

부보삼이 편찬한 『국조정아집』의 경우, 조선 시인 10명의 시문 32수를 실었다. 부보삼은 당시 중국에서 유통된 조선 시문 관련 문헌을 참고하였고, 청나라에 유입된 조선인의 시문집을 참고하여 조선인의 개별 시문 작품을 선별하였다. 동문환은『조선시록』을 편찬하기 위해 『국조정아집』의 15수를 뽑아『조선시록』에 수록하였다.

원조광(袁祖光)이 편찬한『녹천향설이시화』에는 조선 김택영(金澤榮)의 시문 5제 13수가 수록되었다. 김택영은 일찍이 중국 문인들과 교유를 했으며, 중국에 망명한 다음에는 중국 문인들과 더 광범위하게 교유를 하여 그의 시문은 많은 중국 문인에게 소개되었다. 무신년(戊申年, 1908)에 이가정(李可亭)이『김창강시(金滄江詩)』1책을 원조광에게 보여주었는데, 원조광이 바로『김창강시』에 있는 시문을 선별하여『녹천향설이시화』에 편입시킨 인물이다.

손웅(孫雄)이 편찬한『도함동광사조시사』에는 원조광(袁祖光)이 편찬한『녹천향설이시화』에 실린 김택영(金澤榮)의 시문이 재수록되어 있다.『도함동광사조시사』에 실린 김택영의 시문과『녹천향설이시화』에 수록된 김택영 시문의 수용 관계를 통해, 김택영의 시문이 청말에 중국에서 유통된 양상을 상세히 엿볼 수 있다. 위의 두 책에 수록되어 있는 조선의 시문 관련 문헌을 고찰하면, 당시 조선의 시문이 중국 문인 그룹 안에서 우선적으로 유통된 것을 알 수 있다. 손웅과 원조광이 조선 시문을 편집한 체재를 보면, 조선 시문이 중국에서 유입되는 과정에서 개별 시문의 시구가 변동되었는데, 이는 앞 시기 중국에서 유통된 시문이 후기에서 간행한 시문집에 수록되면서 재수정된 것이다. 이와 같은 문제는 문집을 비롯한 관련 자료들에 대한 광범위한 교감과 비교 연구를 거쳐야만 해결될 것이다.

서세창(徐世昌)이 편찬한『만청이시회』에 조선 54인 95제 108수의 시가 조선 문인의 시로 편제되어 있다.『만청이시회』에 실린 조선 시문의 수록 경위는 네 가지 내용으로 분류할 수 있다. 『국조정아집』에 실린 조선 문인 10명의 시문이 인용되었고, 조선 '매사(梅社)'의 동인들과 도주(陶澍)의 창화시가 수용되었으며, 용희사(龍喜社) 조선측 동인들의 시문도 수록되었다. 나머지는 청나라에 유입된 조선인의 문집이나 개별 작품, 청문인과 조선 문인들이 창화하는 과정에서 보관된 조선인의 시문 중에서 선별한 것이다. 『만청이시회』에 실린 조선 문인의 시 108수는 북학파 후반기 1790년부터 1920년대 김택영까지 약 140여 년 간을 수록 범위로 설정하였다. 그 중에 1790~1859, 1818~1819년, 1887~1894년의 문학 교류의 작품을 중심으로 선별하였다. 이와 같은 조선 시문을 통해 조·청 두 나라 100년 간 문학 교류의 실제적인 모습을 상세히 알 수 있다. 특히 수록된 작자 중에 당시 조선에서는 그다지 이름이 나지 않았던 시인도 있어, 이를 통해 조선 후기 문인들의 활기찼던 문학 활동을 더 구체적으로 알 수 있다.

『만청이시회』에 수록된 조선시문을 통해, 당시 청대 문인이 편찬한 조선 문인의 선집은 모두 같은 시대 조·청 문인 그룹과 그룹간의 문학 교류를 통해서 편찬된 것임을 알 수 있다. 조선 사신들은 물론이고 청나라 문인들도 조정에서 근무하던 당대 유명한 학자들로 글씨, 그림에도 솜씨가 있었으며, 비슷한 학문적 경향을 가지고 있었기 때문에 자연스런 계기에 함께 어울려 학문과 문학으로 교류할 수 있었다. 이들은 만남과 서찰을 통해서 지속적으로 수창하여 개인의 시문이나 문집을 상대에게 자주 소개할 수 있는 계기를 마련하였다. 이 시기에 조선의 시선집이 쏟아져 나왔던 것은 『만청이시회』가 편찬된 경위와 무관하지 않다. 『만청이시회』의 '범례'를 보면 "시를 통해 시인을 선발하고(因詩存人), 시인을 통해 시를 수록한다.(因人存詩)"는 기준이 명시되어 있다. 이런 과정을 통해 선발된 시인과 시문을 수록한 것이다. 비록 19세기의 조선 시문을 균형 있게 선발한 것이 아니었지만, 이것 역시『만청이시회』에 수록된 조선 시문의 고유한 특성이라 할 수 있으며, 그 가치가 감소하는 것은 아니다.

지금까지 살펴본 바와 같이, 19세기 청인이 편찬한 조선 한시 관련 문헌은 각기의 특성을 지니고 있으며, 그들 간에는 상호간의 수용관계를 지니고 있다. 이 시기에 편찬된 조선 시문 관련 문헌을 통해, 당시 조선의 시문집이나 시문작품은 하나의 문인 그룹 안에서 유통된 문화현상이라고 볼 수 있다. 즉, 청대 문인들은 조선 사행 문인들과의 직간접 교유를 통해 조선 시문을 수집하였으며, 수집된 조선의 시문 자료를 '공향(共享)'하는 방식으로 서로 수용하였다. 이와 같은 문학현상은 19세기 청나라에서 조선 시문을 편찬하는 과정에서 확인되는 아주 뚜렷한 특징이라고 할 수 있다.

제5장에서는 청인이 편찬한 조선 여성 한시에 관한 문헌을 살펴보았다. 중국 문인들은 명대부터 조선 여성 시인들의 시문에 많은 관심을 갖고 있었다. 허난설헌을 비롯한 조선 여성의 한시는 명대부터 중국에 전파되어, 명-청대 문인들은 조선 여성 한시에 대한 다양한 비평을 남겼다. 19세기 청인들도 조선 여성들의 한시를 더욱 다양하게 편찬하였다. 중국 청대 문인이 편찬한 시문선집과 시화집은 그 수량이 대단히 많다. 본장은 그 중에 중국 근대 학자가 편찬한『청인시문총집목록(清人詩文總集目錄)』,『청대규수시화총간(清代閨秀詩話叢刊)』과『하버드대학명청부녀저작목록』,『역대부녀저작고(歷代婦女著作攷)』등의 목록과 해제집을 통해, 19세기에 편찬된 여성 시선집(詩選集) 4종, 시화(詩話) 6종, 총 10종의 자료를 선정하였다. 이 자료들을 중심으로

조선 여성 한시 관련 문헌 자료의 편찬 경위와 중국에서의 전승과정을 고찰하였다.

운주(惲珠)가 편찬한『국조규수정시집』에는 조선 여성 정(婷), 이숙원, 해월, 허경번 4명의 한시가 수록되어 있다. 이 시선집에 실린 조선 여성의 한시 대부분은『열조시집』과『역사기여』에 의하여 채록된 것으로 확인하였다.

장시영(張絹英)의『국조열녀시록』은 현재까지 확인되지 않은 자료이다. 그러나 장시영이 이 시선집을 편찬하는 과정에서 그의 아우 장요손(張耀孫)이 조선 역관 이상적(李尙迪)을 통해 조선 여성 시문을 수집한 구체적 상황을 파악할 수 있다. 이상적은 장요손을 통해 장시영이 조선 여성 작가의 시문을 수집하는 데 도움을 주었는데, 그들이 조선 여성 시문을 청나라에 유입, 전파하게 교량(橋梁) 역할을 한 것이다.

주수창(周壽昌)이 편찬한『궁규문선』에는 조선 여성 허난설헌의 30제 39수, 이숙원의 3수, 성씨(成氏)의 2수, 해월(海月)의 5수가 수록되었다.『궁규문선』에 수록된 조선 여성의 한시는 명대 종성(鍾惺)이 편찬한『명원시귀』에 수록된 조선 여성의 한시와 일치하며, 단지 작품의 수량만 다를 뿐이다.

서내창(徐乃昌)이 편찬한『여사규수사초』에는 조선 여성 시인 이숙원, 고려 권귀비의 사(詞) 각각 3수가 수록되어 있다. 이 문집에 수록된 조선 여성의 사(詞)는 모두『중향사(衆香詞)』에서 채록된 것이다.『중향사』에 수록된 조선 여성 사(詞)의 작품은 권귀비의 작품 수록조(收錄條)에 의하면 손송평(孫松坪)의 '사초(使草)'에서 채록한 것이라고 한다. 또한 황주이(況周頤)의『옥서술아(玉栖述雅)』에서 언급한 '채풍록(採風錄)'을 통해 손치미(孫致彌)가 당시 조선에 가서『조선채풍록』

을 편찬했을 뿐만 아니라, 직접 여러 형식으로 조선의 시문 자료를 기록하였음을 알 수 있다. 이와 같은 정보를 통해 조선 여성의 시문이 중국에 유입된 후, 여러 계통을 통해 조선 여성 시문과 관련된 문헌이 유통되었음을 알 수 있다.

심선보(沈善寶)가 편찬한 『명원시화』에는 조선 여성 7인 16수(월산대군 포함)의 시문이 수록되어 있다. 이와 같은 조선 한시는 『지북우담』, 『규수정시집』, 『국조별재집』 등에서 채록한 것으로 확인되었다.

엄형(嚴衡)이 편찬한 『여세설』은 중국 역대 여성들의 이력을 제시하고, 그들의 시문을 논평하는 형식이다. 그 중에 조선 여성 시인은 허난설헌 한 명만 기재되었다. 엄형은 허난설헌에 대해 아주 간략하게 묘사하였으며, 허난설헌을 조선 여자이지만 중국 역대 여성 문인 중 하나로 평가한 것은 그의 시문을 인정하여 중국여성 문단의 시인과 동등하게 여긴 것으로 볼 수 있다.

대문선(戴文選)이 편찬한 『음림철어』에는 조선 여성 시인으로 여긴 정(婷)의 한시 2수, 허난설헌의 한시 3수가 수록되어 있다. 대문선은 서진(徐振)의 〈조선죽지사〉와 육차운(陸次雲)의 『역사기여』를 참고하여 조선 여성한시를 채록한 것으로 짐작된다.

뇌진(雷瑨)의 『규수시화』에는 조선 여성 7인 28수의 한시가 수록되어 있다. 조선 여성한시는 서진의 『사회헌시초』, 운주의 『규수정시집』, 종성의 『명원시귀』, 우동의 『외국죽지사』, 무명씨의 『녹미무관시화』에서 각각 채록하였다.

유월(俞樾)의 『차향실총초』 권5에 '조선여자시'를 기술하고 있다. 유월이 편찬한 『차향실총초』에 조선 여성의 한시가 언급되지만, 그는 작품과 작자에 착종이 있는 것을 인식되지 못한 채 그대로 명나라의 자료에서 수용하였다. 유월이 언급한 조선 여성 한시에 관한 문헌은 조선 여성의 한시 작품이 중국에서 어떻게 전파되어 나갔는가에 대한 경위를 파악하는 데 매우 가치 있는 자료이다.

단사리(單士釐)가 편찬한 『청규수예문략』에는 조선 여성 허경란의 『해동란』과 박죽서의 『죽서시집』의 문집 제목을 수록하여, 19세기에서 20세기 초까지 조선 여성의 한시 작품이 중국에서 전파되고 수용된 상황을 상세하게 엿볼 수 있다. 현재 중국국가도서관에 소장되어 있는 『죽서시집』의 서지 사항을 통해 박죽서(朴竹西)의 시집은 19세기 말과 20세기 초에 중국에서 이미 유통된 것으로 확인되었다.

제6장에서는 청대 문인이 편찬한 조선시문의 특징과 조·청교류사에서 이러한 작품들과 선집류가 지니는 의미를 살펴보았다. 본 연구에서는 청인들이 의도적으로 편찬한 조선 한시 문헌을 세 가지 유형으로 분류하여 체계적으로 조사하였다. 첫 번째 유형은 조선 문인과 청인들의 교유를 통해 산생된 시선집, 두 번째 유형은 청인이 편찬한 조선 한시 문헌의 정화(精華), 세 번째 유형은 청인이 편찬한 조선 여성한시 문헌이다. 이 세 가지 유형은 19세기부터 20세기 초까지 청인이 조선 한시문헌을 편찬한 가장 중요한 유형이라고 할 수 있다. 이 세 가지 유형의 특징을 더 구체적으로 살펴보면, 이 시기 청인이 편찬한 조선 한시 문헌과 편찬의식의 다양화, 동시대 조선 시문의 수록과 청인 그룹 내 조선시문의 '공향(共享)', 전근시기에 폭넓게 이루어진 조선 여성 한시 문헌의 수용 및 제종(諸種)의 혼란현상 등이다.

19세기에 이르러 청인이 편찬한 조선 한시 문헌은 조선 시문편찬에 아래와 같은 지대한 영향을 끼쳤다. 첫째, 청인들의 조선 한시 문헌 편찬은 조선의 시문이 중국에 유입되는 계기가 되었고, 조선 문인들 개인이나 동인들의 시문을 편찬하는 동기가 되었다. 둘째, 청인들의 조선 시문의 편찬에 영향을 받아 조선에서 생전에 개인 문집을 출판하고자 하는 문화가 확장되었다. 이러한 출판문화는 생전에 조선에서 개인 문집을 편찬, 간행하거나 청나라에서 개인 문집을 간행하는 두 가지 경우로 나누어 볼 수 있었다. 셋째, 청나라 문인들이 편찬한 조선시대 여성의 한시문헌은 조선에서 여성 시문을 편찬하는 데에 직접적인 자극이 되었으며, 조선 여성 시문집의 간행을 가속화하는 역할도 하였다. 또한, 19세기에 이르러 청나라 문인들이 편찬 수록한 조선 여성 문인들의 한시문헌을 통해서 청나라 문인들이 전시대에 걸쳐서 조선 여성 문인들의 시문자료를 폭넓게 수용하는 동시에, 같은 시대의 조선 여성 문인들의 시문들을 수집하기 위해서 많은 노력을 기울였다는 사실도 확인할 수 있었다. 이를 통해 청나라 문인들의 주도로 조선 여성 문인들의 한시가 편찬되는 과정에서 한·중 양나라의 여성 문화가 교류되었던 상황을 파악할 수 있었다.

이 책에서는 19세기부터 20세기 초 청인이 편찬한 조선 한시 관련 문헌을 통시적, 종합적으로 살펴보았다. 이를 통해 조선 한시문학이 중국에서 전승된 과정 및 영향력을 살펴볼 수 있었다. 또한 청인이 편찬한 조선 시문의 문헌자료를 통해, 19세기 한·중 양국의 서적 유통의 실상을 파악할 수 있었다. 나아가 당시 한·중 지식인들의 지식 소통의 방식과 양상도 구체적으로 확인할 수 있었다. 실증적 자료로 확인되는 이러한 상황은 한·중 문학의 비교 연구와 한·중 문화 교류 연구에 귀중한 토대로 활용될 것이다. 이 방면의 연구는 앞으로 한·중 문학사, 한·중 문학교류사를 규명하는 데에도 아주 중요한 위치를 차지할 것으로 기대한다.

이 책에서 고찰한 청인이 편찬한 조선 한시 관련 문헌 자료는 현재까지 학계에서 거의 소개되지 않았던 자료들이다. 본 연구는 논의 진행 과정에서 방대한 문헌자료를 대상으로, 통합적인 서술에 중점을 두었다. 자료에 대한 심층적 분석을 통해 논의의 깊이를 확보하지 못한 아쉬움이 남는다. 다만 새로 발굴 자료를 소개하고 수세기에 걸친 조선과 중국 지식인의 문학적 교유를 정리했다는 점에서 이 책의 의미를 찾고자 한다.

서론에서 언급했듯이 중국에 소장되어 있는 조선 시문자료는 방대한 양이 다양한 형태로 여러 곳에 산재되어 있다. 본 연구에서는 이러한 자료에 대한 총체적 점검과 종합적인 연구의 필요성을 제기하고, 연구 준비 과정에서 접할 수 있었던 관련 자료의 현황을 최대한 소개하였다. 본 연구의 향후 과제는 문화 수용사적 접근을 통하여 한국 문화가 중국으로 전파된 복합적 경로와 수용, 변용의 과정을 규명하는 것이라 생각한다. 이를 위해서는 한·중 양국 간의 정치, 문화적 교류와 그 영향 관계에 대한 연구가 병행되어야 할 것이다. 한·중 양국 간의 다면적 인적, 물적(특히 서적, 문집류) 교류에 대한 고찰을 바탕으로 수준과 깊이를 갖춘 연구가 축적되어야만, 이 시기 조·청간에 이루어진 한문학에 대한 평가도 가능해지기 때문이다. 정치, 사회적 방면의 연구와 아울러 문학 연구의 성과도 지속적으로 축적된다면 19세기 중국에서 편찬된 조선 시문의 실상과 그 문화사적 의미가 보다 확실해질 것이다.

국문초록

　본 연구에서는 19세기부터 20세기 초까지 청대문인(이하 '청인'으로 약칭함)이 편찬한 조선 시문 관련 문헌을 조사 정리하고, 그 의미를 고찰하고자 하였다. 이와 같은 문헌 자료는 그동안 한국 학계에 알려지지 않았던 것으로 이 책은 이와 같은 문헌 자료의 편찬 경위와 그 전승 과정을 통시적으로 고찰하고자 하였다. 아울러 청인들이 조선시문을 편찬한 경위와 그 연관성을 통해 조선시문이 청에 유입되는 과정에서 일어난 한중 양국 문학 교류의 실체를 구체적으로 파악하였다. 그 과정에서 일부 조선과 청인 간의 문학 교류를 실증적으로 확인하고, 개별 시문집의 내용과 특성도 살펴볼 수 있었다.

　19세기~20세기 초 중국에 유입된 조선의 시문 자료는 다양한 형태로 상당한 분량이 존재한다. 이 시기에 청나라 문인들이 편찬한 조선 시문집의 내용과 특성을 통합적으로 살펴보기 위해서 본 연구에서는 청인이 편찬한 조선 시문을 다음과 같은 세 가지 유형으로 분류해서 서술하였다. 첫 번째 유형은 조·청문인 교유를 통해 산생(産生)된 시문선집, 두 번째 유형은 청인이 편찬한 조선한시문헌의 정화(精華), 세 번째 유형은 청인이 편찬한 조선 여성 문인들의 한시문헌이다.

　청인이 편찬한 위의 세 가지 유형의 조선 관련 문헌의 편찬 경위를 이해하기 위한 전단계로 제2장에서는 청인이 편찬한 조선한시문헌의 배경을 살펴보았다. 우선, 한중 양국은 고려시기부터 빈번한 국제외교가 있었으며, 이런 과정에서 중국문인들은 고려의 한문학 수준이 높다는 인식을 가지고 있었다. 특히 임진왜란 당시 명나라의 지원군으로 출전했던 중국문인들이 조선을 왕래하면서 조선 시문에 대한 관심은 더욱 확대되었다. 이러한 기존의 한중 양국의 문화 교류라는 바탕 위에 17세기 이후 잦은 사신 왕래가 두 나라의 문화, 문학교류의 촉진제가 되었다. 북경에 사신으로 파견된 조선 문인과 북경에서 활동하던 청인들 간의 민간 교류를 통해 조선의 시문에 대한 관심이 증폭된 것이다. 청인들은 조선 사신 일행과 교류하는 과정에서 주고받은 수창 시문이나 조선 지인을 통해 수집한 조선인의 시문을 정리하여 조선인의 시문집을 편찬하고 유통시켰다. 그리고 청말 중국 여성 한시 문헌의 흥성의 구체적 상황과 조선 여성 한시에 인식의 확대에 대해 고찰하였다. 19세기에 이르면 청의 문인들 사이에서 조선의 여성 시문에 관한 관심이 증폭되면서 그들의 문헌을 정리하고자 하는 욕구가 강렬해졌다. 이러한 과정 속에서 조선 여성 한시 관련 시문집이나 시화가 대량으로 편찬되는 배경을 살펴보았다.

제3장에서는 19세기 조·청 문인들의 교유를 통해 산출된 시문선집(詩文選集)인 『좌해교유록(左海交遊錄)』, 『추회창화시(秋懷唱和詩)·속집(續集)』, 『심시집(尋詩集)』을 고찰하였다. 도광(道光) 을미년(乙未年, 1835)에 수방울(帥方蔚)이 조선 문인들과 교유 과정에서 모은 시문과 서찰을 편집하여 『좌해교유록』을 간행하였다. 시문집에는 조선 문인이 청인 수방울에게 보낸 서찰 23통, 수방울이 조선 지인에게 보낸 서문, 서찰, 시문 21편 등 모두 44편이 수록되어 있다. 동문환(董文煥)이 편찬한 『추회창화시·속집』은 청대 문인 동문환이 두보(杜甫)의 '추흥팔

수(秋興八首)'에 차운(次韻)해서 지은 시를 다시 동인(同人)들에게서 차운(次韻)을 받아 엮은 수창시문집이다. 『심시집(尋詩集)』은 19세기 후반 조선과 청인이 공동 참여했던 문화공동체인 용희사(龍喜社)에서 엮은 창화시집이다. 용희사는 광서(光緒) 정해년(丁亥年, 1887)에 설립되었다. 이 시기에 북경에 간 조선 사신들이 용희사에 참석하여 활발한 문학 활동을 펼쳤다. 1893년 1월 25일에 황녹천(黃鹿泉)이 조·청 용희사 동인들을 모아 술자리에서 시문을 수창하고, 사도(社圖)를 그린 다음 『심시집』을 편찬하였다. 이러한 청인이 편찬한 세 종류 조선시문선집은 모두 청인과 조선 문인들이 북경에서 직접 교유를 통해 편찬한 것들로 당시 조선과 청인들 간 문화 교류의 다양한 실상을 엿볼 수 있는 귀중한 자료들이다.

제4장에서는 청인이 편찬한 조선한시 관련 시문총집(詩文總集)을 고찰하였다. 이러한 고찰을 통해서 동문환이 『조선시록(朝鮮詩錄)』을 편찬한 경위와 작품 선발의 기준을 밝혔다. 또한 청말 문인 오경지(吳慶坻)의 『초랑좌록(蕉廊脞錄)』에서 언급한 '조선시록'을 통해 동문환이 편찬한 『조선시록』 4책 본은 민국(民國) 초기까지 세상에 유통되었다는 사실을 밝혔다. 다음으로, 청인 부보삼(符葆森)이 편찬한 『국조정아집(國朝正雅集)』, 원조광(袁祖光)이 편찬한 『녹천향이시화(綠天香簃詩話)』, 손웅(孫雄)이 편찬한 『도함동광사조시사(道咸同光四朝詩史)』, 서세창(徐世昌)이 편찬한 『만청이시회(晚晴簃詩匯)』에 실린 조선인의 시문을 고찰하였다. 이와 같은 조선인의 시문을 살펴보면 그들 간에 서로의 수용관계를 갖고 있다. 이를 통해 당시 조선인의 시문집이나 개인의 시문작품은 청인 간에 하나의 문인 그룹 안에서 우선 유통된 사실을 알 수 있었다.

제5장에서는 청인이 편찬한 조선의 여성 시인의 한시에 관한 문헌을 살펴보았다. 그 중에서 19세기에 편찬된 여성 대상의 시선집(詩選集) 4종: 운주(惲珠)의 『국조규수정시집(國朝閨秀正始集)』, 장시영(張繼英)의 『국조열녀시록(國朝列女詩錄)』, 주수창(周壽昌)의 『궁규문선(宮閨文選)』, 서내창(徐乃昌)의 『여사규수사초(女士閨秀詞鈔)』; 시화(詩話) 6종: 심선보(沈善寶)의 『명원시화(名媛詩話)』, 대문선(戴文選)의 『음림철어(吟林綴語)』, 엄형(嚴衡)의 『여세설(女世說)』, 뇌진(雷瑨)의 『규수시화(閨秀詩話)』, 유월(俞樾)의 『차향실총초(茶香室叢鈔)』, 단사리(單士釐)의 『청규수예문략(淸閨秀藝文略)』을 고찰하였다. 위의 10종의 청인이 편찬한 시선집과 시화집에서 청나라 문인들은 전시대에 걸쳐서 조선 여성 문인들의 시문 자료를 폭넓게 수용하는 동시에, 같은 시대의 조선 여성문인들의 시문들을 수집하기 위해서 많은 노력을 기울였다는 사실도 확인할 수 있었다. 이를 통해 청나라 문인들의 주도로 조선 여성 문인들의 한시가 편찬되는 과정에서 한중 양나라의 여성 문학에 대한 관심이 증폭되었고, 자료 편찬을 통해 널리 전파하려는 욕구가 강했음을 확인하였다.

제6장에서는 청인이 편찬한 조선시문의 특징과 이러한 문학을 통한 교유가 가지는 조·청 교류사적 의미를 살펴보았다. 상기 청인이 편찬한 조선한시문헌의 세 가지 유형에서 공통적으로 나타나는 특징을 구체적으로 살펴보면 다음과 같다. 1) 이 시기 청인이 편찬한 조선한시문헌과 편찬의식의 다양화, 2) 동시대 조선시문의 수록과 청인 그룹 내 조선시문의 '공향(共享)', 3) 이전 시대 조선 여성 한시 문헌의 수용 및 제종(諸種)의 혼란현상 등의 특징이 그 것이다.

이 시기에 청인들이 편찬한 조선의 한시 문헌에 대한 구체적인 사실이 조선에 알려지면서 다음과 같은 파급 효과를 가져왔다. 첫째, 청인들의 조선 한시문헌의 편찬은 조선 문인들의 시문이 중국으로 적극적으로 유입되는 계기가 되었다. 이러한 사실은 역으로 조선 문인들 사이에서 개인이나 동인들의 시문을 편찬하는 동기로도 작용하였다. 둘째, 청인들의 조선 시문의 편찬에 영향을 받은 조선의 지식인들은 개인 문집과 수창시집 등을 적극적으로 자비(自費) 출판하였으며, 이러한 경향은 조선의 출판 풍토에 변화를 가져왔다. 조선에서 문집은 사후에 후손이나 제자들에 의해 간행되는 것이 관례였다. 그러나 조선 문인들이 자신들의 글을 중국에 알리고자 하는 의욕이 강해지면서 생전에 본인의 손으로 시문을 정리하여 간행하는 경우가 많아졌다. 조선이 아니라 청에서 직접 개인 문집을 간행하고 중국 문인들에게 전달하는 경우가 생겨났다. 이는 분명 종래의 문집 간행 풍토를 혁신한 것으로 이제 시문의 편찬과 간행은 사후의 추모 사업 이상의 의미를 지니게 된 것이다. 생전에 자신의 문명(文名)을 국내뿐 아니라 문화의 중심지인 중국에까지 알리고자 했던 열망은 특히 19세기 조선의 문화 중심지였던 서울에서 활동한 경화사족 출신의 문인 사이에서 강렬했다. 이들은 세련된 도시 감각과 식견을 바탕으로 중국의 문인 지식인층과 교유하고자 했으며 그들을 통해 서양의 신문물, 사상이 조선에 소개되었다. 또한 청나라 문인들이 편찬한 조선시대 여성의 한시문헌은 역으로 조선에서 여성의 시문에 대한 관심을 제고시켰으며, 조선 여성 시문집의 간행을 가속화 하는 역할도 하였다. 19세기에 이르러 청나라 문인들이 편찬한 조선 문인들의 한시문헌을 통해서 청인들이 같은 시대의 조선 문인들의 시문들을 수집하기 위해서 많은 노력을 기울였다는 사실도 확인할 수 있었다. 이러한 사실은 중국의 시문과 시풍이 일방적으로 조선에 수용, 전파되었다는 종래의 일방적 영향관계가 잘못된 인식이었다는 것을 확인시켜 준다.

이 책에서는 19세기부터 20세기 초 청인이 편찬한 조선 한시 관련 문헌에 대한 통시적, 종합적 접근도 시도하였다. 이를 통해 양국에서 왕조 체제가 흔들린 어려운 시기에도 두 나라의 문인들은 시문과 서책을 교환하고 유통시켰다는 사실을 알 수 있었다. 전근대 사회에서 조선과 중국의 정신적 유대는 긴밀했으며, 오랫동안 지속된 굳은 신뢰를 바탕으로 상호 문화에 대한 존중심이 더욱 깊어졌다. 당시 한중 지식인들은 대를 이어서까지 계속된 서신 교환과 시문 수창을 통해 상호 존중의 정신을 다져 나갔다.

현재까지 조선과 중국의 교류는 주로 정치적, 외교적 측면에서 연구되었다. 양국 사이의 외교문서와 사신들의 왕래를 통한 공식적 교류 상황을 파악하고 그 시대적 추이를 논하는 것이 주요 주제였던 것이다. 그러나 이러한 접근은 표면적이 것으로 양국 관계의 실질적, 내면적 의미는 인적 교류의 내용과 깊이를 통해서만 그 전모가 밝혀질 수 있다고 생각한다. 이런 측면에서 방대한 분량의 조선한시 관련 문헌은 귀중한 문학 자료이자 한중 문화 교류사의 생생한 자료이다. 이러한 자료를 통해서 다양한 연구 주제가 개발되고 연구 성과가 축적된다면 한중 관계의 정치적, 외교적 측면과 아울러 문화적 측면에 대한 이해도 더욱 깊어질 것이다. 이 책의 일차적 목적은 이러한 문헌 자료에 대한 서지적 관련 상황과 내용의 개괄적 연구에 있고, 이 방면에 대한 관심이 중국과 한국의 연구자들 사이에서 더욱 구체적이고 의미 있는 연구들로 진행되기를 기대한다.

中文摘要

同屬於漢文化圈的韓中兩國的文化交流源遠流長，其中被稱爲藝術之花的漢詩則是古代韓中兩國外交過程中用的最爲重要的交流手段之一。古代韓中兩國文化交流的過程中，歷代中國的詩文選集與別集大量傳入韓國，成爲古代韓國文人模擬研習的範本，對韓國的文化藝術等方面產生了廣泛的影響。同時，韓國的漢詩作品也大量傳入中國，並受到中國文人的喜愛，從而對中國的文化、思想的發展產生了積極的影響。歷代傳入到中國的韓國詩文，可以分爲以下四個類型：第一，歷代傳入到中國的古代韓國文人的個人詩文集和詩文選集；第二，歷代中國文人文集中散載的韓國文人的酬唱詩文；第三，中國歷代叢書類古籍中所收錄的朝鮮人詩文集及在中國刊行的古代韓國文人的個人詩文集；第四，中國文人編撰的歷代韓國詩文選集、中國歷代詩文選集和詩話中收錄的韓國人詩文。本文要研究的範圍即屬於第四種類型。本研究以19世紀到20世紀初清人所編朝鮮人的詩選集、清人所編清人詩選集的過程中有意識地進行收集和整理的朝鮮文人詩文有關文獻爲考察對象。

本論文以文獻流通學的研究方法，首先對19世紀以來，清人編撰的朝鮮詩文有關文獻進行了資料方面的收集和整理。主要通過近代學者編撰的清人詩文集目錄和解題、中國各大圖書館的古籍目錄、韓國所存中國古籍目錄、韓國各大學及公立圖書館的目錄解題，對清人編撰的朝鮮詩文文獻作了一個整體的梳理。後又通過對每一部文獻的編撰經緯的考察，對這些朝鮮詩文傳入中國的過程、韓中兩國文化交流的細節進行具體的分析，同時也對朝鮮和清人之間的文化交流過程進行了深入的考察，另外也對清人編撰的朝鮮個別詩文集的內容和特徵進行了闡釋。

19世紀以來清人編撰的朝鮮漢詩有關文獻數量龐大、形式多樣，爲了能對這些文獻從歷時性、綜合性的角度進行整體地把握，本研究把這些文獻按照他們的內容和特徵分爲三類進行敍述：第一類，朝、清文人直接交流的過程中所編撰的詩文集；第二類，清人編撰朝鮮漢詩文的精華，即各類詩文選集中所收朝鮮詩文；第三類，清人編撰的朝鮮女性文人的漢詩文獻。

爲了更好地了解清人編撰的上述三類朝鮮漢詩文獻的編撰經緯，在第二章中對清人編撰朝鮮詩文文獻的背景作了如下分析：第一，歷代古代韓中兩國文人的交流和文壇的相互了解。高麗時期開始與中國的頻繁的外交，在使臣之間的詩賦外交過程中，古代韓國在大量吸收和接受中國的文學創作思潮影響的同時，也向中國文人展示了自己的漢詩水平，歷代中國文人對朝鮮詩文水平的肯定，是朝鮮詩文持續傳入中國的原因。第二，歷代中國文人對整理周邊少數民族和鄰國漢詩文獻的重視。特別值得一提的是清代，清人在和朝鮮使臣交往的過程中，大量收集朝鮮使臣的詩文集，同時也通過這些朝鮮使臣編撰朝鮮的歷代詩選。第三，清代中國女性詩文的興盛及對朝鮮女性漢詩認識的擴大。朝鮮女性文人的詩文傳入中國始至朝鮮前期，當時明代吳明濟的《朝鮮詩選》選編以許蘭雪軒爲首的女文人的諸多詩作。此後歷經明清兩代，有關朝鮮女詩人的大量詩文選本在中國廣泛傳播。19世紀以來，清人在吸收前代文人編撰的有關朝鮮詩文文獻的同時，也通過當時往返於北京的朝鮮使臣代爲收集朝鮮女性的漢詩。這一時期清代女性文人在詩文創作數量和規模上不但呈現出繁榮的發展趨勢，此外他們在編撰和收集朝鮮女性詩文方面也做出了卓越的貢獻。

第三章對19世紀清人和朝鮮文人通過直接交流所創作的三种詩文集進行了考察。一是清人帥方蔚編撰的《左海交遊錄》，這部詩文集爲帥氏于1835年刊印，集中收錄了帥氏和朝鮮文人在交流過程中所收集的書信、序跋、酬唱詩等共44篇。二是清人董文渙編撰的《秋懷唱和詩·續集》，集中收錄了朝鮮七人的唱和詩。三是清代後期朝鮮和清人共同參與的詩社"龍喜社"成員所編撰的酬唱詩文集《尋詩集》，此集中收錄有朝鮮文人四人的唱和詩。上述三種詩文集都是朝鮮和清文人直接交流過程中所創作的詩文。本文爲了介紹這些新材料，對這三種詩文的版本、編撰經緯、朝鮮和清人交流的具體細節進行了一一分析，同時也對清人所編的這些朝鮮詩文和韓國所存的詩文進行了校勘，發現了韓國歷代文獻所未被收錄的這些清人所編朝鮮詩文資料。

第四章對清人編撰的歷代朝鮮詩選集及清代詩文選集中所收錄的朝鮮漢詩文獻作了具體分析。首先考察了董文渙編撰的《朝鮮詩錄》，這部朝鮮詩選集迄今爲止還沒有被發現，本文僅通過董文渙的《研樵山房日記》所記錄的當時編撰這部詩選集收集和選錄朝鮮詩文的情況，對董文渙編撰這部朝鮮詩選集的背景、選錄標準、所收集的朝鮮詩文集的數量和規模、這部詩選集在清代傳播的情況作了一個整體的把握和考證工作。

其次對清人符葆森的《國朝正雅集》，袁祖光的《綠天香籢詩話》，孫雄的《道咸同光四朝詩史》，徐世昌的《晚晴籢詩匯》中所收朝鮮詩文的文獻來源、這幾種文獻之間的相互引用關係進行了梳理，也對這幾部詩選集中所收朝鮮詩文和韓國現存朝鮮詩文作了進一步校對工作。研究發現這一時期清人所收朝鮮詩文大部分是和編選者同時代的朝鮮人詩文，這些朝鮮人都有直接或間接和清人交往的經歷，特別是徐世昌所編撰的《晚晴籢詩匯》中所收朝鮮文人，大都是有過直接出使清廷的經歷。另外，以上幾種詩文集中所收朝鮮詩文，都有相互引用的關係。由此可見當時朝鮮人的詩文，主要是在特定的清人群體內部進行傳播的。這些傳入清人手中的詩文大部分未被現存的韓國的詩文集收錄，他部分作者也在當時無甚名氣，不過他們的這些詩文在當時的朝鮮雖未引起注意，但是卻通過中國的文獻卻保存了下來。這些詩文文獻，對研究韓國的漢文學具有寶貴的資料價值。

第五章對清人編撰的朝鮮女性漢詩文獻進行了整理。本章中所分析的文獻資料有清人編撰的朝鮮女性詩文選集四種：惲珠的《國朝閨秀正始集》，張綬英的《國朝列女詩錄》，周壽昌的《宮閨文選》，徐乃昌的《女士閨秀詞鈔》；朝鮮女性詩話六種：沈善寶的《名媛詩話》，戴文選的《吟林綴語》，嚴蘅的《女世說》，俞樾的《茶香室叢鈔》，雷瑨的《閨秀詩話》，單士釐的《清閨秀藝文略》。本文對以上十種詩文選集和詩話的編撰經緯、所收朝鮮女性詩文在中國的傳承過程、韓國現存這些朝鮮女性的詩文進行了校勘。以上幾種女性詩文選集和詩話中大都收錄了朝鮮前期傳入到明代的一些朝鮮女性詩文，其中也有一部分收錄了19世紀的朝鮮女性詩文。

第六章，對19世紀以來清人編撰的朝鮮詩文的特徵及其在朝清文化交流史上的意義進行了闡釋。對上文所列清人的三種類型的詩文文獻做進一步的分析，可知其以下三大特徵：一是19世紀以來清人編撰朝鮮漢詩文獻的多樣性和編撰意識的變化；二是大都收錄了同時代朝鮮文人的詩文，這些詩文在清人群體內部呈現"共亨"的特徵；三是對前代朝鮮女性漢詩文獻吸收的同時，出現了所收詩文作者的混淆、作品出處的誤記等諸種混亂現象。

這一時期清人編撰的朝鮮詩文文獻，也對朝鮮時期詩文的編撰和出版產生了很大的影響。第一，清人對朝鮮漢詩文獻的編撰爲朝鮮詩文作品傳入中國提供了契機和途徑，也對朝鮮文人個人詩文集的編撰，以及同人之間的詩文編撰產生了推動作用。第二，清人對朝鮮詩文的編撰影響了朝鮮文人對詩文編撰的傳統思想，使朝鮮文人個人文集的出版文化有了很大的擴大空間。這種出版文化包括生前對個人詩文集的編撰刊行，同時也包括出使清朝的一些朝鮮文人的詩文集的刊行出版。第三，明代中國學者編撰的朝鮮女性漢詩文獻直接刺激了朝鮮女性文學的創作，也直接加快了朝鮮女性漢詩文集編撰和刊行的步伐。另外，19世紀清人編撰的朝鮮女性詩選和詩話，可以反映前代朝鮮詩文傳入中國的情況，特別是前代已經佚失的一些詩文文獻，可以從19世紀所編撰的朝鮮詩文文獻中找到一些綫索，對研究前代詩文集的編撰、刊刻和流通提供了可貴的文獻資料。

本論文對19世紀到20世紀初清人所編朝鮮漢詩文獻做了深入的整理和分析。通過這項研究，可以充分了解朝鮮詩文傳人中國及在中國傳播的具體細節，把握19世紀韓中兩國書籍流通的具體情況及當時韓中兩國知識疏通的方式和具體面貌。本研究中所列這些文獻資料對以後韓中文學比較研究和韓中文化交流研究都具有重要的文獻價值，同時也對韓國漢文學史、東亞漢文學的比較研究提供了一個新的視角。

참고문헌

[원전자료]

姜　瑋,『古歡堂收艸』, 한국문집총간 318, 민족문화추진회, 2003.

郭　璨,『東洋歷代女史詩選』, 京城寶文館 간행본 1920.

權敦仁,『彝齋尺牘』, 고려대학교 고적실소장본.

權敦仁,『彝齋集』, 영남대학교 영빈문고본.

權永佐,『雪湖』, 연세대학교 고적실소장본.

權永佐,『米山詩集』, 이화여자대학교 고적실소장본.

金萬重,『西浦漫筆』, 文林社, 1958.

金奭準(外),『海客詩鈔』, 中國山西省圖書館 古籍室, 하버드대학 연경도서관장본.

金奭準,『紅藥樓懷人詩錄』, 이조후기 여항문학총서5, 여강출판사, 1986.

金奭準,『研白堂初集』, 단국대학교 연민서고 소장 필사본.

金永爵,『邵亭詩稿』『邵亭文稿』, 연세대학 조적실소장본.

金永爵,『存春軒詩鈔』, 中國 : 國家圖書館藏本.

金正喜,『阮堂全集』, 한국문집총간 301, 민족문화추진회, 2003.

金澤榮,『韶濩堂集』, 한국문집총간 347, 민족문화추진회, 2003.

金澤榮,『滄江稿』, 연세대학교 고적실소장본.

南尙敎,『雨村集』, 고려대학 고적실소장본.

朴齊家,『燕臺再遊錄』,『燕行錄全集』60, 임기중, 동국대학교출판사, 2001.

朴竹西,『竹西詩集』, 中國國家圖書館 소장본.

朴趾源,『熱河日記』, 上海書店出版社, 1997.

成海應,『研經齋全集』, 한국문집총간 279, 민족문화추진회, 2003.

申　緯,『警修堂全藁』, 한국문집총간 291, 민족문화추진회, 2003.

申光漢,『企齋集·別集』, 연세대학교 고적실 소장본.

申　檍, 『申大將軍集』, 연세대학교 고적실 소장본.

李宜顯, 『陶谷集』, 한국문집총간 181, 민족문화추진회, 2003.

李尙迪, 『恩頌堂集』, 한국문집총간 312, 민족문화추진회, 2003.

李圭景, 『詩家點燈』, 서울: 亞細亞文化社, 1981.

李根洙, 『守菴文集』, 국립중앙도서관 소장본.

李德懋(外), 『韓客巾衍集』, 연세대학교 고적실 소장본.

李德懋, 『靑莊館全書』, 民族文化推進會, 1997.

李晩用, 『東樊集』, 국립중앙도서관 소장본.

李尙迪, 『藕船精華錄』, 여항문학총서7, 여강출판사, 1991.

李尙迪, 『華東倡酬集』, 미국 하버드 연경도서관 소장본.

李書九, 『薑山筆豸』, 규장각 소장본.

李性源, 『潮隱集』, 연세대학교 고적실소장본.

李承五, 『燕行日記』, 『燕行錄全集』 86, 임기중, 동국대학교출판사, 2001.

李承五, 『李承五燕槎日記』, 『燕行錄選集』 하, 성균관대 대동문화연구원, 1962.

李裕元, 『國譯 林下筆記』, 민족문화추진회, 1999.

李　婷, 『風月亭集』, 국립중앙도서관 소장본.

李㝡應, 『少閑齋詩鈔』, 『少閑齋聊唫集』, 국립중앙도서관 소장본.

李黃中, 『李甘山詩選』, 연세대학교 고적실소장본.

鄭基世, 『周溪集』, 연세대학교 고적실 소장본.

鄭五錫, 『逸軒先生文集』, 국립중앙도서관 소장본.

鄭元容, 『燕行日錄』, 『燕行錄全集』 69, 임기중 편, 동국대학교출판사, 2001.

趙秉鉉, 『成齋集』, 국립중앙도서관 소장본.

趙宗鉉, 『天隱亂稿』, 서울대 규장각소장본.

崔亨遠, 『松崖詩草』, 『松涯詩稿』, 국립중앙도서관 소장본.

許景樊, 『景樊集』, 하버드대학 소장본.

洪敬謨, 『耘石外史』, 서울대 규장각 소장본.

洪良浩, 『耳溪集』, 국립중앙도서관 소장본.

洪顯周, 『海居齋詩集』, 서울 豊山洪氏大宗會, 2009.

洪顯周, 『海居齋詩鈔』, 연세대학교 고적실 소장본.

(朝鮮)南龍翼, 趙季校注 『箕雅校注』, 中華書局, 2008.

雷　瑨, 『閨秀詩話』, 『淸代閨秀詩話總刊』, 南京鳳凰出版社, 2010.

單士釐, 『淸閨秀藝文略』, 中國國家圖書館藏本.

戴文選, 『吟林綴語』, 光緖3年(1877), 朱觀樓且齋刊本, 中國國家圖書館 普通古籍室.

陶　澍, 『陶文毅公全集』, 『續修四庫全書』1502-1504, 中國: 上海古籍出版社, 2001.

董文渙, 『秋懷唱和詩·續集』 中國：國家圖書館藏本.

董文渙, 『韓客詩存』, 李豫點校本. 中國 : 書目文獻出版社, 1996.

董文渙, 『淸季洪洞董氏日記六種』, 北京圖書館出版社, 1996.

麟　慶, 『蓉湖草堂贈言錄』, 道光十六年(1836)刻本, 中國國家圖書館 普通古籍室.

柏　俊, 『薜菻吟館詩鈔』, 『續修四庫全書』1521, 中國:上海古籍出版社, 2001.

符葆森, 『國朝詩寄心集』, 中國國家圖書館 普通古籍閱覽室.

符葆森, 『國朝正雅集』, 서울대 고문헌실소장본.

符葆森, 『國朝正雅集』, 淸光緖間修補刊本, 中國國家圖書館.

符葆森, 『寄鷗館詩錄』, 延世大學古籍部(淸 王式言, 『無不自得齋詩鈔』附錄).

徐乃昌, 『女士閨秀詞鈔』, 淸宣統元年(1909) 小檀樂室刻本.

徐世昌(外), 『晩晴簃詩匯』, 『續修四庫全書』1629, 中國:上海古籍出版社, 2001.

徐樹敏/錢岳, 『衆香詞』, 中國北京大學善本室藏, 上海大東書局影印康熙昆陵董氏誦芬樓本.

徐　振, 『四繪軒詩抄』, 『新編叢書集成』73, 以會文化社, 1993.

孫　雄, 『道咸同光四朝詩史』, 『續修四庫全書』1628, 中國: 上海古籍出版社, 2001.

宋　恕, 『推薦國文學堂監督人選稟』, 『宋恕集』, 中華書局, 1993.

徐　焯, 『徐氏筆精』, 『文淵閣四庫全書』856冊, 臺灣商務印書館, 1986.

帥方蔚, 『左海交遊錄』, 中國：國家圖書館藏本.

沈德潛, 『明詩別裁集』, 연세대학 고적실 소장본.

沈善寶, 『名媛詩話』, 『續修四庫全書』1706. 上海古籍出版社, 1995.

游智開, 『藏園詩鈔』, 연세대학교 소장본.

袁嘉穀, 『臥雪詩話』, 張寅彭 編, 『民國詩話叢編』, 上海書店出版社, 2002.

李慈銘, 『越縵堂日記』13, 国家清史編纂委員会 編, 廣陵書社, 2004.

袁 昶, 『漸西邨人初集』附錄及其他一種(二冊), 王雲五 編, 『叢書集成簡編』, 台灣
　　　商務印書館, 1966.

苑書義, 『張之洞全集』 12冊, 河北人民出版社, 1998.

嚴 蘅, 『女世說』, 上海 聚珍倣宋印書局印本, 1921.

吳慶坻, 『蕉廊脞錄』, 中國國家圖書館 普通古籍室.

王闓運, 『湘綺樓全集』, 『續修四庫全書』 1568-1569, 中國: 上海古籍出版社, 2001.

王端淑, 『名媛詩緯』, 북경대학교 善本室, 淸康熙間所刊 淸音堂刻本.

王甫白, 『未曾有集』, 『四庫禁毀書叢刊』(八卷), 底本據淸康熙十九年隆道堂刻本.

王士禎, 『池北偶談』 권18, 「朝鮮採風錄」, 『文淵閣四庫全書』 870, 臺灣商務印書
　　　館, 1986.

王子梅, 『同聲集』, 中國國家圖書館 普通古籍室.

王蘊章, 『然脂餘韻』, 『淸詩話訪佚初編』(杜松栢 主編), 臺北 新文豊出版公司, 1987.

惲 珠, 『國朝閨秀正始集』, 하버드대학 소장본.

袁祖光, 『綠天香雪簃詩話』, 『晨風閣叢書』 甲集本, 中國國家圖書館 普通古籍室

俞 樾, 『茶香室叢鈔』, 中華書局, 1995.

陸次雲, 『繹史紀餘』, 『新編叢書集成』 97. 以會文化社, 1993.

張耀孫, 『同聲集』, 淸同治9(1862)年刊本, 中國國家圖書館 普通古籍室.

錢謙益, 『列朝詩集』, 『續修四庫全書』 1622-1624. 上海古籍出版社, 1995.

鄭文昂, 『古今名媛彙詩』, 하버드대학 연경도서관소장본.

趙世傑, 『古今女史』, 하버드대학 연경도서관소장본.

鐘 惺, 『名媛詩歸』, 『續修四庫全書』 1589-1590. 上海古籍出版社, 1995.

周壽昌, 『宮閨文選』, 道光二十六年(1846), 小蓬萊山館刻本, 연경도서관 소장본.

朱彝尊, 『明詩綜』 卷55. 『文淵閣四庫全書』 1459-1460, 臺灣商務印書館, 1986.

周 行, 『琴築同聲集』, 淸咸豊11年(1861)刊本, 中國國家圖書館 普通古籍室.

朱 珔, 『國朝古文彙鈔』, 中國國家圖書館 普通古籍室.

彭 鑾, 『薇省同聲集』, 淸光緒十六年(1890) 간행본, 中國國家圖書館 普通古籍室.

黃 膺(外), 『尋詩集』, 中國國家圖書館 普通古籍室.

況周頤, 『玉栖述雅』, 張璋(외), 『歷代詞話續編』, 大象出版社, 2005.

鈕 鏞, 『觚剩』, 『近代中國史料筆記小說叢書』 94, 文海出版社, 1982.

〈저서〉

계명대학교 한국학연구원 편,『계명대학교 동산도서관 소장 선본 고서 해제집』
　　　　2, 계명대학교출판부, 2009.
권혁수,『근대 한중 관계사의 재조명』, 혜안, 2007.
금지아,『한중역대서적교류사연구』, 한국연구총서 77, 한국연구원, 2010.12.
김성남,『許蘭雪軒시연구』, 소명출판, 2002.
김태준,『홍대용과 그의 시대』, 일지사, 1982.
김학주(외),『명·청인 문집목록』, 학고방, 1991.
藤塚隣/朴熙永(譯),『추사 金正喜 또 다른 얼굴』, 아카데미하우스, 1994.
박계화, 장미경 공저,『명청대 출판문화』, 이담북스, 2009.
박현규,『중국 명말청초인 조선 시선집연구』, 태학사, 1998.
송병기,『근대 한중 관계사 연구』, 단대출판사, 1985.
송상기 (외 저), 서울대학교 규장각 편,『별본동문선』, 1998.
안대회,『조선후기 시화사 연구』, 국학자료원, 1995.
유기수,『歷代韓國詞總集』, 한신대학교 출판부, 2006.
윤충남,『하바드 燕京도서관 한국 귀중본 해제』, 景仁文化社, 2005.
이병주,『杜詩諺解鈔』(二一), 집문당, 1982.
이춘희,『한중 문학교류: 李尚迪으로 중심으로』, 서울: 새문사, 2009.
이혜순(외),『한국 고전 여성작가연구』, 태학사, 1999.
전해종,『한중 관계사 연구』, 일조각, 1970.
조평환, 박혜숙『조선시대 여성시인 연구』, 한국학술정보(주), 2005.
한국학문헌연구소 편,『한국한시선집』(7), 李圭景,『詩家點燈』, 아시아문화사,
　　　　1981.
허경진,『梅窓詩集』, 평민사, 2007.
허경진,『鄭元容 관련 著述 解題集』, 서울 : 보고사, 2009.
허경진,『하버드대학 옌칭도서관의 한국고서들』, 웅진북스, 2003.
허경진,『玉峯·竹西詩選』, 평민사, 1987.
허미자,『조선조 여류 시문전집』(1-4), 태학사, 1988.
허미자,『許蘭雪軒연구』, 성신여자대학교, 1984.

柯愈春, 『淸人詩文總目提要』, 北京古籍出版社, 2001.

劉德重(外), 『中國歷代名人辭典』, 中國 : 上海古籍出版部, 1999.

朴現圭, 『臺灣公藏韓國古書籍聯合書目』, 文史哲出版社, 1991.

梁乙眞, 『淸代婦女文學史』, 臺北 : 臺灣中華書局, 1968.

吳明濟(編)/祁慶富 校註, 『朝鮮詩選校註』, 遼寧出版社, 1996.

王愼之, 王子令, 『淸代海外竹枝詞』. 北京大學出版社, 1994, 『中國民國詩話叢書』.

王志英, 『淸代閨秀詩話總刊』, 南京鳳凰出版社, 2010.

李仙竹(外), 『北京大學圖書館藏古代朝鮮文獻解題』, 北京大學出版社, 1997.

李靈年(外), 『淸人別集總目』, 安徽敎育出版社, 2000.

蔣　寅, 『淸詩話考』, 中華書局, 2005.

張伯偉, 『淸代詩話東傳略論稿』, 中華書局, 2007.

趙爾巽, 『淸史稿』, 中華書局, 1994.

中國 南京大學中國語言文學系 全淸詞編纂硏究室 編, 『全淸詞』(順康卷), 中華書
　　　　局, 2002.

彭國棟, 『中韓詩史』, 臺灣正中書局, 1957.

胡文楷, 『歷代婦女著作攷』, 上海古籍出版社, 1985.

黃建國(外), 『中國所藏高麗古籍綜錄』, 漢語大詞典出版社, 1998.

〈논문〉

김명호, 「董文渙의 『한객시존』과 한중 문학교유」, 『한국한문학연구』 26, 한국한
　　　　문학회, 2000.

김명호, 「金永爵의 연행과 『燕臺瓊瓜錄』 연구」, 『한문학보』 제19집, 우리한문학
　　　　회, 2008.

김영진, 「조선후기 명청소품의 수용과 소품문의 전개 양상」, 고려대학교 박사논
　　　　문, 2004.

김영진, 「조선후기 중국 사행과 서책 문화」, 『연행의 사회사』, 경기문화재단,
　　　　2005.

김영진, 「유득공의 생애와 교유, 年譜」, 『대동한문학』 제27집, 대동한문학회,
　　　　2007.

김윤조, 「이서구의 산문 연구: 새로 발견된 작품을 중심으로」, 『語文學』 제76집, 한국어문학회, 2002.

김윤조, 「18세기 후반 한중 통합 시선집의 출현과 『영롱집』」, 『한문학보』 제18집, 우리한문학회, 2008.

기경부, 「『朝鮮詩選』이 중한문화교류에 미친 영향」, 『아시아문화연구』 제6집, 경원대학교 아시아문화연구소, 2002.2.

남재철, 「『疊山筆豸』 연구」, 『한국한시연구』 제10집, 한국한시학회, 2002.

박현규, 「符葆森의 『國朝正雅集』에 수록된 조선한시」, 『중국학보』 제51집, 한국중국학회, 2005.

박현규, 「北京大學藏本朝鮮閔百順편찬 『海東詩選』의 落穗와 補完」, 『한민족어문학』 제38집, 한민족어문학회, 2001.6.

박현규, 「朝鮮·淸朝人의 燕京 交遊集——『日下題襟合集』의 발굴과 소개」, 『한국한문학연구』 제23집, 한국한문학회, 1999.

박현규, 「收錄於淸孫鋐『皇淸詩選』中的朝鮮人詩篇」, 『동아인문학』 제6집, 동아인문학회, 2004.12.

박현규, 「중국에서 간행된 조선후사가 저서물 총람」, 『한국한문학연구』 제24집, 한국한문학회, 1999.

박현규, 「許蘭雪軒의 또 하나의 중국 간행본 『취사원창』」, 『한국한문학연구』 제26집, 한국한문학회, 2000.

신로사, 「湛軒의 손자, 洪良厚의 生涯와 그의 燕行에 관한 고찰」, 『대동문화연구』 제81집, 대동문화학회, 2013.3.

안장리, 「조선 전기 『황화집』 및 명사신의 조선관련 서적 출판에 대한 연구」, 『국어교육』, 2002.

유성준, 「『淸詩匯』所載 조선후기 문인의 시」, 『한국한시와 당시의 비교』, 푸른사상, 2002.

유　정, 「『海客詩鈔』 연구」, 연세대학교 석사논문, 2005.6.

유　정, 「『存春軒詩鈔』傳入中國攷」, 『韓中人文學研究』, 한중인문학회, 2009.8.

유　정, 「通過董文渙日記攷朝鮮詩文集流入中國及朝鮮譯官的作用」, 『동아인문학』 제12집, 동아인문학회, 2007.12.

유　정, 「帥方蔚이 편찬한 『左海交遊錄』과 19世紀 韓中文人들의 文化交流」, 『연

민학지』 제15집, 2011.2.

유　정, 「朝鮮女性詩學理論的重要載體-明淸文人所編朝鮮女性漢詩文獻簡論」, 『동아인문학』 제22집, 동아인문학회, 2012.8.

유　정, 「19세기 朝 淸문인들의 창화집『秋懷唱和集』연구」, 『한중인문학연구』 제36집, 한중인문학회, 2012.8.

유　정, 「汪喜孫과 조선문인의 왕래 尺牘에 대한 고찰」, 『대동한문학』 제37집, 대동한문학회, 2012.12.

유　정, 「淸人汪鳳藻所輯中韓日三國文學交流詩文集『海東酬唱集』初探」, 『동북아문화연구』 제33집, 동북아시아문화학회, 2012.12.

유　정, 「조선 역관 6인의 시선집『海客詩鈔』에 대한 고찰-3종 필사본을 중심으로」, 『한문학보』 제28집, 우리한문학회, 2013.6.

이군선, 「冠巖 洪敬謨의 中國文人과의 交遊와 그 樣相-2차 연행을 중심으로」, 『퇴계학과 한국문화』 제23집, 경북대학교 퇴계학연구소, 2008.

이기현, 「19세기 중, 후반의 척독집 수용과 편찬」, 『한문교육연구』 제28집, 한국한문교육학회, 2007.

이종묵, 「조선 중기의 한시선집」, 『정신문화연구』 제20집, 한국학중앙연구원, 1997.

이철희, 「명,청 문학에 대한 조선후기 문인들의 인식: 19세기 초 한중 문학 교류와 오숭량(吳嵩梁)」, 『대동문화연구』 제73집, 대동문화연구원, 2011.

이춘희, 「우선 李尙迪과 만청 문인의 문학교류연구」, 서울대학교 박사논문, 2005.8.

이종문, 「이옥봉의 작품으로 알려진 한지의 작자에 대한 검토」, 『한국한문학연구』 제47집, 한국한문학회 2011.6.

이종묵, 「17~18세기 중국에 전해진 조선의 한시」, 『한국문화』 제45집, 서울대학교 규장각한국학연구원, 2009.3.

전성경, 「중국내『朝鮮詩選』유행의 문학 배경」, 『아시아문화연구』 제6집, 경원대학교 아시아문화연구소, 2001.

정후수, 「歲寒圖 관람 청조 19인 인물 탐구」, 『동북아문화연구』 제14집, 동북아시아문화학회, 2008.3.

최소자, 「조선 후기 진보적 지식인들의 중국방문과 교유」, 『명청사연구』 23집,

명청사학회, 2005.

한영규, 「중국 시선집에 수록된 19세기 조선의 한시」, 『한국실학연구』 제16집, 한국실학학회, 2008.

황유복, 「『朝鮮詩選』編輯出版背景研究」, 『아시아문화연구』 제6집, 경원대학교 아시아문화연구소, 2002.

허경진, 「『朝鮮詩選』이 편집되고 조선에 소개된 과정」, 『아시아문화연구』 제6집, 경원대학교 아시아문화연구소, 2001.

허경진·유 정, 「晚淸時期의 朝中文人詩社 龍喜社 小攷」, 『동아인문학회』 제14집, 동아인문학회, 2008.12.

허경진·유 정, 「以 『湖海詩鈔』看淸詩話的東傳」, 『동아인문학』 제16집, 동아인문학회, 2009.12.

허경진·천금매, 「『燕槎錄』을 통해 본 鄭元容과 청조 문사들의 문화교류」, 『동북아문화연구』 제19집, 동북아시아학회, 2009.6.

尹虎彬, 「淸朝的中朝文學交流」, 延邊大學學報, 第3期, 1988.

高春花, 「惲珠與 『國朝閨秀正始集』研究」, 南京師範大學, 碩士論文, 2006.4.

祈慶富, 金成南, 「關于中韓文化交流史史料的發掘與整理」, 『當代韓國』秋季號, 2000.

祁慶富·權純姬, 「關於明代吳明濟 『朝鮮詩選』的新發現」, 『當代韓國』秋季號, 1988.

馬珏坪, 高春花, 「『國朝閨秀正始集』淺探」, 『南京師大學報』(社會科學版) 第6期, 2005.11.

閔定慶, 「在女性寫作姿態與男性批評標準之間--論 『名媛詩緯初編』選集策略與詩歌批評」, 『蘇州大學學報』 第6期, 哲學社會科學版, 2006.11.

楊　玉, 「朝鮮才女許蘭雪軒的詩作及在中國的流傳」, 『煙臺大學學報』, 哲學社會科學版, 1999.2.

虞　蓉, 「沈善寶 『名媛詩話』」, 『蘇州大學學報』, 哲學社會科學版, 2009.2.

李佳行, 「『晚晴簃詩匯』的編纂及文獻價值初探」, 中國 : 北京大學校 碩士論文, 2004.5.

李無未, 「中朝文人晚淸另類"唱和"『左海交遊錄』」, 『國際東方詩話學會第六次學術大會論文集』, 국제동방시화학회, 2009.8.14~18.

張伯偉, 「朝鮮時代女性詩文集解題」, 『文獻雜誌』, 2010.4.

張伯偉, 「朝鮮時代女性詩文集編纂流傳的文化史考察」, 『第10屆韓國語文學國際
　　　　學術會議』論文集, 2010.10.16.
蔣　寅, 「論淸代詩文集的類型, 特徵及文獻價値」, 『河北師範大學學報』, 哲學社會
　　　　科學版, 2004.12.
黃湘金, 「南國女子皆能詩――『淸閨秀藝文略』評介」, 『文學遺産』 第1期, 2008.
黃有富, 「『朝鮮詩選』編輯出版背景研究」, 『亞細亞文化研究』 第6期, 2001.

참고 사이트:

明淸婦女著作: http:/digital.library.mcgill.ca
조선왕조실록: http://sillok.history.go.kr
한국민족문화대백과대사전: http://www.koreaa22.com
한국고전번역원: http://www.minchu.or.kr
한국역대인물종합정보시스템.

한중문화교류연구총서를 기획하면서

한자(漢字)는 전근대까지 동아시아에 공용되던 문자였다. 따라서 한국 한문학은 한국 내에서 지어진 한문학인 동시에, 동아시아 어디에서나 읽혀지던 문학이었다. 한자는 요즘에 세계 공용어라는 영어보다도 훨씬 더 국제적이고 보편적인 문자였으며, 한문학은 영문학보다 상대적으로 훨씬 더 많은 독자를 지니고 있었다. 우리나라 시골에 있던 선비들도 중국의 시문집을 원문 그대로 자연스럽게 읽었으며, 이들이 지은 글도 기회만 있으면 중국에서 읽힐 수 있었다. 교통과 통신, 그리고 무역이 불편했던 당시 상황을 고려해본다면, 중국의 최신 문학이 상당히 빠른 속도로 우리나라에 들어왔으며, 많은 지식인 작가들이 중국의 문학 흐름에 민감하였다.

그렇지만 이삼십년 전까지 한국 한문학을 연구하는 분들이 대부분 한국 한문학을 중국 문단과 떼어놓고 따로 연구하는 경향이 강했다. 그랬기에 비교문학이라는 범주가 따로 있었던 것이다. 한국 한문학의 작가들은 어릴 때부터 유학의 기본 경전과 중국 작품을 읽으면서 자랐고, 구체적으로 중국의 한 작가를 좋아하여 그의 작품을 주로 배우고 영향받은 경우도 많았다. 이렇게 따진다면, 한국 한문학의 작가들은 모두 비교문학의 대상이 될 수도 있을 것이다. 그러나 이제는 비교문학 이상의 차원에서 연구를 진행할 필요가 있다.

중국 시집이 조선에 유입되어 독자들에게 널리 읽힌 것은 당연하게 여겨지지만, 임진왜란 직후에 명나라 문인 오명제와 조선 비평가 허균이 함께 편집한 『조선시선』이 중국에서 간행된 이래, 조선 문인들의 시선집도 몇 차례 청나라 문인에게 보내져 비평을 받았다.

박제가, 이덕무, 유득공, 이서구 등 후사가의 시선집인『한객건연집(韓客巾衍集)』이 1776년에 유금(柳琴)을 통해 청나라 문단에 소개되었다가 높이 인정을 받고 다시 조선 문단에서도 관심을 끌자, 그 다음 세대였던 역관 6명이 자신들의 시 235수를 모아『해객시초(海客詩鈔)』라는 시선집을 편집하고 청나라 문장가 동문환(董文渙)에게 보내어 평을 구했다. 이 책에 실린 역관 이용숙, 김병선, 강해수, 김석준, 변원규, 최성학은 모두 청나라에 널리 알려진 역관 시인 이상적(李尙迪)의 제자들인데, 이들은 평소에도 청나라에 드나들며 많은 시인들과 사귀었다. 이들은 동문환이 1862년부터『한객시록(韓客詩錄)』을 편찬하고 있다는 소식을 들었으므로, 이용숙이 1871년에 자문(咨文)을 가지고 북경에 갔던 길에 그를 찾아가서『해객시초』를 전해 주면서 비평을 부탁하였다. 내가 미국 하버드대학 옌칭도서관에서 발견한 이 책에는 동문환의 평이 덧붙어 있다. 나는 이 책이 조청(朝淸) 문학교류의 중요한 단서가 될 것이라고 생각했기에 석사논문을 지도받는 중국인 유학생 유정에게 논문 주제로 내주었는데,『해객시초 연구』로 석사학위를 받은 유정은 박사과정에서 청나라에서 편찬 출판된 조선시문집을 주제로 박사학위를 받았다.

나는 대학원 박사과정에서 학위논문을 지도한 중국 유학생 제자들에게 출신학교의 특성에 따라 논문 주제를 주었으며, 이들이 쓰는 논문은 사실상 나와 공동작업의 성격을 지니고 있다. 시간이 되면 내가 논문으로 쓰고 싶었던 주제를 그들에게 나누어 주었으며, 자료도 함께 수집하였다. 이들이 학위를 받은 뒤에 중국으로 돌아가서 어느 기관 어느 직분에서 연구를 계속하건, 이들과 교류를 계속하면서 공동연구를 할 생각이었다.

　최근에 『연행록전집』이 나왔지만, 아직도 많은 자료들이 남아 있다. 최초로 바닷길을 통해 명나라에 사신으로 다녀왔던 안경(安璥)이 기록한 『가해조천록(駕海朝天錄)』은 제목만 보더라도 말을 타고 가야할 중국 길을 배를 타고 갔다는 뜻이 나타나 있는데, 나는 이 책을 외국 도서관에서 찾아냈다. 이 책 경우에는 배를 타고 다녀왔다는 사실 자체가 당시 조선과 명나라, 후금(後金, 후일 청나라) 3국의 정치역학관계를 잘 보여줄 뿐만 아니라, 떠나는 배마다 파선되어 사신으로 임명되는 것을 기피했던 현상, 명나라 관원들의 기강이 무너져 부정부패가 극심했던 상황 등이 사실적으로 그려져 있다. 연행록 한 편만 가지고도 글로벌 한국학의 연구를 할 수 있다.

　곽미선(중국 연변대) 교수의 『김택영의 망명시기 문학활동연구』(2010), 천금매(중국 남통대) 교수의 『18-19세기 조청문인 교류척독연구』(2011), 유정(이화여대 중문과) 교수의 『19-20세기초 청인 편찬 조선한시문헌연구』(2011) 등이 계속 학위논문 심사에 통과하여 박사학위를 받고 본격적으로 학자로서의 출발을 하게 되자, 이들의 연구성과를 모아 한중문화교류연구총서를 간행하여 학계에 알려야 할 단계가 되었다. 나와 관련된 여러 대학의 젊은 학자들도 박사논문의 총서 편입을 요청해와, 총서의 목록이 곧바로 열 권 가까이 접수되었다. 글로벌 한국학 시대가 되면서 한중문화교류연구총서에는 더욱 알찬 연구성과가 축적될 것이라 기대된다. 마침 연세대학교에 미래융합연구원이 발족하면서, 글로벌한국학연구센터가 문을 열게 되었다. 앞으로는 외국의 박사학위논문도 받아들여, 글자 그대로 한중문화교류가 이 총서를 통해 활성화되기를 바란다.

2013년 7월
글로벌한국학연구센터에서　허경진

저자 유 정(劉 婧, Liu Jing)

1976년 中國 山東省 濟寧市 출생.
中國天津外國語大學 한국어학과를 졸업한 후,
연세대학교 국어국문학과 석박사를 취득하였음.
현재 이화여자대학교 중어중문학과 조교수,
中國天津外國語大學 比較文學硏究所 兼職硏究員.

주요논저로는 「通過董文渙日記攷朝鮮詩文集流入中國及朝鮮譯官的作用」(『동아인문학』 제12집), 「『存春軒詩鈔』傳入中國攷」(『한중인문학연구』 제27집), 「朝鮮女性詩學理論的 重要載體」(『동아인문학』 제22집), 「汪喜孫과 朝鮮文人의 往來 尺牘에 대한 고찰」(『大東 漢文學』 제37집) 등이 있다.

sdsd537@hanmail.net

19~20세기 초
청대문인 편찬 조선한시문헌 연구

2013년 8월 20일 초판 1쇄 펴냄

지은이 유 정
펴낸이 김흥국
펴낸곳 도서출판 보고사

등록 1990년 12월 13일 제6-0429호
주소 서울특별시 성북구 보문동7가 11번지 2층
전화 922-5120~1(편집), 922-2246(영업)
팩스 922-6990
메일 kanapub3@naver.com
http://www.bogosabooks.co.kr

ISBN 979-11-5516-041-1 94810
　　　979-11-5516-040-4 세트

ⓒ 유정, 2013

정가 18,000원
사전 동의 없는 무단 전재 및 복제를 금합니다.
잘못 만들어진 책은 바꾸어 드립니다.

이 도서의 국립중앙도서관 출판시도서목록(CIP)은 서지정보유통지원시스템 홈페이지 (http://seoji.nl.go.kr)와 국가자료공동목록시스템(http://www.nl.go.kr/kolisnet)에서 이용하실 수 있습니다.(CIP제어번호: CIP2013012203)